DIANE DE BRIOLLES

LE LIVRE POPULAIRE

Derniers volumes parus

VOLUMES HORS SÉRIE
(Série des ouvrages utiles)

Charles MEROUVEL

Diane

de Briolles

PARIS

LE LIVRE POPULAIRE

Arthème FAYARD et Cie, ÉDITEURS

18 et 20, Rue du Saint-Gothard, (XIVe Arrt.)

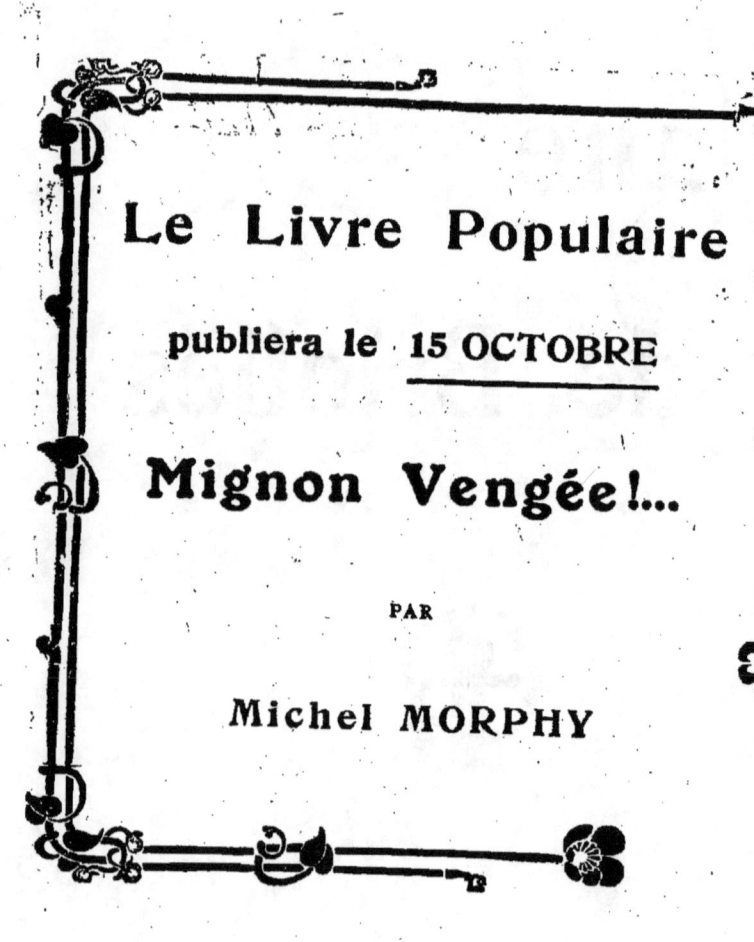

Le Livre Populaire

publiera le 15 OCTOBRE

Mignon Vengée!...

PAR

Michel MORPHY

DIANE DE BRIOLLES

I

Les voyageurs qui se rendent du Mans à Rennes pourraient voir à moitié chemin environ de Laval à Vitré, à cheval sur la lisière de la Mayenne et de l'Ille-et-Vilaine, un vaste château à tourelles dominant un pays des plus sauvages.

Mais les voyageurs n'en soupçonnent même pas l'existence. Ce manoir leur est aussi inconnu que les îles Chagos ou le canal de Mozambique.

Dès qu'un site devient pittoresque, les ingénieurs, qui sont très jaloux, se font un point d'honneur de le protéger contre les regards indiscrets.

Rien de plus simple.

Ils creusent une tranchée qui s'agrémente quelquefois d'un tunnel bâti selon les règles de l'art.

Le tour est joué. Le train roule dans un fossé.

C'est charmant.

Cet invisible château s'appelle Briolles.

Il remonte aux Valois et porte le cachet de sa naissance imprimé sur ses murailles.

C'est une lourde et massive construction de granit, aux pavillons capricieux, flanquée de tours et coiffée de clochetons d'ardoises pointus ou quadrangulaires d'un effet bizarre sur le fond de verdure qui l'environne de tous côtés.

Briolles occupe le centre d'un important domaine composé d'une douzaine de métairies assez pauvres, et d'une vaste étendue de bois entrecoupés de cours d'eau et d'étangs, de marais et de mauvaises prairies humides, pleines de joncs et d'herbes amères.

A tout prendre, c'est là une triste terre, mais pour un chasseur elle se change en un lieu de délices, d'autant mieux que Briolles, entouré d'autres forêts et de taillis sans fin, sert d'asile à une foule de bêtes d'espèces variées, depuis les loups et les renards qui y pullulaient encore au milieu du siècle, comme si une main bienfaisante les eût protégés, jusqu'aux lièvres et aux lapins devenus plus nombreux à mesure que leurs ennemis jurés disparurent à la suite des battues organisées par les tireurs de la contrée.

Ce château de Briolles était habité il y a une vingtaines d'années par un octogénaire, le marquis de Briolles, un de ces ruraux endurcis qui n'ont fait de leur vie autre chose que galoper derrière une meute hurlant après un sanglier ou un chevreuil, ou de suivre, le fusil au bras, des épagneuls fouillant les buissons ou battant les luzernes et les chaumes de leurs métairies.

Ce vieillard, qui s'était décidé à prendre femme sur le tard, eut, aux environs de la cinquantaine, une fille, Amélie de Briolles, qui, après avoir causé en naissant la mort de sa mère, se maria à son tour, dès sa majorité, avec son cousin germain, le comte Louis de Briolles, son voisin de campagne.

Louis de Briolles, chasseur ardent comme son beau-père, eut le malheur d'être décousu par un solitaire énorme et d'humeur belliqueuse qu'il alla trop hardiment traquer dans sa bauge.

Ce solitaire laissa son agresseur pour mort sur le terrain.

Quand un garde qui passait par hasard releva le mari d'Amélie, le malheureux respirait encore, mais n'en valait guère mieux.

Il rendit le dernier soupir quelques heures après l'événement, laissant une veuve éplorée et une petite fille de dix ans, qu'en raison de sa passion pour la chasse, le père avait baptisée du nom païen de Diane.

Le bonhomme de Briolles, très affecté de la fin honorable mais prématurée de son gendre et perclus de douleurs, languit quelques mois, entouré de soins par sa fille, et passa de vie à trépas vers 1870, au moment où Diane entrait dans sa onzième année.

Sa mère n'avait alors que trente-trois ans.

On ne pouvait dire que ce fut une beauté.

C'était du moins une grande et forte femme, respirant la santé, d'une fraîcheur appétissante, excessive peut-être.

L'air vif des champs marbrait son teint et couperosait son épiderme solide ; le nez aquilin avait quelque chose de fier et d'impérieux ; les yeux bruns, très perçants, commandaient ; les cheveux, noir de jais, couronnaient un front élevé où la volonté creusait son pli.

Elle ne devait pas être facile de réduire à l'obéissance cette virago au cœur bon, à la main généreuse et discrète, mais habituée à la soumission complète de son entourage.

Cependant elle n'aurait pas manqué d'épouseurs.

Cette veuve, jeune encore, offrait les séductions d'un fruit mûr aux châtelains de son voisinage, et la grâce de son sourire, quand elle voulait prendre la peine d'être aimable, rachetait amplement des imperfections dues plutôt à un séjour continuel aux champs qu'à sa nature exubérante et superbe.

De plus, ce qui ne gâte rien, elle était riche, très riche.

Le vieux marquis de Briolles, son père, lui avait transmis plus de cent mille francs de rentes en fermes mal louées dont on ne relevait pas les baux depuis les débuts du premier Empire, malgré l'augmentation des terres du voisinage.

En outre, il avait entassé pendant sa longue vieillesse de fortes économies.

Enfin, Louis de Briolles, père de Diane, le veneur décousu par le sanglier homicide, laissait une fortune à peu près égale.

Sa fille devait donc, un jour à venir, être un parti magnifique.

Il fallut songer à son éducation et la comtesse, avec le sublime héroïsme des mères, s'y consacra tout entière, en renonçant pour elle-même au mariage.

Mais où aller?

Depuis Henri IV, les de Briolles avaient déserté la cour et la ville, se confinaient dans leurs terres et n'entreprenaient le voyage de Paris que rarement et pour affaires de conséquence.

Sans doute le vieux château ne manquait pas d'agréments pour un chasseur. Le site en est admirablement choisi. De la terrasse, on domine une vaste étendue de forêts, de collines et de vallées tourmentées et non sans charme.

La construction elle-même peut plaire à un artiste à cause de son grand air, de ses toits aigus dont la silhouette se découpe sur la verdure d'ombrages magnifiques, de ses frontons étrangement percés, ornés de sculptures bizarres, et de sa ceinture de douves pleines d'une eau courante et limpide fournie par des sources qui ne tarissent pas.

Mais, pour deux femmes, c'était une demeure mélancolique.

Elles durent y rester cependant.

Les tristes événements qui survinrent, la guerre, la Commune, les ruines hideuses accumulées par ces fléaux, n'étaient pas faites pour rendre le séjour de Paris agréable.

D'autre part, pour ces provinciales obstinées, il jouissait d'un fâcheux renom. La comtesse de Briolles nourrissait contre lui des préventions auxquelles les événements donnaient tristement raison et que son mari entretenait de son vivant avec un soin jaloux et une âpreté de railleries telles qu'on peut les imaginer venant d'un rustre qui n'aimait au monde que ses chevaux, ses forêts et ses chiens.

La comtesse garda donc sa fille auprès d'elle et lui donna des institutrices françaises d'abord, puis une anglaise, miss Arabella Smithson, qui lui apprirent à peu près tout ce qu'une jeune fille bien née doit connaître: le style, la musique, le dessin, l'anglais et le reste.

Mais dans cette solitude, habituée à une liberté absolue, sans compagnes, loin de toute société pendant les trois quarts de l'année, car les châteaux voisins, dont le plus proche est à quatre lieues au moins, restaient inhabités l'hiver, Diane prit peu à peu des allures indépendantes, hardies, plus convenables pour un garçon que pour une fille.

Il n'était pas rare de la rencontrer à de grandes distances de Briolles, courant à travers bois et landes, tantôt sur un gros poney rustique, mais solide sur ses jambes nerveuses, tantôt sur une bête de sang,

fine, au poil lustré, à la tête sèche et aux yeux de
feu, toujours accompagnée de deux ou trois grands
braques qui lançaient auprès d'elle dans les halliers
les chevreuils dont les taillis sont peuplés et parfois
même quelque descendant du sanglier qui avait assas-
siné son père.

Elle était suivie à distance d'un vieux serviteur
monté sur quelque bidet commun et qu'en général elle
prenait un malin plaisir à égarer en route.

La mère riait de ses caprices.

Et comment en eût-il été autrement ?

Toutes ses affections, toutes ses tendresses, toutes
ses amours se concentraient sur cette tête mutine et
fière, aux grands yeux bleus de la couleur des saphirs,
très sombres, au front élevé où se dessinait l'arc élégant des sourcils, aux cheveux épais, cendrés, à
pleines mains, rebelles au peigne et qui se répandaient, en frisures désordonnées, de tous côtés, sur
son front, sur le cou fort et superbe, sur les tempes.

A dix-huit ans, Diane était une fille déjà magnifique, bien que ses traits manquassent de régularité.

Le nez était trop gros, retroussé, les lèvres épaisses,
rouges comme des cerises mûres, et le bas du
visage, dont l'ovale ne prétendait pas à la perfection,
aurait mal inspiré un amateur de la beauté conven
tionnelle.

Mais des yeux limpides, tour à tour étincelants et
rêveurs, la grâce d'une tête hardie et chaste plantée
sur un buste vigoureux et ferme ; la blancheur rosée
d'une peau de satin, des extrémités de duchesse, des
bras divins, une taille à la fois svelte et souple,
élancée et robuste, la fraîcheur d'une jeunesse élevée
à l'air libre, un sourire aux dents éblouissantes,
n'est-ce pas plus qu'il n'en faut pour plaire et séduire,
pour attirer et retenir !

Et de l'esprit à revendre, de la grâce à défrayer une pension, de la malice à mettre en gaieté un couvent de bénédictines! Très bonne musicienne, montant à cheval comme une écuyère de haute école, peintre d'aquarelles de valeur, parlant l'anglais aussi purement que miss Arabella, mademoiselle de Briolles était en vérité une héritière accomplie.

Aussi les prétendants s'agitaient autour du vieux château comme des corneilles autour d'un clocher.

Il en venait de tous les coins du département, du Maine et de la Bretagne, de la Normandie, de l'Anjou et surtout de la ville damnée, proscrite, de Paris.

Les demandes pleuvaient à Briolles.

Les douairières, les prélats, les notaires intriguaient en faveur de leurs protégés.

L'opulente héritière était l'objet de mille convoitises et la comtesse n'envisageait pas sans une secrète terreur le moment où elle devrait se séparer de sa Diane ou du moins partager avec un autre cette affection qu'elle possédait, qui faisait sa joie et qu'elle aurait voulu garder pour elle.

Il faut dire que la jeune fille ne semblait nullement pressée d'aliéner son indépendance et repoussait avec un égal dédain les partis qui se présentaient.

De raison, elle n'en cherchait pas ou ne prenait pas la peine d'en donner.

A toutes les instances, elle répondait presque sans examen, par un non très net qui comblait de joie la comtesse.

Et si on insistait, elle ajoutait, avec une pirouette d'espiègle, en haussant les épaules:

— On verra. Nous avons le temps.

Or, au nombre des prétendants, il s'en trouvait un qui, sans se déclarer, surveillait avec un soin extrême les impressions de la jeune fille et les anxiétés de sa mère.

Cet espionnage légitime lui était d'autant plus facile que sa parenté avec les dames de Briolles lui donnait accès dans leur maison.

La comtesse n'avait point de plus intime confidente que la baronne de Boistrudan, veuve d'un cousin de son mari et la meilleure amie de sa mère.

Les Boistrudan ne possédaient qu'une fortune restreinte.

Le baron, esprit faible, grand joueur, coureur de filles, passionné pour la vie parisienne, n'avait laissé à sa veuve et à son fils unique qu'une quinzaine de mille francs de rentes et une terre d'un revenu aussi médiocre qu'incertain avec une maison délabrée à quelques lieues de Briolles, du côté de Craon.

La baronne n'habitait que rarement cette bicoque.

Elle avait pris courageusement son parti de sa déchéance et vécu avec le peu de rentes qui lui restaient, en donnant à l'éducation de son fils tout le soin possible dans le but d'en faire un homme de mérite et de relever par une alliance avantageuse la fortune de sa maison.

Maxime de Boistrudan, homme du monde accompli, mais moins intelligent que sa mère, ne réalisait pas complètement ses espérances; toutefois, grâce à ses relations, à son nom, à sa persévérance, elle l'avait poussé dans une carrière honorable où il tenait sa place avec une convenance parfaite.

A trente ans, le baron de Boistrudan, conseiller référendaire à la Cour des comptes, occupait avec sa mère un modeste appartement de la rue de Verneuil, meublé avec une noble simplicité.

La douairière de Boistrudan arrivait à la soixan-
taine.

C'était une femme mince et grande, à cheveux
gris, aux traits expressifs, infiniment spirituelle, sans
coquetterie, ne se piquant point de briller et ne faisant pas mystère de la médiocrité de sa fortune.

Toutes les portes lui étaient ouvertes.

On aimait sa conversation vive, légère, parfois
caustique. Pour tout dire, on l'estimait dans le
monde où elle avait su garder sa place, et on la
recherchait de tous côtés, car même dans ses ma-
lices elle ne dépassait pas les limites d'une aimable
critique.

Il est inutile de dire qu'elle avait poursuivi le but
principal de sa vie avec une infatigable persévérance.

Ce but était le mariage de son fils.

Mais la fatalité se mêlait de ses affaires ; malgré
son habileté et son génie d'intrigue, plusieurs tenta-
tives qui peut-être dénotaient une excessive ambition
avaient échoué.

Repoussée de divers côtés, elle se dit que l'isolement de la comtesse de Briolles et de Diane devait
rendre le succès facile et se rejeta sur cette proie
opulente.

Dès lors ses visites au château devinrent plus fréquentes. Peu à peu elle prit l'habitude de passer
les vacances dans sa terre de la Mayenne, et sous
prétexte du délabrement et de l'abandon de leur
maison, la mère et le fils acceptèrent l'hospitalité
des dames de Briolles chez lesquelles leur présence
apportait un élément de distraction et de plaisir.

Pendant ces séjours prolongés, Diane et le conseiller vivaient dans la meilleure intelligence. On aurait

dit, à les voir, un frère aîné se promenant familièrement avec sa jeune sœur.

Ce n'était pas précisément une amitié de ce genre que la baronne entendait développer entre eux. Ses ambitions étaient plus hautes. D'ailleurs elle s'était assuré des alliances dans la place.

II

A l'époque où commence ce récit d'une très grande simplicité comme presque toutes les histoires de la vie réelle, c'est-à-dire vers la fin de l'été de 1879, le château de Briolles était habité par la comtesse et sa fille, par miss Arabella, l'institutrice, par les Boistrudan et un personnage dont nous avons omis à dessein de parler jusque-là.

Il faisait si peu de bruit dans la maison, qu'on pouvait aisément oublier sa présence.

On ne le connaissait que sous le nom de M. Honoré, mais il s'appelait en réalité le marquis de Bazouges.

C'était l'oncle de la comtesse de Briolles, le frère de sa mère.

M. Honoré habitait un pavillon tourné au nord et l'occupait seul de la base au sommet, de la cave aux combles.

Fort à l'aise, célibataire, il avait alors soixante-deux ans et vivait pour la science, à la fois médecin, entomologiste, antiquaire et géologue.

Impossible de trouver ailleurs un logis comparable au sien.

Le rez-de-chaussée de son pavillon regorgeait d'objets hétéroclites qui formaient le musée du géologue. On pouvait y reconnaître, en cherchant bien, tous les échantillons de cailloux et de minerais connus.

Au premier, sa chambre, véritable cellule de moine, touchait à la bibliothèque et au laboratoire de pharmacie.

Les étages supérieurs étaient réservés aux poteries, aux sculptures informes, aux armes de l'époque du silex et du fer, aux cercueils gallo-romains, aux pierres tumulaires et aux sarcophages. On y admirait des bahuts immondes, des sièges éclopés et toutes sortes de débris dont un brocanteur n'aurait pas donné cinq cents francs.

C'était le magasin de l'antiquaire.

Une salle spéciale contenait les insectes desséchés, les papillons cloués aux murs, toute une hideuse collection de petits êtres en pourriture, que le savant allait de temps en temps contempler à l'aide de ses microscopes.

Enfin, au sommet de cet habitacle, sous un belvédère vitré, une puissante lunette était installée et M. Honoré avait la joie, quand le temps n'était pas trop couvert, d'y étudier à loisir l'astronomie et d'entrer en communication avec Vénus, Mars ou Jupiter.

Au demeurant, ce maniaque était l'homme le plus doux, le plus bienveillant, le plus dévoué et le plus charitable du monde.

Il recevait l'argent que ses fermiers lui apportaient et ne leur en demandait jamais.

Du matin au soir, il courait les campagnes à cheval, comme les médecins d'autrefois, sur un gros bidet au pas relevé, vêtu été comme hiver d'une houppelande rousse et d'un chapeau graisseux, indifférent au froid ou à la chaleur, aux douceurs de la vie, et en général à tout ce qui ne touchait pas à ses manies de savant et de collectionneur.

À Briolles, sa nièce, pour obéir à ses caprices, semblait ne lui accorder aucune attention. Quand il arrivait aux heures des repas, il se mettait à table ; s'il était en retard, il s'installait tranquillement dans la cuisine, auprès de la cheminée immense dont le feu bienfaisant lui était souvent indispensable pour sécher ses vêtements ruisselants d'eau.

Par ordre exprès, son domestique ne touchait à à aucun de ses précieux objets qui peu à peu s'ensevelissaient comme Herculanum et Pompéi sous une vénérable couche de poussière.

M. Honoré se consacrait dans sa sphère au bonheur de l'humanité, mais dans cette humanité — chacun a sa faiblesse — il existait une créature qui possédait toutes ses préférences.

Cette créature, c'était Diane.

Pour lui Diane ressemblait au rayon de soleil qui éclaire un paysage.

Elle illuminait sa vie.

Lorsqu'il revenait crotté, mouillé, trempé jusqu'aux os, sur son bidet, et apercevait à une fenêtre sa jolie fée qui lui envoyait un baiser du bout des doigts, il se sentait réconforté.

Il oubliait la bise qui le glaçait, les nuages qui l'inondaient, et son ciel devenait bleu et rayonnant.

Diane, au reste, était, il faut l'avouer, la seule femme à laquelle il prêtât quelque attention.

Pour lui les autres n'existaient pas.

La science était son unique maîtresse.

Nous avons nommé une autre commensale qui faisait encore moins de bruit dans le château que le marquis de Bazouges.

Cinq ans plus tôt, alors qu'il s'agissait de perfectionner l'instruction de Diane, madame de Briolles avait eu recours à la baronne de Boistrudan, en la

priant de découvrir et de lui envoyer une institutrice
capable de mener à bonne fin ce grand œuvre.

Cette demande ne pouvait que flatter la baronne en
lui permettant de placer auprès de Diane une de ses
créatures.

Elle connaissait dans une maison du faubourg
Saint-Germain une jeune fille qui lui parut réunir les
conditions désirables.

C'était une Anglaise de vingt-deux ans, qui terminait l'éducation de deux sœurs et se trouvait sans
emploi.

La rusée baronne se montra pleine de prévenances
pour elle, l'interrogea adroitement, la jugea telle
qu'elle la désirait et l'expédia à Briolles en lui affir-
mant qu'elle faisait son bonheur.

Miss Arabella Smithson était mince, élancée, pas
laide à regarder, insignifiante seulement avec ses cheveux jaunes tordus de façon à occuper le moins d'espace possible derrière sa tête, avec ses yeux verts, sa
peau d'une blancheur de cire et sa bouche trop fen-
due mais convenablement meublée.

Elle semblait insouciante avec passion, impassible
comme le destin, silencieuse comme une automate.
Elle eût été de pierre ou de sel, comme la femme de
Loth, qu'elle n'eût pas manifesté plus d'indifférence.

Tout ce qu'on voulait, elle le voulait.

A la longue on finit par s'habituer à la voir là
comme un meuble qui ne gênait personne.

Elle glissait dans les couloirs et les salons avec la
légèreté d'un fantôme, toujours vêtue d'une robe
noire, son lorgnon sur le nez, effacée et discrète.

Ponctuelle à remplir les devoirs de sa profession,
d'une exactitude minutieuse et d'une précision mé-
canique, il était impossible de lui adresser aucun reproche.

Son attitude, qui pouvait passer pour de la résignation, ne tarda pas à lui valoir les sympathies de la
comtesse et de Diane.

M. Honoré la prit en amitié comme un chien familier.

Deux ans après son arrivée au château, elle en
faisait partie intégrante, et madame de Briolles lui
déclara qu'elle y resterait toute sa vie, pour peu
qu'elle le désirât.

Son histoire d'ailleurs était assez touchante.

Miss Arabella, fort instruite, avait reçu une éducation des plus brillantes.

Son père, armateur à Liverpool, et qu'on supposait à la tête d'une fortune considérable, sombra tout
à coup à la suite d'une série de catastrophes finan-
cières et maritimes où son actif s'engloutit avec
lui.

On le trouva mort dans son lit et les docteurs ne
purent déterminer les causes de sa mort qui ne parut
point naturelle et demeura inexpliquée.

Par malheur, dans son désastre, l'armateur entraînait son frère aîné, Mortimer Smithson, coutelier à
Sheffield, auquel il avait emprunté près de soixante
mille livres sterling dont l'autre ne devait pas revoir
le moindre penny.

Or, ce Mortimer Smithson se targuait d'originalité.

Il jugea très piquant d'abandonner sa nièce Arabella, restée seule au monde et sans ressources, et
refusa d'en entendre parler. Il ne lui accorda pas
l'ombre d'un secours et se conduisit avec elle comme
le dernier des avaricieux et des ladres.

Cependant, ce fabricant de lames en tous genres,
qu'il expédiait par grosses innombrables sur tous les
points du globe, restait fort riche en dépit de la perte
de ses soixante mille livres.

Il convient d'ajouter qu'il n'avait point de charges, était garçon, et, toujours par originalité, se déclarait l'adversaire convaincu du mariage et l'ennemi juré de la famille, dans un pays où la famille est en honneur, quoi qu'on en dise, autant que le pudding et la perruque à trois marteaux des juges.

Miss Arabella prit son parti en brave.

Elle usa des relations mondaines qu'elle possédait à Liverpool pour obtenir quelques recommandations, dit adieu à la maison vide où s'était passée sa jeunesse, et vint en France demander à un emploi précaire les ressources nécessaires à sa pauvre existence.

Elle était à Paris depuis trois ans lorsqu'elle rencontra madame de Boistrudan et quitta le faubourg Saint-Germain pour la sauvage campagne de Briolles.

M. Honoré et miss Arabella étaient donc les satellites principaux qui gravitaient autour des dames de Briolles.

On pense que le premier soin de la baronne de Boistrudan devait être de les mettre dans ses intérêts.

Pour arriver à son but, elle flattait les goûts du vieux marquis ; elle traitait avec lui, au retour de ses courses philanthropiques, toutes sortes de sujets arides qu'elle étudiait pour lui complaire.

Elle gravissait l'escalier de son pavillon, les soirs où le ciel était clair, montait jusqu'au belvédère et contemplait avec une joie communicative l'anneau de Saturne ou les vallées et les montagnes de la lune.

Elle s'extasiait, avec mesure, devant les bahuts troués de vers où quelque Celte enfermait l'avoine de ses chevaux, et des tessons de poteries dont il était difficile de reconnaître la forme.

Pour miss Arabella, elle avait des attentions délicates, la comblait d'égards, adoucissant pour elle,
d'une main légère, les difficultés d'une condition que
la bonté de la comtesse de Briolles et de sa fille rendait aussi heureuse que possible.

Est-il besoin de dire que le marquis de Bazouges et
ses nièces étaient adorés dans le pays ? Cependant, il
y avait une ombre au tableau.

Les de Briolles sont protestants et la Bretagne est
foncièrement catholique.

De là d'anciennes et sourdes antipathies qui da-
taient de loin et que le temps n'avait pas toutes
éteintes.

Si, depuis l'avènement du Béarnais, le huguenot
converti dont ils étaient les fidèles compagnons, les
de Briolles n'avaient point usé les parquets de la cour
et se tenaient dans leurs terres, c'est qu'ils n'avaient
pas imité son abjuration.

Originaires du Maine, ils s'y étaient retirés, ne demandant rien à la faveur du roi dont ils auraient tout
obtenu, contents de leur fortune héréditaire, et passant
leur temps en chasses et en bombances avec leurs voisins, généreux et bons pour tous, sans distinction de
religion et de parti. Bien leur en prit.

La révocation de l'édit de Nantes, cet acte despoti-
que qui aurait dû les frapper, épargna, malgré certaines dénonciations, ces parpaillots bienfaisants que
leur curé même estimait.

On les oublia dans leur retraite, volontairement
sans doute, en vertu d'ordres secrets, par respect pour
les services rendus à la cause de l'aïeul du maître, et
on les laissa libres de rester attachés, sans ostentation,
au culte proscrit auquel ils demeuraient fidèles.

Leur temple était d'ailleurs des plus simples et des
plus modestes.

Une chapelle d'un style néo-grec d'assez mauvais goût, cachée dans un bosquet de marronniers, de chênes et de bouleaux, leur servait à la fois d'oratoire et de tombeau.

C'est là que dorment tous les de Briolles, de père en fils, depuis les temps les plus reculés, à l'exception de quelques-uns d'entre eux qui ont semé leurs os sur tous les champs de bataille où la France a promené son drapeau.

Les Boistrudan, sortis de la même souche, étaient protestants comme eux.

C'était un lien de plus entre les deux familles.

Madame de Briolles était gagnée depuis longtemps aux vues de son astucieuse amie.

La baronne l'avait amenée doucement, par degrés, à souhaiter l'alliance du jeune conseiller autant qu'elle-même.

— Quel bonheur, quelle joie! lui répétait-elle sur tous les tons. Nous ne nous quitterions plus !

L'argument, elle le savait, était décisif sur le cœur de la mère.

Ne pas quitter sa fille, l'enfant qui lui tenait lieu de toutes les félicités, c'était son désir le plus vif!

La baronne connaissait à fond sa faiblesse et la flattait avec un art infini.

Au surplus, Diane et son cousin paraissaient si bien d'accord, entraînés l'un vers l'autre par un si visible courant de sympathie, que les deux mères se crurent assurées de ne rencontrer aucun obstacle à leurs projets.

Enfin mademoiselle de Briolles atteignit sa vingtième année et parut mûre pour le mariage.

Le plan de la comtesse était tout tracé pour l'avenir.

A cause des fonctions du conseiller, on habiterait Paris six mois l'année.

Le reste du temps se passerait à la campagne.

Diane ne se séparerait pas de sa mère.

Madame de Boistrudan garderait son appartement de la rue de Verneuil.

La comtesse doutait si peu du consentement de sa fille qu'elle voulut lui ménager une surprise et fit acheter en secret par son notaire un petit hôtel au boulevard Haussmann afin de l'y installer aussitôt après le mariage.

Le conseiller référendaire était d'ailleurs très séduisant.

Comme sa mère, grand, svelte, blond, il affectait une irréprochable tenue.

Sa tête encadrée de longs favoris, la lèvre rasée, le front découvert étaient d'une distinction supérieure.

Elégant et gracieux, M. de Boistrudan n'avait de sérieux, comme beaucoup d'autres, que la surface.

Il adorait le plaisir, les parties fines dont il dérobait le secret à sa mère, tout en lui témoignant une déférence où il entrait moins de tendresse vraie que de respect pour la supériorité de son esprit, se laissant diriger, se reposant sur elle du soin de son avenir et regrettant au moins une fois par jour qu'une bonne fée n'eût pas déposé quelques millions dans son berceau.

Au surplus, froid, correct, blasé par une jeunesse passée à Paris dans une aisance relative et une connaissance approfondie du monde due en partie à son expérience personnelle et surtout aux leçons de sa mère, assez joli garçon pour plaire, assez spirituel pour profiter de ses avantages, ambitieux et viveur, estimant la fortune comme levier et comme moyen, capable d'astuce et de perfidies utiles, mais sous la réserve du secret et l'obligation de respecter le texte et les marges du code de l'honneur mondain.

Le soir du cinq septembre, tout était arrangé entre les Boistrudan et la comtesse de Briolles ; il ne restait qu'à prendre l'avis de la principale intéressée.

On s'y décida enfin. C'est par là qu'on aurait dû commencer.

III

La nuit allait tomber.

Le ciel empourpré des lueurs du soleil couchant était d'une sérénité douce.

Des fenêtres ouvertes du salon de Briolles, on découvrait un panorama véritablement enchanteur pour les amants de la belle nature.

Un peintre aurait trouvé matière à une série d'études plus variées et plus neuves que les champs de Marlotte ou les rochers de Barbizon, dans cette perspective fuyante de vallées aux teintes vert mousse, striées de bandes crues aux passages des ruisseaux bordés d'aulnes et de saulaies, d'étangs à demi envahis par les joncs et les nénuphars, de collines couvertes de taillis aux feuillages divers et par places de futaies centenaires, de landes violacées, de bruyères défleuries et de plaines rayées de chaumes et de jachères au milieu desquels fumait quelque toit rustique.

Du salon lui-même il n'y avait rien à dire.

Il ressemblait à tous ceux des châteaux de province habités par des familles de bonne et vieille noblesse, plus soucieuses du confortable que de l'éclat et du clinquant.

C'était grandiose, vaste, solide et fané.

On respirait à l'aise dans cette pièce immense où l'air entre librement par quatre fenêtres de trois mètres de haut, lambrissée de boiseries aux tons gris sur lesquelles tranchent les portraits rébarbatifs d'ancêtres qui chevauchaient partout où l'on échangeait des horions, depuis Azincourt et Poitiers jusqu'à Arques et Fontenoy.

Des meubles anciens, garnis de damas de soie brochée, éveillaient l'idée d'une de ces opulences de vieille date qu'on ne peut contrefaire.

Là, tout est en harmonie, logis, style, famille et mobilier. Le cadre convient au tableau.

Seul le piano d'Erard, à queue, couvert d'une housse de soie japonaise, jurait avec l'ensemble qui eût exigé une épinette ou un clavecin.

Il était huit heures et demie.

Les derniers rayons du soleil qui s'éteignait à l'horizon derrière un rideau de forêts laissaient dans la pénombre les personnages peints ou vivants dont le salon était peuplé.

Il y avait eu des convives au dîner. Tout ce qui comptait parmi les voisins de campagne était là. Les Touarcé, les de Fenouille, avec leurs héritiers, deux vieilles filles, les demoiselles de la Houdinière, qui avaient vu tomber la neige de cinquante hivers, et d'autres.

Tout ce monde prenait le frais sur la terrasse.

De vivants, dans le salon, on n'en comptait que deux : Diane, assise à son piano et jouant distraitement une romance sans paroles de Mendelshohn, et miss Arabella, sur une chaise à deux pas d'elle, dans l'embrasure d'une fenêtre, et qui venait de laisser tomber sur ses genoux une broderie que l'obscurité ne lui permettait pas de continuer.

— Miss, demanda Diane en anglais, sans interrompre sa romance, dormez-vous ?

— Non.

— Alors vous pourriez peut-être me dire ce qu'ils

ont à comploter entre eux sur la terrasse et pourquoi ma mère et les Boistrudan ne font pas leur partie comme les autres soirs ?

— Je ne m'en doute pas, mademoiselle.

— On dirait des conspirateurs. Madame de Boistrudan surtout parle à ma mère avec une animation et un mystère ! Et remarquez-vous comme elle jette des regards de ce côté ?

— Vous voyez ?...

— Je vois tout. Voulez-vous que je vous confie une idée ?

— Je vous écoute.

— Je ne peux pas la digérer, ma cousine de Boistrudan.

— Vous avez tort.

— Vous trouvez, miss ?

— Elle est très convenable, d'une politesse extrême...

— Oh oui ! raffinée même, exquise. Une délicatesse d'expressions ! De la quintessence d'urbanité ! C'est comme son fils...

— M. Maxime ?

— Sans doute. Elle n'en a pas d'autres que je sache. Il est très convenable aussi.

— Certainement.

— Toujours gracieux, complaisant, empressé sans affectation, tiré à quatre épingles.

— C'est un gentleman modèle, observa miss Arabella. Personne ne peut dire le contraire.

— En effet, dit simplement mademoiselle de Briolles qui laissa tomber l'entretien.

Deux valets en livrée bleu gendarme apportèrent des lampes.

L'obscurité disparaissant, miss Arabella reprit sa broderie et continua sa besogne en silence.

Diane, de son côté, ferma ses cahiers et taquina de nouveau son Érard, mais en jouant de mémoire, avec des doigts très nerveux, une polka de Fahrbach.

Évidemment, elle avait sur l'esprit quelque inquiétude. Et cette inquiétude devait être causée par les allures mystérieuses de la baronne de Boistrudan qu'elle observait à la dérobée par les fenêtres ouvertes.

Le tapage attira un amateur qui vint s'accouder au dossier d'un fauteuil et sourit à la musicienne.

Ce mélomane était mis avec une correction magistrale, frac noir, cravate blanche.

D'une main soignée, il soutenait, en le balançant, un lorgnon à monture d'écaille attaché à un cordonnet de soie.

— Quelle verve! dit-il.

Diane releva la tête.

— Quand vous êtes là, riposta-t-elle, et que je vous regarde, je me dis : c'est un bouquet de fleurs.

L'amateur parut ne pas entendre l'épigramme.

— C'est joli ce que vous jouez, dit-il.

— Ajoutez : et de main d'artiste, fit-elle railleusement.

— De main d'artiste, assurément. Qu'est-ce que c'est?

— Vous vous en moquez bien, n'est-ce pas? Alors pourquoi le demander?

— Vous êtes mauvaise, ce soir, Diane. On dirait que le temps est à l'orage, et pourtant pas un nuage!

Mademoiselle de Briolles sourit.

— Je ne suis pas mauvaise, je suis énervée, dit-elle.

— Pour quelle cause?

— Est-ce que je sais!

Elle se hâta d'arriver aux dernières mesures, plaqua l'accord final avec énergie, et se tournant brusquement sur le pivot de son tabouret :

— Savez-vous ce que je demandais tout à l'heure à miss Arabella? reprit-elle.

— Non, en vérité, répondit le conseiller avec son flegme inaltéré.

— Je lui demandais ce que tout le monde a ce soir à se confier dans les coins. On se parle bas, à l'oreille ; on s'écarte de moi comme si j'étais une pestiférée.

— Oh! quelle image !

— On affecte des mines graves. Madame de Boistrudan a l'air de prêcher une croisade. Les demoiselles de la Houdinière et ma mère l'écoutent avec attendrissement. Ces vieilles filles lèvent les yeux au firmament avec componction comme si elles voulaient attirer les bénédictions d'en haut sur la lignée des de Briolles. Il n'est pas jusqu'à mon oncle Honoré qui ne me jette des regards émus. Que signifie ce manège?

— Voulez-vous que je vous l'apprenne ? dit Maxime, en se penchant sur les cheveux de la jeune fille.

— Oui.

— Vous le devinez bien un peu ?

Elle eut l'air de chercher :

— Pas du tout.

— Prenez mon bras et faisons un tour sous la charmille.

— Volontiers.

Elle ajouta en se levant, avec une intention malicieuse :

— Par curiosité! Vous entendez ?

— C'est elle qui perdit Ève. Puisse-t-elle vous perdre comme elle, à mon profit.

— Épargnez-moi, je vous prie, mon cousin ! Je ne suis qu'une pauvre villageoise, et vous avez trop d'esprit pour débiter des fadeurs.

Sur la terrasse, la conversation continuait.

Lorsque les deux jeunes gens traversèrent les groupes, Diane put entendre cette exclamation convaincue de l'aînée des vieilles filles :

— Un beau couple !

En même temps, elle saisit le regard radieux de la douairière de Boistrudan à son adresse.

Elle comprit ou plutôt elle acheva de comprendre, et sa poitrine se serra, mais ce ne fut que l'affaire d'un instant ; elle recouvra aussitôt son sang-froid.

Maxime l'entraînait sous une avenue de charmes deux fois séculaires, fermée comme une voûte d'église et à l'extrémité de laquelle le ciel rouge encore jetait un reste de lumière.

— Vous avez donc de noirs desseins, dit-elle avec son rire clair, que vous nous enfoncez dans ces ténèbres ?

— Voyons, Diane, soyez sérieuse.

— De quoi donc est-il question ?

— D'un événement des plus graves.

— Mais encore ?...

— D'un mariage.

— Pour qui, grand Dieu ?

— Diane, reprit le conseiller, soyez sincère. N'avez-vous pas deviné, et depuis longtemps, que je vous aime ?

— Ah ! soupira-t-elle, voilà donc le grand mot lâché.

— Répondez.

— Oh ! je ne nierai pas que je ne m'en sois doutée

quelquefois, mais, vous savez, je suis nette et franche : tant que vous ne vous déclariez pas, je n'y prenais pas garde, et je me disais qu'il serait toujours temps d'y réfléchir... plus tard.

— Et maintenant?...

— Puisque vous brûlez vos vaisseaux, je vous promets...

— Quoi ?

— ... d'y songer... d'y penser... de me faire une opinion à ce sujet.

— Elle n'est pas faite ? demanda Maxime, d'une voix où il essaya de mettre beaucoup de tendresse.

— Non. Mais qui vous empêchait de parler plus tôt? On pourrait presque dire que nous avons été élevés ensemble. Vous passez, votre mère et vous, les vacances à Briolles; nous courons depuis des années les bois et les métairies à cheval côte à côte ; et vous attendez jusqu'à ce soir pour me révéler ce grand amour qui m'étonne ! Est-ce naturel ?

— Vous étiez jeune, Diane. Une grande réserve...

— ... était de rigueur?

— Sans doute. D'une autre part, ma mère et moi, nous ne possédons qu'une fortune médiocre. Une certaine pudeur me retenait donc, facile à comprendre, et il a fallu que votre mère m'encourageât... me donnât une espérance...

— Ah! c'est de ma mère que vient cette... comment dit-on ?... Aidez-moi, je vous en conjure...

— Initiative.

— C'est le mot.

— La comtesse nous connaît de longue date. Elle sait quel dévouement absolu, quelle tendresse je déposerai dans votre corbeille de mariage. Je ne suis pas sans défauts. J'en rougirais. Mais madame de Briolles a dû supposer que je lui offrirais plus de ga-

ranties de bonheur que beaucoup d'autres ; que je possède une certaine expérience du monde et des affaires,
et qu'enfin mon caractère serait pour une fille qu'elle
aime ardemment le gage, sinon de prospérités inouïes,
du moins d'une sécurité nécessaire et souvent compromise par les alliances de ce temps-ci. Elle désire que
vous ne la quittiez pas. Elle sait que jamais je n'essayerai de vous séparer d'elle, que mon vœu le plus
cher est de vous rendre heureuses l'une et l'autre, de
vous laisser vivre selon vos goûts, en toute liberté ;
que je ne veux même pas, si ce n'est pour vous conseiller au besoin, m'occuper d'une fortune que j'ai
souhaitée souvent moins considérable parce qu'elle
formait une sorte d'obstacle entre nous, en ce sens que
moi qui n'aime que votre personne et me contente de
ma médiocrité dorée, je pouvais paraître rechercher la
dot en même temps que la femme.

— Ne le craignez pas.

— Je me suis donc tenu à l'écart. J'ai gardé le silence jusqu'au jour où votre mère, à qui je ne pouvais
cacher mes sentiments, les a devinés.

— Et alors ?...

— Elle en a exprimé sa joie. Elle pense que vous
n'avez pas d'antipathie...

— Pour vous, mon cousin ? Vous me feriez injure
de le supposer !

— Diane, continua le conseiller avec plus de chaleur, vous ne pouvez croire de quelle joie vous me
combleriez en m'accordant votre main, de quel respect
et de quels soins vous serez l'objet !

— Vous parlez comme un livre. Mais cela se dit,
avant. Je pense qu'il n'existe aucune future, blanche,
noire ou couleur de citron, à laquelle on ne débite ces
promesses depuis les origines du monde.

— Ne riez pas. Ces serments je les tiendrai. Vous

verrez quelle vie charmante nous menerons. Notre existence ne sera qu'une longue suite d'enchantements. Que nous manquerait-il ?

— Rien, c'est certain.

Maxime glissa la main gauche de sa cousine dans les siennes et la caressa doucement.

— Nous habiterions Paris l'hiver...

— Naturellement.

— Et tant pis! Je trahis un secret...

— Un secret?

— Oui. Mais à une condition.

— Laquelle?

— On vous réserve une surprise. Ne me vendez pas.

— Je jouerai l'étonnement de mon mieux. Soyez tranquille.

— En prévision de ce mariage, votre mère vient d'acheter un hôtel.

— Pour nous!

Le conseiller pressa plus tendrement la main qu'il tenait. Cette question faite d'une voix joyeuse était pleine de promesses.

— Pour elle et pour nous, puisque nous ne nous quittons pas. Ma mère gardera son appartement de la rue de Verneuil.

— Je comprends. Et vous, Maxime, vous ne redouteriez pas la présence de votre belle-mère?

— Je l'adorerai.

— Cela se dit encore... avant toujours. Et dans quel quartier cet hôtel?

— Boulevard Haussmann. Une trouvaille. A vrai dire, c'est moi qui l'ai faite, et ce que j'ai eu de bonheur à fureter partout! Je songeais à vous, Diane!

Et, s'autorisant de leur intimité d'enfance, il ajouta plus bas, très tendrement :

2

— A toi.

Elle ne se révolta point contre cette amicale familiarité.

— Alors la question se pose ce soir ? dit-elle simplement.

— Tout à l'heure, oui. Ah ! si j'osais...

— Que feriez-vous ?

— Je vous demanderais ce que vous allez répondre.

Diane soupira fortement.

— Ah ! c'est embarrassant, dit-elle, et vous êtes bien
curieux, mon cousin !

— Parlez, je vous en supplie.

— Ce qu'il y a de sûr, c'est que je ne vous déteste
pas, au contraire. N'allez pas le croire surtout. J'ai de
l'amitié pour vous, une grande amitié. Vous avez tout
ce qu'il faut pour faire un bon mari. Vous êtes froid...

— Oh !

— Ne niez pas. Soyez comme moi, sincère ! Une
glace !... flegmatique... raisonnable, rangé, spirituel,
car vous avez de l'esprit à foison, du naturel et de l'acquis, et du plus délicat. Miss Arabella me le disait encore tout à l'heure.

— Ah ! miss Arabella !...

— Oui, elle affirmait que vous êtes un homme
comme on n'en voit pas au monde, et, en effet, vous
lui rappelez la patrie. Tous les filateurs de Manches-
ter, tous les couteliers de Sheffield, tous les gentlemen
de Kensington et de l'île de Wight doivent respirer ce
flegme, porter cette barbe en côtelettes et posséder vos
yeux couleur d'azur ! Enfin vous êtes mon parent et je
ne sais en vérité pas pourquoi je vous haïrais, car depuis mon enfance vous vous êtes toujours montré bon
et indulgent pour moi. Je serais ingrate et je vous jure
que je ne le suis pas.

Les deux jeunes gens causèrent un moment sur le

pied de l'intimité la plus parfaite, avec un grand calme. S'il y avait de l'amour entre eux, c'était de l'amour tranquille, bourgeois, sage, ennemi des démonstrations et des phrases.

Pourtant, en se dirigeant vers le salon, le conseiller plaida sa cause avec une certaine flamme, avec la chaleur persuasive d'un procureur qui soutient une accusation dans une affaire grave.

Maxime ne possédait pas la souplesse d'esprit de sa mère, son astuce, son entente de la diplomatie. Il existait entre eux la différence du disciple au maître, de l'élève au docteur; mais il maniait la parole avec l'aisance d'un avocat de profession et s'exprimait avec ce choix heureux des mots, à l'abri desquels un mondain sait tout dire et au besoin jouer la passion de façon à donner des illusions à une ingénue.

Lorsqu'ils se retrouvèrent en pleine lumière sous les feux du grand lustre en cristal de roche qu'on venait d'allumer, Diane quitta son bras et lui sourit amicalement avec sa plus gracieuse révérence.

Il put croire qu'il avait gagné son procès.

D'un coup d'œil rapide, il en informa sa mère qui les observait non sans anxiété.

L'heure décisive allait sonner.

Les voitures des invités s'approchaient du perron les unes après les autres.

Bientôt la dernière s'éloigna avec un bruit de grelots et de roues criant sur le sable.

A onze heures, le salon était à peu près vide

M. Honoré venait de le quitter après avoir déposé un baiser sur le front de Diane avec cette expression de tendre pitié des vieux pour les jeunes qui vont ouvrir les ailes et affronter les difficultés de la vie.

Il n'y restait que cinq personnes : les Boistrudan, la comtesse de Briolles, sa fille et, dans un angle, miss

Arabella qui poussait activement sa broderie à la lueur d'une lampe posée sur un guéridon et voilée d'un abat-jour de soie enrubannée.

L'Anglaise demeurait aussi étrangère en apparence aux passions qui s'agitaient autour d'elle que si elle eût été taillée dans un bloc de glace.

Cependant, avec un peu d'attention persévérante, on aurait pu remarquer que, sans lever les yeux, par une manœuvre assez familière à toutes les femmes, elle les tournait souvent du côté de Maxime, peut-être uniquement en souvenir de son pays que la physionomie anglaise du jeune homme devait lui rappeler.

Elle tressaillit même légèrement lorsque madame de Briolles dit à sa fille d'une voix altérée par l'émotion :

— Diane, madame de Boistrudan, notre amie et notre parente, nous fait l'honneur de demander ta main pour son fils. Que dois-je lui répondre ?

Mademoiselle de Briolles sourit de nouveau à son cousin ; elle sourit à la douairière de Boistrudan et à sa mère et répondit d'une voix nette, sans ombre d'embarras :

— Que j'aime beaucoup Maxime et que je lui sais gré de ses bons sentiments, mais...

Elle fit une pause savante pour ménager son effet.

On aurait entendu dans le salon le vol d'un moustique ou même le battement précipité du cœur de la baronne de Boistrudan.

Arabella avait pâli, ce qu'on aurait pu croire impossible avec son visage d'ivoire.

Diane sourit encore avec malice et ajouta :

— Je ne veux pas me marier.

Et comme sa mère faisait un geste de surprise, elle répéta en appuyant sur toutes les syllabes, avec une grimace mutine :

— Je ne veux pas me marier. Voilà !

Miss Arabella poussa un soupir de soulagement et se remit à sa broderie interrompue une seconde.

La comtesse de Briolles ne put retenir un murmure de mécontentement très expressif ; un flot de sang pourpre lui rougit le visage ; ses doigts s'agitèrent avec une sorte de colère pendant que la baronne de Boistrudau, comme frappée d'une insolation, s'affaissait dans une bergère.

Le tonnerre serait tombé sur un des pignons du château et l'aurait écrasé avec un fracas épouvantable ; il aurait réduit en poudre le volatile de poterie vernissée qui se prélasse sur le toit du colombier, un beau toit en forme de cloche à melons posé au sommet de la tour en briques à losanges servant de refuge aux pigeons du domaine, que les deux amies n'auraient pas été plus stupéfaites.

Et il faut être juste : leur erreur était naturelle.

Jusque-là Diane s'était montrée charmante pour son cousin.

Elle ne le fuyait pas. Au contraire. Elle prenait un plaisir extrême à sa compagnie et recherchait toutes les occasions de se rapprocher de lui. Ils se promenaient souvent des heures entières dans le parc ou galopaient ensemble sur les allées gazonnées des bois, pendant les vacances du conseiller.

Dans les rares et courtes excursions des dames de Briolles à Paris, Maxime les quittait à peine, les accompagnait partout où elles pouvaient prendre quelques distractions à leur convenance, aux théâtres, au Salon, leur donnant les explications utiles avec le tact parfait qui le caractérisait.

Si, au retour, la comtesse questionnait sa fille et lui demandait avec ces intonations qui trahissent la cause de l'interrogatoire :

— Comment le trouves-tu?

Diane répondait invariablement :

— Tout à fait aimable.

— Il ne te déplairait pas?

— Certes, je serais difficile. Et pourquoi me déplairait-il?

La comtesse et les Boistrudan comptaient donc sur un succès complet. Il ne leur serait pas venu à l'esprit de le mettre en doute.

Malgré son assurance, la baronne demeura un instant interdite, comme un cavalier désarçonné par une ruade subite, ou un touriste qui reçoit sur le crâne une avalanche ou un quartier de roche; mais elle fit un effort et se remit.

— Voyons, mon enfant, dit-elle, réfléchissez. Je ne devrais pas insister. Vous semblez si résolue que j'aurais mauvaise grâce à combattre un parti pris. Je n'ai pas besoin de vous affirmer que, quelle que soit votre volonté, notre affection pour vous n'en sera pas diminuée. Nous n'avons qu'un désir : c'est de vous voir contente. Maxime sera vivement peiné, mais il est avant tout votre parent et votre ami. Voyons, je suis presque une mère pour vous. Vous pouvez me parler à cœur ouvert. Est-ce l'ambition qui vous tient? Souhaitez-vous une fortune plus considérable que la nôtre?

Diane haussa ses belles épaules.

— Je ne tiens pas à l'argent, dit-elle. Qu'est-ce que cela me fait, l'argent?

— Aimez-vous quelqu'un? Si je suis indiscrète, ne me répondez pas.

Un sourire imperceptible effleura les lèvres de la jeune fille.

— Qui donc? Les demoiselles de la Houdinière ou M. de Fenouille avec ses soixante printemps? Ou le jeune de Touarcé qui ressemble à un jonc perché sur un marais? Dans ce désert! fit-elle en éludant la question.

— Vous ne l'habiterez pas toute votre vie en recluse. Vous ne vous condamnerez pas à végéter à perpétuité au fond de cette province...

— Qui sait?

— Avec votre nom et votre fortune, votre place est à Paris...

— Foyer des lumières, soleil du monde! déclama ironiquement Diane.

Madame de Boistrudan sourit.

Ce sourire dut lui coûter un violent effort, car au fond elle était exaspérée. Ses plus chères espérances crevaient comme des bulles de savon. Elle éprouvait la rage d'une araignée dont un moineau railleur vient de trouer la toile.

Pour la troisième fois de sa vie elle était battue dans cette grande affaire du mariage, la seule qui pût redorer le blason des Boistrudan.

— Oui, reprit-elle, à Paris, chère enfant, où, quoi que vous en pensiez, vous trouverez le seul élément qui puisse vous convenir quand vous le connaîtrez mieux.

— Je n'y tiens pas.

— La nuit porte conseil. Nous allons nous retirer, vous laisser seule avec votre mère. Je ne doute pas que vous ne compreniez le prix d'une affection aussi entière, aussi dénuée d'intérêt que la nôtre. Bonne nuit, Diane.

La baronne s'exprimait avec une émotion touchante.

Sans dissimuler une tristesse résignée, elle ne laissait rien percer dans ses paroles de l'amertume qui lui emplissait le cœur. Ses yeux, au contraire, ses traits, ses gestes, annonçaient la plus vive tendresse.

Diane eu fut remuée.

Madame de Boistrudan l'attira d'une main tremblante et posa ses lèvres sur le front de l'espiègle
avec l'onction d'une aïeule qui se sépare d'une enfant
adorée.

Elle était décidément très forte.

Maxime, de son côté, fut à la hauteur de cette difficile situation.

Il prit la main de sa cousine et la porta à ses
lèvres.

— Vous me faites beaucoup de peine, lui dit-il,
mais je serais désolé de vous obtenir autrement que
de vous-même. Quelle que soit votre décision, je vous
aimerai toujours.

— Comme un bon parent, comme un ami, fit-elle
en le menaçant du doigt.

— Comme vous me l'ordonnerez.

— Vous êtes admirable, simplement.

Ils se séparèrent.

Madame de Boistrudan monta à sa chambre. Elle
étouffait dans sa robe. Maxime s'en alla rêver dans
le parc sous la clarté des étoiles.

Lorsqu'il disparut, Diane se jeta dans un fauteuil.

— Ouf! murmura-t-elle. Quelle corvée! J'y comptais. Elle est passée. Dieu soit loué!

La comtesse se tenait devant elle, soucieuse. Un
pli profond se creusait entre ses yeux.

Diane comprit que pour sa mère aussi son refus était
une source de déceptions.

Elle se leva et vint, avec les ondulations câlines des
enfants qui veulent obtenir une grâce, passer ses bras
autour du cou de la comtesse.

— Tu es fâchée? demanda-t-elle.

— Certes.

— Ne fais pas ta grosse voix.

Madame de Briolles fit entendre un de ces bruits de lèvres qui trahissent un dépit réel, en même temps qu'elle essayait d'écarter sa fille sans brusquerie.

— Laisse-moi, dit-elle.

— Tu tiens donc bien à ce mariage?

La comtesse lui tourna le dos et se dirigea vers la porte.

— Viens dans ma chambre, ordonna-t-elle, nous causerons.

— Allons, fit Diane en se résignant.

Lorsque, quelques minutes après, Maxime rentra au salon, rafraîchi par la brise de la nuit et l'humidité du brouillard qui s'élevait des pelouses, miss Arabella pliait sa broderie et se disposait elle-même à regagner sa chambre.

Peut-être avait-elle attendu avec intention le retour du conseiller.

— Eh bien! miss, lui dit-il, qui pouvait prévoir ce refus?

— Moi, répondit-elle.

— Vous, miss? Mais alors pourquoi ne pas me prévenir? Je vous supposais notre alliée en cette affaire, notre amie.

— Ne le suis-je pas? A quoi bon parler? Vous ne m'auriez pas écoutée, monsieur. Vous passez, vous autres Français, pour ambitionner surtout la fortune. Mademoiselle Diane est riche. On la courtise. Elle se défie des hommages qui lui sont adressés. Elle a raison. Je la connais. Elle ira à celui qui ne la recherchera pas. Prenez garde, monsieur de Bois-trudan.

— Que voulez-vous dire?

— Rien.

Miss Smithson précédait son compagnon et montait l'escalier à double révolution qui conduit au premier étage du château de Briolles.

Pour la première fois peut-être, Maxime, qui s'était toujours montré avec elle d'une courtoisie parfaite, mais sans attacher la moindre attention à sa personne, remarqua sa taille fine, élancée, son buste plein, son cou de cygne.

Arrivée au palier, elle se retourna et salua le conseiller avec un sourire énigmatique.

Ils étaient seuls.

Maxime l'arrêta d'un geste.

— Vous parliez de fortune tout à l'heure, miss. Par malheur, si on la désire, c'est que de nos jours il est difficile de s'en passer. Noblesse oblige. On ne saurait porter un nom sonore sans revenus pour le soutenir. Aussi que de filles adorables près desquelles on serait si heureux de vivre et qu'on n'ose regarder de peur de se laisser prendre à leurs charmes et de les entraîner avec soi dans une misère relative ou du moins dans une insupportable médiocrité! Vous, par exemple!

— Moi!

— Oui, vous, miss. Vous êtes une charmeresse.

— Oh!

— En vérité. Je me le suis dit souvent. Vous réunissez toutes les qualités qui attirent et séduisent. Si j'étais riche, Dieu sait que le refus de votre capricieuse élève me laisserait froid. Je saurais où trouver une consolation. Mais ma terrible mère me veut millionnaire et... pas de dot, miss!

— Oh! non. Pas vingt-cinq guinées. Ce serait le seul obstacle?

— Le seul, je vous le jure.

— Vous êtes galant ce soir, monsieur!

— Je suis sincère, miss!

— C'est la première fois qu'on me dit de pareilles choses, fit-elle sans se troubler. Aussi j'en suis flattée, je vous assure! Mais pas de dot! pas un souverain! Et aucune... Comment dit-on dans votre pays?... aucune espérance pour l'avenir.

— C'est dommage, miss. C'est grand dommage!

— Bonne nuit, monsieur.

— Bonne nuit, miss.

Le conseiller la suivait des yeux dans le vaste corridor.

Elle se retourna et lui envoya une dernière révérence assez ironique.

— Elle est mieux, en vérité, que je ne pensais, se dit-il. Et je ne l'avais pas remarquée! Quel malheur que son père, l'armateur de Liverpool, ait sombré avec ses millions!

IV

Diane et sa mère traversèrent en silence une longue suite de corridors tendus d'andrinople rouge sur lequel se détachaient, au milieu de têtes de cerfs, de loups et de hures de sangliers, quelques aïeux des Briolles; relégués dans les couloirs pour cause d'encombrement d'ancêtres; puis, à l'extrémité opposée au pavillon occupé par les Boistrudan, elles entrèrent dans un appartement spacieux précédé d'un large vestibule.

C'était la chambre de la comtesse.

Cette chambre est austère comme celle d'une abbesse.

Immense, boisée de chêne noirci à force de vieillesse, sans tapis, sans tableaux, garnie de quelques sièges de tapisseries aux formes anguleuses et raides dont les couleurs seules jettent un peu de gaieté sur l'aspect sévère de ce hall, elle donne, par deux hautes fenêtres, sur un balcon à feuillages de fer forgé, auquel s'enroulent comme des lianes les mille rameaux tordus des glycines et des vignes vierges.

De là, on découvre de lointains horizons.

Pendant que madame de Briolles, mécontente et cherchant un exorde à ses remontrances, furetait dans sa chambre, Diane alla s'accouder à ce balcon.

La lueur électrique des étoiles perdues au fond du ciel éclairait seule les masses houleuses des futaies et les champs noyés de brume, d'où quelques grands arbres émergeaient comme les touffes de joncs des eaux d'un étang.

Diane fixait de son œil profond et rêveur un point invisible perdu dans ces ténèbres lointaines.

Madame de Briolles s'approcha de la fenêtre ouverte, s'installa dans un fauteuil et, s'appuyant au marbre d'un guéridon :

— Où as-tu la tête de refuser Maxime ? dit-elle brusquement.

Diane se retourna, s'adossa au feuillage du balcon et se mit à tourner ses pouces avec une affectation d'indifférence.

— Je le refuse sans le refuser... comme j'en refuserais un autre, répondit-elle. Il me semble que les Boistrudan n'ont pas à se froisser de ce procédé et, tu l'as vu, ils ne se froissent pas.

— Maxime t'aime depuis longtemps, je le sais.

— Parce que sa mère te l'a répété. Chaque matin elle n'y manquait pas. C'était périodique comme une prière.

— Madame de Boistrudan est une femme excelente, de bon conseil...

— Prudente et avisée, ajouta Diane. Toutes les vertus et quelques autres.

— On ne peut pas parler avec toi sérieusement une minute.

— Je t'assure que je suis d'une gravité !...

— Maxime, de son côté, est un garçon rangé, tranquille, travailleur, aimable.

— Je suis loin de le nier.

— Nous le connaissons depuis longtemps. C'est une garantie. Nous aurions vécu ensemble ; il y consentait, sans rompre sa carrière. Il faut qu'un mari soit occupé et se rende utile. Chacun a ses devoirs envers la société...

— Oh ! la société. C'est un mot. Si tu savais comme elle se moque de nous, la société !

— Enfin je comptais tellement sur ton consentement qu'en secret... je t'avais préparé une....

— Surprise! Oh! comme tu es bonne, dit Diane en se rapprochant.

— J'avais tout prévu. Avec un mari conseiller à la Cour des comptes...

— Ce qu'il doit bien chiffrer ce garçon-là!

— Nous ne pouvons rester toute l'année ici. Il nous faut une habitation à Paris.

— Alors?...

— J'avais prié mon notaire de chercher et, avec l'aide de Maxime, il a saisi une occasion excellente.

— Un petit hôtel! fit malicieusement la jeune fille.

— Tu le sais?

— Je devine... Quelques mots échappés!... J'ai l'oreille fine! Au boulevard Haussmann, n'est-ce pas?

— Justement. C'est pour toi, pour ne pas te quitter. Maxime te devrait une grande position. En galant homme, il te rendrait en égards ce que tu lui apporterais en fortune. C'est un choix heureux, réfléchis mûrement.

— Un phénix, l'oiseau bleu!

— Tu ne semblais pas avoir d'éloignement pour lui.

— Je n'en ai pas.

— Mais alors!... Tu ne vas pas te condamner toute vive, comme le dit justement madame de Bois-trudan, à ton âge...

— Vingt ans, ce matin.

— ...à vivre comme une religieuse dans un cloître, te claquemurer dans cette masure?

— Pourquoi? D'abord, Briolles n'est ni un couvent, ni une masure. On y voit du monde, Dieu merci! Le curé, un saint homme qui n'a pas inventé la poudre et qui espère toujours nous convertir; les métayers, les gardes, la Rosée, miss Arabella, mon oncle Honoré,

le meilleur des hommes. Je ne parle pas des demoiselles de la Houdinière, des Touarcé, qui sont inter-
mittents, et je néglige les bonnes, le cuisinier, les
valets de chiens, les palefreniers et les cultivateurs de
jardins. Est-ce là un désert? Tu es difficile, sais-tu?

Diane se faisait de plus en plus caressante.

Elle prit un siège, l'approcha tout près de celui de
sa mère et posa ses bras sur les genoux de la comtesse dont le regard s'attendrit.

— Alors tu ne t'ennuies pas à Briolles? demanda-
t-elle.

— Pas du tout.

— Tu ne songes pas à t'en éloigner?

— Jamais.

— J'ai donc eu tort d'acheter cet hôtel. Je pensais
te causer un plaisir.

— Combien?

— Quatre cent mille francs et quelque chose. Tous
nos voisins habitent Paris l'hiver.

— Ceux qui en ont le moyen, c'est vrai.

— Les autres ne comptent pas.

— Tu es raide pour eux. Ce sont les meilleurs
peut-être.

Elle prononça ces mots avec une intention railleuse
qui parut intriguer sa mère, mais devenant plus câ-
line encore:

— Ce petit hôtel, ne pourrons-nous l'habiter sans
les Boistrudan, si tu y tiens pourtant, car moi, j'aime
mon pays, nos champs de sarrazin, nos landes, nos
taillis, nos broussailles et notre terre sauvage. Je suis
sauvage comme elle.

— Il faut voir le monde; il vient un temps où
une jeune fille pense à l'avenir. Tu es riche, très
riche même, et ce n'est pas autour de nous, dans ces
halliers dont tu parles, ni au milieu de ces champs

de sarrazin, que tu découvriras un mari digne de toi.

Mademoiselle de Briolles se mordit les lèvres d'une certaine façon et fit une moue curieuse qui en aurait appris assez long à la comtesse si elle avait eu l'idée d'observer les traits de sa fille, mais elle était trop à son désappointement pour songer à ces nuances.

— Tu t'es bien mariée à Briolles, objecta Diane.

— Sans doute, mais les temps sont changés.

— Et tu supposes que ce parangon des époux se rencontrera plutôt sur le boulevard ?

— Certes. Tout ce qui est intelligent, titré, tout ce qui possède un talent ou un nom, ne vit-il pas là?

— Merci pour nous, pour mon oncle Honoré, pour la province. Et tu te proposes d'y aller ?

— C'est pour toi. Où tu te plais, je me plais.

— On verra. Mais si tu veux ma pensée, la voilà: Ton Paris, il me fait peur.

Ici Diane devint grave, ce qui ne lui était pas arrivé de la soirée, et de sa voix de cristal elle laissa tomber ces paroles :

— Je n'aime pas Paris. Ensemble nous avons été heureuses ici, ma mère. Là-bas, qui sait ce qui nous attend ? Ce que j'aurais voulu, moi, c'est un mari bien campagnard, bien simple, ami comme moi de ce que la baronne appelle avec tant de mépris notre désert; qui sans se cloîtrer dans cette vieille maison où je suis née, où j'ai passé ma libre enfance, consentît à l'habiter le plus souvent, à y vivre en paix de la vie de mon père et du tien; qui se plût à respirer l'air sain de nos bois, de nos métairies, à faire du bien autour de lui à nos paysans si vaillants, si droits, qu'on crible de plaisanteries sans les connaître; qui ne fît pas exclusivement son bonheur de courir aux premières des opérettes et de pas-

ser ses nuits au cercle autour d'une table de baccara,
après avoir perdu sa journée aux courses en risquant
ma fortune et la sienne pour enrichir des grecs;
qui se trouvât heureux entre sa belle-mère, au lieu de
l'accabler de railleries usées, sa femme qu'il aimerait fidèlement et ses enfants, si le bon Dieu lui
en donnait. Voilà mon rêve, ma mère. Il est bien
terre à terre et bien banal. Paris ne m'attire pas,
moi; au contraire, il m'épouvante, et plaise à Dieu
que le jour où nous quitterons notre maison de
Briolles ne soit pas le dernier d'une paisible et douce
existence.

Et comme la comtesse ébranlée la regardait de ses
yeux surpris :

— Si je te parle ainsi, reprit Diane avec vivacité,
c'est que depuis des années j'ai eu le temps de réfléchir ; que j'ai souvent causé avec mon oncle Honoré,
un bienfaisant et un sage ; que j'ai lu beaucoup de
livres en essayant de les comprendre ; c'est enfin que
je me trouve heureuse près de toi, car tu es bonne et
je n'ai jusque-là rien désiré de plus. Voilà tout. Et
maintenant, dors.

Elle éleva avec grâce son front jusqu'aux lèvres de
sa mère et répéta :

— Dors, à demain !

Restée seule, madame de Briolles réfléchit un
instant.

Elle eut une seconde la pensée que sa fille lui cachait quelque secret. Cet éloignement pour Paris ne
lui semblait pas naturel, mais elle n'aimait pas à
s'embarrasser de longs soucis.

Elle erra quelques minutes dans sa chambre,
ferma les fenêtres après avoir jeté un dernier coup
d'œil au panorama de la campagne et s'endormit en
se persuadant que Diane finirait par entendre raison.

Le lendemain, vers sept heures, alors que tout était encore silencieux dans le château, Diane s'éveilla.

Un rayon de soleil filtrait à travers ses persiennes et la mousseline de ses rideaux.

Elle étendit le bras et sonna.

Presque aussitôt une petite Bretonne, courte, rose, blonde, aux jolies dents, née aux environs de Plélan-le-Grand, et qui répondait au nom de Mélaine, entra dans la chambre.

— Mélaine, dit la jeune fille, ouvre tout. Quel temps fait-il ?

— Très beau, mademoiselle.

Les persiennes repoussées le long de la muraille, une grande clarté envahit l'appartement et réjouit les oiseaux bleus de la cretonne qui couvrait les murs et le plafond.

— Prépare mon amazone grise, ordonna Diane.

— Mademoiselle sort ?

— Oui, mademoiselle sort, Mélaine On n'a pas encore de nouvelles de miss Arabella ?

— Si mademoiselle veut que je la prévienne ?

— Garde-t'en bien. Ma mère n'a pas donné signe de vie ?

— Mademoiselle sait que madame la comtesse ne descend jamais avant neuf heures.

— C'est qu'il se passe des choses...

— Quoi donc ?

— Je me comprends. Et les Boistrudan ?

— Rien encore.

— Ah ! tant mieux.

En deux temps, Diane procéda à sa toilette accoutumée avec une extrême précipitation et des bruits de jeune dauphin qui s'ébat dans les viviers ; elle tordit ses cheveux en les réduisant tant bien que mal à une obéissance difficile et passa son amazone qui dessinait des formes déjà vigoureusement accusées.

En même temps elle jetait un regard distrait à l'horizon étendu devant elle, futaies roussies par les premiers vents d'automne, étangs miroitant sous les rayons obliques du soleil qui montait au-dessus des ondes de verdure, clochers dont le toit bleu perçait les massifs des bois.

Lorsqu'elle fut prête, elle campa sur sa tête son chapeau à voile marron, dégringola l'escalier au galop et courut aux écuries.

Un grand garçon, fluet et maigre, aux cheveux longs pendant sur des joues de laboureur breton, remuait la litière derrière une demi-douzaine de chevaux de races diverses.

Un gros poney rouan hennit de plaisir quand sa jeune maîtresse lui passa doucement sa main gantée sur la croupe.

— Selle-le, ordonna Diane au palefrenier, nous avons une course à faire.

— Faut-il accompagner mademoiselle?

— C'est inutile; je prends mes gardes du corps.

Elle siffla deux grands braques couchés comme des sphynx au seuil de l'écurie et qui vinrent s'étendre à ses pieds.

Dès qu'elle fut en selle, ils bondirent devant son cheval et s'élancèrent dans une avenue taillée en plein bois, tandis que le poney trottait sans se presser sur le gazon court et dru dont elle est tapissée.

Mais dès que l'écuyère fut hors de la vue des gens du château, elle rendit les rênes à sa monture, la mit au galop d'un coup de cravache, et s'enfonça rapidement dans les profondeurs de la forêt.

V

Une douzaine de kilomètres pour un piéton sont
une affaire, mais, quand on a à son service une
bête solide et résistante, cet espace est bientôt
franchi.

Mademoiselle de Briolles courut trois quarts d'heure
à fond de train à travers d'interminables taillis.

Ça et là, une pauvre métairie se montrait dans les
clririères, occupant quelques arpents de terres et de
prés enclavés dans les bois.

Les bonnes gens à la charrue, les métayères gardant leurs vaches, les bergers derrière leurs moutons,
saluaient d'un sourire et d'un coup de bonnet la jeune
fille qui leur jetait en passant quelques mots aima-
bles.

Pour ses paysans, Diane était notre demoiselle : on
voyait qu'elle vivait là dans une famille à elle, au milieu de ses connaissances et de ses amis.

Et en effet on l'aimait pour sa cordiale bienfaisance,
sa grâce et sa simplicité.

Au sortir des taillis, à l'extrémité d'une longue avenue d'ormeaux qui, superbes et vigoureux d'abord,
allaient en s'abaissant par degrés et devenaient
tortus, difformes, rachitiques à mesure que le sol
devenait lui-même plus maigre et plus pauvre, sur
une hauteur d'où l'on domine une sorte de Sologne
marécageuse, encadrée de collines rocailleuses, elle
s'arrêta.

Elle se trouvait sur une lande semée d'ajoncs et de

enêts, où quelques têtes de granit noirâtre percent le
sol tapissé d'herbes aiguës et jaunâtres.

A quelque distance, un quart de lieue environ, une
vallée tourbeuse se creusait, coupée par un cours d'eau
qui de loin en loin s'élargit en étangs.

L'aspect de cette vallée est mélancolique et misérable.

A droite et à gauche, des coteaux peu élevés sup-
portent sur leurs flancs incultes de rares cépées de
bouleaux et de chênes, qu'on ne saurait décemment
décorer du nom de bois.

Au bord de cette vallée, à deux cents mètres à peu
près d'une église de village au clocher aigu couvert
d'ardoises noirâtres et surmonté d'un coq doré brillan
au soleil du matin, on distinguait une maison de modeste apparence devant laquelle miroitent les eaux
d'un étang de quelques arpents.

Cette maison n'offrait rien de particulier si ce n'est
un toit plus élevé que celui des fermes, flanqué de deux
pignons droits en pierre grise et une sorte de pigeon-
nier moins important que celui de Briolles mais de la
même forme et qui éveille l'idée d'un droit seigneurial
tombé en désuétude.

Trois ou quatre bouquets d'arbres d'essences variées,
châtaigniers, hêtres et trembles, accompagnent ce logis où rien n'indique que le propriétaire soit comblé
des faveurs de la fortune.

Ce lieu se nomme l'Aubraye.

En dépit de sa chétive apparence, c'était cependant
sur lui que les yeux de la jeune fille immobile restaient
obstinément fixés.

Elle contempla un moment la prairie voisine dont
l'herbe, qu'un éleveur normand eût qualifiée avec mépris, offrait des teintes grises et bleuâtres de mauvais
augure. Une demi-douzaine de petites vaches pies y
paissaient en compagnie d'un cheval bai qui devait

servir de monture au maître de ce domaine peu estimable.

L'oreille tendue, Diane écoutait les bruits de la campagne, lorsque les deux braques, ses compagnons, s'élancèrent d'un bond soudain vers un petit taillis, aux abois furieux de chiens courants qui venaient de lancer un lapin ou un lièvre.

Mademoiselle de Briolles rendit la main à son poney qui partit à la suite des braques et bientôt elle stoppa de nouveau brusquement.

Elle venait d'apercevoir un chasseur posté au bord d'un fossé et qui, prêt à tirer sur un animal invisible encore, ne se doutait pas de sa présence.

Ce chasseur avait meilleure mine que le paysage qui lui servait de cadre.

Il était vêtu d'un veston de velours marron, d'une culotte de même étoffe, portait des guêtres, qui avaient été vernies, sur de solides chaussures et un chapeau de feutre mou à larges bords garni d'une petite plume de bécasse.

Ses cheveux noirs, bouclés, brillaient sous ce feutre.

On ne pouvait distinguer ses traits à la distance où mademoiselle de Briolles s'était arrêtée, mais on le devinait bien bâti, solidement campé sur ses jambes, robuste et non sans élégance.

Presque aussitôt, le lièvre, pressé par les chiens du chasseur et les braques de la jeune fille, sauta du taillis dans la lande.

L'inconnu lui laissa parcourir une cinquantaine de pas ventre à terre et d'un maître coup de fusil le roula dans la bruyère.

Diane s'approcha sans bruit.

Deux griffons à long poil sortirent du bois et les chiens de la jeune fille sautèrent dans les jambes du chasseur qui se retournait. Son visage s'illumina.

Impossible de rêver une figure à la fois plus fière, plus mâle et plus sympathique.

Il ôta son feutre, sourit à l'amazone et courut au plus pressé, c'est-à-dire à son lièvre, écarta les chiens qui se ruaient sur cette victime, en criant d'une voix bien timbrée :

— Paix, Lumino ! arrière, Finaud !

Il glissa l'animal dans son carnier, jeta son fusil sur son dos et se dirigea vers Mlle de Briolles qui restait attentive à cette scène agreste.

A deux pas d'elle, il ôta de nouveau son feutre et toucha avec une nuance de respect la main gantée qu'elle lui tendait.

— Vous ne m'attendiez pas ce matin, monsieur, dit la jeune fille sans embarras.

— Les gens du Midi prononcent « espérer », répliqua-t-il. Pour être sincère, je ne comptais pas vous voir de si tôt.

— C'est qu'il y a du nouveau, mon ami.

Le chasseur se retourna pour cacher une rougeur qui lui empourpra le visage.

— Du nouveau ? balbutia-t-il.

— Oui.

Diane sur son poney et le campagnard, son fusil et son carnier sur le dos, formaient un joli groupe dans le paysage.

Les traits du jeune homme respiraient la hardiesse sans forfanterie, la loyauté et la franchise.

Le front était haut, les cheveux noirs bien plantés ; la moustache longue ombrageait des lèvres fraîches, la prunelle sombre et veloutée mettait une grande douceur sur cette tête au teint bruni annonçant une santé vigoureuse.

L'œil regardait droit, bien en face, avec une sérénité tranquille et résignée.

La taille était moyenne, bien prise, souple et forte.

En somme, ce chasseur rustique était un beau garçon avec je ne sais quoi de brave, de digne et de modeste qui intéressait d'abord.

Il pouvait avoir vingt-huit ou vingt-neuf ans tout au plus, se nommait Maurice de Faudoise et descendait d'une des plus anciennes familles du pays. Le nom de Faudoise a figuré plus d'une fois avec honneur dans l'histoire ; mais riches peut-être jadis, ils étaient réduits depuis un demi-siècle à une médiocrité voisine de la gêne.

Pour surcroît de malheur, la mère du chasseur, restée veuve de bonne heure, avait compromis les épaves de la fortune de son fils et perdu quelques sommes assez importantes par suite de son excessive confiance et de fâcheux conseils.

Maurice de Faudoise, engagé dans les zouaves pontificaux avec deux de ses amis, modestes châtelains du pays, MM. de Soesmes et de Balazé, chez lesquels il passait les trois quarts de son temps, s'était distingué pendant la malheureuse guerre de 1870. Blessé grièvement à Patay avec tant d'autres de ses camarades, la fleur de la noblesse bretonne ou vendéenne, il était revenu près de sa mère, à Aubraye, où elle était morte l'année précédente d'une maladie de langueur. Elle laissait son fils aux prises avec les difficultés d'une vie mesquine, ne possédant rien si ce n'est quelques rentes et ce triste domaine assez étendu, mais si aride que dans le pays, quand on veut prendre un point de comparaison pour une terre en friche ou un marécage, on dit : Chétif comme l'Aubraye.

Les Faudoise, les de Soesmes et les Balazé n'existaient pas pour les de Briolles aussi puissamment riches que les autres l'étaient peu, et s'étaient brouillés avec eux depuis un temps immémorial pour des querelles de chasse ou de religion. Les premiers, passionnément catholiques, exécraient les derniers. Jamais ils ne s'étaient rapprochés. Quand on se rencontrait par hasard, on se saluait avec froideur et tout était dit.

Après la perte de sa mère, Maurice avait eu un moment l'intention d'aller à Paris, de chercher une position, de s'expatrier ou de reprendre du service. Comprenant que les débris de son patrimoine ne lui permettaient pas de tenir un rang, trop fier pour mendier une alliance qui dût l'enrichir, il hésitait à s'enfermer dans ce qui n'était même plus un château ruiné ni un manoir, mais un simple logis, et à se résoudre à une vie de reclus assez en rapport avec les goûts sauvages que lui inspirait sa médiocrité, lorsque le plus simple, mais le plus imprévu des événements, vint trancher ses indécisions.

Bientôt un lien invincible et mystérieux le retint à l'Aubraye, malgré la tristesse de ce lieu mortel pour un jeune homme qu'en somme ses inspirations portaient vers un monde où son instruction solide, son élégance naturelle et son nom le destinaient à briller.

Ce lien dont il n'essayait pas de nier la force, sans pourtant en raisonner les causes, l'enlaça peu à peu, à son insu, faible d'abord, tout-puissant ensuite.

Voici ce qui s'était passé:

Madame de Faudoise était dans la tombe depuis trois mois.

Que faire dans une terre aussi isolée que celle où le jeune homme était obligé de séjourner pendant que le notaire, réglant ses affaires, soldait les créanciers, réunissait les quelques valeurs échappées au naufrage de cette fortune si compromise, en un mot, liquidait une situation sinon désastreuse, du moins très amoindrie, et qui réduisait son client au strict nécessaire ?

Maurice se promenait mélancoliquement dans ses champs, dans ses taillis où, de loin en loin, une cépée élevait ses branches lentes à pousser, rêveur, le fusil au bras, à la suite des deux chiens du brave homme qui cumulait à la fois les fonctions de garde, de jardinier et de valet d'écurie, dans cette demeure à peu près pareille à un presbytère de campagne plus vaste que les autres.

Peu à peu, avec l'entrain d'une jeunesse dont les chagrins n'avaient pas abattu la vigueur, il se reprit de passion pour la chasse, cette distraction saine qui ouvrait un champ libre à son activité.

Les chiens étaient excellents. Le gibier abonde dans ces landes où, n'étant pas traqué avec férocité, il pullule à l'aise, à cause du voisinage des bois de Briolles sévèrement gardés.

Un matin, Maurice lança un chevreuil dans ses bruyères.

Ce chevreuil prit aussitôt la route de Briolles. En pareil cas, rien n'est aussi facile à franchir que le fossé d'un voisin.

Après deux heures de chasse, Faudoise, perdu dans l'immensité d'une forêt où il avait peine à s'orienter, suivait une de ces sentes étroites qui coupent les bois en carrés et servent à limiter les ventes.

Les griffons donnaient de la voix à quelque distance et le chevreuil venait de sauter la ligne devant le chasseur qui voulait seulement reprendre ses chiens sans tirer sur le territoire d'autrui, lorsqu'un garde se présenta.

C'était un vieux serviteur de Briolles, honnête et bourru, qui ne connaissait que sa consigne et croyait de son devoir d'épouser les antiques querelles de ses maîtres.

Il s'agissait du droit de suite, cette question délicate qui a entraîné tant de discussions et d'animosités entre voisins.

Malgré l'exquise politesse du jeune homme, l'entretien tournait à l'aigre, lorsqu'il fut interrompu par l'entrée en scène d'un nouveau personnage.

Diane survint sur son poney et du premier coup d'œil jugea la contestation, tandis que Faudoise se demandait où il avait vu cette riante figure de jeune fille.

Ses souvenirs se fixèrent.

C'était au convoi de sa mère, dans le rustique cimetière de l'Aubraye.

La conversation s'engagea et la connaissance fut bientôt faite.

— Chassez donc, monsieur, dit Diane, chassez tant qu'il vous plaira. Nous nous féliciterons, ma mère et moi, de vous procurer un plaisir. Nous sommes voisins, nous ne pouvons être que de bons amis. Voulez-vous?

Elle ne fit qu'apparaître, mais son sourire resta gravé dans le cœur du jeune homme.

A dater de cette rencontre, la vie de Faudoise à l'Aubraye eut un but. Sa solitude se peupla d'apparitions qui toutes ressemblaient au visage mutin et charmant qu'il avait entrevu.

Si la vision avait été courte, c'est que Diane savait que le garde rapporterait la scène à sa mère. Elle n'ignorait pas l'antipathie existant entre les deux familles.

Avec une finesse qui est l'apanage de toutes les filles, lorsque la comtesse la questionna, non sans quelque contrariété, elle parut n'attacher aucune importance à cet incident et ne parla de Faudoise qu'en plaisantant, avec la plus parfaite indifférence, et comme d'un délinquant qu'elle avait tiré d'embarras.

Dans la suite elle se garda de toute allusion et parut partager les ressentiments de la comtesse.

Elle l'écoutait même avec une sorte de plaisir lorsqu'elle dépeignait le trio d'amis, Faudoise, Soesmes et Balazé, comme autant de hobereaux déchus, servis par des Calebs grotesques, et leurs maisons comme des bicoques, délabrées et caduques, prêtes à choir au premier coup de vent et plantées au milieu de quelques arpents de terres à chèvres, ce qui d'ailleurs n'était ni généreux, ni juste.

Mais on n'est pas parfait, et Mme de Briolles avait la rancune tenace.

Ces railleries devaient produire et produisaient leur effet sur une jeune et chevaleresque imagination.

Diane se dit que ce serait un beau trait de rendre une fortune à ce déshérité de haute mine, qui portait ses malheurs avec tant de noblesse. Elle profita de sa liberté pour diriger en secret ses promenades du côté où elle avait des chances de le rencontrer. Chaque fois qu'elle s'approchait des landes de l'Aubraye, elle écoutait attentivement les murmures du vent, et dès qu'ils lui apportaient avec complaisance les abois de la modeste meute de son voisin, elle lançait son poney dans la direction de la chasse, la rejoignait comme par hasard et la conversation s'engageait entre elle et le jeune homme qui cessait de songer aux lièvres et aux lapins pour cheminer à côté du cheval.

Rien, au surplus, de chaste et d'innocent comme ces entrevues.

Jamais le mot d'amour n'y fut prononcé.

Maurice se serait cru damné en abusant des complaisances de la naïve et malicieuse enfant, en se per-

mettant une allusion, si voilée qu'elle fût, à la tendresse profonde bientôt changée en passion violente
qui alla en grandissant dans son cœur et finit par le
remplir tout entier.

La fortune de Diane eût suffi à l'effaroucher et à
lui fermer la bouche.

Près d'une année s'était écoulée depuis leur
première entrevue jusqu'à la déclaration des Boi-
trudan.

L'un et l'autre s'abandonnaient au courant sans se
demander où il les conduirait ; ils se laissaient vivre,
heureux de ce bonheur que leur procuraient des rencontres dues en apparence au hasard et tant de fois
renouvelées.

La scène de la veille avait ouvert l'esprit de Diane.

Pendant une nuit à peu près sans sommeil, elle réfléchit et prit un parti.

C'est pour exécuter son dessein qu'elle s'était mise
en route dès le matin.

A ces mots de la jeune fille : « Il y a du nouveau, »
le cœur du chasseur éprouva une contraction désagréable.

Dans sa pensée, il ne pouvait rien apprendre qui
ne fût une mauvaise nouvelle destinée à rompre l'intimité dont il faisait ses délices.

— Qu'est-ce donc ? demanda-t-il pendant qu'en
dépit de ses efforts l'anxiété la plus vive se peignait sur
son mâle visage.

— Une idée de ma mère ! fit Diane sérieuse.

— Que veut-elle ?

— Quitter Briolles.

— Pour aller où ?

— Où va-t-on aujourd'hui, si ce n'est...

— A Paris?

— Vous l'avez dit.

— Et vous partirez?

— Sans doute. Il faut obéir.

— Ce n'est pas moi qui tenterais de vous en détourner. Mais pourquoi ce changement?

— Ma mère pense que ce n'est pas à Briolles que je peux achever mon éducation, me familiariser avec le monde. Vous savez, reprit-elle, en redevenant enjouée, le monde, le grand juge! Le monde, un épouvantail à moineaux! Le monde, cet inconnu qu'il faut voir, ce n'est pas chez nous qu'on le trouve, n'est-ce pas? Quand on y a vu les de Fenouille et les Boistrudan l'été; les demoiselles de la Houdinière et le curé toute l'année, c'est réglé. Nous nous lançons donc, ma mère et moi, à la découverte d'un autre monde, du vrai. J'en ai reçu la signification hier soir. Ma mère vient d'acheter un petit local au boulevard Haussmann, en plein nouveau monde. Elle veut l'habiter. Quoi de plus naturel?

— En effet. Et vous vous en réjouissez?

— Moi? Non. Je me serais contentée de nos bois, des métairies et des paysans de la contrée, mais ma mère n'est pas de mon avis. Elle rêve de Paris et — ajouta-t-elle non sans malice — je crois que c'est un peu à mon intention, afin d'y découvrir autre chose que ce monde qui lui sert de prétexte...

— Quoi donc?

— Vous ne devinez pas?

— Non. Je vous jure...

— Mais un mari peut-être...

— Pour vous?

— Sans doute. Pour qui voulez-vous que ce soit?

— Déjà?

— Quel âge me croyez-vous donc?

Quel âge? L'ancien zouave n'osait guère y songer, vraiment. Tout ce qu'il savait, c'est que Diane était dans sa fleur, fraîche comme le printemps, qu'elle avait des yeux admirables, des lèvres rouges comme du corail, une taille divine, qu'il en était fou, et se sentait pris d'envies insensées de se jeter à ses pieds et de lui dire : « Mais vous ne voyez donc pas que vous me mettez à la torture et que je vous aime ? »

Il se contint et répondit machinalement, pour ne pas rester muet :

— Mais je ne sais... dix-sept à dix-huit ans.

— Vous n'êtes pas physionomiste. Vingt ans ! Vingt ans sonnés, depuis hier ! Nous sommes loin de compte.

Maurice songea non sans effroi qu'elle avait trop raison.

Deux ans de plus à cet âge devaient peser d'un poids énorme dans les résolutions de la comtesse. La conclusion du mariage lui apparut comme une fatale nécessité. La séparation était donc prochaine.

Diane jouissait avec délices du trouble qu'elle jetait dans les idées du chasseur. S'il eût montré plus de sang-froid, il n'eût certes pas obtenu si tôt gain de cause à ses yeux.

— Et vous, mon ami, que comptez-vous faire ? lui demanda-t-elle avec intérêt.

Il essaya de sourire.

— Moi ? Je ne sais. Rester à l'Aubraye...

— Seul ?

— Sans doute, seul. Je n'oserais vraiment offrir à personne de partager mon isolement et de vivre dans cet ermitage.

— C'est triste la solitude, c'est glacial ! Elle ne vous épouvante pas ?

— La destinée ! fit-il, avec une indifférence mal jouée. Je vivrai de souvenirs. Je verrai mes amis, de Sœsmes, Balazé.

— Mais ils sont mariés, eux.

— Non, Balazé est garçon. Je suivrai son exemple. J'avais d'abord songé à m'éloigner, à m'expatrier. Après la perte de ma mère, c'était mon intention. Aujourd'hui, je n'en aurais pas le courage.

— Pourquoi?

Faudoise ne répondit pas. Il y eut un silence au bout duquel il reprit avec plus de chaleur :

— Je devais m'attendre à ce qui arrive; c'était fatal. Autrement, j'aurais ressemblé à ces gens qui, pendant les beaux jours de l'été, oublient l'hiver qui vient, les jours sans soleil, et s'imaginent qu'ils ne les verront jamais. Pendant que vous étiez là, mademoiselle Diane, je jouissais de la belle saison, la saison du soleil et des fleurs. Quand vous vous éloignerez, mon hiver commencera. Il faut bien que je m'y résigne.

— Et cela vous attriste? Est-ce vrai?

— Si je vous disais que je puis être indifférent à votre absence, me croiriez-vous?

— Non.

Maurice marchait auprès du poney.

Diane sauta légèrement à terre et, passant la bride à son bras, se mit à côté de lui.

— Cette absence ne sera pas éternelle, mon ami, reprit-elle. Le printemps renaîtra et nous reviendrons avec les hirondelles. Nous n'abandonnerons pas Briolles sans esprit de retour. Je vous y retrouverai donc et, qui sait? vos idées tourneront. Vous ne vous enfermerez pas comme un hibou à l'Aubraye. Pourquoi vous condamner aux ennuis de cet isolement si triste?

Elle ajouta d'un ton délibéré :

— Il faut vous marier. Il le faut!

— Jamais!

— Jamais, et pourquoi?

— Pour plusieurs raisons.

— Dites-les moi.

— A quoi bon?

— Ne suis-je plus votre amie? Vous avez dit plusieurs raisons? La première?

Il parut hésiter.

La matinée était d'une extrême sérénité. On touchait à l'automne, et on aurait pu se croire au cœur de l'été. Une atmosphère tiède enveloppait les promeneurs. Pas un souffle de vent n'agitait les futaies de Briolles étagées sur les coteaux.

Du sommet de la colline où Diane et son compagnon se promenaient, on distinguait au loin, d'un côté, les toitures capricieusement tourmentées du château des vieux huguenots qui avaient suivi la fortune du roi de Navarre; de l'autre, la maison bien humble, en face du vaste manoir, des sires de Faudoise, seul débris de biens considérables dispersés aux quatre vents de la ruine.

Le jeune homme regarda tristement ce pauvre logis, et le montrant à mademoiselle de Briolles :

— La première raison, la voilà devant vous, dit-il. Vous voyez cette maison? Elle est bonne à loger un fermier breton. C'est tout ce que je possède. Que voulez-vous que je fasse? Avec une demi-douzaine de misérables métairies dont j'ai honte de recevoir les loyers, tant les pauvres gens qui les cultivent me font pitié, et quelques rentes mesquines auxquelles je dois mon indépendance, je ne peux vivre là que comme un ermite. J'y suis résolu.

— C'est entendu. L'autre motif? ordonna-t-elle.

— Permettez-moi de vous le taire.

Elle n'insista pas. Peut-être le connaissait-elle mieux que lui.

3

— Soit, fit-elle en se mordant les lèvres. A quoi passerez-vous votre temps?

— Je chasserai en rêvant comme je le fais depuis un an. Je cultiverai mon jardin. J'irai passer quelques heures en compagnie de mes vieux camarades, Soesmes et Balazé, deux braves cœurs. Je vivrai de la vie de mes voisins, les pauvres diables courbés sur la terre qui les nourrit. Je possède une bibliothèque assez considérable, reste d'une opulence perdue. Pendant les soirées d'hiver, je lirai au coin du feu, avec philosophie.

— Et, fit-elle avec un sourire qui découvrit ses jolies dents blanches comme du lait et admirablement rangées, c'est tout?

— Quand je parcourrai ces bruyères, poursuivit-il en s'animant, je penserai que vous y êtes venue quelquefois, que vous vous y promeniez près de moi. Je me rappellerai nos causeries. J'essayerai de me persuader que je vous vois encore, que vous reviendrez plus tard, et,...

— Et?...

— N'est-ce pas tout le bonheur auquel je peux prétendre?

Il passa ses mains sur son front. Il se livrait en lui un combat d'une violence extrême.

Son amour le poussait à tomber aux pieds de l'adorable enfant qui venait à lui, d'elle-même, entraînée par ce courant mystérieux qui réunit les âmes sœurs — une expression surannée, ridicule et pourtant d'une incroyable justesse.

Son orgueil lui défendait un aveu.

Son amour le lui commandait.

Il n'est pas hasardeux d'affirmer que mademoiselle de Briolles devinait cette lutte et y assistait avec une joie mal dissimulée.

— Vous avez donc un peu d'amitié pour moi? reprit-elle.

A cette question il fallait une réponse.

Elle s'échappa des lèvres du jeune homme dans un cri du cœur sans calcul et sans réflexion.

— Si je vous aime! murmura-t-il.

Ce n'était qu'un mot et cependant jamais harmonie plus délicieuse ne devait vibrer aux oreilles de Diane. Mais déjà Maurice se reprochait sa faiblesse.

— Pardonnez-moi! s'écria-t-il, un aveu involontaire et qui aurait dû m'être interdit.

— Pourquoi?

— Est-ce que tout ne nous sépare pas?

— Tout? fit-elle surprise.

— Sans doute, ma pauvreté.

— En quoi peut-elle être un obstacle entre nous?

— La volonté de votre mère, volonté que je comprends et que je respecte. Madame de Briolles est ambitieuse pour sa fille. Je n'ai rien de ce qu'il faut pour satisfaire cette ambition légitime. Au contraire, tout me fait une loi d'étouffer mes sentiments et de me taire.

— Voilà bien des délicatesses, mon ami, dit Diane avec une moue railleuse.

— Que voulez-vous? Chacun entend l'honneur à sa manière. Si vous étiez pauvre!..

— Souhaitez-vous que je le devienne?

— Plût à Dieu!

Ce fut un autre cri du cœur qui émut profondément mademoiselle de Briolles.

Elle s'arrêta, une larme aux yeux.

— Je vous demandais tout à l'heure, dit-elle d'une voix altérée, ce que vous feriez pendant vos longues soirées de solitude...

— Eh bien?

— Je veux vous donner une distraction, mon ami.

— Laquelle?

— Vous penserez à moi !

— Comment pourrais-je vous oublier?

— Et vous vous direz que je pense à vous de mon côté, et... que je vous aime.

— Diane!

— Ecoutez-moi. Vous vous direz encore que je ne veux pas d'autre mari que vous. Oh! je n'agis pas à la légère, comme vous pourriez le craindre. Vous parliez d'argent tout à l'heure! Je le foulerais aux pieds, l'argent, si je ne savais qu'on peut faire beaucoup d'heureux autour de soi, quand par bonheur la fortune nous en donne les moyens. Voyez mon oncle Honoré! Quelle simple et touchante bonté que la sienne! Je sais que nos idées religieuses ne sont pas les mêmes. J'y ai songé. J'espère que vous me laisserez libre de rester attachée à la foi de mes pères, comme vous le serez de votre côté. Il y a de braves gens dans toutes les religions. Moi, mon ami, je veux pour ma vie un compagnon loyal et désintéressé, fidèle et tendre, plutôt qu'un millionnaire blasé ou même un prince dont le titre me soit un sujet de vanité et qui me laisse seule et triste à mon foyer désert. Je vous ai vu. J'ai su apprécier votre délicatesse, votre réserve et votre fierté. Ma mère m'aime. Je vaincrai ses préjugés et ses ressentiments. Je l'amènerai à consentir à cette union, devenue le plus cher rêve de ma vie. Je vous ouvre mon âme, Maurice, parce que je n'ai rien à cacher de sentiments aussi purs que la lumière qui nous éclaire. Vous êtes l'élu de mon cœur. Rien ne peut me forcer de me lier à un autre. Ou je vous épouserai, ou je resterai fille, ajouta-t-elle en souriant. Mon sort est donc entre vos mains. Que décidez-vous ?

— Vous êtes un ange, murmura Maurice éperdu en tombant à ses genoux.

Il allait lui prendre la main et la couvrir de baisers. Elle l'arrêta d'un geste.

— Oh! fit-elle avec son air enjoué, je crois que nous serons d'accord et que nos cœurs battront à l'unisson, mais avant de m'engager, j'exige un serment.

Elle ajouta en souriant :

— On n'a jamais vu d'amours sans serments, vous le savez. Et celui que j'ai à vous demander est sérieux, solennel.

— Parlez.

— Jurez de n'aimer que moi et de m'aimer toujours.

— Ne savez-vous pas qu'il me serait impossible de vous être infidèle, s'écria-t-il; que dès le premier jour où je vous ai vue, votre image fut gravée dans mon âme, que je vous appartiens! Je voyais avec désespoir approcher l'heure de notre séparation; je maudissais cet honneur terrible qui me condamnait au silence, quand j'aurais voulu, pour dix ans de vie, acheter le droit de vous parler comme je le fais. Un serment, Diane, en est-il besoin entre nous? La reconnaissance et l'amour m'enchaîneront à vos pieds; vous serez tout pour moi. Je n'aurai qu'une volonté, la vôtre; qu'un désir, celui de vous voir joyeuse; qu'une terreur, celle de vous perdre, comme je n'avais qu'une félicité, vous voir et vous entendre, vous que j'aime, vous que j'adore et pour qui je verserais sans hésiter la dernière goutte de mon sang.

— Quelle flamme! balbutia-t-elle troublée.

Et, se remettant :

— Jurez, ordonna-t-elle en levant le doigt.

— Je jure de n'aimer que vous et de vous aimer toute ma vie.

Elle retira son gant et lui abandonna sa main une seconde.

— Nous sommes fiancés, mon ami, lui dit-elle en rougissant, fiancés devant Dieu qui nous entend du fond de ce beau ciel bleu.

Il porta cette main nue à ses lèvres.

Toutes les mélodies de l'amour heureux vibraient en lui.

— Maintenant quittons-nous, reprit-elle en se remettant en selle, légère comme un oiseau. Je penserai à vous, pensez à moi.

— Vous êtes l'amour et le bonheur.

Elle s'arracha à ses adieux, au moment où des larmes de joie roulaient dans les yeux du jeune homme, excita son poney qui repartit au galop dans la direction de Briolles pendant qu'elle se retournait vers Maurice immobile et pétrifié comme un dolmen dans les landes.

Enfin elle disparut, son voile au vent, radieuse comme l'aurore, souriante comme l'amour.

Maurice descendit le sentier qui, à travers les bruyères, s'incline par une pente assez raide jusqu'à sa maison. Une joie intense inondait son âme.

Diane, comme une fée bienfaisante, lui apportait sa fraîcheur, sa jeunesse, sa fortune, sa beauté, tout ce qu'un homme peut rêver, toutes les félicités réunies; mais il se prit à songer que ce rêve était trop beau. Il aurait voulu Diane moins riche, pauvre comme lui, contente du modeste logis de l'Aubraye, pour être plus sûr de la garder.

Et l'image de la comtesse froide et hautaine, fidèle à ses aversions, lui apparut, mettant une ombre dans la traînée lumineuse où il marchait près de sa fiancée, la main dans la main de la gracieuse fille qui s'offrait à lui.

Il suivait lentement le sentier, la tête basse, plongé
ns ses réflexions, lorsque tout à coup il releva le
ont.

Il avait failli se heurter contre deux chasseurs qui
i barraient le chemin, bottés comme des gardes,
tus de complets roux et coiffés de chapeaux ronds
zarrement cabossés.

— Soesmes! s'écria-t-il, Balazé! Par quel hasard?

— Nous venons déjeuner chez toi. Ne t'inquiète
as. Les ordres sont donnés.

De ces deux hommes, le premier, Guy de Balazé,
tait épais et court; sa figure de marin breton enfouie
ans une épaisse barbe rousse était ronde comme une
ille. Ce qu'on apercevait ds la peau, c'est-à-dire le
ront et les pommettes, avait pris à l'air et au soleil
les nuances de brique trop cuite.

L'œil pétillait de malice.

L'autre, le vicomte de Soesmes, long et maigre,
osseux et raide, était brun comme un mulâtre. Sa
figure grave, austère, était taillée à grands coups
d'ébauchoir. Les joues creuses, le nez long et fort, les
yeux enfoncés dans les orbites meurtries, accusaient
une énergie puissante et tenace.

Tous deux portaient leurs fusils en bandoulière sur le
dos. Ils offraient deux types différents où se reconnais-
saient sans peine ces gentilshommes campagnards à
l'aise dans leur manoir, mais obligés, par la médiocrité
de leurs biens, d'habiter constamment le village.

Et en effet l'un et l'autre, voisins à deux lieues de
distance de l'Aubraye, vivaient toute l'année dans les
terres dont ils tirent leurs noms.

Catholiques ardents, ils gardaient contre les de
Briolles un reste de la haine qu'avaient dû porter
leurs ancêtres au compagnon de Henri IV et n'avaient
jamais frayé avec les héritières de ce nom détesté,

qui, du reste, les connaissaient à peine, si ce n'est de réputation.

Tous deux, un peu plus âgés que Faudoise, étaient liés avec lui par une étroite amitié.

— Ah! mon gaillard, dit Balazé, on te prend à flirter avec de jeunes beautés dans les bois. Quelle est cette écuyère?

— Vous avez vu?...

— Parfaitement. C'était touchant, ma parole! Intimité charmante! Il m'a paru, Dieu me pardonne, qu'on se baisait la main!

— Vous étiez là?...

— A deux portées de fusil. Nous n'avions garde de troubler une si douce entrevue. N'est-ce pas mademoiselle de Briolles qui...?

— Mais...

— Peste! La conquête vaut son prix! Mes compliments, mon brave!

— Je vous affirme...

— N'essaye pas de nier! Les yeux sont bons. On ne te plaint pas.

Faudoise connaissait ses amis.

Il comprit qu'il ne pourrait leur faire prendre le change.

— Eh bien! oui, dit-il, mademoiselle de Briolles.

— Parbleu!

— Mais n'allez pas croire au moins qu'il s'agisse de folies ridicules.

— De quoi serait-il donc question?

Le jeune homme n'avait pas de secrets pour ses anciens compagnons d'armes.

Il leur raconta tout. Sa joie débordait. Il aurait pris pour confidents les arbres de la forêt, si les deux ruraux ne s'étaient trouvés sous sa main. Il leur dit son enthousiasme, la générosité de Diane, ses espé-

nces, ses craintes d'un refus de la comtesse, tout
fin.

De Soesmes et Balazé l'écoutaient avec attention;
ais, à mesure qu'il avançait dans sa narration, leur
ine se renfrognait et prenait une expression de sévé-
é maussade et mécontente, presque d irritation.

— Tu l'épouserais? dit de Soesmes, quand l'autre
t fini.

— Pourquoi non?

— Ton père ne l'eût pas fait, peut-être; ton grand-
re moins encore, objecta le vicomte.

— Et la cause?

— Vous n'êtes pas de la même religion.

— Est-ce un crime?

— Non, sans doute; mais... je pense comme ton
rand-père et le mien. Je ne voudrais pas de made-
oiselle de Briolles, quand elle m'apporterait dix
illions dans chaque main.

— Je l'aime, dit Faudoise pour toute réponse.

— Prends garde! Ces parpaillots te porteront mal-
eur.

— Querelles d'un autre temps!

— Si tu ne crois plus à rien!

— Je crois à l'amour.

— Ah! fit Balazé en posant la main sur l'épaule de
on ami, je vois que tu es pris.

— Je l'aime, vous dis-je.

— En vérité?

— Comme un fou!

— Tu dis bien, comme un fou! déclara de Soesmes.
Mais l'amour est un aveuglement. Il serait inutile de
e sermonner.

— En effet.

— Nous ne l'essayerons donc pas. Mon pauvre
Maurice, puisses-tu ne pas te repentir de ton choix!

— Bonne chance, dit brusquement Balazé. E
allons déjeuner.

Les trois amis descendirent à l'Aubraye, bra
dessus, bras dessous.

La conversation prit un autre cours et les deu:
campagnards évitèrent toute allusion au secret qu'il
venaient de surprendre.

C'était un blâme silencieux.

Certes, la jalousie n'avait pas de prise sur ces âme
frustes mais loyales, sur ces rustres vaillants qu
gardaient avec un soin jaloux, au fond de ces campa
gnes perdues, les ardentes convictions qui les avaien
entraînés à porter les armes pour la défense du pap
et à faire de leur corps un rempart au successeur d
saint-Pierre.

Mais cette alliance leur déplaisait. Elle choquai
leurs croyances.

L'indifférence des générations présentes ne s'étai
pas encore infiltrée dans ces âmes bretonnes.

Lorsqu'ils furent sur le point de se quitter :

— Si ce bonheur m'arrive, vous serez mes témoins
dit Faudoise.

De Soesmes se gratta le front et Balazé grommel:
un juron dans sa barbe.

— Vous ne me refuseriez pas? insista leur ami.

— Il faut que ce soit toi ! murmura de Soesmes.

— Un ancien ! ajouta Balazé en serrant le
poings.

— Si tu veux, mais réfléchis, dit encore le vicomte

— Je l'aime ! répéta Faudoise.

Ses réflexions étaient faites. Plutôt que de renonce
à Diane, il se serait brûlé la cervelle, et pour arrivé
jusqu'à sa fiancée, il aurait traversé, pieds nus, l'in
cendie d'une ville.

VI

Six mois plus tard, le vœu de mademoiselle de Briolles devait être réalisé.

L'affaire ne s'était pas conclue sans certaines diffiultés, qu'on peut prévoir aisément; mais Diane avait ue manière de traiter les choses qu'il ne faudrait pas ecommander aux héritières, en face de tous les préendus sans exception.

Mademoiselle de Briolles possédait sur les jeunes lles de son âge deux avantages énormes.

D'abord elle était fort riche, ce qui donne d'inconestables privilèges. Ensuite sa mère l'adorait parce u'elle était adorable, qu'elles ne s'étaient jamais uittées, et, enfin, tranchons le mot, parce qu'elle tait fille unique et que toutes les affections de la omtesse se concentraient sur cette tête blonde et ·ieuse.

La future de M. de Faudoise ne prit pas de voies létournées pour arriver à son but.

En rentrant au château, après une course qui lui ouettait le sang, elle alla droit à sa mère, qui se promenait entre les plates-bandes de son potager et inspectait bourgeoisement ses carrés de milans aux feuilles frisées, ses salades, ses plants de tomates aux violentes couleurs, et ses espaliers couverts de fruits dont les jardiniers opéraient la cueillette.

Madame de Briolles était soucieuse. Un pli se creusait entre ses sourcils épais, signe d'orage. Le refus de sa fille d'épouser le conseiller, ce gendre idéal, courbé d'avance aux genoux de sa belle-mère, éprouvé, connu depuis son enfance, et mis en lumière par les adroites flatteries d'une matrone supérieure, lui causait une très pénible déception. Cet inexplicable caprice renversant des plans arrêtés et en partie exécutés par l'achat d'un hôtel destiné à ces deux tourtereaux, dont l'un se montrait contre toute attente rebelle et indiscipliné, précipitait la comtesse du haut de ses illusions sur le dur pavé de la réalité. Son siège, tranquillement écrit au coin de la cheminée, comme celui de l'abbé de Vertot, était à recommencer.

Aussi accueillit-elle sa fille avec des yeux, sinon irrités, du moins presque sévères, en lui lançant cette apostrophe d'un ton qui tâchait d'être rude :

— D'où venez-vous ?

Diane éluda la question et, montrant les jardiniers qui détachaient avec précaution les fruits des poiriers et les rangeaient dans des mannes d'osier :

— Oh ! fit-elle, la récolte est donc mauvaise que tu as perdu ta belle humeur ? Fi ! que c'est laid !

— Répondez !

— Pourquoi fais-tu ta grosse voix ?

La comtesse laissa échapper un grognement de protestation.

— Si ! Tu es furieuse. Avoue.

Madame de Briolles ne put s'empêcher de sourire.

— Tu vois, tu es désarmée ! dit Diane en s'éloignant des jardiniers, entre deux rangs de dahlias hauts comme des carabiniers.

— Je te dirai même d'où vient ta colère, reprit-elle. C'est parce que je refuse d'épouser Maxime.

— De vieux amis, soupira la comtesse d'un ton dolent.

— Sans doute, de vieux amis…

— Tout dévoués…

— Bien sûr, tout dévoués! Je ne dis pas non.

— Et avec lesquels nous ne pouvions manquer de mener la vie la plus agréable du monde.

— J'en suis persuadée.

— Mais alors?…

— Que veux-tu? Ne penses-tu pas, mère, qu'il faille un peu d'amour pour se marier?

— De l'amour! Une belle et bonne amitié suffit; elle est même préférable parce qu'elle dure.

— Et l'amour, tu crois qu'il ne dure pas?

Madame de Briolles haussa les épaules.

Elle n'avait connu l'amour que de nom et les grandes passions n'étaient pas son fait.

— Sans amour, songes-y donc, mère, reprit Diane, ce ne serait vraiment pas la peine de se donner un maître.

— Un mari n'est pas un maître, objecta la comtesse.

— Lis le code, tu verras. La femme est obligée de suivre… et patati et patata! Tout le temps des obligations.

— Tu l'as donc lu, toi, le code? fit madame de Briolles, ahurie.

— Sans doute. Il est dans la bibliothèque, cinquième rayon, à droite. Titre du mariage.

— C'est renversant. Ainsi, tu n'as pas d'amour pour ton cousin?

— Non. Pas le moindre. Une bonne affection, tranquille. Il ne me déplaît pas. Il est bien élevé, discret, un peu gourmé; mais c'est presque un magistrat, et la profession oblige… distingué surtout et spirituel. Il a donc toutes les qualités. Seulement, au point de vue de mariage, il ne me plaît pas assez Comprends-tu?

Et comme sa mère la regardait avec stupeur, elle ajouta :

— Tu penses, quand on s'enchaîne, car il n'y a pas à dire, c'est une chaîne qu'on prend.

— Et tu n'en veux pas?

Diane eut le plus malicieux des sourires.

Ses yeux de saphir se fixèrent sur ceux de la comtesse. Elle posa ses mains fines sur les épaules de sa mère et dit nettement :

— Si!

VII

Un trait de lumière frappa madame de Briolles; elle eut peur de comprendre et attendit.

— Veux-tu que je te dise, reprit Diane, pourquoi j'ai refusé Maxime hier soir? La raison principale du moins?

— Parle.

— Tu vas me gronder, mais tant pis. Tu ne désires pas que je sois malheureuse, n'est-ce pas?

— Où veux-tu en venir?

— Je n'aime pas Maxime,.. mais...

— Tu en aimes un autre?

Diane inclina la tête à diverses reprises et, serrant les lèvres :

— Oui, dit-elle, si bas que sa voix pouvait passer pour un souffle.

— Et ce personnage de ton choix, lui plais-tu? demanda la comtesse non sans ironie.

— Puisque j'en suis à me confesser, je dois aller jusqu'au bout. Hier, je l'ignorais.

— Ah! tu l'ignorais hier?...

— Oui.

— Et ce matin?

— Je le sais.

— Comment?

— Parce que je le lui ai demandé.

Madame de Briolles bondit :

— Tu l'as vu?

— Sans doute.

— Il demeure donc près d'ici?

— A trois lieues environ, trois ou quatre.

— Serait-ce M. de Faudoise? s'écria la comtesse, blessée au cœur.

Diane recommença la même pantomime et inclina sa jolie tête, un peu inquiète.

— Malheureuse! murmura madame de Briolles.

Une expression de bonheur se peignit sur le visage de la jeune fille.

— Malheureuse? Non. Pourquoi? Heureuse, au contraire. Je sais que M. de Faudoise est l'homme du monde le plus honorable, le plus digne. Je sais que depuis longtemps il m'aimait sans oser me l'avouer. Je sais qu'il n'aurait jamais parlé si je n'étais allée au-devant de ses confidences. Je sais qu'il est noble et généreux, qu'il a toutes les vertus, enfin, puisque je l'aime. Toi, ma mère, tu es bonne, et tu ne voudras pas mon malheur. Je ne l'épouserai pas sans ton consentement, car il me serait impossible de te désobéir, mais il me serait aussi impossible d'en aimer un autre.

La comtesse, stupéfaite, écoutait sa fille; elle flottait entre l'attendrissement et la colère qui grondait dans sa poitrine.

Diane avait prononcé ces dernières paroles avec une émotion contenue qui aurait attendri un rocher.

Mais l'indignation de la mère l'emporta.

— Ainsi, tu t'es jouée de moi, dit-elle, tu m'as trompée. Tu te crois forte, et tu n'es que le hochet d'un intrigant du voisinage! Tu te laisses prendre à une atroce comédie! Est-ce ta personne qu'il convoite, est-ce ta fortune? Qui peut le dire? Sans doute l'une et l'autre! Et je ne me doutais de rien! Quel aveuglement! Comme il doit rire de nous! Comme il va se railler de notre simplicité avec ses deux compa-

gnons, ce de Soesmes et l'autre... M. de Balazé! Des
sauvages!

— Valent-ils moins que nous parce qu'ils sont
moins riches?

— Qui parle d'argent et de fortune? Quelle folie t'a
poussée à cette aventure, sans consulter même ta
mère!

— Tu es fâchée?

— Certes, et je n'augure rien de bon d'une telle
escapade. M. de Faudoise est catholique.

— Il me laisse libre.

— Il ne possède rien.

— Nous sommes assez riches pour relever sa fortune.

— Je tremble qu'il n'ait fait un calcul et que tu ne
sois tombée dans un piège.

— Je réponds de son caractère.

Diane prit les mains de sa mère et plaida sa cause,
ou plutôt celle de son élu, si chaudement, avec tant
de chaleur, de soumission et de vraie tendresse, qu'elle
finit par désarmer son juge.

Il était impossible de résister à des prières si douces; la comtesse n'en eut pas la force.

Elle connaissait trop bien d'ailleurs la fermeté de
sa fille, son caractère plein de décision et d'opiniâ-
treté, pour croire qu'on pourrait la faire revenir sur
son choix.

On sentait sous la douceur des supplications une
volonté nettement arrêtée qui n'avait dû se fixer qu'a-
près de mûres réflexions, à la suite de fréquentes entrevues entre les deux jeunes gens.

Du reste, Diane ne cacha rien à sa mère.

Elle lui raconta tout, leurs rencontres, leurs entretiens, et enfin le dernier, celui qui avait décidé de
leurs destinées.

La comtesse était battue.

Elle n'essaya que de brèves objections et ne lutta que pour l'honneur, pour masquer sa retraite.

Diane acheva sa victoire avec ce grand argument des enfants adorés :

— Je t'en prie !

Et l'oncle de Bazouges, dans sa touchante faiblesse pour sa petite-nièce, acheva la déroute de la mère avec cette raison décisive :

— Puisqu'elle le veut !

Mais de ce jour la comtesse, dans le fond de son âme, voua une rancune nouvelle à cet homme qui s'était insinué dans le cœur de sa fille à la dérobée, comme un malfaiteur dans un logis mal fermé ; à ce voisin pauvre, l'ennemi héréditaire, qu'elle avait dédaigné, auquel elle accordait à peine un salut de condescendance dans les circonstances solennelles, par exemple au convoi de sa mère ; qu'elle était habituée à mésestimer à cause du fâcheux état de ses affaires et des antiques divisions des deux familles, et qu'enfin elle ne regardait avec guère plus d'attention que les gens de rien, les bûcherons de la forêt ou les métayers du canton.

Ce dédaigné lui arrachait sa Diane.

Et il l'avait prise sans qu'elle, la mère, la gardienne imprudente de ce trésor, s'en doutât seulement, comme un braconnier qui serait venu chasser sur son domaine en trompant l'œil et la vigilance des gardes.

Elle n'était pourtant pas méchante ; ses instincts, au contraire, la portaient à la générosité ; mais son amour-propre souffrait cruellement de ce qu'elle considérait comme un affront et une duperie.

Les de Soesmes, les Balazé allaient triompher.

C'était une troupe d'ennemis qu'il faudrait recevoir

et au milieu desquels elle était condamnée à vivre.

Ses ressentiments anciens se compliquèrent d'une sourde aversion qui, on peut le croire, fut activement stimulée par l'excellente douairière de Boistrudan, exaspérée cent fois plus que son amie contre ce ravisseur qui s'était rué sur ses filets comme un milan dans une toile d'araignée et les emportait aux plumes de son aile, sans même se douter qu'il était passé au travers et les avait disloqués et rompus.

Cependant Diane eut gain de cause.

Le 15 mai 1880, son union fut doublement bénite par un pasteur protestant, à la chapelle du château, et ensuite à l'église du village, par un prélat breton, ami de Faudoise, de Soesmes et de Balazé, qui continuaient à déplorer dans leur for intérieur ce qu'ils appelaient la faiblesse de leur ami.

La petite église de Briolles fut trop étroite pour contenir les invités et les curieux attirés par une cérémonie comme on en voit rarement dans le pays.

La mariée parut éblouissante.

Son jeune et frais visage rayonnait de bonheur.

C'était bien un mariage d'amour qu'elle contractait. Il devait laisser une trace ineffaçable dans son âme.

La journée était superbe.

Toutes les plantes se gonflaient de la sève du printemps. Les aubépines répandaient dans l'air leurs parfums pénétrants, les poiriers semaient sur le gazon une neige de fleurs, et la jeunesse de l'année se parait d'un manteau de verdure.

Diane voulut revenir à pied de l'église et renvoya sa voiture.

Elle se suspendit avec abandon au bras de son mari.

Elle était fière de lui.

Les paysans saluaient, en souriant, ces époux tous

deux jeunes, beaux l'un et l'autre, elle dans sa robe blanche bordée d'hermine, comme celles des châtelaines d'autrefois, un bouquet de fleurs d'oranger au corsage; lui, grand et fort, enveloppé daus son pardessus, cravaté de blanc, inclinant sa tête mâle et douce pour répondre au murmure flatteur qui marquait leur passage.

On savait leur histoire.

C'était l'opulente héritière qui avait forcé la main de la comtesse et vaincu sa résistance. On l'aimait davantage pour son désintéressement.

Il y avait de la chevalerie dans le fait de Diane, et, en France, on aimera toujours les vaillants et les généreux.

On l'admirait donc et on lui souhaitait du bonheur.

Pas tout le monde, cependant.

On jalousait bien un peu, par ci, par-là, ces mariés devant lesquels l'avenir s'ouvrait pareil aux perspectives enchantées, nées de l'imagination des poètes et des rêveurs, où tout séduit et rien ne choque, paysages de féeries, décors d'opéra, charme des yeux.

Cette envie se glissait jusque dans le cortège des mariés.

Là, surtout, elle soufflait ses inspirations venimeuses.

Malgré leur blessure, les Boistrudan s'étaient fait un point d'honneur d'assister à ce mariage qui les atterrait.

A cinquante pas en arrière des époux, Maxime contemplait d'un œil bilieux la taille de sa cousine, flexible comme une liane dans son corsage de satin blanc.

Cette vue lui causait des frissons de dépit.

Lui, que les charmes de Diane laissaient froid

auparavant et qui n'avait été frappé d'abord que de
la perte d'une fortune dont il espérait faire un mar-
chepied à ses ambitions, il se prit à regretter avec
une violence voisine de l'amour la femme elle-même,
non à cause de sa fortune, mais à cause de sa beauté.

Sa colère jalouse en redoubla.

Jamais mademoisele de Briolles ne lui avait paru
si séduisante, si désirable.

En outre, il songeait aux métairies, aux châteaux,
aux forêts qui lui échappaient, au petit hôtel qu'il
avait choisi et qui devait servir de nid à la félicité
d'un autre.

Au fond, madame de Boistrudan était dans un
état d'irritation plus violente encore. Elle étouffait
de fureur contre Diane, contre son amie, qui n'avait
pas su faire prévaloir son autorité, contre son fils,
contre Faudoise surtout, l'usurpateur qu'elle rêvait
de chasser du territoire sur lequel il s'établissait en
maître. Elle aurait voulu répandre sa colère à l'aise,
tourner le dos au château de Briolles et à ses habi-
tants; mais elle restait là, comme le soldat à son
poste, méditant une revanche impossible et des représailles chimériques.

D'où pouvait venir l'orage dans ce ciel où pas un
nuage ne se montrait?

Il est inutile d'expliquer que les Boistrudan étaient
admirables de tenue et de désintéressement.

Maxime, en apprenant la résolution de sa cousine,
lui avait dit d'une voix altérée :

— Je suis navré, positivement; j'espérais un retour
d'amitié, et vous me désespérez. Mais je tiendrai ma
promesse!

C'était très touchant.

Puis il avait pris en main la cause de son rival près
de la comtesse.

Diane n'était pas éloignée de penser qu'elle n'avait pas rendu à l'héroïque conseiller toute la justice qui lui était due, tant il jouait son rôle avec perfection.

Madame de Briolles et son amie se consolaient entre elles.

En somme, la comtesse était la plus facile à dérider.

Leurs plaies étaient aussi vives; mais celle de la douairière de Boistrudan, plus profonde; celle de la comtesse, plus à la surface.

Après tout, que voulait-elle? Le bonheur de sa fille.

Que M. de Faudoise, ce larron qui s'insinuait comme un voleur de nuit dans sa maison, y apportât la joie; qu'elle vît, grâce à lui, le sourire animer le visage sur lequel elle n'aurait pas eu le courage de voir rouler des larmes, et peut-être elle pardonnerait la surprise dont son orgueil était si horriblement froissé.

Ce serait donc la conduite future de son gendre — un mot amer à ses lèvres — qui déciderait de la sienne, éteindrait sa colère ou raviverait ses rancunes.

Quoi qu'il en soit, un concert, une coalition de haines, s'organisaient autour de ce mari radieux dans l'atmosphère de félicité qui l'entourait.

Jusqu'aux demoiselles de la Houdinière, de bonnes âmes pourtant, mais inféodées au salon de Briolles, dont elles épousaient les querelles, qui blâmaient en sourdine la chance insolente, oui, insolente, monsieur, de ce petit gentillâtre de Faudoise.

Les Touarcé donnaient leur note dans cette symphonie; ils avaient compté, eux aussi, sur l'héritière pour un neveu, et ne pardonnaient pas à ce voisin oublié leur déception.

Enfin, ce qui était plus grave, ni le grand air de

Maurice, ni la grâce de sa personne, ni la sincérité de ses sentiments, ne parvinrent à désarmer sa belle-mère.

Mais il ne put soupçonner la secrète hostilité qui l'environna dès la première révélation du choix de Diane.

La plus adroite des dissimulations déguisa l'irritation des Boistrudan.

Ils perdirent la partie en beaux joueurs et firent bonne figure à mauvaise fortune.

Leur haine comprimée en subsista avec plus de force, plus dangereuse, plus envenimée et prête à toutes les perfidies.

Le soir, lorsque les invités se retirèrent et que Diane se trouva seule avec son mari dans sa chambre de jeune fille, elle lui fit répéter son serment de n'aimer qu'elle et de l'aimer toujours, et le vieux château de Briolles abrita une félicité sans mélange.

Le printemps et l'été passèrent comme un rêve et ne furent pour les deux époux qu'une série d'enchantements.

Lorsque, à la fin de l'automne, Diane abandonna la campagne pour aller avec sa mère et son mari habiter le petit hôtel du boulevard Haussmann, elle jeta un long regard attendri à cette chambre modeste, restée simple comme lorsqu'elle y dormait, enfant, au milieu des oiseaux et des fleurs de sa cretonne bleue.

Elle y laissait les souvenirs de ses premières amours.

Ce fut le cœur serré qu'elle lui jeta le regard d'adieu, comme si elle avait dû, en s'en éloignant, courir au-devant d'une vie nouvelle, pleine de dangers, et voir la fin des jours heureux qu'elle y avait vécus.

VIII

Nous passerons trois ans d'un trait.

On peut les résumer en quelques mots.

Maurice témoignait à sa femme un amour passionné. Madame de Faudoise chérissait son mari.

Chérir! un mot qu'on n'emploie guère aujourd'hui! Terme suranné, ranci, passé de mode! Vieux jeu, disent les adeptes des nouvelles écoles. Platitude et gâtisme!

Il est trop calme et n'éveille pas l'idée de ces voluptés fiévreuses, des jouissances enflammées et rapides après lesquelles aspirent les jeunes générations.

Tout à l'électricité!

Philémon et Baucis devaient se chérir. Personne ne se soucie de ressembler à ces légendaires vieillards.

De notre temps on se désire, on se veut, on s'adore, on s'idolâtre. Les effluves de la passion nous apportent les émanations, les parfums de l'être aimé, moitié de nous-mêmes, âme de notre âme. Tous les feux dévorants, toutes les ardeurs, toutes les fièvres du désir nous consument.

Névrose, voilà bien de tes coups. Et Dieu sait quelle besogne elle donne aux docteurs allopathes, homéopathes, hydropathes et autres! Seulement, par faveur spéciale, la névrose sévit avec moins de férocité sur les bonnes gens de province que sur les petites maîtresses, les dames de la banque, les actrices de

génie, les lycéennes et les mondaines de toutes les
castes de Paris.

Maurice et Diane, tout en habitant six mois l'année
leur hôtel du boulevard Haussmann, restaient de p:o-
vince.

Il faut, pour rendre hommage à la vérité, reconnaître que peu à peu leur liaison était devenue singu-
lièrement calme et qu'un atôme de névrose lui eût
donné un piquant dont elle était dépourvue.

Ce ménage toujours charmant ressemblait, au commencement de 1884, à tous les ménages parisiens
sages, rangés, polis, qu'on pourrait proposer comme
modèles.

La jeune femme jugeait même parfois que cette sérénité dérivait insensiblement vers les bas fonds de la
monotonie et que ce calme ressemblait à de l'immobilité. Cette immobilité engendrait à certains moments
une sorte d'ennui qui n'avait rien de poétique, parti-
culièrement de trois à sept, dans l'après-midi, et plus
souvent de huit à dix, dans la soirée.

A ces heures-là, Diane était ravie de voir survenir
en simple fiacre, car ses moyens ne lui permettaient
pas le luxe d'une voiture à elle, madame de Boistrudan, qui, au moins cinq jours sur sept, consacrait
ses soirées à son ancienne amie, égayant la solitude
du petit hôtel des saillies de son esprit et du récit
des scandales du monde, scandales voilés qu'elle col-
portait avec une de ces étonnantes discrétions qui ne
laissent rien ignorer à quiconque.

Au demeurant, madame de Boistrudan était pour
ses connaissances une excellente vieille femme sans
prétentions, ne cachant rien de son âge, mettant, au
contraire, quelque coquetterie à s'en parer, parfaitement aimable, de bon conseil et des plus divertis-
santes qui se puissent rencontrer.

D'ordinaire elle venait seule, et quand les dames de Briolles entendaient la sonnette qui l'annonçait, elles éprouvaient par anticipation une jouissance prépara-toire, comme au théâtre quand le rideau se lève sur l'acte à sensation d'une comédie ou d'un drame.

Maurice, peu à peu, avait adopté la vie des riches oisifs du boulevard.

Disposant par son mariage de plus de cent mille francs de rentes, sans compter la fortune de madame de Briolles et de son oncle, le vieux marquis de Bazouges, qui, dans ses voyages à Paris, passait son temps à courir les séances de l'Institut et les bou-tiques des marchands de bric-à-brac; membre d'un des grands cercles de Paris, le « Sport », où Maxime de Boistrudan l'avait présenté, très aimé pour sa belle humeur, sa haute mine et sa loyauté, il se lais-sait prendre à de faciles liaisons qui usurpaient une large place dans son existence.

Entraîné par le courant, tiraillé entre les mille attractions qui se disputaient les heures d'une journée courte pour tant de plaisirs, étourdi par l'atmosphère capiteuse au milieu de laquelle il évoluait, il négli-geait, sans le savoir, l'hôtel de Briolles, et s'étonnait, le soir venu, qu'il fût arrivé du train d'un express qu'on entend à peine quelques minutes avant de l'apercevoir.

Il avait à cette dissipation une excuse. Il sentait l'hostilité latente, invincible de sa belle-mère, hosti-lité vainement cachée sous les formules de la plus parfaite politesse, et cherchait à la fuir, en se flat-tant d'épargner ainsi une gêne à la comtesse elle-même.

Quelquefois Diane se plaignait de ses absences avec un accent plein de tendresse, dans l'intimité de la chambre à coucher.

— On ne vous voit plus, mon ami, lui disait-elle d'un ton de doux reproche.

Il la regardait de ses yeux noirs, surpris, comprenant à peine, entourait sa taille de ses mains, l'embrassait à pleines lèvres, et la paix était faite.

La vérité, c'est qu'il avait à peine le temps de songer ou de réfléchir.

Lui, le chasseur ardent, le campagnard actif, l'ancien zouave habitué aux courses longues et dures, il éprouvait le besoin de changer de place, de se mouvoir, de donner libre carrière à son énergie, et Dieu sait que les occasions ne lui manquaient pas.

A son insu, il était emporté dans le tourbillon comme une feuille sèche par une tempête d'automne.

Mais comment Diane ne lui aurait-elle pas pardonné?

Paris, qui lui enlevait son mari, l'avait perfectionné pour ainsi dire. Il était impossible de voir un gentilhomme plus accompli, d'une grâce plus facile, d'une forme plus admirable, d'une tenue plus simple et plus élégante que M. de Faudoise.

Robuste, modeste et charmant, on aurait pu le définir avec ces trois mots.

Ses anciens camarades, Soesmes et Balazé, en étaient consternés et presque jaloux.

A ses voyages à Briolles, ils le criblaient d'épigrammes et l'appelaient Lauzun ou Richelieu.

Mais si les deux campagnards jugeaient que leur ami s'était trop vite métarmorphosé en citadin de la haute vie, sa femme le regardait avec orgueil.

D'un beau sourire il se faisait pardonner ses négligences; avec un baiser il aurait effacé bien des larmes.

Diane le voyait peu, mais elle se sentait toujours aimée.

N'était-ce pas le principal ?

Il pouvait être léger, distrait, absent ; s'il était loin, elle pensait à lui, confiante et sereine, sûre de son affection.

Les femmes ne s'y trompent pas.

On arriva sans encombre au mois de mars.

Le ciel des deux amoureux était toujours bleu et ne les menaçait pas. Et pourtant l'orage grondait et le nuage qui recélait la foudre s'élevait à l'horizon.

IX

Trois heures sonnèrent à la pendule du grand salon de l'hôtel de Briolles.

Cet hôtel, bâti par un financier capricieux, est, comme quelques autres, une pâle imitation des résidences gothiques.

On ne peut toutefois lui reconnaître qu'une parenté éloignée avec son ancêtre, l'hôtel de Cluny.

Les fenêtres de la façade sur le boulevard sont carrées et coupées par des croisillons de pierre ; la grande porte à cintre surbaissé ressemble au portail d'une chapelle ; la voûte du porche par où on se rend aux écuries est ornée de voussures comme les cryptes de Notre-Dame. Sous le toit, on admire des gargouilles à têtes de dragons et de chimères ; mais elles ne servent à rien et se gardent de déverser leurs eaux sur le chaperon des passants, comme aux temps reculés où florissaient Olivier le Daim et Tristan l'Ermite.

Il faut savoir quelque gré à l'architecte de la sobriété des ornements de ce petit monument dont l'intérieur est en parfaite harmonie avec la façade.

Les communs sont du même style que le reste.

Le propriétaire doit être tenté d'appeler ses chevaux des palefrois, des destriers ou des haquenées.

Le vestibule, boisé comme des stalles de chanoines dans une cathédrale, est flanqué d'un escalier de chêne dont la rampe massive est tailladée en trèfles.

Il y manque un suisse d'église avec sa hallebarde

et son baudrier ; mais madame de Briolles ne pousse
pas l'imitation des châtelaines d'antan jusqu'à porter
des hennins ou des souliers à la poulaine, et se contente pour elle et ses gens des modes de son temps,
malgré la forme de son habitation, forme à laquelle,
en paysanne qu'elle se piquait d'être, elle n'attachait
qu'une médiocre importance.

En revanche, son oncle, M. Honoré, se trouvait à
l'aise dans ce logis antique comme un poisson dans
l'eau.

Il habitait les combles et les encombrait d'une foule
d'objets aussi bizarres que ceux qui font sa gloire et
sa joie dans son pavillon de Briolles.

Ce jour-là, Diane et sa mère, assises près de la
haute cheminée, une merveille de chêne sculpté, taillée en hotte de cuisine et touchant au plafond à pou-
tres entre-croisées, car le salon est aussi gothique
qu'on puisse l'être à la fin du dix-neuvième siècle,
occupaient leurs loisirs chacune selon ses goûts.

La comtesse ourlait — doit-on le dire ? — bourgeoisement une douzaine de mouchoirs de batiste pour
abréger le temps, qui lui semblait d'une désespérante
lenteur.

On aurait pu remarquer au frémissement de ses
doigts une sorte d'agitation fébrile, d'énervement, et,
par instants, il lui montait au visage une de ces rou-
geurs subites qui trahissent de secrètes bouffées de
colère.

Diane, plus jolie que jamais, pâlie par les soirées
de l'hiver, qui avaient été nombreuses, achevait une
aquarelle représentant un coin de forêt, d'après des
études faites en Bretagne.

Elle était vraiment artiste et profitait de ses séjours à Paris pour perfectionner un incontestable talent plein de fantaisie. Son dessin était précis, vif,

net et rapide ; sa couleur, d'une grande vérité de tons.

De temps en temps, elle jetait à la dérobée un coup d'œil à sa mère, qui ne desserrait pas les lèvres.

Enfin elle se leva, fit un pas en arrière et considéra son œuvre.

— Fini, dit-elle. Vois donc, mère.

— Très bien, fit la comtesse avec indifférence.

— C'est un coin de bois de chez nous ! C'est là que j'ai rencontré pour la première fois...

— Ton mari ?

— Oui.

Madame de Briolles fit claquer ses lèvres et ne répliqua rien.

Diane ferma sa boîte à couleurs, remit ses papiers en ordre, plaça son aquarelle sur un petit chevalet garni de peluche et prit un livre.

— Je suis fatiguée, dit-elle en s'étendant sur un large fauteuil à dossier incliné, très moelleux et tel qu'on n'en connaissait pas au temps des fenêtres à croisillons et des gargouilles de granit. Il me semble que je vais dormir avec délices.

En effet, soit fatigue, soit influence du célèbre auteur dont elle tenait le volume, bientôt sa tête se renversa sur le dossier du fauteuil, et le livre glissa sur le tapis.

Elle dormait profondément, à demi couchée sur son siège, assez semblable à une chaise longue.

Sa mère la couvait du regard en évitant le moindre bruit.

Dans ce grand salon, où l'écusson des Briolles remplaçait avec avantage les armes de fantaisie du financier ; aux tapisseries de verdure des Flandres couvrant les murs, encadrées de boiseries finement travaillées, au plafond à caissons décoré de peintures héraldiques, un silence si profond régnait, qu'on aurait entendu un de ces papillons blancs, qui annoncent le printemps, se heurter aux vitres.

Une portière se souleva, et la jolie Bretonne de Plélan annonça :

— Madame de Boistrudan.

La comtesse poussa un soupir de soulagement.

C'était la vie qui entrait avec son amie dans la maison.

La visiteuse, légère comme un sylphe, glissa sur le tapis, tandis que madame de Briolles posait un doigt sur ses lèvres en montrant à la baronne sa fille, dont le sommeil ne fut pas interrompu.

L'amie s'installa près de la haute cheminée où se consumaient lentement d'énormes bûches d'orme, et la conversation s'engagea à voix basse.

On aurait dit deux pénitentes chuchotant leurs peccadilles aux guichets d'un confessionnal.

— Et Maxime? demanda la comtesse avec intérêt.

— Il devrait être content, dit madame de Boistrudan en levant les yeux au plafond, de petits yeux gris pleins de malice, car il va obtenir de l'avancement. Sa nomination est signée. Conseiller maître, à son âge, c'est rare. Mais...

— Toujours triste ! fit madame de Briolles.

L'autre inclina la tête :

— Toujours.

Et montrant Diane :

— Il ne supporte pas l'idée de l'avoir perdue. Certainement, il fait ce qu'il peut pour dissimuler. Il affecte parfois une gaieté bruyante, fausse. Mais il est frappé. Inconsolable! Voilà la vérité!

— C'était le gendre de mes rêves!

Toutes les amertumes de la comtesse s'exhalèrent dans cette exclamation.

Madame de Boistrudan côtoyait la vérité. Maxime

n'était pas si inconsolable que sa mère n'eût entamé, à plusieurs reprises, de secrètes négociations dans le but de le marier selon ses désirs; mais ses efforts échouaient les uns après les autres.

C'était une fatalité.

Madame de Briolles ayant insinué après une pause :

— Que ne se marie-t-il ?

Ce fut par un geste d'horreur que la baronne repoussa cette proposition. Elle arrondit les lèvres en entonnoir, pencha légèrement la tête sur son épaule et étendit la main pour manifester éloquemment ce qu'une telle proposition avait d'inacceptable.

Puis d'une voix brève :

— Inutile d'aborder avec lui cette question. Hier encore, il a refusé, mais tout net, un excellent parti, sans même vouloir un mot d'explication. Fille de bourgeois, je dois le dire, mais instruite, jolie et dans une position de fortune invraisemblable. Dot magnifique ! Espérances superbes ! Maxime m'a fermé la bouche avec sa phrase ordinaire : — On n'aime qu'une fois. — Voilà sa raison. Pour Diane, je vois avec plaisir qu'elle est tranquille puisqu'elle dort.

— Ce qu'il y a de sûr, c'est que son mari ne l'en empêche pas.

Le ton de la comtesse était plein d'amertume.

En bonne âme, madame de Boistrudan jugea le moment opportun pour jeter un filet de pétrole sur le feu.

— M. de Faudoise la néglige ; est-ce là ce que tu entends ?

— Il la néglige beaucoup.

— C'est impossible.

— C'est vrai.

— Voyons, continua l'amie très conciliante, tu dois exagérer. Conviens-en. Négliger une femme

4

aussi agréable, ravissante, on peut le dire, à laquelle il doit tout — il vous doit tout, M. de Faudoise! — ce serait la dernière des ingratitudes, des vilenies!

— Il fallait le prévoir, conclut la comtesse d'un ton péremptoire.

— Peut-être tu t'abuses.

Madame de Briolles s'emporta :

— En vérité, tu es d'une trop bonne pâte, dit-elle avec la trivialité de son style ; ton indulgence dépasse les bornes. M. de Faudoise se lance dans la haute vie! Que dis-je! se lance, il s'y est jeté à corps perdu... Il y a d'abord risqué un pied assez timidement...

— Dame! tu comprends, à l'Aubraye, il ne roulait pas sur les millions! Cette existence était si nouvelle pour lui.

— ... puis l'autre, puis tout y a passé. M. de Faudoise est à l'heure présente une des notabilités du tout-Paris. Son nom figure aux comptes rendus des premières, aux fêtes de bienfaisance. M. de Faudoise par-ci, M. de Faudoise par-là! C'est à peine s'il quitte son club. M. de Faudoise joue ; M. de Faudoise suit les courses avec ses amis et connaissances. Pas de solennités hippiques sans lui. Il n'est dans son élément que sur l'asphalte du boulevard, lui qui sans Diane était condamné à vivre emprisonné le reste de ses jours dans sa déplorable masure. La connais-tu ?

— Très peu.

— C'est à donner le frisson, ma chère. Une bicoque délabrée au bord d'une grenouillère.

— Que veux-tu ! insinua charitablement la mère du conseiller, Paris a des attractions excessives. Tout le monde s'y laisse prendre. Toi, comme les autres.

— Si ma fille était heureuse, certainement... Je ne

dis pas non... Mais ce qui se passe me fait souvent
regretter notre bon temps de Briolles. Personne entre nous...

— M. de Faudoise est exact aux heures des repas,
au moins...?

— A peu près :... sauf quelques déjeuners de gar-
çons. C'est une concession qu'il nous fait et qui lui
coûte infiniment, j'en ai peur ; mais je prévois le jour
où elle s'évanouira comme les autres. Déjà il se re-
lâche...

La dormeuse ouvrit un œil et le referma aussitôt ;
mais si prompt qu'eût été ce mouvement, il n'échappa
point au regard de lynx de la douairière de Boistrudan.

— Je t'en supplie, fit-elle, ne parlons plus de ton
gendre, puisque tu en dis du mal.

— Je dis ce que je pense. Au reste, ces mariages
d'amour ont tous le même sort. De la flamme au début, de la glace six mois après.

— De l'indulgence, je t'en prie, supplia l'amie,
pleine d'onction. Le mal n'est pas si grand. Je ne peux
pas le croire.

Elle enveloppa Diane d'un regard maternel.

— Pauvre petite, murmura-t-elle, un sauvage seul
pourrait être insensible à sa grâce, à sa douceur !

Diane étendit un bras ; elle passa sa main sur son
front et parut sortir d'un profond sommeil.

— Ah ! vous étiez là, dit-elle en apercevant la baronne. Pardon !

— J'arrive, et c'est un vrai plaisir de vous voir dormir de si bon cœur.

— Maurice n'est pas rentré ?

— Est-ce que ton mari rentre ? fit la comtesse en
souriant de pitié.

Madame de Boistrudan intervint.

— Mais quelquefois, dit-elle, certainement.

— Tu n'ignores pas, reprit la belle-mère, que M. de Faudoise doit être à je ne sais quelles courses, car on court maintenant par tous les temps. La banlieue est un hippodrome. Je me demande où les maraîchers cultivent leurs légumes.

— C'est une maladie !

— Monsieur parie, poursuivit madame de Briolles, acharnée sur sa proie. Monsieur passe même pour un connaisseur et s'en vante. Monsieur réalise, à ce qu'on assure, de beaux bénéfices sur le turf, grâce à de hautes relations... d'écurie.

— Allons, supplia Diane, ne l'écrase pas de tes foudres. Est-il si coupable, après tout ?

— Il est bien de son temps.

— De quel temps voudrais-tu qu'il fût ?

— Tu es trop faible, en vérité.

— Mais...

— Tu apprendrais qu'il te trompe odieusement, que tu lui chercherais des excuses, et tu en trouverais, comme pour le reste. Ce serait bien de son temps encore et de cette vie de Paris qui n'a plus de secrets pour lui et à laquelle il s'est formé avec une facilité que je n'hésite pas à qualifier d'excessive.

Diane était devenue très pâle.

Mélaine annonça de nouveau :

— Monsieur de Boistrudan.

En effet le conseiller venait rejoindre sa mère.

Il était suivi du vieux marquis de Bazouges, qui montait allègrement l'escalier.

Maxime salua les dames de Briolles et tendit la main à Diane avec cette familiarité permise entre amis et qui n'exclut pas le respect.

— Vous allez bien ? dit-il. Un peu fatiguée ? Trop de fêtes ? Si j'étais votre docteur, je vous prescrirais le repos. Vous vous tuerez, et ce serait dommage.

— Et vous ?

— Je me traîne. Je pâlis sur mes chiffres depuis ce matin. Je dois être abruti.

— Vous vous calomniez !

— Ma parole ! Je me rends justice.

Il prit un air tragique et ajouta :

— Ma vie n'est qu'une perpétuelle souffrance partagée entre un labeur opiniâtre et des regrets poignants.

— Depuis quand ?

— Depuis que l'heure des déceptions amères a sonné.

Il darda sur la jeune femme des prunelles ardentes dont le feu s'éteignit presque aussitôt.

— Laissons ce sujet mélancolique, dit-il en chassant d'un geste rapide des idées importunes. De quoi parliez-vous tout à l'heure ?

L'oncle Honoré s'était installé sans bruit dans un fauteuil à dossier carré, véritable chaire qui aurait figuré avec avantage dans la librairie de Charles le Sage, en sa citadelle du Louvre.

— Oui, de quoi parliez-vous ? insista-t-il après le conseiller. Continuez.

La comtesse se chargea d'expliquer le cas.

Sur ce thème favori, elle ne tarissait pas, et ce fut avec ravissement qu'elle poussa de nouveau une charge à fond contre M. de Faudoise.

Mais Diane se sentait plus forte maintenant contre sa mère.

Son oncle, l'excellent M. Honoré, pétri d'indulgence, vint à la rescousse et prit la défense du mari. Jamais, en outre, le conseiller ne manquait de l'appuyer, avec une aimable perfidie qui ne se démentait pas.

Madame de Briolles répéta sa question :

— Tu excuserais tout ! dit-elle à sa fille.

Diane répliqua avec fermeté :

— C'est une erreur, ma mère ! J'aime Maurice, mais s'il me trompait, je ne pardonnerais pas.

— Jamais ?

— Jamais. C'est même sans doute la seule faute pour laquelle je manquerais de cette faiblesse que tu me reproches.

Le conseiller écoutait la jeune femme avec une attention marquée.

— Vous seriez inflexible ? demanda-t-il.

— Oui.

— Même à Paris ?

— Pourquoi à Paris ? fit-elle étonnée.

— Les tentations y sont si nombreuses, dit-il avec insouciance.

Diane tressaillit.

Le ton du conseiller, accompagné d'une grimace expressive, lui donnait à réfléchir.

Maxime comprit que le coup avait porté et s'empressa d'ajouter :

— Mais à quoi bon des suppositions aussi gratuites.

Et il se lança dans un éloge à outrance de Maurice, éloge pour lequel la jeune femme le remercia d'un sourire qui valait une caresse.

— Comme elle l'aime ! pensa-t-il.

Deux minutes après, cet incident était oublié ou le paraissait. Mais la comtesse et son fils avaient échangé un regard d'intelligence.

Diane s'était rapprochée de son oncle.

M. Honoré se pencha sur les deux mains de la jeune femme avec la galanterie des vieillards d'autrefois et les colla contre ses lèvres.

— O jeunesse ! dit-il. Comme c'est frais, comme
c'est bon !

— Vous avez vu mon mari ? lui demanda-t-elle à
demi-voix.

— Non, pas aujourd'hui. L'avez-vous rencontré,
Maxime ?

— Je suis entré au Sport en passant ; M. de Faudoise est aux courses. Il n'en rate pas une.

Il ajouta avec intention :

— Il a raison, car il a une vraie veine.

— Quelle veine ? demanda Diane.

— Les femmes l'adorent et il fait mentir le proverbe... Il est heureux de toutes façons.

— Que voulez-vous dire ?

— Pas plus tard qu'hier, il a gagné mille louis sur
un mauvais cheval, *Ouragan,* une rosse qui d'ordinaire ne va pas comme le vent...

— Mille louis ! s'écria Diane.

— Dame, fit le conseiller le plus naturellement du
monde ; à dix contre un, il n'en risquait que cent.
Jolie opération !

— Hier ?

— A Auteuil. On me contait la chose à l'instant.

— Vous nous apprenez là des histoires !...

Le conseiller se mordit les lèvres.

— Comment ? je vous apprends ! Vous ne savez
donc pas ?...

— Du tout.

— Diable, fit Boistrudan en reculant comme s'il
eût marché sur un scorpion, j'aurais mieux fait de me
taire.

Et, se rapprochant de M. Honoré, qui essayait
vainement de l'arrêter :

— J'ai commis un impair, dit-il à voix basse.

Le marquis répondit sur le même ton :

— J'en ai peur.

Diane avait entendu cette phrase, dite pour elle.

— Et pourquoi auriez-vous mieux fait de vous taire ? demanda-t-elle.

— Pour rien. Si Maurice a négligé de vous faire part de sa chance, ce ne peut être que par oubli ou négligence. Il est d'ailleurs habitué au succès, et l'affaire n'a que peu d'intérêt pour lui. Ce n'est pas comme moi ; si je risque dix louis je suis sûr de ne pas les revoir. Une guigne affreuse !

— Vous êtes joueur, Maxime ?

— Comme tout le monde. Citez-moi un bon puritain qui s'en défende, et je vous paye un merle blanc. Maurice n'est pas plus criminel que les autres.

Diane était devenue rêveuse, presque sombre.

Jusque-là les insinuations des Boistrudan étaient vagues. Maintenant elles prenaient un corps.

Vainement son oncle essaya d'atténuer les conséquences de cette révélation.

Son mari jouait. Elle le savait. Il n'en faisait pas mystère, mais que devenaient ses bénéfices ? Mille louis !

La tête appuyée au dossier du fauteuil en forme de chaire, elle réfléchissait.

Le conseiller l'observait et jugea le moment propice pour frapper un second coup.

Il se tourna vers le marquis.

— Avez-vous vu le ballet de l'Eden ? demanda-t-il.

— En quoi peut-il m'intéresser ?

— Il est superbe ! Je vous recommande surtout une danseuse étonnante, une merveille qui vient de Milan en ligne droite. Elle fait fureur.

— On la nomme ?

— Un joli nom : Cara Dolci. La signorina Dolci.

— Qu'est-ce que c'est que ça? demanda madame de Briolles.

— Ça, répliqua Maxime. Vous êtes cruelle. Ça, c'est une créature mignonne, délicieuse, sublime, idéale. Un papillon pour la légèreté, une fée pour la grâce, un démon pour la fascination. Figurez-vous des cheveux noirs d'un ton chaud, à reflets rouges, sur un front pur ; un visage d'un ovale parfait, dans lequel, sous des sourcils courbés comme l'arc du dieu de l'amour, brillent des yeux sombres, ardents comme des braises, doux comme de la peluche, d'un lumineux excessif, un cou qui... un buste... une taille onduleuse, serpentine... des jambes surtout comme on n'en voit pas ! Et vous comprenez que cette Milanaise ne triche pas. C'est du vrai. Pas de supercherie. La beauté des beautés ! La grâce des grâces ! Bête comme une pintade quand elle ouvre la bouche, à ce qu'on dit, elle a un esprit diabolique dans le regard, dans le geste, dans la tournure, dans la pose, dans le sourire. C'est le charme incarné, la séduction vivante ! Nue aux trois quarts, elle est, quand elle veut, d'une virginale chasteté... d'aspect.

— Vous en parlez avec un enthousiasme!...

— Comme tout le monde. Au cercle, il n'est question que d'elle depuis son apparition. C'est le chef-d'œuvre de la nature et de l'art, parole d'honneur.

Madame de Faudoise, silencieuse, immobile, buvait les paroles du conseiller.

Pourquoi s'étendait-il avec tant de complaisance sur cette description ?

Sous sa légèreté railleuse, elle devinait une sorte d'avertissement qu'il lui donnait.

Maxime tourna un instant dans le salon, s'arrêta devant l'aquarelle exposée sur le chevalet, adressa quelques questions sur le site, vanta délicatement le

talent de l'artiste ; puis il passa en revue les tapisseries, en faisant des réflexions drôlatiques sur les ibis
sacrés et les cigognes fantastiques errant à travers la
verdure, au bord des eaux d'un bleu indigo.

Enfin, par une manœuvre habile, il vint s'asseoir
auprès de la jeune femme, qui l'appela d'un geste à
peu près imperceptible.

— Vous la connaissez bien, cette danseuse ? dit-elle
à demi-voix, de façon à être entendue de lui seul.

— Je la connais, sans la connaître, comme tous les
membres du cercle. Elle est délirante.

— Ah ! tous les membres du Sport la connaissent ?

— Sans doute. Une étoile qui fait courir tout Paris,
la grande attraction du moment. Maurice ne vous en
a rien dit ?

— Rien. Il la connaît aussi ?

— Parbleu ! Comme moi, comme les autres.

— Comment l'avez-vous nommée ?

— Cara Dolci. Si la fantaisie vous prend de la
voir, dites-le à votre mari. Il se fera un plaisir de
vous conduire à l'Eden.

Cela fut dit avec une aisance parfaite, sans la moindre apparence de malice.

— Oui, je veux y aller, fit nettement la jeune
femme, mais pas avec lui. Que faites-vous ce soir ?

— Peu de chose. Comme à l'ordinaire, je flâne,
je m'ennuie à périr dans ma cellule de la rue de
Verneuil, à moins de tuer le temps quelque part, au
théâtre.

— Donc, vous êtes libre ?

Le conseiller poussa un profond soupir.

— Hélas ! gémit-il.

— Voulez-vous m'accompagner à l'Eden ?

— Vous ne craignez pas de me faire massacrer ?

— Par qui ?

— Par Maurice, donc! Il est d'une jalousie!...

— Ne plaisantez pas... Voulez-vous?

— Vous y tenez?

— Infiniment.

— Trop d'honneur. A vos ordres!

— Nous prendrons une loge. Retenez-la... de côté, dans l'ombre autant que possible.

— Vous avez juré ma mort.

Diane feignit de ne pas entendre.

— Ecoutez, dit-elle très vite, ma mère tient à ses habitudes de la campagne. Après le dîner, elle monte chez elle de bonne heure. Maurice ne rentre pas, lui. Il sort sous prétexte de fumer un cigare. Vous allez dîner ici avec votre mère. Nous nous esquiverons tous deux en fraude, comme des amoureux. Miss Arabella, s'il le faut, et Mélaine protégeront notre retraite. D'ailleurs, quoi de plus innocent?

Le conseiller poussa un soupir à enfler les voiles d'un sloop.

— C'est trop vrai; quoi de plus innocent! répéta-t-il.

Il parut déplorer infiniment cette innocence. Pourquoi la plus vertueuse des femmes est-elle flattée en pareil cas?

— Est-ce entendu? reprit Diane.

— Comme il vous plaira! Je suis d'un naturel d'esclave. En m'achetant sur un marché, une femme aurait eu la main heureuse.

— Allez donc.

— C'est l'affaire d'un instant. Je cours, vole et reviens.

Il prit son chapeau et sortit.

M. Honoré causait avec les deux matrones et s'extasiait sur un petit meuble hideux et vermoulu, mais ancien, qu'il avait découvert dans la journée au fond d'un bouge sordide, dans un cul-de-sac infect.

Il avait dû reculer devant le chiffre demandé, mais il ajoutait en clignant de l'œil avec le contentement de l'amateur sûr du triomphe final :

— Je l'aurai !

Le trio n'avait rien entendu de la conversation de Diane et de son cousin.

Après le départ de Maxime, pour éviter des questions qu'elle voyait poindre sur les lèvres de sa mère, madame de Faudoise se leva lentement et alla s'asseoir à son piano.

Sa taille n'avait rien perdu de sa légèreté, mais ses épaules plus pleines, sa poitrine plus développée, arrivaient au degré de perfection de la femme dans toute sa splendeur.

La baronne l'admirait d'un regard émerillonné qui allait du visage de la mère, comme une flatterie, au corsage souple de Diane.

— Est-ce que ce ne serait pas un crime de tromper une telle créature ? dit-elle à M. de Bazouges.

— Et qui donc y songe seulement ? répliqua le vieillard.

— Mais...

— Son mari ? Allons donc ! Un brave garçon qui a de la fougue, de la jeunesse, du sang, de l'énergie, et qui les dépense. Il se calmera.

— Vous ne voyez de mal nulle part, mon oncle, observa la comtesse.

M. Honoré sourit avec bonhomie.

— Moi, je vous dis que mon gendre court trop après les distractions du dehors...

— L'esprit est prompt et la chair est faible, observa la douairière.

— Vous aimez Diane! reprit la comtesse en s'adressant à son oncle.

— Ventre de biche !

— Si elle était malheureuse, que diriez-vous?

— C'est impossible. Malheureuse, ma Diane !

— Regardez-la.

La jeune femme avait ouvert une partition, *Carmen*, et commençait nonchalamment l'ouverture.

Au bout de quelques mesures, elle s'arrêta brusquement, referma le cahier, et en prit un autre qui ne tarda pas à avoir le même sort.

Elle se leva.

— Je m'ennuie, dit-elle, en passant près du marquis.

Elle se mit à la fenêtre et regarda au dehors.

Le temps était brumeux mais très doux.

C'était l'heure où l'on va faire un tour au Bois avant le dîner.

— Mon oncle, dit-elle, en revenant s'accouder au fauteuil du savant, voulez-vous vous dévouer?

— Que faut-il faire ?

— Une promenade.

— Avec bonheur, dit-il.

Elle sonna. Mélaine parut aussitôt.

— Qu'on attèle le coupé, ordonna-t-elle.

— Bien, madame.

— Je voudrais savoir où est monsieur, reprit-elle, très nerveuse. Monsieur s'émancipe, en vérité. Monsieur en prend à son aise.

Elle prononçait ce mot monsieur, comme elle aurait jeté un caillou à la tête d'un insolent, avec rage.

— Jamais je ne t'ai vue ainsi, dit M. Honoré. Qu'est-ce que tu as ?

— Moi, je n'en sais rien. Ce qu'il y a de sûr, c'est que les nerfs me font mal, et que j'ai la tête en feu.

— Veux-tu une ordonnance? Prête-moi ton bras. Pouls agité, rapide, peau chaude et sèche. Ce ne sera rien. Deux tasses de tilleul ce soir et du repos.

— Vos malades vous manquent, mon oncle, et vos collections. Si nous allions à la campagne !

— J'ai des nouvelles. Tout va bien à Briolles. Si mes clients avaient besoin de moi, je me mettrais en route sans tarder.

— Que je voudrais être là-bas, dans nos forêts, soupira la jeune femme, rêveuse. Ici, tout m'énerve, tout m'irrite !

Elle se rapprocha vivement de la comtesse, et reprenant son enjouement :

— Ce n'est pas ta faute au moins, chère mère, ni sans doute celle de personne. C'est la mienne.

Elle essaya de sourire, mais elle n'avait pas le cœur à la joie.

Elle ressentait les premières atteintes de ce mal terrible, la jalousie, qu'une insinuation perfide, quelques mots mystérieux, avaient suffi à faire germer en elle.

X

Au surplus, le rival malheureux de M. de Faudoise n'exagérait rien.

Il avait trop de finesse et de tact pour s'y hasarder.

Au contraire, il atténuait plutôt les torts du mari.

L'air de Paris exerçait sur Maurice les ravages qui démoralisent et vicient le cœur et l'esprit des faibles.

La jeunesse du mari de Diane s'était passée au collège de Rennes dix ans de suite, et pendant les vacances à l'Aubraye.

A la fin de ses études, il s'était engagé dans les zouaves pontificaux. Il avait dix-huit ans à peine et la terrible guerre de 1870 venait d'éclater.

A la paix, la maladie de sa mère le ramena à l'Aubraye et l'y retint jusqu'à la mort de madame de Faudoise, survenue dix-huit mois avant le mariage de son fils.

A part quelques échappées à Paris, courtes et peu intéressantes, campement de voyageur prêt à repartir, il avait donc vécu à la campagne ou au régiment, d'une existence modeste, à laquelle sa fierté de gentilhomme pauvre, qui méprise les aventures banales et se refuse les fêtes qu'il faut payer plus cher qu'il ne le peut, imprimait un certain caractère d'isolement et de sauvagerie.

Aussi apportait-il à Diane, en se mariant, les ardeurs d'une âme neuve et saine dont elle était le premier amour, l'unique passion.

Mademoiselle de Briolles l'avait compris et s'était

attachée à lui comme le lierre au mur, avec d'autant plus d'énergie qu'elle espérait se l'enchaîner par un sentiment pur, fidèle et dévoué, fait d'amour et de reconnaissance.

Mais bientôt la vie des oisifs, les flâneries du boulevard, les distractions de toutes sortes, les causeries légères, les tentations de la grande corruptrice, commencèrent à produire leur effet dissolvant et délétère.

Faudoise s'habitua trop aisément à déserter, pour les salons des cercles, le petit hôtel du boulevard Haussmann, ce nid d'amour capitonné de soie, comme une boîte à gants.

On sait quelle était son excuse.

La fortune considérable de Diane, son nom à lui-même, lui ouvraient toutes les portes. Sa loyauté, son entrain, sa franchise, lui gagnèrent toutes les amitiés. Par délicatesse, il laissa à sa belle-mère et à sa jeune femme une liberté absolue, en s'attribuant, presque sans y songer, par étourderie, les mêmes avantages, mieux enlacé par les mille lianes de ses occupations frivoles que les Bretons fabuleux de la légende dans les broussailles de la forêt de Brocélyande.

Affectueux, d'ailleurs, comme au premier jour, empressé — à ses rares heures de présence — auprès de Diane, l'aimant toujours et l'aimant uniquement, mais entraîné à vingt passe-temps, à toutes les parties de plaisir, bon compagnon et bon ami, sans peur et sans reproches, parfait aux yeux de sa femme, s'il eût été moins souvent dehors et plus souvent à la maison.

Lorsqu'elle espérait le garder, il tirait sa montre, regardait l'aiguille et se désespérait en songeant qu'on l'attendait à quelque rendez-vous.

Il embrassait Diane en s'excusant, la serrait dans ses bras avec une tendresse qui n'était pas jouée, et s'échappait en disant :

— Je vous laisse. Désolé. Heureusement, vous avez votre mère !

Sur cette pente glissante, il est facile de dériver aux abîmes matelassés de soie et de duvet où s'engloutissent la plupart des fidélités parisiennes.

Après avoir donné ses ordres à Mélaine, Diane était entrée dans sa chambre.

Ses traits, d'ordinaire si reposés, se contractèrent. Ils prirent une expression de dureté, de souffrance surtout.

La Bretonne la suivait.

— Madame va au Bois ?

— Oui.

— Madame veut-elle se faire belle ?

— A quoi bon ?

A quoi bon, en effet, dès que ce n'était pas pour lui mais pour une promenade en compagnie d'un vieillard, au fond d'un coupé ?

— Un chapeau, ma pelisse.

— Quel chapeau ?

— Tu m'ennuies. Le premier venu !

Pour un rien, elle aurait maltraité cette pauvre Mélaine, si dévouée, si douce, à ses pieds comme un chien.

Elle en fit la réflexion toute seule et se demanda :

— Qu'ai-je donc ?

Elle ne se reconnaissait plus.

Elle fit un effort et essaya de chasser les idées qui l'obsédaient.

Debout en face de la grande glace de sa psyché, elle se contempla une minute avec la complaisance des femmes qui se savent belles et connaissent la puissance de leurs charmes.

Certes, elle était plus que belle, elle était tentante, faite pour inspirer de violents désirs.

Moins modeste et moins chaste, elle n'aurait pas douté d'elle-même.

Chaque jour des témoignages flatteurs lui affirmaient la séduction dont elle était comme imprégnée.

Que de valseurs au bal lui avaient murmuré des déclarations qu'elle ne voulait pas comprendre et que, peut-être, dans la droiture de son âme, elle ne comprenait pas. Que de regards enflammés cherchaient le chemin de son cœur quand elle traversait les salons, décolletée, les bras nus, des bras de déesse, ses magnifiques cheveux cendrés frisant sur son front, sur son cou, sur ses tempes ! Que de fois sur son passage, lorsque par hasard elle suivait à pied les boulevards, seule ou en compagnie de miss Arabella, des passants s'étaient insolemment retournés avec ces exclamations brutales qui prouvent le charme mieux que les compliments discrets des connaisseurs et les phrases entortillées des gens du monde !

Devant sa glace, elle reprit courage.

Elle se dit qu'elle cédait à de vaines terreurs, qu'il était impossible que ce mari qu'elle avait assez aimé pour le préférer à tant d'autres, pour l'aller chercher elle-même et le tirer de son obscure retraite comme un prisonnier qu'on rend à la lumière, pût oublier ses promesses et le serment qu'elle avait exigé en se donnant à lui, et qui vibrait encore à ses oreilles.

Elle expliqua, en excusant Maurice, ses dissipations, ses absences. Elle les rejeta sur cette vie de Paris, qu'au fond elle haïssait ; elle se dit avec joie que le printemps arrivait à grands pas ; qu'elle enlèverait son mari à ce milieu, cause de tout le mal, qu'elle l'enfermerait au fond de son domaine de la Mayenne, témoin de leurs joies passées, et que là il serait tout à elle et que personne ne le lui disputerait.

Comme elle était plongée dans ses méditations, Mélaine reparut.

— Madame, dit-elle, M. le marquis vous attend.

Diane fit un geste d'ennui.

Elle ne tenait déjà plus à cette promenade.

Maurice allait rentrer sans doute et ne la trouverait pas à son retour.

Mais au salon M. Honoré était prêt, enveloppé dans sa longue houppelande, avec son chapeau à larges bords sur la tête.

— Allons, dit-elle.

Et lorsqu'ils furent tous deux dans le coupé, mollement assis sur les coussins de satin bleu, bercés par le trot élastique des deux alezans qui les emportaient, elle se pencha à l'oreille du savant :

— J'ai à vous consulter, mon oncle.

— Sur quoi ?

— Sur des choses graves.

— Diable ! A ton âge.

— C'est justement à mon âge qu'elles nous importent.

— De quoi s'agit-il ?

Elle posa un doigt sur ses lèvres.

— Chut ! c'est entre nous.

— Amour et mystère, mon enfant ! dit-il avec un regard plein d'indulgence et de tendresse.

Bientôt le coupé franchit la porte du Bois de Boulogne, après avoir descendu cette incomparable allée bordée de jardins et de palais féeriques que l'Europe nous envie, comme tant d'autres merveilles... à ce que nous disons.

Et le marquis essayait de détruire, avec une pitié tendre, les doutes qu'une parole imprudente, si elle n'eût été préméditée, semait dans l'âme de sa com-

pagne de promenade comme autant de plantes véné-
neuses et mortelles.

Il avait à peu près atteint son but et rendu le mari
soupçonné blanc comme neige, lorsque le coupé s'engagea dans l'allée des Acacias et fut emprisonné dans
la file d'équipages qui la descendait, tandis que l'autre
file remontant vers Paris passait à droite de Diane.

Tout à coup, elle poussa un léger cri et se rejeta au
fond du coupé.

XI

M. de Faudoise subissait une crise, et des plus graves.

Il ressemblait au touriste imprudent qui escalade sans précaution les glaciers du mont Blanc, au risque de rouler dans une crevasse au moment où il y pense le moins.

Il ne manquait pas de guides, mais ils étaient pernicieux, Maxime de Boistrudan, par exemple, qui avait le pied marin et se jouait sur la mer orageuse et pleine de récifs où il naviguait depuis son enfance.

Grâce à ses amitiés du cercle, où il jouissait de l'autorité de cette élite d'esprits subtils, blasés et sceptiques qui forment partout une sorte d'association secrète et de franc-maçonnerie mystérieuse, le conseiller suivait jour par jour, pied à pied, les progrès de cet étourdissement moral et s'en réjouissait.

Par une tactique savante, il aidait même, à l'insu de tous, à l'œuvre de démoralisation qui minait cette nature robuste et résistante avec le redoublement d'énergie des typhus plus acharnés sur l'être à la santé de fer fraîchement débarqué, que sur les tempéraments débiles faits au climat mortel sous lequel ils sévissent.

Depuis quelques semaines, il n'était bruit que d'une danseuse italienne qui venait de débuter à l'Eden avec un immense succès de talent et de beauté.

C'est un rare privilège.

Parmi les danseuses, le plus souvent celles qui ont de la beauté manquent de talent; celles qui ont du talent sont en revanche maltraitées par la nature.

On connaît des exceptions.

Elles confirment la règle.

Cara Dolci, l'étoile de l'Eden, était une véritable merveille.

Petite, brune de cheveux, avec une peau mate, des yeux troublants, un nez droit aux ailes mobiles et frémissantes, des lèvres aussi rouges qu'une fleur de grenadier, taillée dans le marbre comme la plus parfaite des statues, elle souleva dès son apparition une admiration frénétique. Sa vogue fut prodigieuse. Toute la gent frivole des clubs, toute la jeunesse dorée, tout ce qu'il y avait, du boulevard des Capucines à la rue Royale, de bécarre, pardon! de v'lan, de p'schutt et de ah! — quelle langue, Dieu juste! — se fit un point d'honneur de retenir son fauteuil au premier rang de l'orchestre, d'étaler aux yeux éblouis des quadrilles court-vêtus des plastrons de neige, des boutonnières ornées de fleurs les plus diverses, de faire entendre des murmures flatteurs à l'entrée de la diva, et de se pâmer d'aise aux ronds de jambes, aux variations sur les pointes et aux poses excitantes et lascives de la danseuse. Cara était unique, abracadabrante, catapultueuse, pour parler l'argot des messieurs en frac qui la bombardaient de leurs bouquets et l'applaudissaient en Romains chaque soir avec un ensemble digne du Conservatoire. Elle troublait, elle fascinait, elle incendiait.

Parmi ses admirateurs, il en était un sur lequel elle avait produit une impression d'autant plus profonde qu'il était plus neuf, plus accessible à ses séductions.

C'était Maurice.

Il essayait en vain de se donner le change sur la nature de ce sentiment.

L'effet était produit.

Venu à l'Eden avec Maxime de Boistrudan, il avait été présenté par le conseiller à la danseuse, et Cara l'avait accueilli avec le plus irrésistible de ses sourires.

Depuis, il y retournait chaque soir, seul ou en compagnie de ses amis, et s'était fait une habitude de contempler au moins un instant et d'applaudir l'astre incomparable.

Ce fut peut-être d'abord son talent qui l'éblouit, mais bientôt il admira sa personne.

Son souvenir le poursuivait, et c'était une obsession agréable à laquelle il n'essayait pas d'échapper.

Au contraire.

S'il rentrait chez lui sans entrevoir son idole, il croyait comme Titus avoir perdu sa journée.

Toutefois, si on lui avait insinué qu'il aimait cette Cara ou même qu'il la désirait, il eût souri avec dédain.

Et Diane! Pourquoi donc comptait-elle dans son existence?

Tromper cette femme qui le comblait de toutes les joies, près de laquelle il se sentait si tranquille, endormi dans une sécurité que rien ne pouvait troubler, au sein de ce nid chaud, sûr, de la famille! Manquer au serment exigé de lui et qu'il avait prêté avec tant de joie et de sincérité! Etre infidèle à cette compagne de sa vie, si indulgente, qui prenait sa défense envers et contre tous, qui l'accueillait avec le visage souriant des femmes aimantes, douces et faciles, bonnes et tendres!

Quelle idée! Il y pensait bien, vraiment!

Seulement, où était le mal s'il éprouvait un plaisir réel à se sentir dans le voisinage de la danseuse, s'il

aimait à l'encourager de sa présence et de ses sourires ?

La Milanaise l'engageait au reste de son mieux à
persévérer dans cette voie.

Ils n'avaient échangé dans les coulisses que quelques phrases banales, des compliments vagues et
sans conséquence; mais on aurait pu supposer qu'un
courant électrique s'était établi entre eux. Si Cara
lançait au public par-dessus la rampe ces œillades
incendiaires dont les ballerines de l'école de Milan
sont si prodigues, on pouvait être sûr que, soit hasard,
soit préméditation, la plupart allaient se reposer,
après avoir voltigé comme des papillons, sur le fauteuil de Faudoise, assis invariablement à la même
place. Quand, à la fin d'un pas, elle distribuait
cette pluie de baisers qui d'ordinaire tombe au hasard
sur les spectateurs comme l'eau bénite d'un goupillon
sur les fidèles, c'était surtout Maurice, le préféré, qui
en recevait la meilleure part.

On ne tarda pas à le remarquer.

Cette préférence devint un des sujets les plus communs des entretiens du cercle.

Boistrudan suivait en silence les progrès de l'intrigue dont il tenait les fils.

Il avait connu la Dolci à Florence pendant un
voyage d'Italie, deux ans plus tôt, et se maintenait
avec elle dans une intimité amicale qui lui permettait
de tout savoir.

Bientôt il devint notoire que la belle Cara nourrissait pour Faudoise une passion qui croissait avec
une rapidité surprenante.

Si par hasard il était forcé de s'absenter une soirée,
ses amis le saluaient le lendemain avec quelqu'une
de ces phrases :

— La Dolci ne s'est pas mise en frais hier. Elle n'était pas en train.

Ou :

— Vous savez ! Vous manquez à tous vos devoirs. Cara était d'une tristesse !... Comme vous vous faites désirer !

Ces agaçantes provocations devaient produire leur effet.

Et, en vérité, cette fille était aussi attrayante qu'Eve dut le paraître au père du genre humain sous les ombrages du paradis terrestre.

A noter même cette ressemblance, qu'Eve et la danseuse étaient aussi peu vêtues l'une que l'autre.

Jamais étoile sur les planches ne poussa plus loin le mépris des jupes et des corsages.

Cara les réduisait à leur plus simple expression, et les spectateurs ne s'en plaignaient pas.

Un détail ajoutait du piquant à cette grâce étrange ; la Dolci passait pour aussi farouche à la ville que sémillante au théâtre.

On ne lui connaissait pas d'amant, et certes ce n'était pas faute de soupirants et d'offres corruptrices.

Les habits noirs de l'orchestre marchaient à sa conquête en bandes serrées comme les Argonautes, mais pour être repoussés avec perte dès le premier choc.

Cara répondait à toutes les prières :

— Trop tard. La place est prise.

Et si on insistait en lui demandant : — Par qui ? Elle répondait avec une de ses révérences classiques :

— Vous êtes trop curieux C'est mon secret.

Au bout de deux mois d'assiduités et d'hésitations, Faudoise, en songeant à ce secret qu'elle cachait si peu, se dit sans fatuité qu'avec un peu de bonne volonté il le devinerait assez facilement.

Les avances de la Milanaise étaient claires comme
le jour ; ses intentions, transparentes comme l'eau de
roche.

Elle l'aimait, ou, du moins, elle voulait le lui faire
entendre.

L'histoire de cette danseuse était romanesque.

On racontait qu'elle était entrée au théâtre sans
nécessité et par un pur amour de l'art.

Elle passait pour la fille naturelle d'un prince italien — on ne savait trop lequel — qui lui avait assuré une jolie somme de rentes, d'où elle tenait son
indépendance.

Cette légende restait fort obscure, mais elle suffisait
à entourer la Dolci d'une auréole.

Elle vivait simplement dans un modeste appartement de la rue Taitbout, vers le haut, du côté de la
rue d'Aumale, avec deux domestiques, une femme de
chambre italienne et une cuisinière française.

Son seul luxe consistait en une voiture au mois
qu'elle se payait.

Rien de plus simple que ses toilettes de ville.

On sentait qu'en dehors de la scène elle voulait passer inaperçue.

Sa distraction de chaque jour consistait en une promenade au Bois quand les répétitions la lui permettaient.

Ce jour-là, elle avait eu la même pensée que Diane
mais une demi-heure plus tôt.

Or, au moment où le coupé de la danseuse montait
l'avenue de Friedland et gagnait l'Arc de l'Etoile,
Faudoise se dirigeait vers le même point en suivant
les Champs-Elysées dans la victoria d'un de ses amis
du cercle, fils d'un banquier célèbre, le baron Rougaud.

Un singulier type, ce Noël Rougaud : immensément

riche, fils unique, idolâtré par ses parents, et plus avare que le dernier des grippe-sous, sauf pour ce qui concerne ses plaisirs personnels, dont encore il discute le prix avec l'âpreté d'un usurier.

Tête de fouine, nez pointu, lèvres pincées, myope avec un carreau dans l'œil, le cheveu rare, la face glabre, le sarcasme éternel à la bouche, doué d'un imperturbable aplomb, sa seule vertu peut-être, il représente bien la génération des financiers modernes, convaincus qu'on peut tout avoir quand on peut tout acheter.

Ce qui est peut-être vrai.

Amusant avec ses paradoxes, ne voyant rien qu'il ne mette aussitôt un prix sous la chose, tarifant l'honneur des hommes, auquel il ne croit guère, et la vertu des femmes, à laquelle il ne croit pas; produit perfectionné d'un siècle qui s'attache à tuer les croyances, à renverser le vieux monde pour installer on ne sait quoi sur ses ruines, et enfin, par bonheur, trop usé dès le berceau pour vivre vieux, et trop étiolé pour procréer de petits êtres qui lui ressemblent.

Les deux équipages furent pris, au tournant de la place de l'Etoile, dans un embarras de voitures et marchèrent au pas une minute l'un près de l'autre.

Faudoise touchait presque la Milanaise, qui le fixa d'un regard brillant, humide.

Ce regard semblait dire :

— Quand donc parlerez-vous?

La phrase eût été moins expressive que le coup d'œil, et surtout moins éloquente.

— Mon bon, dit le jeune Rougaud, vous voilà en demeure, il faut vous exécuter. Ne la faites pas languir! Si vous n'en voulez pas, dites-le. Soyez franc.

Elle en choisira d'autres, dans le tas. Autrement, c'est un capital mort, improductif.

Le coupé de la danseuse se dégagea et descendit l'avenue du Bois au grand trot.

— Suivez-la, ordonna Noël à son cocher.

En chemin, il reprit sa thèse et entama, pour convaincre Faudoise, un cours qui n'était pas de morale.

— Vous aimez votre légitime, on le sait. Adorable à tous les points de vue! Délicieuse, s'il m'est permis d'exprimer mon opinion à son sujet. Mais en quoi sera-t-elle désabusée de vos qualités pour une frasque? Avec de l'argent, on masque tout. C'est le dieu, l'argent, le remède souverain, le levier, le paratonnerre et le manteau des folies. Vous êtes pris, mon cher. Ça se voit. Vous ne la quittez pas des yeux, le soir, quand elle voltige sur les planches. Les ouvreuses mêmes le remarquent. Vous finirez par vous compromettre. Grâce à la satiété — elle vient vite avec les filles de théâtre — plus de danger. Vous n'en serez que plus aimable pour votre tourterelle. Cara vaut son prix, mais en pontant ferme sur un gagnant à cinq, vous aurez de quoi solder la petite fête. Après, vous vous direz : N i ni, c'est fini! Bonsoir la belle! et vous passerez à d'autres exercices. Elle aussi. Comptez-y.

Le coupé de la Dolci roulait toujours.

Au Bois, il prit l'avenue de Passy et s'égara dans des parages à peu près solitaires.

La victoria ne le quittait pas.

Près du champ de courses d'Auteuil, le coupé stoppa. L'Italienne descendit pour faire quelques pas à pied.

Les deux jeunes gens l'imitèrent.

— Ma foi, vous avez raison, dit Faudoise. La franchise, en pareil cas, n'est que de la probité.

Et il aborda la danseuse.

La jolie brune rougit jusqu'à la racine des cheveux.

Après quelques phrases de politesse, au moment où
le financier tournait le dos par discrétion et prenait
un plaisir extrême à considérer des pousses de saule
et de bouleau que la sève commençait à gonfler, Faudoise saisit la main de Cara et lui dit vivement :

— Je ne sais ce qu'il y a entre nous. Accordez-
moi un moment d'entretien, je vous en prie. Il faut
que je vous parle !

Elle hésita une seconde et se décida tout à coup.

— Eh bien ! dit-elle, venez demain, chez moi, à
trois heures. Je vous attendrai.

Le jeune Rougaud se rapprochait.

Il avait assez sacrifié à la discrétion et à l'amitié.

Il lui tardait de gagner l'allée des Acacias pour y
passer sa revue de chaque jour, compter les oisifs qui
s'y rendent de tous les coins de Paris mondain et prouver à l'univers que la camarde ne l'avait pas fauché
dans sa fleur.

— Vous dansez ce soir ? demanda-t-il à l'Italienne.

— Oui.

— Nous irons vous applaudir. Et maintenant ?

Elle voulait continuer sa promenade loin de la foule,
dans ce quartier solitaire où elle respirait à l'aise,
mais le financier l'entraîna.

Quelques minutes après, elle se plaçait à l'extrémité de la file dans la célèbre avenue adoptée par les
Parisiens pour cette étrange procession assez semblable au travail étourdissant d'un écureuil dans sa roue.

La victoria suivait le coupé comme un canot emporté dans le sillage d'un yacht.

En remontant en voiture, la danseuse avait serré

la main de Faudoise et plongé un regard passionné jusqu'au fond de son âme.

Elle le quittait étourdi, fasciné, emportant dans son oreille l'écho d'un des soupirs profonds qui trahissent la passion comme les flammes, s'élançant la nuit des hauts fourneaux, révèlent l'incendie qui y est allumé.

XII

C'est une bizarre idée d'aller, chaque soir, perdre
une heure à évoluer sur un espace de cinq mètres où
les chevaux sont contraints de marcher au pas dans la
poussière, où les voitures tournent roue à roue, en
files serrées, afin de saluer, au milieu d'une tourbe
d'étrangers et d'inconnus ahuris, quelques visages de
marque, vierges folles en quête de victimes, artistes
amis de la réclame, rentiers à court de moyens d'as-
sassiner le temps et qui s'ingénient pour malmener
cet antique vieillard, rusent contre l'ennui qui les as-
siège et se remontent chaque matin, au saut du lit,
comme une pendule pour un mouvement uniforme
auquel ils ne savent où ne veulent rien changer.

Ils ont le bois, les lacs, la cascade, les coins om-
breux, les bords de la Seine, les grandes pelouses, et
s'obstinent à s'emprisonner dans leur cercle de Popi-
lius, à peu près comme des gens qui ne posséderaient
un palais que pour se confiner dans une mansarde.

Lorsque Diane s'était rejetée dans le fond de sa voiture, voici ce qui venait de se passer.

La jeune femme avait aperçu un visage d'un type
étrange penché à la portière du coupé qui rasait le
sien et dont les glaces étaient abaissées.

Ce ne fut qu'une vision.

Les deux équipages se touchaient presque, mais ils
roulaient en sens inverse, au pas, dans la cohue,

Diane n'eut que le temps de demander à son oncle :

— Vous avez vu cette personne ?

— Oui.

— Vous ne la connaissez pas ?

— Non.

— Un bijou, murmura la jeune femme, étonnée de l'éclat des yeux de la Milanaise, de son teint mat, de ses belles lèvres de pourpre.

Au même instant, elle aperçut la tête de son mari, à demi renversé dans la victoria du jeune Rougaud, les jambes couvertes d'une fourrure et causant avec son ami si chaleureusement qu'il ne reconnut pas les chevaux de sa femme.

Cette rencontre n'eût pas frappé Diane si, tout entière à la pensée de la danseuse, un pressentiment ne l'eût avertie qu'elle venait de l'entrevoir.

Ce fut une divination, une lumière soudaine.

Elle ne douta pas une minute qu'elle pût être le jouet d'une illusion, d'une erreur.

Tous les éloges du conseiller s'appliquaient à la femme du coupé. Le type italien dans sa pureté se retrouvait en elle.

Madame de Faudoise n'eut plus qu'une volonté : rentrer et attendre son mari pour le questionner. Sa confiance, son calme, s'étaient envolés comme une bande de passereaux à l'approche d'un milan.

— Est-ce que ça vous amuse, mon oncle, dit-elle, cette foire aux vanités ?

— Oh ! je n'y songe pas, j'absorbe de l'oxygène, répondit-il avec son indulgente philosophie.

— Si nous retournions ?...

— Comme tu voudras.

— Jean, ordonna-t-elle, coupez la file, et à l'hôtel.

Ce fut bientôt fait.

Le cocher enleva ses chevaux, qui partirent d'un

trot allongé, en berçant sur les ressorts le vieillard, qui ne tarda pas à s'assoupir.

Diane n'essaya pas de l'éveiller.

Elle réfléchit avec amertume à la triste comédie qui se jouait autour d'elle. Elle attribuait au hasard l'avertissement qui lui était donné. Elle se demanda s'il était vraiment possible que cet homme, qu'elle avait tant aimé, en arrivât, après trois ans de mariage, à juger trop lourde la chaîne de fleurs dans laquelle elle avait cru l'enlacer pour toujours. Elle pesa les présomptions, les preuves de la perfidie dont elle était victime, cet argent gagné au jeu et dont Maurice ne parlait jamais ; ces absences si longues, si fréquentes, palliées sous tant de prétextes frivoles ; son silence sur une danseuse, dont, au dire du conseiller, tous ses compagnons de plaisir se montraient enthousiastes.

Les vipères de la jalousie lui mordirent le cœur en y infiltrant leur venin. Elle se sentait humiliée, honteuse de cette rivalité chimérique peut-être, dont elle s'exaspérait.

Certes, une voix s'élevait en elle pour défendre son mari. Elle s'efforçait de chasser ses doutes comme de vains fantômes ; elle s'accusait de défiance, de soupçons mal fondés, absurdes, ridicules ; elle rougissait de ces petitesses, ne voulant pas admettre qu'elle y fût soumise.

Et, malgré tout, elle ne pouvait se soustraire à cette obsession.

Alors, avec l'énergie de son caractère, avec sa décision prompte et nette, elle se promit de tenter un effort et d'avoir recours, pour se guérir d'un coup, à un énergique remède.

Puisque le hasard l'avait mise sur cette trace, fausse peut-être, fausse sans doute, car son bon sens, son cœur et son esprit se refusaient à condamner Maurice,

5

elle la suivrait, sans l'aide de personne, sans révéler ses inquiétudes, ses transes. Elle s'assurerait de la vanité de ses terreurs, et sans tarder.

Que savait-elle contre Maurice ? Rien. Quelques apparences à peine l'accusaient, et quoi de plus trompeur qu'une apparence ? Une fois rassurée, elle le serait pour toujours.

En arrivant à l'hôtel, elle était presque joyeuse.

Au fait, dans son existence vide, où l'ennui se glissait, ce serait une diversion. Elle se sentait vivre; le sang bouillonnait dans ses veines tandis que les autres jours elle s'alanguissait dans l'engourdissement du sommeil et de l'ennui. Si encore elle avait possédé cette félicité suprême d'avoir un enfant à elle, de l'entourer de ses soins, de sa tendresse, de son amour de mère! Mais jusque-là, rien! Elle était donc libre. Elle pouvait consacrer son temps à la défense de son bien, de son repos.

La comtesse et madame de Boistrudan remarquèrent son animation. Un feu de fièvre inusité brillait dans ses yeux.

— Comme tu es rouge ! lui dit sa mère.

— C'est le grand air, répondit-elle.

Vers six heures et demie, M. de Faudoise parut. Elle l'accueillit avec un redoublement de grâce, et l'attirant dans une embrasure, auprès d'une des fenêtres à meneaux, elle lui parla avec son affabilité des bons jours.

Elle aurait voulu pénétrer dans son âme, lire dans ses yeux qu'il n'était pas coupable, tout au plus d'un peu de légèreté ; qu'il cédait peut-être avec trop de faiblesse aux excitations du jeu, des courses, du théâtre, des plaisirs permis, après tout.

Elle aurait donné le meilleur de ses domaines pour s'assurer de son innocence et l'absoudre.

Maurice n'avait pas d'avocat plus ardent que l'offensée, si toutefois elle l'était vraiment.

Mais elle ne put s'empêcher, après quelques minutes de causerie, de remarquer sa préoccupation.

Ils se tenaient en face l'un de l'autre : lui, assis sur un fauteuil à dossier carré, surmonté d'une couronne, couvert d'une tapisserie aux tons effacés, confondus dans un gris verdâtre ; elle, sur un tabouret plus bas, de sorte qu'il pouvait jouer avec les torsades de ses cheveux et les effleurer de ses lèvres.

Du coin obscur où ils s'étaient retirés, ils voyaient dans le salon madame de Briolles et son amie, travaillant autour d'une table et ne s'occupant pas d'eux.

— Qu'avez-vous fait aujourd'hui, Maurice? demanda Diane à son mari.

Elle n'osa lever les yeux sur lui et attendit sa réponse avec anxiété. S'il allait mentir !

— Moi? Peu de chose. Comme à l'ordinaire. J'ai visité ce matin les écuries de Bessac. Il a des chevaux magnifiques.

— Ensuite?

— Nous avons fait un tour jusqu'au tir aux pigeons, avec des amis...

— Que je connais?...

— Sans doute... Lassay, Roquebrune, Tallevande, que vous voyez souvent à l'Opéra... Vous savez bien.. la loge voisine de celle de votre mère... qui donc encore?

— Cherchez un peu...

— Noël Rougaud, le fils du baron...

— Le banquier?

— Oui.

— Vous savez qu'on lui prête une très pitoyable réputation?

— Oh! de mauvaises langues... des envieux!... On
en a toujours dans sa position...

— Il s'affiche avec des actrices... des demoiselles
à cheveux jaunes.

— Noël est à la tête d'une grosse fortune. Il n'a
guère que vingt-quatre ans. Qu'il s'amuse... quoi de
plus naturel ? Il faut que jeunesse se passe.

— Tôt ou tard ? fit Diane avec intention.

Maurice lui releva la tête doucement et la regarda
dans les yeux.

— Pourquoi cette question?

— Pour rien. Et après ?

— Après ? C'était l'heure du déjeuner.

— C'est vrai. Et depuis ?

— Est-ce un interrogatoire que je subis ? dit-il en
souriant.

— Que prouverait-il? L'intérêt que je porte à toutes
vos actions.

— Ma foi, je me souviens à peine de ce que je suis
devenu.

— Un effort!

— Ah ! m'y voilà. J'ai perdu un moment en causeries au cercle.

— Continuez.

— J'ai fait un tour au Bois.

— Vous n'y avez rencontré personne que vous ayez
remarqué ?

Il chercha dans sa mémoire et dit :

— Ma foi ! non, personne.

— Pourquoi n'y êtes-vous pas allé avec moi ?

Maurice prit entre ses doigts une boucle des cheveux de sa femme :

— Oh ! pourquoi ? Par faiblesse, par bêtise, stu-
pidement, je le reconnais. On a voulu m'emmener. Je
n'ai pas résisté... à mon grand regret.

— On ! Qui ?

— Noël Rougaud. Il avait sa victoria ; j'ai pensé que vous ne sortiriez pas... que vous teniez compagnie à votre mère, qui est casanière... à madame de Boistrudan, qui devait venir...

— Comment le saviez vous ?

— Vous voyez bien que je ne me trompais pas... C'est l'instinct. Et puis, ajouta-t-il, avec quelque ironie, madame de Boistrudan vient souvent, très souvent.

— C'est bien heureux.

— Pourquoi ?

Diane, dont jusque-là le regard velouté caressait le visage de son mari, devint plus grave.

— Parce que sans elle nous serions souvent seules. N'avez vous pas remarqué, mon ami, que depuis quelques semaines vous nous négligez.. beaucoup !

Malgré la douceur de la jeune femme, Faudoise sentit la justesse du reproche et tressaillit.

Il resta quelques secondes interdit.

— Chère amie, reprit-il pourtant, c'est sans le vouloir, par suite de l'existence agitée de ce Paris, dans lequel les jours devraient avoir quarante-huit heures. On a tant d'obligations, tant de visites à faire, tant d'amis...

— Comme M. Noël Rougaud ! Je les redoute. Leur exemple est contagieux ; un jour aussi, comme lui, comme beaucoup d'autres, on peut se voir entraîné sans y penser...

Elle hésita un moment avant d'achever, et à la fin, essayant de pénétrer jusqu'au fond du cœur de Maurice par le chemin des yeux, elle ajouta :

— ... et rouler par faiblesse, comme vous dites, aux pieds d'une actrice ou... aux genoux d'une danseuse !

Elle put remarquer une légère contraction des traits de son mari.

L'allusion était saisie.

Il se remit et balbutia quelques mots embarrassés :

— Oh ! chère, que dites-vous ?

Et reprenant son sang-froid et s'animant :

— Quelle horreur ! Vous savez bien que je vous aime, que je n'aime que vous ! Je m'estimerais le dernier des hommes si je manquais à ce que je vous dois, si je violais des promesses qu'il m'est doux de tenir.

Il se leva vivement :

— Ce sont des chimères auxquelles il ne faut pas songer, ajouta-t-il.

Il serra les deux mains de sa femme dans les siennes, l'attira brusquement près de lui, déposa un baiser sur son front et s'éloigna en jetant un regard défiant à Mme de Boistrudan.

Le coup venait de ce côté. L'ennemi était dans la maison.

Diane resta immobile sur son tabouret, heureuse de l'indignation de Maurice, heureuse aussi de sa sincérité, car il n'avait pas déguisé la vérité, elle s'en croyait certaine. Après tout, peut-être n'avait-il même pas remarqué la femme qui le précédait.

A ce moment, le conseiller rentra au salon et chercha des yeux sa cousine, qui l'attendait dans son embrasure.

— C'est fait, dit-il, j'ai la loge.

Madame de Faudoise y tenait moins. Elle était presque décidée à n'en pas user ; mais comme il lui restait du temps pour réfléchir, elle dit simplement :

— Bien.

Et, se levant à son tour, elle prit le bras de Maxime

en lui glissant dans l'oreille cette recommandation :

— Pas un mot, à personne !

Le maître d'hôtel ouvrait la porte à deux battants et annonça :

— Madame la comtesse est servie !

XIII

Le théâtre de l'Eden était alors dans la gloire et la vogue de sa nouveauté.

Tout le monde connaît au moins de vue ce palais mauresque ou hindou qui s'est élevé, à grand renfort de millions, sur l'emplacement de l'ancien hôtel Schneider, à côté de l'Opéra, qui l'écrase, comme un mastodonte un simple rhinocéros, et n'a pas tardé cependant à emprunter, tout académie de danse qu'il s'intitule, à ce modeste voisin, son art de disposer et de faire mouvoir, dans un ensemble pittoresque, les masses court vêtues des ballabiles de Milan, la pépinière classique des artistes en chorégraphie.

Il n'est personne qui ne se soit arrêté un instant devant cette façade orientale où, la nuit, mille lumières éclairent d'immenses vitraux et qui semble le vestibule du paradis de Mahomet.

On se préoccupait de cette scène grandiose sur laquelle une révolution dans l'art charmant des Essler et des Taglioni venait de s'accomplir. On parlait de l'innovation coûteuse mais attrayante qui installait chez nous le ballet italien dans un temple doré, luxueux, où l'on se montrait prodigue de tout ce qui peut séduire et attirer la foule.

Sa grâce gagnait jusqu'à ses rivales, ou pour mieux dire elle était tellement supérieure qu'autour d'elle on s'inclinait et que l'admiration imposait silence à l'envie, tandis que la modestie de l'artiste commandait la sympathie.

Ce soir-là, dès neuf heures, la salle était comble.

Les fauteuils d'orchestre au complet formaient une réunion — selected — de fracs et de cravates blanches.

On aurait pu se croire à une première de la maison voisine. Les loges regorgeaient de public; impossible de trouver dix places au vaste balcon qui recouvre en partie les loges et les rend presque aussi sombres que des baignoires.

Au promenoir, c'était une immense cohue d'étrangers, de provinciaux, de rastaquouères aux doigts chargés de brillants, de Parisiens et de femmes, au milieu de laquelle on avait peine à se mouvoir.

Les cafés, ouverts à droite et à gauche des galeries, étaient pleins de consommateurs en fête, bruyants, dont le tapage se confondait avec l'ouragan musical déchaîné par le signor Maranco dans l'immensité de ce vaisseau géant.

Le caissier de l'Eden avait dû compter une de ces recettes douces au cœur d'un impresario, recettes nécessaires pour solder les frais gigantesques de l'orchestre, de l'éclairage et du personnel d'une aussi considérable mise en scène.

Une seule loge restait vacante du côté gauche, et cependant on refusait aux portes des spectateurs retardataires. Cette loge était louée, nous savons par qui.

Madame de Faudoise hésitait d'abord à l'occuper.

Pendant le dîner, elle avait continué l'étude commencée et s'appliquait à surprendre les impressions de son mari.

Maurice se comporta un moment avec assez d'adresse.

En se livrant à un puissant effort sur lui-même, il se dégagea de ses préoccupations, de ses rêveries, et prit part à la conversation générale avec l'à-propos utile et une liberté d'esprit tout à fait rassurante.

Par malheur, le repas se prolongea, à cause de la présence des Boistrudan.

Il était excellent, d'ailleurs, Le chef s'était surpassé, et on respirait à l'aise dans l'atmosphère parfumée de cette belle salle Henri II, au plafond à poutrelles, aux murs garnis, au-dessus du lambris de bois noir à filets d'or, d'un vieux cuir de Cordoue authentique.

Mme de Boistrudan ne tarit pas.

Son répertoire d'anecdotes mondaines était inépuisable, et sa verve redoublait à mesure que le dîner s'avançait.

Diane remarqua bientôt que son mari devenait inquiet, que ces lenteurs l'agaçaient comme un convive qui craint de manquer un rendez-vous ; qu'il frémissait d'impatience sur sa chaise et consultait à chaque instant, d'un coup d'œil oblique, la pendule, un superbe cartel du temps de Louis XIV, avec ses bronzes dorés et son soleil emblématique.

Peu à peu, à mesure que le temps fuyait, l'ennui du malheureux devint plus marqué. A la fin, il dut éprouver une véritable angoisse. La vie de Paris, l'âge de l'astuce, la quarantaine, ne l'avaient pas encore dressé à la dissimulation. Ses yeux ne quittaient plus le cadran, sur lequel les aiguilles tournaient avec une vitesse désespérante.

Diane eut pitié de lui, et, sur son invitation, on leva le siège pour passer au salon.

Faudoise respira.

Il écouta cinq minutes, par politesse, sa femme, qui

préludait au piano, et, se penchant à son oreille, il
lui glissa tout bas cet avertissement :

— Je vous laisse en bonne compagnie. Je vais fumer un cigare.

— Où ça ?

— Je ne suis pas fixé.

Il s'esquiva sans bruit, comme un lièvre qui se dé-
robe en évitant l'œil et le plomb du chasseur.

Dès qu'il fut sorti, Diane appela d'un signe le conseiller.

— Quand partons-nous ? dit elle d'une voix brève.

Toutes ses craintes lui revenaient, plus vives.

— Quand vous voudrez. Rien ne presse ; il est
trop tôt. Jusqu'à neuf heures et demie, nous ayons le
temps.

— On ne nous verra pas ?

— Je réponds de tout.

Elle n'ajouta rien. Elle eût rougi de confesser l'espionnage auquel elle voulait se livrer. Or, à ce moment, elle était bien décidée à tout savoir, à ne reculer
devant aucun moyen, quel qu'il fût, pour s'assurer de
la vanité de ses craintes ou de la trahison de son
mari.

L'incertitude lui semblait trop cruelle.

Comment, lorsqu'elle venait de se plaindre, sans
aigreur, de ses absences si fréquentes, il ne restait pas
même une soirée auprès d'elle ! Il partait comme les
autres jours, sans plus de déférence pour sa prière !
Son impatience fébrile à la fin du dîner était assez
visible ! Qui donc l'attendait ?

La jalousie de Diane ne datait que de quelques instants, et déjà elle grandissait à vue d'œil comme une
plante sous un nuage chargé d'électricité. A neuf heures et demie, la baronne de Boistrudan, sur un signe
de son fils, prit congé de son amie ; la comtesse se

retira dans sa chambre et laissa les deux jeunes gens en tête à tête.

Dès qu'ils furent seuls, Diane courut chez elle, s'enveloppa d'un manteau de fourrures et descendit l'escalier en quelques bonds, accompagnée de son guide.

Sur le trottoir, elle prit le bras du conseiller et l'entraîna si vite qu'il lui déclama le vers d'Elmire :

Vous marchez d'un tel pas qu'on a peine à vous suivre !

Il voulut arrêter un fiacre ; elle s'y opposa.

— Allons à pied, dit-elle. L'air me fait du bien.

Elle avait besoin de se rafraîchir, de se baigner dans l'humidité glacée de la nuit.

Sa tête brûlait. Il lui semblait que son front allait se briser.

Quelques instants plus tard, elle entrait au théâtre, et tous deux se glissaient dans leur loge, furtivement, comme des cambrioleurs dans une villa qu'ils vont dévaliser.

D'abord les vives lumières de la salle éblouirent la jeune femme : elle ne distingua rien qu'une multitude de têtes au milieu desquelles elle n'en reconnaissait aucune.

Personne ne fit attention aux nouveaux venus.

Tous les regards convergeaient vers la scène.

La loge avait été admirablement choisie par le conseiller.

Située de côté, à peu près au milieu du rang, on ne pouvait y être vu que des fauteuils de l'extrémité opposée de la salle, pour peu qu'on s'éloignât du bord de cette loge.

Mais en revanche, quand on voulait s'en donner la

peine, on embrassait l'orchestre et la scène d'un coup
d'œil.

Le second acte du ballet allait finir.

La Dolci n'était pas en scène.

Au troisième acte, elle triomphait. Ses pas les plus
remarquables se dansaient dans le décor du canal de
Suez.

Maxime de Boistrudan le savait, et s'il ne pressait
pas sa cousine d'arriver plus tôt, il avait ses raisons.

D'abord il éprouva une déception.

Le fauteuil de Faudoise, celui qu'il occupait tous
les soirs, était vide.

Maxime eut une vague inquiétude.

Est-ce que la machine de guerre combinée avec tant
de patience allait rater son effet ?

La toile tomba sur le palais de la lumière ou de la
renommée, qui pouvait aussi bien passer pour une
échappée sur les jardins d'Armide, et l'orchestre se
vida.

Les musiciens allèrent se mettre au frais, les spectateurs errer dans les couloirs au rez-de-chaussée,
assez semblables à une crypte de cathédrale, ou aux
galeries et aux bars du premier, où la foule était
énorme et très mêlée.

Quelques amateurs sédentaires restèrent à leurs
fauteuils pour lorgner les spectatrices demeurées dans
la salle.

M. de Boistrudan et sa compagne demeurèrent in-
visibles.

Il leur suffit, pour assurer le mystère dont ils tenaient à s'environner, de se retirer au fond de leur
loge, sombre comme un boudoir, et d'en tenir la porte
close.

Là, ils étaient chez eux.

Le conseiller se montra plein d'attentions pour sa

charmante compagne. Il évita toute allusion au mari, donna des explications à sa cousine sur le théâtre, les habitués, la pièce et les danseuses.

Il l'amusa avec le récit des intrigues qui s'agitent dans les coulisses, les vicissitudes de la vie des Italiennes du ballet.

Telle qui la veille végétait dans une mansarde avec quelques sous de macaroni et de polenta, se transformait le lendemain par un coup de baguette. Jupiter était descendu chez elle en pluie d'or, sous la figure de quelque fils de famille ou d'un vieillard aux passions mal éteintes qui la couvrait de diamants. Deux mois plus tard, la splendeur disparaissait et les brillants prenaient un à un le chemin du mont-de-piété. La fortune a de ces caprices.

Il se lança dans un éloge dithyrambique de la Dolci et de sa vertu.

Incorruptible ! Pas d'amants ! Rien ne la tentait. De feu sur la scène, de glace ailleurs !

Un phénomène ! A moins pourtant qu'elle ne fût livrée tout entière à un amour mystérieux.

On se le contait sans désigner le bénéficiaire de cette aubaine.

Il déclara qu'à l'orchestre tous les cœurs battaient pour elle ; que la question du jour, celle qui primait les plus graves, était de savoir quel heureux mortel décrocherait la timbale. Les viveurs de haute marque se piquaient au jeu. C'était pour eux un point d'honneur d'emporter la place et de la forcer à capituler.

Diane écoutait avec attention ces explications, lorsque les premières mesures du sixième tableau se firent entendre.

L'orchestre se garnit de nouveau.

— Attention, dit Maxime, c'est la minute palpitante Connaissez-vous *Excelsior ?*

Non ? C'est étonnant. *Excelsior* n'est qu'un simple ballet, mais l'auteur n'a pas craint d'aborder et de traiter — à l'aide de ronds de jambes et d'entrechats — un des sujets les plus abstraits qui s'imposent à l'esprit humain.

Excelsior — on ne s'en doutait pas en entrant à l'Eden parisien, où l'on sacrifie volontiers à la frivolité — est la lutte de l'esprit de ténèbres contre la lumière, de l'ignorance contre la science, de la civilisation contre la barbarie, de l'obscurantisme — que les quarante nous absolvent ! — contre le progrès.

C'est ainsi !

Le troisième acte nous montrait l'esprit du mal couvrant le désert d'un voile épais, pour en faire un repaire de bandits protégés par le simoun et l'immensité de steppes infranchissables.

Puis d'un coup de baguette les ténèbres se dissipent, un admirable panorama se déroule aux yeux ravis.

La lumière triomphe.

Le progrès a tracé, à travers les sables, une route sûre et miraculeuse : le canal de Suez.

Et voilà.

Frissonnez, violons ! Cuivres, déchaînez-vous ! Apothéose !

Diane, distraite, n'admirait que mollement ces exhibitions, et l'harmonie du signor Marenco la laissait froide.

Son esprit était ailleurs.

Elle se disait que son mari la cherchait sans doute, ému des tendres reproches à l'aide desquels elle avait essayé de le retenir.

Elle voulut partir, mais Maxime avait son idée.

— Attendez un instant. Il faut voir l'étoile !

Tous les habitués étaient à leur poste. Seul le fauteuil de Faudoise restait vacant.

Tout à coup, il se fit un mouvement au premier rang.

Diane eut un éblouissement, tandis que son compagnon lui disait à voix basse :

— De la prudence. Ne vous montrez pas !

XIV

Le nouveau venu était en habit, cravaté de blanc, comme les plus superbes.

A sa vue, madame de Faudoise fut secouée par un tremblement involontaire.

Dans la vive lumière, sous les feux du lustre, elle venait de reconnaître son mari.

Maxime n'avait plus son air maussade, ennuyé; il s'avançait radieux comme un conquérant, la tête haute, et venait occuper son fauteuil, qui tenait le milieu, bien au centre, au meilleur endroit.

Maxime vit les mains de la jeune femme se crisper sur la soie de sa robe noire.

Les sourcils froncés, les lèvres pâles, elle se souvenait d'un mot du conseiller, désignant les jolis messieurs de l'orchestre :

— Tous viveurs!

Et son mari était là, trônant, à l'aise comme dans son élément, en habitué de la maison, dont la place est réservée et sans lequel la fête ne serait pas complète.

— Est-ce qu'il vient souvent? demanda-t-elle.

Maxime haussa les épaules.

— Je ne sais pas, fit-il avec indifférence. Mais où est le mal de passer une heure à regarder un ballet?

Elle ne répliqua rien.

Boistrudan jouait son rôle en comédien consommé.

Les meilleurs ne sont pas au théâtre.

Il excusait le mari maintenant ; il le prenait sous sa protection, comme un avocat qui aurait fait constater un flagrant délit d'assassinat et défendrait l'assassin aux assises. Mais il épiait surtout avec soin les symptômes de colère qui agitaient les doigts de la jeune femme.

Il ajouta avec une adroite perfidie :

— Vous allez voir l'étoile.

Ce n'était donc pas pour le spectacle, mais pour la danseuse que Maurice venait.

En effet, après les périls du désert, le simoun et les attaques de bandits à main armée, triomphe passager de l'esprit de ténèbres, la victoire de la lumière devenait certaine, éclatante.

Le canal de Suez s'étendait, comme un long ruban d'azur, à travers l'infini du désert.

Les voiles qui le dérobaient se levèrent les uns après les autres, comme des nuages dissipés par le soleil, et dans une irradiation de lumière électrique, la perspective lointaine d'Ismaïlia se déroula aux yeux de la salle, qui éclata en applaudissements.

Etait-ce pour le décor vraiment féerique ?

Etait-ce pour la danseuse ?

On n'aurait pu le dire.

Cara Dolci était là, au milieu d'un groupe de Chinois de paravent, d'Américains des pampas, de nègres, d'Anglais ridicules, d'Indiens et de Soudanais, de blancs et de noirs, de mulâtres et de types au teint cuivré, d'une foule enfin où toutes les races du globe étaient représentées.

Et Diane reconnaissait la dame du Bois de Boulogne, la femme dont son mari suivait la voiture !

Circonstance aggravante !

Faudoise et la danseuse avaient opéré leur entrée en même temps.

La conclusion indiquée par Boistrudan, et qui éclatait aux yeux de Diane comme un coup de foudre, était claire, irréfutable.

Il n'était là que pour elle.

Cependant elle voulut se persuader encore que le hasard seul avait mené les choses, tant son cœur contenait d'indulgence pour cet homme qu'elle se refusait à condamner, malgré l'évidence. Elle résista donc aux conseils de son indignation et attendit.

La Milanaise méritait l'engouement qu'elle excitait.

Diane ne put s'empêcher de l'admirer comme les autres, ses fanatiques. Chacun de ses mouvements était d'une grâce accomplie, ou plutôt Cara était la grâce en personne. Ses superbes cheveux noirs faisaient ressortir la blancheur mate de son teint, et ses grands yeux noyés de langueur possédaient une puissance magnétique indicible.

Son corsage très bas découvrait une poitrine d'un galbe qui devait approcher bien près de la perfection, et ses jupes de tulle laissaient à nu des jambes d'une forme à donner des palpitations de cœur à saint Antoine, s'il les avait entrevues dans ses rêves.

Elle ne marchait pas sur les planches; elle y posait à peine.

C'était bien la sylphide, le papillon léger après lequel soupirent les célèbres professeurs de toutes les écoles de danse, depuis M. Pluque ou Mérante jusqu'à l'illustre Zevaco.

Tel était l'éclat de cet astre idéal que tout disparaissait autour d'elle.

La salle ne voyait ni l'isthme de Suez avec ses vaisseaux pavoisés de banderolles, ni les portiques du palais dressé au premier plan, ni le Mexicain, ni l'Anglais, qui lorgnaient la danseuse avec des mines grotesques, ni les Chinois avec leurs robes de soie et leurs éventails, ni les nègres rassemblés sur ce terrain de la concorde par la volonté du maître de ballet; elle n'avait de regards que pour la Milanaise.

A chacun de ses pas, c'était un tonnerre d'applaudissements; un murmure d'admiration saluait le moindre geste de l'idole.

Son boléro avec le Mexicain, sa ronde avec le Chinois, sa gigue avec l'Anglais, soulevèrent un enthousiasme frénétique.

— Ce n'est rien, dit Maxime à sa cousine, il faut voir les danses classiques, le pas de deux, et le reste.

Jusque-là, il ne se passait rien de trop compromettant.

Diane voyait la danseuse en pleine lumière, de face.

Elle ne pouvait distinguer le visage de son mari, immobile et pour ainsi dire en arrêt sur la scène, comme ses voisins des premiers rangs.

Seulement, quand, après la gigue, la Dolci se retira, madame de Faudoise remarqua que la danseuse rappelée à diverses reprises se tournait surtout en saluant, du côté de Maurice, et elle crut deviner, à une certaine inclination de tête, que son mari lui rendait ce salut.

Il existait entre eux une sorte de courant pour ainsi dire visible et saisissable.

Une femme jalouse ne se trompe pas à ces signes à peine perceptibles qui échappent aux indifférents.

— Nous n'en sommes qu'aux bagatelles de la porte, lui dit le conseiller. Vous allez voir.

En effet, le moment critique approchait.

Il ne tarda pas à sonner.

Sous prétexte de l'abolition de l'esclavage, l'auteur

avait habilement disposé la scène capitale de son œuvre.

La Dolci y paraissait dans sa gloire.

Ce fut une danse superbe, pleine de caractère, et vraiment digne d'attention.

Tous les amateurs de chorégraphie s'en souviennent.

La Milanaise exécutait d'admirables variations qui faisaient l'étonnement de ses rivales dans un art plus difficile qu'on ne pense et où il est donné à quelques étoiles seulement d'atteindre les sommets.

Cara Dolci est au premier rang.

Impossible de faire preuve de plus de légèreté, de plus d'élégance et de souplesse.

L'orchestre se pâmait devant les merveilles de ses tours de reins, de sa vitesse et de sa précision.

Nulle trace d'efforts ou de fatigue! Des sourires enchanteurs, des poses inimitables!

C'était la perfection reconnue, incontestée.

Mais Diane ne songeait pas à son talent.

Maxime de Boistrudan suivait avec une joie habilement dissimulée, sur les traits de cette femme qui l'avait rejeté, les progrès d'une colère grandissante.

En effet, il n'y avait plus à s'y tromper.

Il existait entre Maurice et la brillante Milanaise une entente certaine.

Elle lui parlait pour ainsi dire du regard.

Ses sourires ne prenaient qu'un chemin. Les baisers qu'elle envoyait à la salle entière finissaient tous par s'abattre sur un seul point et caresser la vanité d'un seul homme, de l'élu.

Et Diane ne voyait pas seulement la provocation, elle en comprenait la réponse.

Ce n'était qu'un signe de tête imperceptible, un sourire effacé qu'elle devinait, qu'elle sentait et qui la blessait au cœur.

Elle flairait la perfidie, elle touchait du doigt la trahison !

Lorsque enfin la danseuse allait se retirer, sous une tempête d'applaudissements, rappelée dix fois par des fanatiques, le danseur lui remit une corbeille de roses magnifiques qu'elle reçut en rougissant de plaisir.

Et, cette corbeille à la main, elle s'avança jusqu'à la rampe et détacha du bout de ses doigts effilés un dernier baiser dont les voisins de Faudoise parurent eux-mêmes envier le destinataire, car ils se tournèrent de son côté.

C'était complet.

Diane se rejeta au fond de sa loge comme si elle avait été à bout de forces et que ce spectacle lui fût impossible à supporter.

Maxime ne desserra pas les lèvres.

Il feignit de comprendre enfin, malgré le silence de sa compagne, ce qui se passait dans cette âme déchirée.

Diane lui sut gré de sa réserve.

Il la contemplait avec une hypocrite compassion qui avait sa muette éloquence.

Elle demeura quelques instants immobile, et tout à coup elle s'enveloppa de ses fourrures et dit d'une voix sèche :

— Allons-nous-en.

— Vous en avez assez, de ce spectacle?

— Oui.

— Il vous déplaît?

— Il m'irrite.

Maxime n'insista pas.

— A vos ordres, dit-il.

Deux minutes après, elle sortait de l'Eden, frissonnante, endolorie, se jeta dans un fiacre avec son compagnon et se fit conduire chez elle.

Tout semblait y dormir.

Maxime quitta la jeune femme dans le vestibule sans dire un mot.

Seulement il lui prit la main et la porta respectueusement à ses lèvres, où il la garda assez longtemps.

Diane courut à sa chambre, renvoya Mélaine, qui l'attendait, se déshabilla seule, ferma sa porte au verrou et se mit au lit.

Près d'elle, une veilleuse brûlait sur une petite table, dans un globe d'opale.

Appuyée sur le coude, les doigts dans ses cheveux, elle réfléchissait.

Elle aussi, elle s'était trompée.

Elle aussi, elle avait été abusée par son cœur.

Elle avait cru qu'en se donnant elle acquerrait des droits à la reconnaissance de celui auquel elle accordait la préférence entre tant de prétendants à sa main.

Elle, la plus riche héritière de son département, fille unique comblée de biens, elle s'imaginait qu'en apportant sa richesse, sa fortune, son argent et ses châteaux à l'homme qu'elle allait chercher dans sa retraite, presque pauvre, sans avenir, elle achèterait son estime, son amour, sa fidélité, cet hommage si rare, démodé, après lequel une femme de cœur s'acharne et qu'elle veut conquérir à tout prix.

Ah! comme elle s'était leurrée de fallacieuses espérances! Quelle duperie! Quel aveuglement!

Cet homme ressemblait aux autres. Il n'était ni pire ni meilleur! Il était faux et fourbe; sa tendresse n'avait pas plus de consistance que celle de n'importe quel mari de vaudeville!

Elle avait été assez naïve pour se laisser prendre à de vaines protestations, pour croire à ses promesses, à ses serments.

Oui! à ses serments! Elle en avait exigé un, et il

s'y était prêté de bonne grâce, comme à un caprice sans importance, une fantaisie, une chimère de jeune fille.

Pourquoi les contrarier? A quoi bon leur refuser le hochet qui les flatte?

Des serments! Autant en emporte le vent!

Elle était furieuse en vérité, plus encore contre elle-même à cause de sa sotte.simplicité que contre son mari.

Et cependant si elle l'avait vu, s'il était venu à l'improviste, Dieu sait comme elle l'eût accablé dans l'indignation de cette surprise à laquelle elle était si peu préparée.

Mais il ne rentrait pas.

Elle en fut heureuse. Elle avait peur de sa propre colère; elle sentait qu'elle n'était pas maîtresse d'elle-même et allait se livrer à des emportements dont elle avait honte.

Et puis, il lui manquait une preuve décisive pour le confondre. S'il niait, que dirait-elle? Elle voulait donc attendre! Mais cette preuve, quand elle l'aurait, et elle ne doutait plus de l'obtenir, comme elle le foudroierait de son mépris! Comme elle lui cracherait sa colère au visage! Quelle revanche!

En attendant, mille tortures la déchiraient.

Ce qu'elle ressentait surtout, c'était un accablement qui l'atterrait et lui ôtait jusqu'à la faculté de penser.

Les idées se pressaient dans sa tête avec une confusion tumultueuse. Elle ne savait plus si elle vivait. C'était comme un écroulement de tout auprès d'elle, comme si elle avait habité une maison au pied d'une montagne, et que cette montagne se fût subitement affaissée et l'eût engloutie, écrasée.

Elle avait mal aux nerfs. Elle aurait voulu dormir pour oublier, et le sommeil, qu'elle appelait, ne venait pas.

A la fin, pourtant, elle allait s'assoupir quand elle entendit un roulement de voiture sur la chaussée du boulevard.

La voiture s'arrêta un instant et reprit sa course.

En même temps, la porte de l'hôtel se ferma doucement.

La pendule de la chambre sonnait deux heures du matin.

Quelques minutes après, Diane frissonna.

Des pas s'approchaient de sa porte, dans le cabinet de toilette situé entre sa chambre et celle de son mari.

Maurice frappa doucement.

Elle fit un effort sur elle-même et resta muette.

Il renouvela son appel :

— Diane!

Et comme elle ne répondait pas, il se contenta de murmurer :

— Vous dormez? Bonsoir!

La jeune femme l'entendit battre en retraite, non sans un serrement de cœur.

Le rêve de son amour était fini.

Sa foi était morte.

Elle ne devait plus renaître.

XV

A onze heures et demie, Maxime de Boistrudan frappait à la porte de sa mère, qui veillait encore.

Il avait traversé la place de la Concorde et descendu le long des quais d'un pas alerte pour arriver jusqu'à sa paisible rue de Verneuil.

Il était content de lui.

La mine qu'il préparait depuis longtemps allait faire explosion. La mèche était allumée.

Madame de Boistrudan lut sans peine sur le visage de son fils la satisfaction du triomphe.

La chambre de l'astucieuse baronne n'offrait aux yeux rien de mondain. Elle affectait une austérité de bon goût qui n'excluait point au fond le confortable.

Des fauteuils très amples et très doux garnis de soie carmélite, un prie-Dieu de velours, un grand lit à rideaux de damas broché, très ancien et recouvert de la même étoffe, une table et un secrétaire avec une commode ventrue en formaient tout le mobilier.

Cette sobriété laissait presque vide cette chambre très vaste, dont le plus riche ornement consistait en un crucifix d'ivoire placé au-dessus du prie-Dieu.

Aucun tableau; point de portraits, pas même celui de sa mère, pas même le mari défunt, auquel la douairière ne pardonnait pas l'insuffisance d'esprit qui ne lui avait pas permis de soutenir la fortune des Boistrudan, et, au contraire, en consommait la ruine.

Une remarque navrante : la plupart des femmes aiment leurs maris pour ce qu'ils leur apportent; toutes les estiment en raison du chiffre qu'ils valent.

Ces sentiments ne sont point à blâmer. Dieu merci, notre siècle est pratique!

Il est inutile de rappeler que les Boistrudan gardaient une haine enfiellée à l'homme qui avait anéanti leurs espérances du côté de l'héritière de Briolles.

S'ils étaient trop habiles pour laisser deviner cette rancune vigoureuse et vivace, elle n'en subsistait pas moins.

Sur ce point, la mère et le fils s'entendaient àdemi-mot. Madame de Boistrudan n'ignorait rien de l'intrigue qui enveloppait Faudoise.

Depuis son mariage, elle l'étudiait à loisir, du coin de l'œil, prévoyant, avec son expérience du monde, les tentations auxquelles il serait en butte, l'influence délétère de Paris sur cette nature enthousiaste et neuve, se passionnant pour le résultat final, dirigeant le conseiller, le poussant en avant, parfois malgré lui, guettant l'occasion pour la saisir, et quand elle avait cru la trouver enfin, préparant en silence l'explosion qui devait pulvériser l'ennemi, c'est-à-dire l'intrus qui les dépouillait.

Elle ne dit qu'un mot à son fils :

— Eh bien?

Maxime inclina la tête et répondit :

— C'est fait.

Il y eut une pause ; puis la douairière reprit :

— Il ne se doute de rien?

— De rien.

— Il ne vous a pas vus?

— Il nous tournait le dos, et d'ailleurs Cara l'occupait trop pour qu'il songeât à rien de plus. Au reste, nous ne sommes pas bien avancés.

Il s'assit sur le deuxième fauteuil et se mit à tisonner en attendant les instructions de sa mère.

— On n'a pas fait Paris en un jour, dit elle. Laissons aller les choses. La graine est semée. Elle lèvera

— Ce sera long.

Maxime savait bien le contraire, mais il se plaisait à exciter sa mère et à l'entendre développer ses plans.

— Long? fit-elle. Je ne crois pas. Je connais Diane. Que son mari la trompe et qu'elle en ait la preuve, elle ne pardonnera pas

— Peut-être. Mais cette preuve, une femme ne l'a jamais. Des présomptions, des probabilités, des soupçons, tant qu'on voudra; des preuves, jamais! On n'en donne pas.

— Parlez pour vous. Vous êtes Parisien, froid comme le pôle nord.

Et comme le conseiller faisait un geste de dénégation :

— Ne vous en défendez pas. C'est une force. Il me déplairait de vous voir autrement. M. de Faudoise n'est qu'un paysan, un rustre, un sot, qui ayant entre les mains un trésor comme Diane, une perle, millionnaire, belle comme un ange, s'amourache d'une demoiselle dont il ne peut tirer qu'une simple satisfaction de vanité, un stupide triomphe d'amour-propre, aux yeux de gens prêts à se moquer de lui si cette passion lui cause des mécomptes. Cette preuve, il la donnera, et plus tôt qu'on ne pense.

— Vous croyez, ma mère!

— Diane est intelligente, énergique, volontaire. Son esprit est en éveil. Elle s'endormait dans une confiance aveugle. Elle a des doutes. Elle va les éclaircir. Fiez-vous-en à moi.

— Je ne demande pas mieux.

— L'important, c'est de nous tenir à l'écart, qu'on

ne puisse nous reprocher quoi que ce soit de blâmable.
Cette Cara ne parlera pas ?

— Soyez tranquille.

— D'ailleurs, que dirait-elle ? Que vous la connaissez de longue date, dès ses débuts à Florence; que
vous lui avez fait un éloge enthousiaste de Faudoise,
ce qui est d'un bon parent; qu'en le lui présentant
vous l'avez mis sur la voie du crime. Ce ne serait pas
bien grave, entre nous.

Un sourire effleura les lèvres de Maxime. Ces souvenirs ne lui étaient pas désagréables.

Sa mère continua :

— La catastrophe est proche. Je le sens. Elle vient
à point. On se plaint du mari dans la maison. Amélie
est furieuse. — Madame de Boistrudan n'appelait
jamais son amie autrement — Mélaine se lamente.
Elle m'a honorée de ses confidences, ce soir même.

— Vous les avez bien un peu provoquées ?

— Naturellement. Mais elle a versé ses amertumes
dsns mon sein, devant Amélie. Il fallait l'entendre.
Elle est exaspérée contre Faudoise. — « Il ne pose
pas à la maison. Que fait-il dehors ? A quoi passe-t-il
son temps ? Ah ! si j'avais un mari qui me laisse seule
des jours comme madame ! Ce n'était vraiment pas la
peine de se marier ! » — Bref, elle est très montée.
Miss Arabella gardait un silence prudent, comme toujours, mais elle approuvait du bonnet de temps à
autre. Amélie renchérissait sur les plaintes très amères
de Mélaine. C'était un concert de menaces à l'adresse
du mari. J'ai essayé de calmer nos alliées. J'ai représenté que les gens du monde ont adopté des habitudes
que M. de Faudoise accepte trop facilement peut-
être, mais qu'il n'a pas inventées; que son cas n'est
pas pendable; qu'il n'agit en somme que comme tant
d'autres; qu'à la vérité, il est moins excusable que

certains maris qui ne possèdent pas une Diane et
n'ont pas été tirés d'une condition aussi précaire;
qu'enfin il n'est pas prouvé qu'il porte ailleurs une
affection que la pauvre enfant a payée d'un si haut
prix; qu'il est bon d'attendre, de s'assurer... Bref,
j'ai défendu l'ennemi...

— De façon à bien établir qu'il est criminel au premier chef et indigne de pardon. Après ?

— Après ? Le sage observe les événements, les
prévoit, les dirige autant qu'il peut, et... en profite.
Les brouillons qui nous gouvernent ont cela de bon
qu'ils nous ont ouvert une voie excellente et procuré
un moyen de réparer un échec jadis irréparable.

— Le divorce?

— Sans lui, est-ce que ce serait la peine de se
mêler de cette affaire, et ne serions-nous pas mieux
avisés de nous tourner d'un autre côté?

Le conseiller baissa la tête.

La logique froide de sa mère le stupéfiait.

— Il faut voir les choses de loin, reprit-elle. Moi,
je sais qu'Amélie ne pardonne pas à son gendre le
tour qu'il lui a joué. Je sais que Diane est trop fière
pour pardonner à son mari une trahison. Je sais
qu'après un éclat qui peut survenir, le seul remède à
la situation c'est le divorce, pour lequel elle ne doit
avoir aucune répugnance, puisque notre religion l'admet. Je crois enfin qu'à son âge Diane ne peut pas se
condamner à une solitude éternelle, que dès lors il ne
tiendra qu'à vous d'arracher à son dépit ou à sa lassitude un consentement facile, et de reprendre ce qu'un
autre vous a volé. Voilà ce qu'il faut vous dire.

Maxime savait tout ce que sa mère lui répétait;
mais il n'était pas fâché de l'entendre de nouveau.

— Que de chimères! murmura-t-il.

Madame de Boistrudan se leva avec plus de vivacité qu'on n'aurait pu en attendre d'elle.

— Chimères qui ont un corps, répliqua-t-elle. Nous
avons une revanche à prendre et nous la prendrons,
ou tu ne me seconderais pas ! D'ailleurs, n'eussions-
nous que le plaisir de rendre le mal pour le mal, que
ce serait déjà un but.

Et dans un élan de cette tendresse particulière
qu'elle témoignait à son fils :

— Je te veux riche, s'écria-t-elle ; tu le seras ou j'y
perdrai mon nom.

— Il est temps, dit le conseiller en souriant. Hâtons-
nous.

Il se pencha sur le front de la douairière et le baisa
avec respect.

— De la correction, conclut-elle en lui donnant
congé. Je dois reconnaître que de ce côté je n'ai que
des louanges à vous adresser. Que personne n'ait le
droit de se plaindre de nous. Tout est là. N'est-ce pas
votre avis ?

Le conseiller s'inclina et sortit.

Les relations entre la mère et le fils se tenaient dans
les limites étroites des convenances, comme tout ce
qui se passait dans l'intérieur des Boistrudan, irré-
prochables au point de vue de la forme. Elles faisaient dire dans le milieu fréquenté par la douairière :

— Quel excellent fils !

La baronne était la première à vanter les qualités
du cœur de Maxime.

— Je n'ai jamais eu de reproche à lui adresser,
disait-elle volontiers. Au milieu de mes désillusions,
j'ai ma part de bonheur ; je suis une heureuse mère.

Ce qui n'empêchait pas les héritières d'opposer un
veto désastreux aux ouvertures discrètes qui leur
étaient faites à son sujet.

Pourquoi ?

C'était difficile à décider, car, à tout prendre, Maxime était plutôt agréable. Mais la plupart devaient redouter l'œil vigilant d'une femme aussi spirituelle. Et le plus souvent, on peut le supposer, ce n'était pas le futur qu'elles repoussaient, mais la belle-mère.

Cette langue si fine, si aiguisée; cette réputation de sagacité, de pénétration, d'expérience mondaine, devenaient pour elles un juste sujet d'épouvante.

Maxime devait le comprendre, mais il ne se serait point avisé de contrecarrer sa mère. Il s'abandonnait à sa direction et la laissait faire sans murmurer.

Cette condescendance filiale était presque une vertu.

XVI

Miss Arabella se levait de bonne heure.

La pauvre fille menait une existence d'une régularité conventuelle dans cette maison où on lui laissait
une liberté absolue, mais où elle se tenait à l'écart,
en gardant une affectueuse reconnaissance à Diane
et à sa mère, et une sympathie secrète pour Maxime
de Boistrudan, qui lui témoignait en toute occasion de
l'amitié, la traitait en intime et lui répétait quelquefois, en plaisantant :

— Pourquoi n'avez-vous pas de dot, miss ? Je vous
épouserais. Par malheur, il n'est plus permis d'être
pauvre. C'est presque un vice, et il nous est commun !

Le lendemain de la soirée de l'Eden, dès huit
heures, elle était debout dans une embrasure du salon
et regardait mélancoliquement les passants.

Cependant elle ne perdait pas son temps.

Elle tricotait une brassière de laine blanche pour
l'enfant du concierge, avec lequel elle entretenait des
relations d'amitié.

Miss Arabella était heureuse de peu. La pensée
qu'elle allait rendre un léger service lui donnait presque de la joie.

Elle travaillait activement, jouant de l'aiguille,
lorsqu'elle releva la tête, en entendant un pas léger
qui s'approchait d'elle.

C'était Diane, vêtue de noir, prête à sortir.

6

— Voulez-vous m'accompagner, miss? dit-elle.

— Sans doute. Où donc ?

— Vous verrez.

— Je vous suis.

— Hâtons-nous.

— Le temps de mettre un chapeau.

Elle sortit, et Diane resta seule quelques secondes.

Si elle quittait sa chambre de si bonne heure, c'est qu'elle redoutait une invasion de son mari. Elle ne voulait pas d'explication avec lui, pas de querelles. Ou il était coupable, ou il ne l'était pas. Il fallait le savoir avant tout. Il lui avait été impossible de fermer l'œil ; elle avait essayé de lire. C'est souvent un moyen d'appeler le sommeil. Ses yeux ne distinguaient rien que des lignes confuses qui s'emmêlaient comme les fils d'une toile d'araignée. Sans cesse, dans une hallucination, elle voyait les yeux noirs de l'Italienne plongeant dans ceux de Maurice, qu'elle devinait fixés sur cette rivale. La taille souple de Cara se cambrait, ses bras s'arrondissaient dans une pose voluptueuse et provocante, ses doigts se posaient sur sa poitrine nue, sur sa bouche, fraîche comme un cœur de grenade, et lançaient à son mari des baisers légers comme une nuée de papillons. Elle se sentait trahie. C'était pour elle une intolérable torture.

Elle avait donc décidé, avec sa fougue d'enfant volontaire qui n'avait jamais connu de résistance, qu'elle éclaircirait ses doutes par tous les moyens possibles.

Et d'abord elle entendait se soustraire à tout débat. Elle savait que son mari s'étonnerait de ce verrou glissé comme une défense entre eux, pour la première fois ; elle donna ses instructions à sa femme de chambre et la laissa prête à tenir tête à l'adversaire, s'il se présentait.

Miss Arabella fut à peine une minute absente, et

cependant Diane s'impatientait déjà de sa lenteur lorsqu'elle reparut.

— Allons, fit-elle. Vite. Le temps est superbe.

L'Anglaise descendit l'escalier d'un train qui contrastait avec ses habitudes, mais elle était obligée de suivre son ancienne élève. La jeune femme dégringolait les marches avec une agilité de pensionnaire un jour de sortie.

Dans la rue seulement, elle reprit une allure plus digne. Elle se savait hors de danger.

Elle passa son bras sous celui de miss Arabella et s'éloigna dans la direction de Saint-Augustin.

Il était temps.

A peine les deux femmes étaient-elles sur le trottoir, que Maurice frappait timidement à la porte de la chambre vide.

Elle s'ouvrit aussitôt.

Faudoise fit un pas en arrière en se trouvant en face de la Bretonne.

— Déjà ici, Mélaine? dit-il.

— Comme monsieur le voit.

— Et madame?

— Madame? fit la soubrette avec un sourire malicieux, elle est sortie.

— Sortie?

— A l'instant, avec miss Arabella.

— Diable! Où vont-elles?

— Monsieur sait bien que je ne me permettrais pas de questionner madame.

Faudoise se gratta le menton du geste d'un homme embarrassé.

Il examinait la porte de la chambre avec attention.

— Ainsi vous ne savez pas, Mélaine?... reprit-il en cherchant ses mots distraitement, absorbé par une idée fixe.

— Où va madame? Non, monsieur. Qu'est-ce que monsieur regarde là?

— Rien.

Le verrou existait bien, mais jamais il n'avait servi.

Mélaine était prévenue.

— La serrure a besoin de réparations, dit-elle. Elle se ferme toute seule. Par moments, on ne peut l'ouvrir. Alors il faut faire le tour par cette porte, sur le peti escalier. C'est très gênant.

Maurice respira.

Il n'était pas mis en interdit. Le hasard avait tout fait.

Mélaine débitait sa fable avec un air de candeur tout à fait rassurant. Un homme n'aura jamais le front de la plus simple des ingénues.

— Et madame n'a rien dit en sortant?

La Bretonne secoua la tête.

— De quelle humeur est-elle ce matin?

— Madame? Comme toujours. Pourquoi madame serait-elle autrement qu'à l'ordinaire?

Faudoise en savait assez.

Il mit un pied sur les chenets et s'amusa à suivre dans la glace les allées et venues de la soubrette.

Des bûches brûlaient lentement dans la cheminée de marbre bleu. On respirait dans cette chambre, toute tendue de soie pâle légèrement azurée, avec des fleurs brodées dans le tissu, un parfum de jolie femme, jeune et fraîche, des odeurs de violette. C'était un véritable nid d'amour satiné et riant.

Il lui vint des remords de ses négligences.

On était si bien là!

Depuis longtemps, c'est à peine s'il posait dans ce paradis d'amour, où tout lui rappelait les grâces de la charmante créature qui lui appartenait.

Et pour qui l'abandonnait-il?

A quels vains passe-temps il la sacrifiait!

Quelle différence entre la vie paisible, enchantée qu'il menait avec elle à Briolles et son existence fiévreuse, vide, agitée et décousue de Paris!

Oh! ce Paris, il était tenté de le prendre en aversion, à ses heures de repos, quand il se donnait la peine de réfléchir, en songeant à ces tentations bêtes dont il s'étourdissait!

Il interrogea Mélaine, qui l'épiait à la dérobée pendant qu'il se livrait à ses tardives méditations.

Est-ce que Diane ne se plaignait pas quelquefois d'être seule? Comment passait-elle son temps, dans les longues après-midi et les soirées, quand elle restait chez elle? Ne lui en voulait-elle pas à cause des négligences qu'il se reprochait amèrement lui-même?

Mélaine ne se fit point prier et se montra sincère.

Sa réponse prit des allures de réquisitoire.

Elle ne cacha pas que si elle se mariait jamais, elle voulait un mari pour elle et non pour les autres; qu'elle entendait le voir autrement qu'en peinture, et savoir ce qu'il ferait de ses journées; qu'elle ne serait pas si douce que sa maîtresse, qui ne se plaignait jamais, et vraiment était de trop bonne composition; qu'elle ne laissait jamais échapper la moindre plainte, mais que monsieur devait bien penser qu'au fond elle souffrait d'être ainsi délaissée, et que si elle se taisait, ce ne pouvait être que par orgueil, à moins, ajouta la fine mouche avec malice, que ce ne fût par indifférence; que, pour elle, elle ne serait pas si patiente... Dame, non!

Maurice baissa la tête sous ce flot d'objurgations fut bon prince, promit de s'amender, de faire un effort, de renoncer aux courses, au cercle, au théâtre, pour s'enfermer dans ce foyer de la famille, le plus sûr refuge du bonheur.

Il ne disait que ce qu'il pensait.

Si Diane était rentrée à l'improviste, il se serait jeté à ses pieds pour solliciter son pardon et renouveler des serments déjà violés, mais seulement par la pensée. Il était de bonne foi à ce moment, un peu par égoïsme, en songeant, dans ce boudoir qui les lui rappelait, aux plaisirs auxquels il renonçait pour courir après des jouissances qui ne les valaient pas.

Il attendit plus d'une heure, non sans impatience, le retour de sa femme et de miss Arabella, mais elles ne parurent pas.

A la fin, il tira sa montre et se souvint qu'il allait manquer un rendez-vous à l'allée de Madrid avec des amis; il n'avait que le temps d'y courir au galop avant le déjeuner.

Il descendit aux écuries, fit seller son cheval, et partit dans la direction du Bois, en jetant un regard vers Saint-Augustin.

Parmi les passants, il ne distingua rien qui ressemblât aux deux femmes dont il espérait le retour.

Ce fut une fatalité; cette rencontre l'eût sauvé peut-être.

Madame de Faudoise et son ancienne institutrice se montraient à l'angle de la place, et deux minutes après Diane posait le doigt sur le bouton d'argent bruni de sa sonnette.

XVII

La promenade des deux jeunes femmes avait un but ignoré de miss Arabella.

L'institutrice accompagnait son élève avec la complaisance d'un carlin qui trotte auprès de son maître sans lui demander où il va.

Par ce temps froid, sur le pavé sec, il faisait bon circuler dans Paris, affairé dès le matin.

Il n'était pas neuf heures encore.

Diane regardait avec curiosité, en suivant son boulevard, les courtiers qui se rendaient chez leurs clients, les clercs aux études, les modistes coquettes et pimpantes des grandes maisons, qui veillent tard, mais n'arrivent pas de bonne heure au magasin. Elles trottaient sur l'asphalte avec la légèreté élégante des Parisiennes jeunes et jolies.

Quelques-unes s'arrêtaient çà et là pour dire adieu à des camarades, à des amis pour le bon motif ou l'autre, qui tiraient ensuite de leur côté, comptables, placiers ou connaissances quelconques.

Ce spectacle intéressait les deux femmes.

Le monde qu'elles voyaient là ne ressemblait pas au leur.

Rien de guindé, de prétentieux.

Toutes ces filles s'en allaient en riant, bras dessus, bras dessous, se saluaient d'un coup de tête ou d'un sourire au passage, alertes, joyeuses, en belle humeur malgré la tâche quotidienne, éreintante, la nourriture maigre des ateliers, et le vide de leurs bourses.

C'était la jeunesse et la gaieté du Paris laborieux, du travail insouciant qui n'a pas le temps de s'ennuyer, l'indifférence des oiseaux qui s'en vont picorer au hasard dans les champs et vivent de rien.

Miss Arabella les suivait de son œil morne et glauque et les trouvait heureuses, les enviait presque, en les voyant rire et s'appuyer les unes sur les autres, ou s'aborder avec des fusées de gaieté.

Elles n'étaient pas seules, comme elle, à qui pourtant rien ne manquait dans la demeure hospitalière qui l'avait recueillie et où elle vivait en parasite.

Elle ne possédait rien que son oncle Mortimer Smithson, le frère de son père, le coutelier grincheux de Sheffield, qui, furieux d'une catastrophe où la pauvre fille n'était pour rien, refusait avec plus d'énergie que jamais de la voir et d'entendre parler d'elle.

Ce Smithson pouvait passer à bon droit pour un des excentriques du Royaume-Uni les plus obstinés.

Chaque année, à la Noël, Arabella lui adressait, avec une régularité modèle, une courte lettre de compliments, à laquelle il se gardait bien de répondre.

Son entêtement était invulnérable.

Comme Arabella s'abîmait dans ses réflexions, sa compagne la quitta brusquement.

Elles étaient au coin de la rue Boudreau.

Les lanternes en forme de turban de l'Eden montraient aux passants leurs dorures au-dessous de clochetons qui ressemblent à une résurrection de quelque palais de Delhi ou d'Agra.

— Attendez-moi, miss, dit-elle. Je reviens.

Miss Smithson la vit s'éloigner, gagner l'Eden et

disparaître sous une des vastes baies du rez-de-chaussée.

Madame de Faudoise entrait dans un immense vestibule où elle ne vit personne.

Ce vestibule, vide et sans lumière, ressemblait dans l'ombre à un vaste sous-sol aux deux côtés duquel s'élancerait un large escalier à la rampe trop raide.

On voyait mal. Le jour tamisé par des vitraux multicolores était trouble comme dans une cave éclairée par un soupirail.

Diane eut quelque peine à s'orienter. A la fin, elle distingua un homme qui se promenait dans le couloir des loges, plus ténébreux encore que le vestibule.

Elle poussa une porte vitrée et se trouva près de lui.

— Que voulez-vous? lui demanda-t-il assez brutalement.

— Un renseignement.

— Sur quoi?

— Sur mademoiselle Dolci. Son adresse?

— Connais pas. Dolci?

Madame de Faudoise insista de sa voix douce :

— La première danseuse, dit-elle.

L'homme la dévisageait d'un hardi coup d'œil.

Sans doute elle fut à son gré, car il s'humanisa tout à coup.

— Je ne suis pas de la boîte, dit-il. Vincent et Ladrot, plombiers. A votre service, ma petite dame. Je viens pour des réparations. Adressez-vous au concierge.

— Où ça?

— Rue Caumartin.

— Merci.

Elle se replia, assez confuse.

Rue Caumartin, elle avisa une forte femme qui balayait la cour.

— Qu'est-ce qu'il vous faut? demanda la matrone.

— L'adresse de mademoiselle Dolci.

— Pourquoi?

— Pour une communication qui l'intéresse.

— On ne peut pas la lui faire?

— Non.

— Je ne sais pas si je dois...

Elle regarda de son œil à fleur de tête la jeune femme qui devint pourpre. L'impression fut favorable, comme celle du plombier.

— Mademoiselle Dolci n'aime pas qu'on donne son adresse au premier venu, dit-elle... mais pour vous, je crois que je peux... Rue Taitbout, 77. Vous entendez?

— Oui, madame. Merci!

Madame de Faudoise était déjà dehors.

Elle avait honte d'elle-même. Il lui semblait qu'elle s'avilissait à ce métier d'espion, mais une force surhumaine la poussait en avant.

Elle voulait savoir. Le doute lui devenait insupportable.

Dans la rue, elle écrivit, à la hâte, l'adresse de la danseuse et s'empressa de rejoindre miss Arabella, qui après avoir admiré, au coin de la rue Auber, les perles fausses montées en épingles ou en broches et les diamants taillés dans les blocs de cristal de première qualité d'un bijoutier en faux, s'était remisée devant une boutique de coutelier qui lui rappelait douloureusement l'intraitable Mortimer Smithson. Alors Diane l'égara dans le quartier populeux qui s'étend derrière l'Opéra, pour aboutir à la rue Taitbout.

Comme un général, la veille d'une bataille, elle voulait inspecter son terrain.

Bientôt elle s'arrêta devant le numéro 77.

La maison où demeurait sa rivale était neuve, très belle, avec des persiennes blanches tranchant sur le ton gris de la pierre.

Diane aurait voulu pouvoir pénétrer à travers les murs pour surprendre les secrets de la Milanaise, inspecter son intérieur, l'interroger elle-même.

C'était impossible.

Elle ne fit que passer sans dire un mot à miss Arabella intriguée, malgré son indifférence passive, de cette course extraordinaire dont le but lui échappait.

Mais l'Anglaise était trop convenable pour adresser une question à son élève, ou plutôt à son amie.

Les deux femmes errèrent quelque temps dans le quartier, reprirent la rue Saint-Lazare et regagnèrent le boulevard Haussmann.

Mme de Briolles était à table avec sa fille quand Faudoise rentra.

Diane avait fait une toilette très soignée.

Elle était en beauté et se tenait sous les armes. Une grande animation, l'ardeur de la lutte, colorait son visage d'ordinaire un peu pâle.

Elle accueillit son mari avec un sourire et se mit en frais pour lui plaire. Peut-être voulait-elle tenter un dernier effort pour le retenir; peut-être espérait-elle lui donner le change sur ses véritables intentions et l'endormir dans une fausse sécurité.

Les bonnes résolutions de Maurice s'étaient dissipées en chemin.

Il avait rencontré des amis au Bois, le jeune et brillant Rougaud, le baron de Tallevande, le viveur endurci, Montambert et une troupe d'étourdis qui l'avaient amusé avec leurs théories sur les femmes.

Tallevande, en particulier, s'extasiait sur l'idéale

étoile de l'Eden et le félicita chaudement de la préférence qu'elle affichait.

Maurice se dit qu'après tout il avait promis; qu'il fallait tenir parole, surtout à une femme; qu'une visite ne l'engageait à rien.

Au fond, la pensée de se trouver en tête à tête avec la délirante Milanaise lui caressait avec plus de vivacité l'épiderme. Que lui dirait-elle? Il est toujours flatteur de se savoir l'élu d'une belle fille aussi adulée!

Et après tout, qui donc se douterait de cette rencontre?

Innocente certainement, car Faudoise se croyait sûr de lui!

Au déjeuner, il fut gracieux comme toujours, d'une politesse respectueuse avec sa belle-mère qui l'aiguillonna de ses sarcasmes; tendre avec Diane; mais, à certains signes, elle le jugea très occupé d'un autre côté.

Après le café, il quitta la salle à manger, tourna un moment dans le salon et descendit à son cabinet de travail.

Là, il s'assit à son bureau, la tête dans ses mains, un cigare aux lèvres, enfiévré par l'approche du rendez-vous dont il attendait l'heure avec impatience, lorsqu'il sentit une main se poser sur son épaule.

Cette main était douce et légère.

Il releva la tête et ne put réprimer un geste de surprise, de dépit peut-être.

Diane se tenait debout derrière lui.

La jeune femme était souriante, parfumée, fraîche comme un camélia.

— Qu'allez-vous faire de votre après-midi? lui demanda-t-elle.

Il répondit d'un air ennuyé, indécis :

— Moi? je ne suis pas fixé.

— Vous ne restez pas avec nous, Maurice ?

— Je le voudrais, mais vous aurez des visites.

— Vous effrayent-elles ?

— Elles m'effarouchent, dit-il nettement, osant, pour la première fois, s'expliquer sur ce sujet.

— Peut-être ne viendra-t-il personne.

— Ce serait un miracle. Les habitués seront à leur poste.

— Qui donc ?

— M. de Boistrudan, par exemple.

— Maxime est à son bureau, très occupé sans doute.

— Oh ! si peu ! Un fonctionnaire...

— Et puis, quand il viendrait, c'est un parent, un proche parent.

Faudoise fit une moue significative.

— M. de Boistrudan, reprit Diane qui rougit, est généreux de nous consacrer une partie de son temps.

— Le plaisir est pour lui.

— Vous croyez ?

— Certes.

— En ce cas, que ne profitez-vous de cet avantage ? Qui vous en empêche ?

— Tout et rien. Vous savez bien que votre mère ne peut pas me souffrir.

— Vous la calomniez.

— Vous avez dû comprendre, ce matin encore, qu'elle ne laisse échapper aucune occasion de me le témoigner. Etait-elle assez agressive ? Je supporte tout sans me plaindre, à cause de vous, Diane.

— Vous lui supposez des sentiments qu'elle n'a pas, je vous assure. Pauvre mère !

— Dieu le veuille ! Je n'ai que du respect et de l'attachement pour elle. C'est à elle que je vous dois. Si elle n'eût existé, je n'aurais pas le bonheur de vous posséder.

— Est-il si grand? Il y a des jours où je me demande si vous êtes sincère en le disant.

— Des reproches!

— Non, des craintes, mon ami, dit-elle avec une tendresse qui n'était pas feinte. Vous êtes bien rarement ici!

En toute autre circonstance Maurice eût été touché. Il se pencha discrètement sur le front de sa femme et l'attira plus près de lui.

— Je ne m'en éloigne jamais par la pensée, répondit-il. Vous êtes toujours présente à mon esprit, Diane. Est-ce que je pourrais vous oublier une minute?

— Je voudrais vous croire! soupira-t-elle.

— En quoi vous ai-je donné le droit de supposer le contraire? On m'accuse près de vous. On a tort. Je vous aime, et toujours plus vivement.

— Bien vrai?

— Bien vrai! La bonne vérité!

— Alors mettez vos actions d'accord avec vos paroles.

— Comment?

— Restez. Nous irons au Bois ensemble!

— Demain, si vous voulez! Aujourd'hui, c'est impossible. J'ai promis...

— Quoi donc?

— De me trouver chez un ami... avec Tallevande, et d'autres... On veut organiser une écurie... pour le plaisir... Vous comprenez qu'il ne s'agit pas de bénéfices à réaliser, mais seulement de couvrir ses frais. Ce serait une distraction...

— Vous en avez besoin?

— Pour vous-même, Diane.

— En effet, dit la jeune femme froidement. Vous avez raison. Il faut se distraire. La vie est si monotone!

Il comprit vaguement qu'elle le raillait, mais il était tout entier à la pensée de son rendez-vous avec la Milanaise.

Le moment arrivait.

Il laissa tomber l'entretien, joua une demi-minute avec la main que Diane lui abandonnait, balbutia quelques mots pour l'assurer qu'il serait bientôt de retour, se leva, prit un chapeau et sortit.

Elle écouta le bruit de la porte cochère qui se fermait derrière lui.

— Comme il me trompe! pensa-t-elle.

Et, remontant au salon, elle appela de nouveau l'Anglaise.

— Miss Arabella, dit-elle, apprêtez-vous. Nous sorons.

Elle courut à sa chambre, jeta un manteau sur ses épaules, un chapeau sur sa tête, saisit Arabella par la main, l'entraîna dans la rue, fit signe à un cocher qui passait et lui donna à voix basse une adresse.

XVIII

Ce serait une erreur de prétendre que M. de Far-
doise n'entendait pas au fond du cœur la raison lui
crier qu'il s'engageait dans une mauvaise voie; qu'il
ferait mieux de rebrousser chemin, au lieu de franchir le seuil de son cabinet pour se rendre à la rue
Taitbout.

Mais il était à une de ces heures où on perd le
sens, où le désir, la curiosité surtout, nous emportent
sur leurs ailes, pendant que leurs voix harmonieuses,
comme une valse fredonnée par les violons d'un
orchestre, étouffent les cris de la conscience qui se
révolte.

Certes, il aimait Diane comme il l'avait dit, sa
Diane si bonne, si tendre; il s'en souvenait avec un
remords même à cet instant où l'autre, la tentation,
l'obsédait. En suivant le trottoir de la rue de la Pépinière, il la revoyait avec ses yeux bleus, profonds
comme le ciel, ses cheveux blonds répandus en
mèches folles sur son cou éblouissant, sa taille on-
doyante et svelte. Il l'aimait même uniquement, quelque paradoxale que semble cette assertion.

Mais il s'excusait avec les subtilités ordinaires de
la raison dévoyée.

Sa passion pour Cara, violente, brutale comme
l'ivresse, provoquée par les avances, les gestes, les
œillades incendiaires de la danseuse, n'était qu'un
accident dans sa vie, un caprice éphémère qui ne

durerait pas plus que les roses brûlées en une soirée sur le corsage d'une mondaine.

Il était fixé sur l'issue de cette aventure banale et sans conséquences, du moins il le croyait.

Même en supposant une faiblesse, une lâcheté, si on veut, une de ces fautes mystérieuses si douces et si séduisantes, le mal serait-il si grand?

Une entrevue ou deux, un songe de quelques instants, un cadeau que ses gains au jeu lui rendaient facile — Boistrudan n'avait rien exagéré, au contraire — et tout serait dit.

L'argent jouait, en cette aventure, son rôle corrupteur.

Qu'on nous pardonne cette réflexion terre à terre.

Faudoise aurait rougi d'employer à une folie de cette nature des sommes empruntées au budget de sa maison. L'idée ne lui en serait jamais venue. Haut de cœur, il avait été protégé pendant sa jeunesse, par sa pauvreté même, contre ces tentations auxquelles il était en proie, contre ce vertige de l'abîme où des voluptés inconnues l'attiraient. Mais il était en fonds. Il sentait dans son portefeuille une liasse de billets de banque qui lui permettaient de se conduire en gentleman magnifique et il n'était pas fâché de les jeter au vent d'un caprice. Les anciens, très sensés, usaient d'un proverbe familier qui s'applique merveilleusement à cette situation.

Ensuite, plus de traces de cette fantaisie; plus tard peut-être un souvenir vague, à demi effacé, quelque chose comme l'odeur d'un bouquet fané dans un tiroir de secrétaire, une de ces évocations qui amènent un sourire sur les lèvres; quand on se rencontre, un signe énigmatique, incompris des autres; parfois une légère pression de main, un soupir discret, un coup d'œil où passe un reste de flamme, et... rien de plus.

Il roulait sur une pente où la chute est rapide. Lui qui, le matin encore, s'estimait à cent lieues d'une infidélité, incapable de se parjurer, il n'était pas éloigné d'en prendre son parti.

A chacun de ses pas vers la rue Taitbout, l'obsession devenait plus vive et plus pressante.

Arrivé à la gare Saint-Lazare, il ne pensait qu'à la danseuse.

Aux abords de la Trinité, il aurait fallu franchir un précipice pour arriver jusqu'à elle, traverser des steppes glacées au risque d'être enveloppé par une bande de loups, entrer dans la cage d'un dompteur, rien ne l'eût arrêté.

Le sourire lascif, excitant de l'Italienne, ses bras arrondis en arc sur ses hanches, ses jambes nerveuses, roses sous les flots de gaze blanche, ses belles dents et ses yeux tour à tour mourants ou pleins de flamme, l'attiraient comme un aimant, avec d'autant plus de force qu'il s'en rapprochait davantage.

A cent pas de sa maison, il rêvait toute une légion de plaisirs, d'ivresses nouvelles contenues dans cette coupe enchantée.

Et il n'avait qu'à étendre la main pour la porter à ses lèvres.

Aussi marchait-il d'un pas léger, du pas d'un victorieux qui prend possession d'une ville conquise.

Sa taille s'élevait, sa tête touchait aux fenêtres des entresols, à ce qu'il lui semblait.

Il regardait avec une inconsciente pitié les pauvres diables qui allaient à leurs besognes, les cochers sur leurs sièges, les femmes, des cartons à la main, tous ces gens courbés sur des labeurs vulgaires, tandis que lui, l'heureux, le privilégié, n'avait à s'occuper que de cette unique affaire, la seule à ses yeux qui fut digne d'un homme : l'amour et ses divins plaisirs !

Aux derniers numéros de la rue Taitbout, à l'angle de la rue d'Aumale, il s'arrêta et jeta un coup d'œil autour de lui avant de s'engager sous la porte cochère.

S'il eût été moins perdu dans les nuages, il aurait vu, d'abord, quelques instants plus tôt, dans la rue Saint-Lazare, un fiacre passer à toute vitesse auprès de lui, en rasant le trottoir, et se diriger vers la Trinité ; ensuite, lorsqu'il s'arrêta en face de la maison de son idole, ce même fiacre stationner de l'autre côté de la rue, quelques numéros plus bas, et à la portière, sous les stores à demi baissés, des yeux de femme observant avec soin la maison de la danseuse, et un visage qui se contracta de douleur et d'indignation en le voyant s'engouffrer sous le portail.

Mais il ne se doutait de rien.

Il jeta au concierge le nom de la Dolci et s'engagea dans l'escalier.

Au second, il sonna.

Une servante italienne, d'une trentaine d'années, déjà ridée, aux grands yeux noirs comme des charbons, au teint olivâtre, vint ouvrir et s'effaça pour laisser entrer le visiteur.

— Madame vous attend, dit-elle, dès qu'il eut décliné son nom.

L'appartement de la danseuse était modeste. Elle y vivait seule avec deux domestiques, sa compatriote et une cuisinière parisienne.

Tout indiquait là qu'il s'agissait plutôt d'un campement que d'une installation sérieuse.

Des malles traînaient dans le salon, des jupes et des corsages sur les meubles.

Le seul endroit convenable, c'était la chambre à coucher ; encore, donnait-elle par une porte à deux battants, ouverte, sur une seconde pièce servant de

cabinet de toilette et encombrée de l'attirail ordinaire
d'une ballerine, tutus, chaussons, maillots accrochés
aux murs, jupes roses, bleues ou blanches, poudres
et fards de toute sorte jetés pêle-mêle sur le marbre.

La chambre était tendue de reps jaune capitonné.
Un grand feu de bois répandait une chaleur agréable
dans ce réduit où la Dolci devait se tenir la plupart
du temps.

Certes, là encore tout était banal.

Une femme de banquier parisien, la moindre vi-
comtesse, une artiste d'un grand théâtre ou même une
simple bourgeoise bien rentée auraient jugé ce luxe
de pacotille au-dessous de ses mérites ; mais ce qui
rehaussait cette vulgarité, ce qui la faisait oublier, c'é-
tait la femme, le superbe, l'incomparable ornement
de ce logis.

Dès qu'elle avait entendu la sonnette, Cara était
accourue au-devant de Faudoise et, le prenant par la
main, l'avait conduit avec une grâce un peu théâtrale
vers sa chambre en s'excusant du désordre du salon.

— Je ne reçois personne, lui dit-elle. Je ne sais
pourquoi je fais une exception. Peut-être elle me
portera malheur. Etes-vous jettatore ?

Il sourit et ne put trouver une parole.

Il regardait cette charmeresse, avec un éblouissement dans les yeux.

La Dolci était simplement vêtue d'un peignoir de
soie grise mêlée de laine. Ses magnifiques cheveux,
sombres comme la nuit, étaient roulés sur sa tête
dans un désordre pittoresque ; ses grands yeux, sa
vraie beauté, flambaient sous ses sourcils, et son cou
aux lignes vigoureuses était à demi caché par les dentelles fripées d'une mantille écrue.

Sans fard et sans poudre, elle parut à Maurice
plus fraîche et plus jolie encore qu'à la scène.

Elle le fit asseoir dans un grand fauteuil au coin du feu et se mit auprès de lui, presque à ses pieds, sur un siège très bas.

— Vous me voyez bien mal vêtue, dit-elle ; je vous en demande pardon. C'est que je viens de travailler.

— Comment, encore !

— Toujours !

— Vous, la fée de la danse !

— C'est un art difficile. Il exige des études pénibles et un entraînement continuel. Pas de repos !

— Pourquoi vous y astreignez-vous ?

— C'est ma vie. J'aime mon métier. Je suis ravie quand on m'applaudit, si je sens que je le mérite.

— Vous êtes riche pourtant.

— A peu près. Au moins je n'ai besoin de rien et suis peu exigeante ! Mon histoire est bien simple. J'ai été élevée pauvrement chez un maître de ballet, un vieux professeur de Milan auquel un inconnu m'a confiée en lui avançant dix années de pension pour mon entretien. Mon professeur ne l'a vu qu'une seule fois. Un notaire de la ville me surveillait, à ce qu'il paraît. Plus tard, ce fut lui qui paya pour moi après les dix années révolues.

« Il y a quatre ans, j'atteignis ma majorité. Je dansais à Rome. Ce même notaire me demanda à Milan et me remit un titre de vingt mille francs de rentes. J'en donne trois à mon professeur qui a toujours été sévère mais juste pour moi. Je garde le reste.

— Vous ignorez le nom de votre bienfaiteur ?

— C'est mon père.

— Qui vous l'a dit ?

— Le notaire. Ma mère est morte presque aussitôt après ma naissance. C'était une pauvre fille. Mais en même temps que le notaire m'apprenait ce détail, il m'informait qu'il serait inutile d'essayer de connaître le nom de ce père qui ne veut pas se découvrir, et que mes efforts n'aboutiraient à rien. Voilà mon histoire. Vous en savez autant que moi. Vous voyez que je suis seule au monde et ne tiens à rien. Et maintenant laissons ce sujet qui n'est pas gai et parlons de vous. Pourquoi désirez-vous me voir ?

La réponse était facile. D'ailleurs, les yeux de la danseuse, fixés sur ceux de Faudoise, l'encourageaient à la franchise.

— Pourquoi ? répéta-t-il, fasciné par l'éclat de ces grands yeux noirs.

— Oui.

— Ne vous en doutez-vous donc pas ?

— J'attends que vous me le disiez.

— Parce que depuis vos débuts à Paris, je ne vois que vous, je ne pense qu'à vous. Il ne se passe guère de soirées où de gré ou de force je n'aille m'asseoir à cette place qui m'attire. C'est de là que je vous admire, indifférent à tout dès que vous avez quitté la scène. Quand vous n'êtes plus là, j'emploie le temps à me demander ce qu'il faut faire pour vous mériter.

C'était leur première entrevue en tête à tête, et ils parlaient avec la familiarité d'amis qui se connaissent depuis de longues années.

La Milanaise étendit les mains et ses beaux sourcils bruns s'élevèrent.

— Je n'en sais rien moi-même, répondit-elle. Sans doute se faire aimer. Vous autres, Français, vous passez pour de grands séducteurs et vous méritez cette réputation. Je ne serais pas danseuse, si je n'avouais quelques aventures. J'ai rencontré de vos compatriotes à Florence et à Rome, mais ma nature doit être rebelle à l'amour car je n'ai connu personne qui m'en ait inspiré du passionné, du vrai ! Je suis pourtant vieille. J'ai vingt-cinq ans. Je viens de vous le dire.

— Vous riez. Parlez sérieusement, je vous en supplie.

— A quoi bon? Que peut-il y avoir de sérieux entre nous?

— L'amour.

Elle secoua la tête.

— Non, dit-elle. S'il faut tout vous avouer, je sais votre histoire, celle de votre mariage, un mariage d'amour que je ne me pardonnerais pas de troubler.

— Ah! on vous a conté?...

— Tout!

— Qui donc?

— Un de vos amis. On ne m'a dit que du bien de vous, tant de bien même que je désirais, moi aussi, vous connaître. Alors j'ai poussé la curiosité plus loin. J'ai voulu voir, j'ai vu madame de Faudoise.

— En quel lieu?

— Qu'importe? au Bois, au théâtre... Elle est très bien, très jolie, plus jolie que moi, certainement.

— Vous blasphémez!

— J'en suis sûre... Nous autres, aux feux de la rampe, sous l'éclat de la lumière électrique qui nous suit, nous poétise, nous produisons un certain effet. En réalité, nous valons moins que les femmes du monde, reposées, tranquilles, heureuses. La fatigue nous tue; les efforts qu'il faut faire pour plaire à notre véritable amant, le public, nous flétrissent vite. Nous passons comme des étoiles... qui filent. Je n'ai pas d'illusions, allez. Votre enthousiasme ne durerait pas. Vous me voyez comme à l'Eden, entourée de mon auréole! Notre liaison ne pourrait donc être que passagère, convenez-en. Qu'y gagnerais-je? Des regrets. Vous allez me jurer que vous m'aimez. Je le devine. Vous ne m'êtes pas indifférent. J'aurais mauvaise grâce à nier une sorte de sympathie qui nous

unit. Je suis libre et n'ai pas à rendre compte de mes
sentiments. Il y a longtemps que nous nous parlons
avec le langage si expressif des yeux. J'y ai trouvé une
jouissance, je l'avoue. Mais ne vaut-il pas mieux, je
vous le demande, nous adorer de loin, par-dessus la
rampe, et, comment dit-on chez vous?... platonique-
ment? Je vous parle comme la Raison en personne.

Entre chaque lambeau de phrase elle glissait un regard humide à Maurice et lui souriait, de son sourire
appris, classique, qui découvrait deux rangées de
dents étincelantes, des perles dans un écrin de satin
rouge.

Ils causèrent longtemps cœur à cœur. L'Italienne
lui contait les triomphes, les misères de sa vie, de son
isolement, les tentations qui la poursuivaient.

— Je suis comme une feuille ballottée par le vent,
moi, lui dit-elle. Je vais au hasard de ma destinée,
pour finir dans quelque coin perdu, seule et sans
amis, sans famille aussi. Mais vous, qui avez tout
pour être heureux, gardez votre bonheur, ne le com-
promettez pas. Croyez-moi.

En finissant, elle soupira :

— Oh! je suis franche. Ce n'est pas sans quelque
peine que je vous donne de si sages conseils. J'ai du
plaisir à vous voir chaque soir devant moi. Vos
hommages me touchent. En voulez-vous la preuve?

Elle écarta son peignoir et en tira une rose fanée,
une des fleurs de son bouquet de la veille, attachée
au cordon d'une médaille.

Etait-ce de la ruse? Etait-ce de la passion?

Elle achevait de mettre le feu à tout ce que cette
âme neuve et presque vierge encore des grands désirs
et des voluptés défendues contenait d'inflammable.

Il s'empara vivement de la main qui tenait la rose

flétrie et la serra dans les siennes avec énergie,
comme pour en prendre possession.

— Eh! que peut la raison, s'écria-t-il avec violence,
contre un amour pareil à celui qui m'entraîne vers
vous? Pourquoi tenter de rompre ce courant qui nous
emporte et veut nous réunir? Je ne sais rien, Cara,
si ce n'est que je vous désire, que je vous adore,
comme vous l'avez compris. Il n'est rien que je ne
fasse pour vous gagner. Par moments, quand ma
folie me prend, je me demande si vous ne partagez
pas cette passion que vous vous faites un jeu d'irriter,
que vous enflammez par vos sourires, par vos baisers, si doux, par la flamme de vos regards qui
me fascinent. Je vous en supplie! Ne raisonnez pas,
ne réfléchissez pas! Imitez-moi. Oublions tout pour
l'amour. N'est-ce pas le but de la vie? Ne lui
doit-on pas les seuls souvenirs qui nous soient chers,
les seules joies qui vaillent qu'on les cherche? Vous
dites que cet amour passera. Moi, je veux croire qu'il
sera éternel, mais, ne durât-il qu'un moment, qu'il
suffirait à illuminer notre existence, et je suis sûr que
mon bonheur le plus vrai, le plus réel sera de penser
toujours avec délices à la minute de félicité que je
vous devrai. Ecoute-moi donc, ajouta-t-il en la prenant dans ses bras, et laisse-toi fléchir.

En ce moment, il était presque irrésistible. Il avait
l'éloquence de la jeunesse enthousiaste, des désirs
fous.

Il savait à peine ce qu'il disait. Ses ardentes prières
s'échappaient de ses lèvres au hasard, comme un torrent qui se rue en aveugle au ravin qu'il creuse.

Il ne se connaissait plus. La vue de l'Italienne
l'électrisait. Il est des heures où, pour satisfaire une
passion, on marcherait sur le cœur de ceux qu'on
aime.

— Que parles-tu des autres ! s'écria-t-il. Je ne vois que toi, je ne veux que toi, je n'aime que toi !

La tête de la Dolci s'était abaissée sur sa poitrine.

Elle demeurait inerte entre les bras de Maurice.

Qui pourrait dire ce qui se passait dans son âme et à quelle puissance elle cédait ?

Elle s'abandonnait, dominée par une force inconnue, étourdie par une ivresse soudaine.

Tout à coup elle releva ses yeux sur le visage de Faudoise. Ils semblaient égarés, noyés, alanguis.

— Tu jures que tu m'aimes ? balbutia-t-elle.

— En peux-tu douter?

— Que tu m'aimeras toujours ?

— Toujours.

— Plus que la vie?

— Plus que tout.

S'il ne l'eût soutenue, elle glissait sur le tapis.

Elle murmura quelques-unes de ces paroles harmonieuses que les Italiennes soupirent si doucement dans leurs ivresses : *Mia vita ! mia gioia* ! et demeura pâmée aux genoux de son amant.

Il se fit dans l'obscurité de la chambre aux tentures couleur d'or un long silence.

Une heure après, la Milanaise renvoyait Maurice en le couvrant de baisers, en lui protestant qu'elle l'avait aimé dès le jour où elle l'avait aperçu dans la foule de ses adorateurs.

Elle lui répétait avec cet élan passionné et ce regard éteint des femmes heureuses :

— Va-t'en ! Tu reviendras ! On m'attend au théâtre. Tu reviendras !

Et, quand il allait obéir, elle le retenait encore, ne pouvant s'en détacher.

A la fin, pourtant, elle s'arracha à son étreinte et, appuyée à la cheminée, le regardait s'éloigner en lui envoyant du bout des doigts un dernier baiser, quand, tout à coup, ses yeux s'agrandirent, elle redressa la tête et sa main demeura immobile devant ses lèvres.

Maurice avait fait un pas en arrière et s'arrêtait pétrifié.

Sur le seuil de la chambre dont la portière était soulevée, sous la draperie de reps jaune, il venait d'apercevoir, blanche comme un suaire, les yeux fixes, les lèvres pâles, crispées par le mépris, Diane qui le regardait.

— Où allez-vous ? lui demanda-t-elle.

Il ne répondit pas.

— Il est inutile de rentrer chez moi, monsieur, reprit-elle. Restez chez votre maîtresse.

— Diane !

— Je sais tout. Adieu.

Elle laissa retomber la tenture et disparut.

Derrière elle, dans la lumière de la chambre voisine, dont les rideaux étaient tirés et les persiennes ouvertes, Maurice avait distingué la silhouette longue et le visage effaré de miss Arabella, pourpre d'indignation et de honte.

XIX

D'ordinaire, lorsqu'une femme a surpris un secret comme celui de M. de Faudoise, sa vie est brisée. Cependant on en voit qui continuent à vivre sous le toit de l'homme qui les a trompées aussi cruellement. Elles y restent par faiblesse, par nécessité souvent; mais leur tranquillité est anéantie à jamais. La confiance est morte et ne ressuscite pas. Les querelles se succèdent sans interruption à propos des faits les plus graves ou des riens les plus futiles. S'il s'opère un rapprochement, sous les auspices des amis, des parents, cette suture ne tient pas.

Ce n'est qu'un replâtrage, c'est-à-dire tout ce qu'il y a de plus lamentable, un manteau sur un squelette, un badigeon sur des ruines, des fleurs sur un cadavre.

Diane était brave.

Elle prit vaillamment son parti.

Point de querelles, point de reproches inutiles, point de revendications de son droit, de rappels à l'exécution des serments.

Lorsqu'elle rentra chez elle, elle quitta miss Arabella, plus morte que vive, en posant un doigt sur ses lèvres, et s'enferma dans sa chambre.

Là, elle se plongea dans une causeuse, non sans s'être barricadée à l'aide des verrous et des serrures, dans la crainte d'un retour offensif de celui qui désor-

mais pour elle était l'ennemi, et se pelotonna dans la
soie pour essayer de mettre un peu d'ordre dans ses
pensées et réfléchir.

A quoi? A rien. Elle était brisée, foudroyée. C'é-
tait comme un effondrement de sa vie, une prostration
de tout son être,

En courant à la rue Taitbout elle conservait un espoir. Lequel? Elle n'aurait pu le définir, mais elle se
disait vaguement, déjà bouleversée par cette révélation si imprévue fondant sur elle comme une grêle qui
en un instant ravage une campagne fertile, que peut-
être son mari n'éprouvait pour la danseuse qu'un
sentiment d'admiration, d'engouement ; que tout se
bornait entre eux à une de ces amitiés de théâtre qui
s'établissent à distance, de la scène aux fauteuils d'or-
cheste, question de vanité de la part de l'homme, de
coquetterie du côté de l'artiste ; dangereuse, sans doute,
mais innocente jusque-là. Elle ne pouvait croire à une
violation si flagrante de la foi jurée, à une chute si rapide et si profonde.

Dans le fiacre d'où elle espionnait son mari, elle
ressentait toutes les tortures lancinantes de la jalousie
furieuse ; une angoisse douloureuse lui étreignait le
cœur, mais, dans ces ténèbres qui l'enveloppaient, il
restait une lueur encore, l'espérance, soutien de
l'homme, qui survit en nous jusqu'au dernier soupir,
jusqu'à la fin de tout et à la catastrophe suprême.

Lorsque Faudoise fut entré dans la maison de Cara
Dolci, après un moment d'attente qui lui parut un
siècle, elle s'exaspéra jusqu'à la folie et, emportée par
la colère qui grondait en elle, elle voulut connaître
l'étendue de la faute et répéta à sa compagne en l'en-
traînant à sa suite d'une main fébrile :

— Venez !

Elle pénétra sous le porche de la maison, ne sachant trop ce qu'elle allait faire.

Le concierge causait dans sa loge avec une forte fille d'une trentaine d'années, vêtue comme une servante, un panier au bras.

— Mademoiselle Dolci? demanda Diane.

— Au second, la porte à gauche, dit le concierge.

Mais la grosse femme intervint :

— Madame est sortie. Que voulez-vous?

— Lui parler.

— C'est impossible. Elle n'est pas là.

Le mensonge était flagrant.

Madame de Faudoise regarda fixement la domestique.

— C'est une erreur, dit-elle. Mademoiselle Dolci est chez elle. J'en suis sûre.

— Si vous le savez mieux que moi !

— Vous êtes à son service ?

— Je suis la cuisinière.

— Comment vous appelez-vous ?

— Julie.

— Il y a longtemps que vous êtes chez elle ?

— Deux mois et demi. Madame m'a engagée en arrivant à Paris.

La cuisinière répondait sans songer même à résister, intimidée par l'assurance et le ton impérieux de madame de Faudoise.

— Nous pouvons donc parler, dit Diane. Venez.

Elle attira d'un signe la servante hors de la loge et lui dit quelques mots à voix basse.

Julie balbutia à plusieurs reprises, d'un air assez tranquille, indifférent, des exclamations qui contrastaient avec sa face placide.

Evidemment, si grave que fût l'affaire, elle en avait vu d'autres.

L'argent, ce terrible entremetteur, accomplit son œuvre.

Diane ne marchanda pas.

Elle demanda seulement à la bonne : combien? Et le marché fut aussitôt conclu.

La femme de chambre italienne était sortie. Julie avait donc le champ libre.

Elle précéda les deux femmes, les introduisit sans bruit dans l'appartement de la danseuse, les conduisit à pas de loup du vestibule dans le salon et les y installa.

Le salon touchait à la chambre de la Dolci.

Puis elle redescendit pour aller paisiblement à ses affaires.

En passant, elle s'arrêta à la loge et feignit une parfaite innocence près du concierge :

— Deux dames qui connaissent l'Italienne, dit-elle du ton le plus ingénu.

Et elle sortit.

Le salon où se trouvait madame de Faudoise et miss Arabella n'était séparé de la chambre de la danseuse que par une tenture.

Elle avait donc tout entendu.

Devant Diane, l'imprudent avait prodigué à la Milanaise les plus ardentes protestations d'amour. Dans la fièvre qui s'emparait de lui, il avait piétiné sur le cœur de sa femme. Il s'était répandu en promesses comme un verre fêlé par où tout s'écoule et s'en va. Diane, dans cette éternelle langue de l'amour, la même du haut au bas de l'échelle sociale, avait pu reconnaître les mots dont il s'était servi pour elle. Il répétait les mêmes serments à cette étrangère! Il l'aimait uniquement. Il ne voulait qu'elle. Les autres n'existaient plus à ses yeux! Son caprice ne connaîtrait pas de fin. Mots vides, paroles creuses, mensonges dont se payent les amauts, qu'elle aussi avait entendus jadis et auxquels elle croyait !

Foi stupide ! Confiance imbécile !

Elle n'avait en se donnant exigé qu'un serment, un seul. Il était violé !

Déjà !

Malgré les efforts de miss Arabella, scandalisée et qui voulait fuir, elle était restée là, souffrante, torturée, sans force et sans voix. L'étonnement et le dégoût tuaient en elle jusqu'à la colère.

L'Anglaise ne l'avait pas quittée, par dévouement, en se faisant violence.

Miss Smithson se voilait la face d'horreur, non à cause de l'infamie de la trahison, mais parce que sa présence et celle de Diane étaient tout à fait déplacées — objectionnables — chez la danseuse en un pareil moment.

Mais elle n'osait faire un mouvement. La volonté de l'autre la clouait sur le tapis du salon.

Enfin cette scène atroce s'était terminée.

Maurice avait reçu en pleine figure la phrase par laquelle l'outragée lui signifiait leur rupture. Et, comme un buveur qui reçoit sur la tête un seau d'eau glacée, il s'était tout à coup dégrisé.

Il savait qu'elle était là, témoin de l'offense, et il comprenait qu'elle ne pardonnerait pas.

Tout était donc fini entre eux, tout.

Et maintenant, Diane seule dans son boudoir, qui lui semblait tendu de noir, se jurait que jamais cet homme ne serait rien pour elle. Son cœur était fermé à tous. Les autres ? Ils devaient lui ressembler. Pourquoi auraient-ils mieux valu que celui-là, son préféré !

Mais le monde, que dirait-il ? Quel scandale ! Elle n'en voulait pas ! Une séparation, sans doute, mais silencieuse, tacite, convenue librement, entourée de

mystère. Voilà ce qu'elle désirait. Plus tard, quand
son mari reviendrait, elle lui ferait savoir sa détermination par un mot d'écrit. Et tout serait réglé.

Certes, ses réflexions étaient confuses. Tous ces
projets s'entre-choquaient dans le chaos de son cerveau
malade. Les gens terrifiés par un tremblement de terre
doivent éprouver les sensations de cette mondaine
heureuse autour de laquelle tout venait de s'écrouler
dans un cataclysme imprévu. Elle ressentait d'intolé-
rables douleurs, un déchirement. Son orgueil était
abattu, son cœur laissait échapper tout son sang.

Au bout d'une heure, elle était encore tellement ab-
sorbée dans son désespoir qu'elle n'entendit pas d'a-
bord qu'on frappait à sa porte, après avoir essayé de
l'ouvrir, puis une voix qui l'appelait.

Elle se redressa en sursaut et, malgré sa volonté de
rester seule, ne put s'empêcher de demander brusquement :

— Qui est là ?

C'était la comtesse.

Diane ouvrit, comprenant que s'enfermer c'était se
trahir, n'osant refuser de voir sa mère, heureuse peut-
être au fond d'épancher dans son cœur le chagrin qui
l'étouffait.

Madame de Briolles se planta devant elle, la contempla un instant en silence, vit ses yeux ardents d'où
pas une larme ne s'était échappée et l'interrogea.

On aurait dit la Justice irritée s'apprêtant à venger
l'innocence.

— Qu'est-ce que tu as ? lui demanda-t-elle.

Diane essaya de garder son secret et haussa les
épaules.

— Que se passe-t-il ? Pourquoi te cadenasses-tu ?
Depuis quand as-tu besoin de te mettre sous les verrous ?

7

Et comme Diane se taisait encore...

— Voyons, parle, reprit madame de Briolles. N'as tu plus confiance en ta mère? Tu es malheureuse. Par fierté, tu essayes de le cacher. Il y a longtemps que je le sais. Je voulais douter encore et le doute est impossible. D'où viens-tu?

— J'ai fait une course.

— Dans quel but?

— Pour rien. Pour me distraire. Avec miss Arabella.

— Je viens de la voir, miss Arabella. Elle a l'air consterné. Il y a quelque chose. On ne me trompe pas, moi. Tu es jalouse peut-être, à juste titre, j'en ai peur. Ce n'est pas moi qui tenterai de pallier les torts de ton mari. Je ne te demande pas ce que tu sais, mais tu souffres et tu ferais mieux de parler.

— Ma mère!

— C'est ta faute, ce qui arrive! Tu as agi avec la légèreté des jeunes têtes qui méprisent la raison, la vieille expérience des autres. Mais ce n'est pas l'heure des reproches. Je ne t'en aime pas moins, toi, ma Diane, et je n'ai en vue que ton repos, hélas! bien compromis.

Madame de Briolles était sous le coup d'une vive irritation. La vue de sa fille qui n'avait plus la force de nier, dont le silence était une accusation énorme contre son gendre, l'exaspérait.

Elle faisait des efforts inouïs pour se contenir.

Mais on a beau endiguer un torrent, il finit par renverser les frêles obstacles qu'on lui oppose.

Le torrent sauta par-dessus ses digues.

Toute la bile amassée par la comtesse contre Faudoise, la rancune adroitement entretenue et soufflée par les Boistrudan, se firent jour et s'échappèrent de la poitrine de la mère courroucée, comme un jet de vapeur sifflante d'une chaudière qui se fêle.

Sa voix s'altéra subitement.

D'une main nerveuse, elle attira sa fille sur un divan, et s'assit auprès d'elle, avec la ferme volonté de se décharger le cœur et de lui arracher ses confidences.

— En un mot, ton mari te trompe, dit-elle.

— Ma mère!

— J'en suis sûre. Je sais. N'essaye pas de le défendre. C'est un coureur, un libertin...

— Ma mère!

— Le mot n'est que juste. Ses allures n'étaient pas naturelles. Le voilà donc ce grand amour qui t'a poussée à commettre la sottise, la folie qui nous perd! L'ingrat! le lâche! le fourbe!

— Ma mère!

— Le mot n'est pas trop fort. Quand on a l'avantage inespéré — car cet avantage était inespéré pour lui, tu ne le nieras pas — de posséder une femme ayant la dixième partie de tes qualités, indulgente, jolie! Quand, d'autre part, cette fille est unique, avec une mère qui me ressemble, disposée à toutes les concessions pour entretenir la bonne harmonie dans le ménage, n'ayant qu'une ambition : voir le sourire sur les lèvres de sa fille; prête à se saigner aux quatre membres pour que son gendre — un mot qui m'écorche la gorge, quand je pense à ce personnage...

— Ma mère!

— Laisse-moi dire. J'étoufferais!... pour que ce gendre puisse satisfaire ses fantaisies les plus coûteuses, tenir un rang honorable et briller dans le monde des oisifs d'un éclat auquel il paraît tenir plus que de raison; quand enfin on n'a qu'à se laisser vivre selon ses goûts, dans un hôtel disposé à souhait, avec un prétendu cabinet de travail, bien superflu entre nous, où l'on ne passe que le temps d'allumer un cigare et de mettre ses gants; quand on cherche des prétextes de toutes les couleurs pour s'évader de sa maison, avec l'empresement d'un prisonnier qui fuit son cachot; qu'on ne se plaît qu'au dehors, dans les clubs, les cabarets, sur le turf — la comtesse prononçait turf avec une emphase étonnante — et, je le crains, de pires lieux sur lesquels je ne veux pas arrêter ma pensée; de telles allures ne présagent rien de bon et ce qui arrive, après tout, était prévu et n'est pas pour nous étonner!

— Mais qu'arrive-t-il, ma mère?

— Ne dissimule pas. Ce serait de l'héroïsme aussi déplacé qu'inutile. L'histoire est connue. On en parle dans le monde! On te plaint, mais, en blâmant ton aveuglement et le mien. On dit...

— Et que dit-on?

— Que M. de Faudoise a pour maîtresse une drôlesse, une danseuse! Qu'il s'affiche avec elle, que c'est une véritable honte! Je voulais te le cacher, mais je vois que tu ne l'ignores plus. C'est le bruit public, la nouvelle du jour. Certes ni mon amie, madame de Boistrudan, à qui rien n'échappe, ni moi, nous n'eussions dit un mot qui dût te mettre sur la trace. Nous te laissions endormie dans ta folle confiance. Avoue-le. Tu as tout compris. Tu as voulu te renseigner, ce qui n'était pas difficile, étant données les allures du... traître, pour employer des expressions mitigées. Il n'avait même pas la pudeur élémentaire de se cacher. Tu as tout découvert. J'aime à croire que tu tiendras comme il faut, ou, jour de Dieu! je ne te reconnaîtrais pas pour une Briolles. Ce serait une conduite indigne de toi, de ta position, de ton caractère. Voyons! Qu'as-tu résolu? Que vas-tu faire?

— Moi ?

— Sans doute !

— Rien.

— Tu te laisserais immoler comme une victime !
Tu te résigneras à gravir le calvaire de cet odieux
mariage en compagnie d'un....

— Je t'en prie !...

— ... être indigne !

— N insiste pas !

— Je te renie, si tu montres une telle faiblesse.

— Je t'en conjure, laisse-moi réfléchir, attendre.

— Quoi ? Des preuves ?

— J'en ai.

Ce fut un mot imprudent arraché à la lassitude de
la pauvre femme.

Mme de Briolles n'eut garde de le laisser tomber.
Pour tout dire, elle bondit de joie, et le recueillit avec
une joie triomphante. Elle n'avait pas tant espéré.

— Oh ! alors, s'écria-t-elle, je me flatte que ton
parti sera bientôt pris.

— Lequel ?

— Une rupture éclatante, définitive. Au moins elle
te rendra ta liberté.

Elle saisit les deux mains de sa fille et les empri-
sonna dans les siennes.

— Comment, reprit-elle, malheureuse enfant, tu
avais des preuves et tu me les cachais ! Ne suis-je
donc pas ta meilleure amie, ta mère ? Conte-moi tout.

Et peu à peu, à force d'insistance, elle arracha de
cette âme blessée la confidence qu'elle était venue
chercher, à demi éclairée par les insinuations de son
amie de Boistrudan et conduite par le double mobile
de la tendresse profonde, exclusive qu'elle nourrissait
pour Diane, sa fille, l'enfant de sa chair, le seul être
auquel elle se rattachât, et la haine qu'elle portait à

l'homme qui la lui avait enlevée, en dépit de ses plans et de ses projets, et qui la trompait!

Diane avoua tout. Elle raconta à la comtesse, sans en rien omettre, la scène odieuse à laquelle elle venait d'assister en compagnie de miss Arabella.

En l'écoutant, madame de Briolles était secouée par une vigoureuse indignation, comme un chêne de l'extrême Finistère, par un terrible vent d'ouest. Un atome de joie mauvaise se mêlait à cette indignation.

Dieu merci! le mal était complet. Tout rapprochement devenait impossible. Après une telle injure, il n'y avait qu'une bonne séparation qui pût servir de remède et de représailles. Ainsi sa fille lui resterait. Elles reprendraient leur indépendance, leur vie d'autrefois.

Autant les idées de la fille étaient confuses, autant celles de la mère étaient précises, arrêtées.

Diane, en terminant, la supplia de garder le silence. Point de cris ni de plaintes. A quoi bon?

— Mais pas de bassesse, au moins! s'écria la comtesse.

— N'aie pas peur!

Mme de Briolles eut un mouvement de sincère tendresse.

— Si je suis outrée de la conduite de ce fou, dit-elle, ce n'est pas parce que je le détestais d'avance. Ne le suppose pas! Je n'ai en vue que toi, toi seule, Diane, et je te jure que s'il avait été pour ma fille si bonne, si généreuse, ce qu'il aurait dû être, en suivant les inspirations de l'honneur, je l'aurais adoré! Mais sa conduite, je ne la lui pardonnerai jamais. Tu entends? Jamais! Après trois ans de mariage, en arriver là... Oh! le monstre!

— Laisse-moi seule. Je t'en prie.

— Tu le veux?

— Oui. J'ai besoin de sommeil, de repos.

— Je vais t'envoyer Mélaine.

Madame de Briolles se leva, prit la tête de sa fille dans ses deux mains et l'embrassa longuement.

Puis elle s'arracha de sa place par un effort violent, comme un arbre qu'un coup de vent déracine, et Diane l'entendit qui sortait en répétant :

— Oh ! le monstre ! le monstre !

XX

Il est banal de dire qu'après la retraite de sa femme, Faudoise ressemblait à un homme frappé de la foudre.

Il n'existe cependant pas d'autre expression pour rendre le coup épouvantable qui le terrassait.

Qu'on se figure un promeneur errant au milieu d'une campagne enchantée et qui, sans nuage qui l'avertît du danger, serait ébloui par l'éclair et jeté sur le sol, meurtri, sans connaissance.

Il ne trouva pas un mot à répondre ; il ne fit pas un mouvement et resta cloué au tapis, regardant d'un œil hagard les fleurs fanées, privé de la faculté de se mouvoir, de parler et presque de comprendre.

Comment Diane était-elle là ? Par où était-elle entrée ? Qui l'avait avertie ? Autant de questions insolubles !

Il entendit les portes se refermer, le bruit d'une voiture qui s'ébranlait sur le pavé et descendait vers le boulevard, et ce ne fut qu'au bout d'une minute qu'il tourna lentement la tête et aperçut sa complice, appuyée à la cheminée, anxieuse, effarée, confuse.

Elle aussi, elle gardait le silence, atterrée d'une apparition dont les conséquences étaient claires.

D'une parole douce, d'un regard plein d'amour, son amant d'un instant l'aurait soutenue, ranimée, conquise à jamais.

Mais à la vue de ses yeux glacés, de son front subitement assombri, de son morne abattement, un frisson courut dans les veines de la Dolci. Elle comprit qu'un changement subit s'opérait en lui.

Son amour s'envolait comme ces fées de théâtre qui, au coup de sifflet du machiniste, s'évanouissent dans les frises, par une sorte de magie.

Et en vérité, si Cara avait pu lire dans l'âme de Faudoise, elle aurait été plus froissée encore.

Non seulement il ne l'aimait plus, mais il la haïssait; il venait de la prendre en aversion. C'était elle qu'il accusait du désastre qui s'abattait sur lui, elle qui l'avait perdu.

Le condamné qui porte sa tête sur l'échafaud doit maudire de même le tentateur qui l'a entraîné au crime.

Maurice se disait qu'il était aveugle quelques instants plus tôt.

Maintenant il voyait clair comme si un oculiste lui eût rendu la vue par une opération instantanée.

En une seconde, il mesura l'odieux de sa conduite. Sa folie se guérit comme par miracle.

C'était un véritable crime d'oublier, même une heure, même un instant, l'adorable femme qui lui avait apporté tous les trésors qu'un homme peut souhaiter au monde, comme ces bonnes fées qui comblent de biens le filleul qu'elles ont adoptée.

Cette Diane, si facile, si indulgente, qui lui témoignait une confiance sans réserve, qui, de quelques négligences qu'elle dût se plaindre, ne l'accueillait qu'avec un visage riant, qui prenait sa défense contre tous — il le savait — contre sa mère elle-même, quand la comtesse ou les Boistrudan lui décochaient quelque trait après tout plus malicieux que perfide; cette femme toujours prête à lui prouver sa tendresse,

toujours faible à son profit, comment venait-il de
payer sa générosité, cet abandon qu'elle lui marchan-
dait si peu? Au lieu de se plaire auprès d'elle, dans
l'atmosphère honnête, saine et douce, du foyer domestique, il s'était lancé à corps perdu dans ce courant
qui en emporte tant d'autres, pour oublier, fouler aux
pieds les devoirs contractés, les engagements pris, et
venir s'échouer bêtement dans le boudoir d'une danseuse pour laquelle il n'avait eu qu'un caprice éphémère, qu'un entraînement stupide déjà passé.

Oui, il était passé!

On lui aurait dit que quelques minutes auparavant
il était fou de cette femme, qu'il se traînait à ses genoux, en l'accablant de ses prières, en lui prodiguant
les noms les plus doux, en lui jurant un amour éternel, qu'il eût été frappé d'hébétement, de stupeur.

Quel mensonge!

Aimer cette femme appartenant au public, dont le
premier venu pouvait, à l'aide d'une lorgnette, étudier
les charmes; que les machinistes, les figurants, toute
cette tourbe des coulisses, mêlée triviale ou cynique,
approchait et touchait du doigt, pour ainsi dire, au
visage fardé, à la peau ruisselante de sueur comme
celle d'un cheval de course qui rentre au pesage!

Mais il existait autant de différence entre cette
Milanaise et mademoiselle de Briolles — il n'osait
déjà plus appeler Diane autrement — qu'entre une
rose ouverte sur l'églantier et une fleur séchée sur les
rayons d'un herboriste.

Le plus complet des revirements s'opérait en lui, et
il faut dire que ce phénomène ne lui est pas particulier.

On se rattache avec énergie au bien qu'on va
perdre. On tient avec une force nouvelle, avec l'em-
portement du désespoir, avec une ardeur jalouse, à la

femme qui nous quitte dans toute la splendeur de sa jeunesse et de son épanouissement.

L'amour que Diane inspirait à son mari aux premiers temps de leur union se ravivait comme par miracle.

La comparaison de la danseuse, si célèbre qu'elle fût, si admirée qu'elle méritât de l'être, avec la femme légitime, était d'ailleurs à l'avantage de cette dernière.

Diane valait toutes les Dolci de l'univers, surtout aux yeux de son mari.

De cette victoire poursuivie avec tant d'ardeur, il u'avait donc recueilli qu'une déception et il ne lui restait qu'un remords.

La Milanaise pourtant s'était donnée sans arrière-pensée. Elle avait plus qu'un caprice, elle, c'était de l'amour, du vrai, pour cet amant distingué parmi tant d'autres.

Que cet amour dût n'avoir pas de fin, on aurait peut-être eu tort de le croire, mais tant qu'il durait, il était vif et brûlant. Un feu de paille, à ses débuts, jette une aussi violente clarté que le brasier chimérique où les Hindoues se brûlaient sur le cadavre de leurs maîtres.

A distance, Cara était la séduction même, la volupté enchanteresse.

De près, elle perdait une partie de son prestige. Comme elle l'avait dit, il lui fallait le feu de la rampe, la grâce des poses, la minauderie provocante des sourires étudiés, l'éclat de la lumière électrique la poétisant comme le rayon de lune d'Endymion endormi.

Toutes ces réflexions ne durèrent que l'espace d'un instant.

Maurice cependant comprit, à l'aspect du visage bouleversé de la pauvre fille, la cruauté de son attitude.

Il se rapprocha d'elle et lui prit une main qu'elle
ne retira pas.

— Cara, dit-il, d'une voix brisée, il faut me pardonner. Ce qui m'arrive est si extraordinaire! Je suis
écrasé. C'est une scène terrible. Mon avenir — il
n'osa dire mon bonheur — mon repos, sont perdus.

— Ah! vous l'aimez bien, elle! murmura l'Italienne.

— Non, puisque je suis près de vous!

— Qu'allez-vous faire?

— Je l'ignore.

— Vous m'en voulez?

— Moi!

— Oui, vous. Je l'ai bien lu tout à l'heure dans
vos yeux. Ils me regardaient avec dureté. Vous ne
m'avez jamais aimée! Pourquoi me le disiez-vous?

— Cara!

— Non. Je comprends à votre désespoir — car vous
êtes désespéré, mon ami — quelle adoration vous avez
pour cette femme! Vous avez raison. On les aime,
elles! On ne nous aime pas, nous autres! Nous inspi-
rons parfois un caprice passager, où il entre autant
de vanité que d'amitié vraie! J'ai eu quelques jours
d'illusion. Je vous les dois et vous en remercie. Je suis
désolée d'être pour vous la cause d'un grand chagrin.

Elle se leva et lui tendit la main.

C'était un adieu.

Il la prit et la porta à ses lèvres, mais cette main
était froide, inerte.

Cara Dolci souffrait dans son orgueil et dans son
amour. Elle n'avait été qu'un jouet pour cet homme,
auquel elle se flattait d'inspirer une passion.

— Adieu, reprit-elle avec douceur. Adieu!

Il sortit du pas d'un homme ivre, ne sachant où
aller.

Dans la rue, il se rendit mieux compte, en reprenant un peu de sang-froid, de l'horreur de sa situation. Machinalement, il descendit sur le boulevard et entra au Sport en même temps que le baron de Tallevande, qui remarqua son visage blême, renversé.

— Qu'avez-vous donc? lui demanda-t il.

— Rien.

Le baron fit un geste de doute, mais il n'insista pas.

— Voulez-vous faire un écarté? reprit-il.

— Comme il vous plaira.

Le salon où ils entrèrent était à peu près désert. Maurice perdit coup sur coup une trentaine de louis.

Tallevande jeta les cartes.

— Je vous gagnerais votre montre, dit-il. Vous n'êtes pas dans votre assiette, mon cher.

Faudoise allait lui raconter son aventure, car il éprouvait le besoin de se décharger d'un poids écrasant, et dans son trouble il avait besoin de conseils.

Il lui était impossible d'assembler deux idées, et le baron, homme du monde consommé, l'eût soutenu, étayé de ses avis.

Il se sentait chanceler comme un arbre sapé par un bûcheron.

Il ouvrait la bouche quand Tallevande se leva.

— Je suis en retard, fit-il. Diable! On va me conspuer. Je remonte de votre côté. Voulez-vous que je vous mette à votre porte?

Faudoise tressaillit.

Sa porte! Il n'osait même plus rentrer chez la comtesse.

Il remercia le baron, et resta seul, affalé sur un divan.

Par bonheur, le jeune Rougaud arriva vers sept heures et l'emmena au café Anglais, où il lui tint compagnie devant un dîner fin auquel Maurice ne toucha que du bout des dents.

Mais c'était du temps de passé.

A dix heures et demie, le malheureux calcula que sa belle-mère serait enfermée chez elle et se décida à regagner le boulevard Haussmann.

Il voulait se jeter aux pieds de Diane, lui demander pardon d'une heure de démence, lui offrir de quitter Paris, de revenir à Briolles dans leur isolement et d'oublier les années perdues dans l'étourdissement fiévreux de cette vie qui l'avait rendu fou.

Il franchit la porte sans encombre et ne rencontra personne sur son passage. L'hôtel semblait désert. Le salon était vide. Dans sa chambre, une lampe l'attendait, et, en pleine lumière, une lettre était posée de façon à frapper ses regards au premier abord.

Il la saisit avec empressement et reconnut l'écriture de sa femme. Un froid subit lui passa dans les veines.

Que lui écrivait-elle ?

Il y jeta les yeux avec cette hésitation de l'accusé qui attend son arrêt, et lut ce qui suit :

« Lorsque, en allant à vous avec confiance, je vous
« ai donné ma main, je n'ai exigé qu'une promesse.
« Vous l'avez violée.
« Je vous aurais tout pardonné, tout, excepté cette
« injure. Désormais nous vivrons séparés. Pour le
« monde, nous resterons unis, si vous le désirez.
« Mais à dater de cette minute, j'ai cessé de vous ap-
« partenir.
« Vous pouvez continuer sans entraves la vie que
« vous avez adoptée. N'essayez pas de changer ma
« détermination. Ce serait en vain. »

DIANE DE BRIOLLES

Maurice garda ce billet entre ses mains.

C'était encore quelque chose d'elle.

Puis, le premier moment de l'angoisse passé, il reprit courage.

La lettre était moins cruelle qu'il ne le redoutait.

Il connaissait la générosité de Diane.

Il était impossible qu'en s'accusant, en la suppliant, elle demeurât implacable.

Il s'approcha de la porte du cabinet de toilette qui le séparait d'elle.

Mais au moment de l'ouvrir il hésita.

Il était pauvre !

Elle était riche !

Ne penserait-elle pas que c'était sa fortune qu'il voulait reconquérir et non son affection ?

Avait-il, malgré la sincérité de son amour, malgré son désintéressement, le droit de supplier, de s'abaisser, quand cette accusation pouvait l'atteindre ? Après tout, c'était Diane, elle seule, qu'il essayait de fléchir.

La scène allait se passer entre eux, sans témoins.

Il poussa la porte.

Elle résista.

Le verrou était mis. Il voulut le forcer, mais il ne céda pas.

Alors, il se rappela l'explication de Mélaine et, le cœur serré, après un long détour, il frappa à la porte de la chambre, de l'autre côté.

On ne répondit pas d'abord.

Il frappa plus fort.

Même silence.

— Diane, supplia-t-il, voulez-vous m'écouter un instant ?

Rien.

Il allait battre en retraite quand il distingua un

froufrou de jupes et des pas traînards qui s'approchaient.

Il eut un moment d'espoir, mais il fut court.

La porte s'ouvrit et, comme le matin, il se trouva en
face de Mélaine.

— Où est madame? demanda-t-il.

— Madame est souffrante et ne peut voir personne.

La Bretonne regardait son maître d'un air agressif
qui ne lui était point ordinaire.

— Je voudrais lui parler, reprit Maurice.

— Alors monsieur doit aller chez madame la comtesse.

— Chez ma belle-mère? s'écria Faudoise.

— Oui; madame la comtesse a fait dresser un li
près du sien pour madame. Madame la comtesse n
la quitte pas.

Madame de Briolles savait tout.

Faudoise, frappé au cœur, rentra chez lui, désespéré.

XXI

Il se sentit perdu sans ressource.

Avec Diane seule contre lui, il pouvait croire qu'à force de patience, de prières, il arracherait un pardon à la tendresse dont elle lui avait donné tant de preuves.

Mais ces mots : elle est chez sa mère ! lui causaient une véritable épouvante.

Diane était allée chercher contre sa propre faiblesse un appui chez la comtesse. Elle se réfugiait là comme dans une place forte. Faudoise, depuis longtemps, se savait battu par une hostilité sourde et persévérante, comme un rocher par la marée. Les Boistrudan sous leurs apparences cordiales, sa belle-mère en dépit de la contrainte qu'elle s'imposait, ne pouvaient être pour lui que des ennemis, et par malheur sa conduite justifiait leur animosité et les excusait.

Il se regardait lui-même avec un profond mépris pour sa démence, pour s'être laissé entraîner à détruire un bonheur si parfait, à blesser au cœur la femme qu'il aurait dû adorer à genoux, et à la rejeter, par son injure, aux mains de ceux qui ne pouvaient lui pardonner de l'avoir prise.

Assis près de sa cheminée, il passa la nuit dans l'attitude d'un homme anéanti.

A la fin, vers quatre heures du matin, le froid le saisit ; il se mit au lit avec un frisson, et s'endormit d'un sommeil lourd, troublé de cauchemars comme

ceux des blessés dont une commotion terrible a ébranlé
le cerveau.

Il ne s'éveilla qu'au bruit des pas de son valet,
étonné d'un silence si prolongé.

Faudoise conservait à Paris une de ses habitudes de
l'Aubraye.

Il se levait matin, montait à cheval ou lisait dans
son cabinet de travail, selon le temps.

— Quelle heure ? demanda-t-il, ébloui par la lumière vive pénétrant à travers les fenêtres.

— Neuf heures et demie, monsieur. Monsieur a
mal dormi ?

Maurice ne répondit pas.

— Monsieur sortira ? Le temps est bon.

— Non.

— Monsieur est souffrant ?

— Un peu.

Joseph regarda son maître. Il devinait vaguement
qu'il s'était passé quelque chose. La comtesse et Mélaine avaient pourtant gardé le silence. Quant à miss
Arabella, c'était la discrétion en personne, mais Joseph avait de la perspicacité et flaira quelque catastrophe. Il était Parisien et dressé de main d'artiste. En
valet de bon style, il cessa ses questions, mit en ordre
les objets nécessaires et s'esquiva. Maurice procéda à sa
toilette avec le soin qu'y apportent les gens du monde,
même sur un champ de bataille, et tout à coup se
décida.

Madame de Faudoise n'avait pas passé une meilleure nuit que son mari.

Elle ne put fermer l'œil. Elle compta l'une après
l'autre les heures qui tombaient dans le passé comme
les grains de poussière dans le sablier du Temps.
Un feu de fièvre circulait dans ses veines ; une indignation envahissante lui secouait les nerfs. Plus elle

y réfléchissait, moins elle pouvait excuser un acte aussi odieux.

Au point du jour, Mélaine entra dans la chambre de la comtesse. Diane était accoudée sur son oreiller, impatiente de nouvelles. La Bretonne lui raconta la visite de la nuit.

Que venait faire chez elle son mari ?

Il voulait sans doute s'excuser, implorer un pardon impossible !

Des excuses ! Elle n'en connaissait pas. Il fallait de l'audace vraiment pour en imaginer. Le pardon ! La plaie était trop vive. Que diraient les Boistrudan ? Que dirait sa mère ? Elle-même, pouvait-elle dévorer un tel affront ? Quelle lâcheté !

Ainsi, malgré sa lettre, elle devait s'attendre à une visite de son mari ! Il était évident qu'il allait renouveler sa tentative. Soit. Elle le recevrait et n'était pas fâchée de voir comment il s'y prendrait pour expliquer ses actes !

Elle quitta sans bruit le cabinet de sa mère, passa chez elle et s'habilla avec une coquetterie extrême.

Puisqu'il voulait la voir, elle se présenterait à lui avec tous ses avantages.

C'était une sorte de revanche à prendre sur sa rivale.

Lorsqu'elle fut coiffée, enveloppée dans une robe de chambre de velours bleu, ornée de dentelles, les pieds chaussés de petites mules de même étoffe, elle se pelotonna frileusement au coin du feu et attendit.

Pour passer le temps, elle envoya chercher des journaux.

Un secret instinct l'avertit qu'elle y trouverait peut-être quelque allusion à son aventure et ne pouvait échapper à la malice des chroniqueurs en quête de scandales.

La maîtresse de son mari n'était-elle pas une des célébrités du jour ?

Elle en parcourut un ou deux du doigt, mais en vain, en gardant le meilleur, un journal du matin très répandu, pour la fin, comme on réserve le champagne pour le dessert.

Elle devait être trop bien servie.

Aux faits divers, elle lut avec surprise, non pas des allusions voilées à l'aventure de la rue Taitbout, mais un récit très circonstancié et très exact de l'aventure.

L'article était intitulé : Un divorce à l'horizon.

Tout y était, sauf le nom des héros de l'affaire, et encore !

On y désignait la Dolci avec tant de précision qu'il aurait fallu habiter la Provence ou les Pyrénées pour s'y tromper.

Les initiales de Faudoise, celles de Diane, le pays des Briolles, l'hôtel du boulevard Haussmann, rien n'y manquait.

C'était à présumer que l'auteur de l'article, caché derrière une porte, comme Diane derrière la tenture, avait assisté à la scène, du commencement jusqu'à la fin.

Il terminait son récit par cette phrase empoisonnée comme un trait de sauvage :

« Ce scandale est d'autant plus regrettable que le « mari — volage et trompeur — doit sa brillante po- « sition de fortune à l'un de ces mariages d'amour qui « deviennent de plus en plus rares dans un siècle où « le veau d'or est plus que jamais debout — musique « de Gounod.

« Il ne paraît pas d'ailleurs que ce Dieu soit jamais « descendu de son piédestal et qu'il ait été foulé aux « pieds des générations qui nous ont précédés. »

Diane froissa le journal et le jeta sur le tapis.

Sa fureur de la première minute contre son mari se rallumait.

Ainsi, par sa faute, elle était livrée en pâture aux médisances des salons. On allait s'occuper d'eux partout, mettre les noms au lieu des initiales !

Dans sa pudeur de sensitive, elle se sentait déshonorée par ce tapage dont il était la seule cause.

Une réconciliation après ce bruit devenait plus impossible encore. Le monde se moquerait de sa faiblesse ! Trompée pour une danseuse ! Après trois ans de mariage ! Dédaignée ! Elle !

Son orgueil se redressait de toute sa hauteur.

Les circonstances aggravantes étaient mises en lumière par le malicieux écrivain. On faisait l'éloge à outrance de la jeune femme ! On vantait sa fraîcheur, sa jeunesse, sa beauté, sa distinction !

On contait à mots couverts, avec d'ingénieuses précautions, que c'était elle qui avait choisi Faudoise, un jeune homme pauvre, parmi tant d'amoureux, comme Jeannette. Le roman de ses amours était dévoilé avec adresse, de façon à rendre la trahison plus odieuse et le pardon une sorte de lâcheté.

Vers dix heures, une voix qu'elle entendit à sa porte la fit tressaillir.

C'était la visite qu'elle attendait.

Maurice disait à la femme de chambre :

— Demandez à madame si elle peut me recevoir.

Mélaine montra son visage frais, mais un peu triste, sous la portière de soie.

— Oui, dit Diane, mais ne vous éloignez pas.

Ce n'était plus la nuit. Le jour entrait à flots par les croisées de la chambre. Le temps était beau, comme l'avait dit Joseph.

Diane n'avait plus peur dans son boudoir, ce réduit

soyeux, capitonné, où elle se plaisait et restait souvent des demi-journées à lire ou à rêver.

Il y avait de tout dans cette retraite intime, jusqu'à un petit piano droit caché sous une draperie d'étoffe des Indes, une chaise longue, des fauteuils d'un moelleux tout à fait moderne, un secrétaire en vernis Martin, et une psyché couverte de toutes sortes de boîtes en vermeil et de flacons ciselés.

Si elle choisissait ce nid d'amour pour recevoir son mari, c'était un raffinement de méchanceté — hélas! bien excusable chez une femme aussi violemment froissée — une cruelle coquetterie, destinée à rendre les regrets du coupable plus amers et plus cuisants.

Maurice entra lentement. Son visage portait les traces de fatigue d'une nuit tourmentée. Ses yeux brillaient d'un éclat fiévreux.

Après avoir remercié Diane de sa condescendance, il tira le billet qu'il avait reçu et dit :

— C'est vous qui m'avez écrit cette lettre ?

Elle inclina la tête en signe d'assentiment et lui montra un fauteuil, sans prononcer un mot.

— J'aurais voulu pouvoir en douter, reprit-il. Ainsi votre désir est de rompre une union qui, malgré une faute que je me reproche amèrement, pourrait être si heureuse ?

— Oui.

— Je n'ose m'exprimer devant vous comme je le voudrais. Un scrupule m'arrête.

— Lequel ?

— Je crains de paraître ramené à vos pieds, non par le chagrin d'un acte que je déplore et que je rachèterais au prix de la moitié de mon sang, mais par le désir de conserver une situation de fortune à laquelle, je vous le jure, je n'accorderai pas un regret.

— Soyez sans crainte. Je vous juge mieux, tout en vous haïssant pour l'infamie de votre conduite.

— Je ne tente pas de m'excuser. Vous ne pouvez me condamner plus sévèrement que je ne me condamne moi-même. Je comprends votre irritation, votre mépris. Vous ne me croirez pas quand je vous dirai que je n'aime pas cette fille, que je ne l'ai pas aimée une seconde; qu'il m'eût été impossible de lui donner une place dans un cœur plein de vous. Le vertige m'a pris. J'ai agi comme ces papillons idiots qui s'obstinent à voltiger autour de la flamme jusqu'à ce qu'ils s'y brûlent et périssent. Une ivresse inconnue s'est emparée de moi. Un quart d'heure avant cette lâcheté, ce crime, si vous voulez, je n'y songeais pas. Une minute après, j'aurais donné dix ans de ma vie pour ne pas l'avoir commis. J'avais honte de moi-même.

Diane laissa tomber ces deux mots de ses lèvres crispées :

— Des paroles !

— Mon Dieu ! comment vous convaincre ? Ce que je vous dis est vrai, et je sens que vous ne pouvez me croire... J'ai compris mon aveuglement quand il n'était plus temps. Je suis comme un promeneur imprudent qui, avant d'avoir mesuré le danger, roule au précipice. Ma chute a été stupide, inconsciente. Accablez-moi ! Vous avez raison, mais que répondrez-vous, si je vous jure de réparer cette minute d'oubli, d'erreur, par des années, par une vie de respect, de soumission et d'amour !

— Des serments ! Vous pouvez parler. Qu'importe ! Je ne vous crois pas !

Faudoise passa convulsivement ses mains sur son front. Il était vaincu, perdu. La jeune femme lui souriait de ce sourire glacé, ironique, méprisant, que devaient avoir les dames romaines refusant la vie au gladiateur tombé dans l'arène et qui les implorait.

— Diane, s'écria-t-il en se jetant à ses genoux, j'ai eu tort et je m'en accuse; n'écoute pas ton orgueil, mais ton cœur. Oublieras-tu pour un égarement d'un instant nos années de félicité, d'union si parfaite que nous paraissions deux êtres avec une seule âme? C'est ce Paris qui m'a étourdi, affolé. Si tu veux, nous le fuirons, nous irons nous enfermer là-bas, loin de ces séductions qui nous font perdre la raison. Je t'obéirai en tout. Je ne te quitterai plus. Oublie et pardonne!

— Vous croyez que c'est possible?

— Par notre amour passé, par les années qui nous restent à vivre, à aimer! Je t'aime, tu le sais bien.

— Non! puisque je ne vous suffis plus!

— Que lui dire, mon Dieu! murmura le malheureux, désespéré.

Diane fut ébranlée, tant ce cri partait du cœur. L'humiliation de son mari la touchait. La voix qui la remuait autrefois, qui faisait vibrer en elle les cordes de la passion, n'avait pas perdu toute sa puissance.

Mais l'image de Maurice aux pieds de l'autre se mit entre eux et l'exaspéra.

Elle eut honte d'une émotion passagère et repoussa brusquement son mari, qui essayait de la prendre dans ses bras.

— Ne me touchez pas, s'écria-t-elle; je vous le défends. Laissez-moi. On vient!

La comtesse parlait dans le cabinet voisin avec la Bretonne.

— Ne sommes-nous pas maîtres de nos sentiments?

— Il en est dont je rougirais.

— Diane!

— Non, dit-elle, pas de pardon. Quelle serait notre existence à l'avenir? De quels tourments ne souffrirais-je pas? Je veux estimer mon mari et je ne vous estime plus. Je croyais en vous, et vous avez détruit ma foi. J'avais fait de vous mon Dieu! Je ne le nie pas. Mais plus ma tendresse était vive, plus elle était dévouée, plus grave est cette offense, que je ne saurais oublier sans me dégrader à mes propres yeux. Vous avez pris une maîtresse, gardez-la. Tout le monde connaissait vos intrigues, excepté moi. Le hasard m'a mis sur la trace. Vous m'avez forcée de m'abaisser à un espionnage honteux. Je vous hais! notre vie est bouleversée. A qui la faute? Vous parlez de quitter Paris? Restez-y. Qui vous en empêche? Respirez ce parfum qui vous monte à la tête. Entre nous, tout est fini. Je ferai deux parts de ma fortune, une pour vous, l'autre pour moi. Vous serez libre, je le serai de mon côté.

— Votre fortune, balbutia Faudoise, étourdi par ce coup de massue.

— Je ne veux pas vous blesser, ne le croyez pas. Je ne prononce ce mot que parce qu'il est indispensable. Il faut régler les conditions d'une existence nouvelle. Je sais que vous avez l'âme haute et que cette question est la dernière qui vous préoccupe dans l'affreuse situation qui nous est faite...

— Par votre volonté!

— Par votre faute!

Maurice tremblait de honte, de colère, d'impuissance et de désespoir. Tout son être frémissait.

Il essaya de tenter un dernier effort; Diane lui ferma la bouche d'un mot.

— Adieu, dit-elle.

Il fit un pas en arrière en chancelant comme un homme ivre.

— Vous le voulez? murmura-t-il.

— Que de paroles perdues! Je vous appartenais. J'étais bien à vous. Il fallait me garder. Vous m'avez rejetée. Je me reprends. Vous ne manquerez pas de consolations.

— Vous êtes implacable.

— N'en accusez que vous.

— Pensez à la situation qui vous attend !

— Ce n'est pas moi qui l'ai choisie !

— Ayez pitié de vous-même, Diane !

— Moi ? fit-elle en se redressant, les sourcils froncés, que puis-je craindre ? Je n'ai pas d'enfants, Dieu merci ! Je tâcherai d'oublier ces trois années. Je me retrouverai indépendante comme avant mon mariage. J'ai ma mère. Je vivrai près d'elle. Au moins son affection me reste, sûre et inaltérable. Peut-être regretterai-je, non la vie que nous avons menée, mais celle que je rêvais et qui nous était réservée, si vous l'aviez voulu. Vous avez fui cette maison où vous étiez chez vous, où vous régniez en maître, pour aller chercher ailleurs des plaisirs — elle prononça ce mot avec une ironie sanglante — qu'on n'y connaissait pas. Le sort en est jeté. J'aurai du moins cette consolation de n'avoir rien à me reprocher.

— Si.

— Quoi donc ?

— La cruauté de vos refus.

Elle se leva brusquement et lui tourna le dos pour couper court à un entretien dont le sujet était épuisé.

Elle parlait d'une voix aigre, dure, sifflante, par saccades. Son irritation, un moment ébranlée par les prières de son mari, lui revenait plus vive, plus aiguë. Elle tâchait d'être mordante et de rendre blessure pour blessure.

La fierté de Faudoise se réveilla.

Riche comme elle, il eût insisté avec toute la chaleur d'un amour toujours jeune, aiguillonné par les parfums de ce boudoir plein de souvenirs, par la beauté provocante de Diane.

Mais le sentiment de sa pauvreté le paralysait.

Il restait immobile, les yeux baissés sur le tapis, hésitant entre son orgueil qui lui conseillait de partir, et sa passion qui lui disait de rester encore.

Jamais Diane ne lui avait paru plus attrayante.

Jamais sans doute elle ne l'avait été davantage.

Enveloppée dans son peignoir serré autour de sa taille, elle s'était mise à sa toilette sans paraître s'occuper de sa présence ; mais dans la glace de sa psyché elle suivait toutes les impressions du malheureux et lisait sur son visage les alternatives de colère, de honte et de regret qui le torturaient.

A la fin, il respira violemment, dans un mouvement de rage convulsive, serra les doigts à s'enfoncer les ongles dans la chair, et balbutia d'une voix sourde :

— C'est bien. Vous l'aurez voulu. Adieu donc.

Et, à bout de patience et de force, il sortit.

Diane, restée seule, attendit un instant, la tête à demi tournée vers la porte, espérant peut-être un retour.

Un amant ne s'enfuit que pour se faire rappeler, et Diane sentait encore l'amant qui survivait dans le mari.

Il n'y avait pas à se méprendre à la chaleur de ses accents.

Elle était blanche comme ses dentelles.

Mais bientôt elle comprit qu'il ne reviendrait pas, que c'était une rupture irrémédiable.

Elle entendit la porte de la chambre de son mari se refermer violemment, puis plus rien.

C'était fini.

Et, selon l'expression de Maurice, elle l'avait voulu.
Il ne faisait que se conformer à ses ordres.

Après tout, c'était une solution. En était-il même
une autre, dès qu'elle ne voulait pas pardonner ? Sans
doute elle souffrait, mais, après trois ans d'intimités,
une séparation violente ne s'opère pas sans un déchirement.

L'angoisse était passée.

Pouvait-elle revoir son mari, le reprendre ?

Non, mille fois non !

Après sa faute, il lui faisait horreur, horreur et pitié à la fois.

Elle était encore dans la même attitude lorsque sa
mère entra.

Mme de Briolles rayonnait.

— Mes compliments, dit-elle. J'étais là.

— Ah !

— Tu l'as reçu comme il faut ! J'ai entendu une
partie de la conversation. Il a vraiment de l'audace de
se présenter chez toi ! Tu lui as exprimé toute ton indignation pour sa conduite ?

— Sans doute.

— Ton mépris pour ses façons de vivre ?

— Assurément.

— Les journaux sont pleins de ce scandale. Car
c'est un véritable scandale ! Une rupture en règle est
indiquée. L'honneur t'y oblige!

L'honneur ! La pauvre femme n'y songeait guère,
en vérité !

Mille sentiments tumultueux s'agitaient dans sa
tête. C'était un mélange de haine pour les hommes en
général, et pour son mari en particulier, de colère, de
mépris, de regrets et de dégoût.

Elle eût été bien embarrassée de les classer et de les
définir.

Maurice ne se montra pas au déjeuner.

Dès une heure, madame de Boistrudan arriva, pleine de douceur et de consolations. Ce fut une diversion heureuse, même pour Diane, qu'elle combla de caresses.

— Croyez-vous, dit-elle, qu'on voit des choses surprenantes, des monstruosités ! Ce n'est qu'un cri contre votre mari, ma pauvre enfant. Déjà ! Avec l'existence qu'il menait, c'était fatal. J'en étais effrayée, et je sais de source certaine que les bons avis ne lui ont pas manqué.

La comtesse jeta feu et flamme. Elle était si exaspérée que le bon marquis de Bazouges lui-même n'osa plaider les circonstances atténuantes en faveur du coupable, ni prêcher la conciliation.

Il éprouva toutefois une jouissance à se faire raconter les détails de l'affaire par miss Arabella, qui en rougissait jusqu'à la racine des cheveux.

Tous les amis des dames de Briolles, les prétendants secrets à la main de Diane, dont Faudoise avait anéanti les espérances, vinrent apporter leurs condoléances au petit hôtel gothique, et y attiser le feu de la discorde, qui n'avait pas besoin de ce renfort de combustible.

Les jalousies suscitées par la prospérité de Faudoise se déchargèrent le cœur et couvrirent de fleurs son infortunée victime.

Maxime fut plus réservé.

Il ne parut point à l'hôtel de Briolles. Sa mère prit Diane à part et l'informa que le conseiller, à la nouvelle de cette catastrophe, avait été consterné et ne se pardonnait pas d'en être la cause involontaire; qu'il déplorait amèrement d'avoir prononcé le nom de Cara Dolci, avec une imprudence dont il ne soupçonnait pas les funestes effets.

Diane, à la fin, s'enferma chez elle et acheva la soirée tristement.

Au moindre bruit, elle tressaillait.

Elle ne pouvait s'empêcher de penser à son mari ; elle se demandait si son chagrin était sincère, ce qu'il allait faire. Elle redoutait qu'il ne prît un parti désespéré. Tantôt, elle se le représentait auprès de la Dolci, cherchant à ses pieds une consolation facile ; tantôt recourant à quelque extrémité fatale.

A six heures, Mélaine lui remit une lettre qu'elle s'empressa d'ouvrir.

Elle contenait ces lignes :

« Ma chère Diane,

« Puisque aucune prière n'a pu vous fléchir, je me
« fais justice. Vous m'offrez de vivre près de vous,
« mais aussi durement séparés que si une muraille
« s'était subitement élevée entre nous. Vivre sous votre
« toit en souffrant vos rigueurs serait pour moi un sup-
« plice pire que tous les autres.

« Je pars.

« Je me retire à l'Aubraye, où je mènerai la seule
« existence qui convienne à mes regrets.

« Je n'essayerai pas même de revoir celle qui est la
« cause de notre séparation. C'est vous dire à quel
« point elle m'est indifférente.

« Nos intérêts étaient séparés. L'exil auquel je me
« condamne ne peut donc entraîner aucune difficulté
« pour vous.

« Si vous revenez à moi, vous me comblerez de joie.

« Sinon, je m'expatrierai peut-être, car à l'Aubraye
« je serais trop près de Briolles, et malgré l'amour
« unique que je vous garde, et la douleur que j'em-
« porte en vous quittant, il m'est interdit de tenter
« aucune démarche qui, en essayant de vous émouvoir,

« puisse faire supposer que c'est votre fortune que je
« convoite.

« Telle est la fatalité de ma situation.

« Quand vous lirez ce billet, je serai déjà loin. J'ai
« réglé mes affaires en quelques heures et je quitte
« Paris en le maudissant, lui qui me sépare de vous,
« quand j'aurais donné mon sang avec joie pour vous
« épargner une douleur.

« Adieu.

« MAURICE. »

— Mélaine, dit la jeune femme, qui vous a donné
cette lettre ?

— Joseph, madame.

— Le valet de chambre de mon mari ?

— Oui, madame.

— Quand ?

— Tout à l'heure.

— Il est là ?

— Joseph fait ses paquets, madame.

— Pourquoi ?

— Il quitte l'hôtel.

— Pour accompagner mon mari ?

— Non, madame. Monsieur l'a congédié en lui
disant qu'il n'a plus besoin de son service. Joseph a
préparé les malles de monsieur et l'a conduit au chemin de fer dans un fiacre.

La jeune femme se leva, en proie à une incertitude
terrible.

Son mari n'aimait donc pas cette danseuse, puisqu'il
quittait Paris et renonçait dignement — il fallait bien
le reconnaître — à l'existence de luxe et de plaisirs
qu'il y menait ?

Mais, au moment où elle réfléchissait à cette situation nouvelle, bouleversée par l'émotion poignante qui

lui serrait le cœur, sa mère s'approcha d'elle, la considéra un instant et vit son trouble.

— Qu'y a-t-il de nouveau ? demanda-t-elle.

— Maurice est parti.

— Est-ce vrai ?

— Oui, ma mère.

— Pour longtemps ?

— Pour toujours.

— Où va-t-il ?

— A l'Aubraye.

— Seul ?

— Oui.

— Cela prouve qu'il lui reste une lueur de bon sens. C'est le seul parti qu'il devait prendre après cet épouvantable éclat. Car c'est épouvantable, simplement. Je l'approuve fort. Comment l'as-tu appris ?

Diane lui tendit sa lettre en silence.

La comtesse la lut avec attention en semant çà et là quelques réflexions ironiques :

— A merveille. De beaux sentiments. Manœuvre adroite ! Les paroles ne coûtent rien. Enfin, il est déjà loin ! C'est admirable. Demain nous verrons ce qui nous reste à faire.

Diane voulait se cloîtrer chez elle.

Sa mère l'emmena de force.

— Je ne te quitte pas, lui dit-elle. Après un coup pareil, l'isolement ne te vaut rien. Nous ne nous séparerons pas, nous, et je te reste, ma pauvre fille.

— Ah ! ma mère, s'écria la jeune femme en se jetant à son cou, je suis bien malheureuse !

Pour la première fois ses larmes se firent jour et coulèrent de ses yeux comme d'une fontaine.

Madame de Briolles la serra contre elle, mais non sans tristesse. La douleur de Diane troublait la joie intense qu'elle éprouvait de la disparition de son gendre.

Quant à la douairière de Boistrudan, elle éprouvait une satisfaction sans mélange, mais à l'intérieur, sans la laisser paraître.

Après le dîner, quand elle fut seule au salon avec son amie, elle poursuivit l'entretien commencé, interrompu et repris vingt fois entre elles pendant la journée.

— Ah ! ma chère, quel bonheur pour vous, dans cette déplorable aventure, que les Chambres aient voté le divorce. La séparation, mesure bâtarde ! Le divorce est net, au moins.

— En effet.

— Autrement, l'avenir de cette pauvre enfant était brisé.

— Sans doute.

— Peut-on croire que des gens qui se prétendent de sens droit s'opposaient à cette loi de progrès avec autant de vivacité que d'aveuglement, j'ose le dire ; car, en vérité, il est des cas où elle est d'une indiscutable utilité.

— Tu as raison.

— Et justement on n'en peut trouver de plus clair, de plus flagrant que celui de cette pauvre Diane.

— Certes !

— Elle va recouvrer sa liberté sans discussion. Les preuves sont nettes, et le coupable lui-même n'oserait nier... D'ailleurs, il se condamne en prenant la fuite.

— C'est évident.

— Qui consulterez-vous ?

— Je n'ai pas de préférence...

— Je vous conseille Mᵉ Robiquet, un avocat de la plus haute distinction et qui a l'oreille des juges. A votre place, je mettrais les fers au feu sans tarder.

— J'y compte bien.

— Pour les affaires d'intérêts, elles sont tranchées sans contestation possible. L'époux coupable perd les avantages stipulés au contrat.

— Tu es ferrée sur ces matières comme un avoué.

— Je m'en flatte. A force d'en entendre causer. C'est la question du jour. Ah ! ma bonne ! quel flair a eu ton notaire !

— Quel notaire ? fit la comtesse distraite.

— Me Durand.

— A propos de quoi ?

— En rédigeant le contrat de mariage.

— Comment ?

— Il a marié cette chère petite sous le régime de la séparation de biens. N'est-ce pas providentiel ?

C'était M. de Faudoise qui l'avait exigé, par délicatesse.

— Comment l'entends-tu ? demanda Mme de Briollés, moins forte sur le droit que son amie.

— Tu ne comprends pas ?

— Non.

— Eh bien ! le jugement rendu...

— Après ?

— ... la liquidation est faite, conclut madame de Boistrudan.

La comtesse réfléchit un moment.

— C'est admirable, en effet, dit-elle.

Cette exclamation donne la juste mesure de son chagrin.

Et pendant cet entretien, Diane sanglotait, les cheveux épars, la tête perdue, enfouie dans la batiste de son oreiller.

XXII

Maurice était parti, en effet, la mort dans l'âme.

Il avait accepté plus d'humiliations qu'il ne lui était possible d'en subir.

En quittant Diane, il s'était rendu chez un bijoutier de la rue de la Paix. Là, il choisit une paire de solitaires de dix mille francs et les envoya à la Dolci avec sa carte et ces mots :

« Ma belle Cara,

« Il m'arrive un affreux malheur. Je pars. Adieu. »

Puis il entra au Sport et écrivit deux billets, l'un pour son ami de Soesmes ; il était assez laconique :

« Mon cher François,

« Je suis frappé dans mes plus chères affections, « non par la faute des autres, mais par la mienne.

« Je me retire à l'Aubraye pour quelque temps. Là, « j'aurai du moins le plaisir de te voir en méditant « sur la fragilité des félicités terrestres.

« Je te serre la main, sans oublier Balazé.

« Ton camarade,

« MAURICE. »

L'autre était destiné au baron de Tallevande :

« Mon cher ami,

« Je quitte Paris pour un temps assez long sans
« doute. Excusez-moi auprès de nos collègues et en
« particulier de Rougaud.

« Je vais à l'Aubraye. C'est une sorte de presby-
« tère de campagne. Si son austérité ne vous effraye
« pas et qu'un hasard heureux pour moi vous y amène,
vous serez le bienvenu.

« Mille amitiés.

« FAUDOISE. »

Il n'avait point d'affaires.

Depuis son mariage, il laissait tout aux mains de sa
belle-mère et de sa femme, évitant de se mêler de
l'administration de leurs biens et se contentant de ses
revenus personnels.

D'ailleurs, comme le disait Maxime de Boistrudan,
il était heureux au jeu, parce qu'il ne jouait que de
sang-froid, en risquant de faibles sommes, ce qui lui
permettait de garder l'esprit libre et le coup d'œil sûr.

Ces billets écrits, il était quitte de tous engagements
et pouvait s'enfermer chez lui avec la satisfaction de
ne laisser en arrière aucune lettre de change impayée.

En chemin de fer, il eut le loisir de se livrer à ses
méditations.

Elles étaient lugubres.

Deux jours plus tôt, brillant, joyeux, plein de verve
et d'entrain, ne redoutant rien de l'avenir, il était aimé,
riche, digne d'envie.

Tout lui manquait à la fois, le repos, l'argent et
l'amour.

Il s'en allait endolori, abattu, n'ayant plus le courage de penser ni de prévoir, engourdi par la rudesse du coup, comme s'il avait absorbé un soporifique.

A minuit il arriva, dans un mauvais cabriolet pris à la gare de Vitré, à l'entrée de l'avenue rachitique conduisant à son triste manoir.

Tout dormait dans la campagne.

Il descendit sur la route et renvoya son conducteur.

Au milieu de ce silence, en face du paysage mélancolique qui lui rappelait tant de souvenirs, il revit à la pâle clarté d'un rayon de lune les scènes radieuses de ses amours avec la femme qui portait son nom.

C'était dans ces bois clairsemés, sur ces collines dénudées, qu'ils avaient ébauché le roman qui finissait si mal.

C'était dans la petite église de l'Aubraye, dont le clocher s'élève au-dessus de la maigre futaie du cimetière — trois ormeaux mal venus et un if taillée en pyramide — qu'il avait aperçu Diane pour la première fois.

C'était dans cette maison, dont la façade morne se dessinait sur le fond du ciel, que pendant une année entière il berçait ses rêveries en s'abandonnant au charme qui l'enchaînait dans ces lieux presque déserts ; c'est de là qu'il était sorti, le cœur gros de joie et d'orgueil, pour aller recevoir la main de l'adorable ingénue qui s'était offerte et se donnait sans réserve.

Quel contraste !

Parti en triomphateur, il rentrait écrasé, rompu, comme s'il s'était brisé, dans une chute mortelle, sur les rochers d'un abîme.

Appuyé au tronc d'un arbre, dans la nuit, troublée seulement par l'hululement lointain des orfraies ou l'aboi d'un chien dans les métairies, il contemplait d'un œil éteint l'humble asile de ses jeunes années, où il venait chercher le repos et l'oubli.

Personne ne l'attendait.

Aucun bruit à l'intérieur. Pas même aux croisées la lueur incertaine d'une veilleuse.

Les chiens du garde se mirent à japper de plaisir en reconnaissant le maître.

Maurice s'approcha de leur niche et les flatta de la main.

Ils aboyèrent plus fort.

A ce bruit une fenêtre s'ouvrit et une tête de vieux se montra dans l'encadrement des pilastres, auxquels s'accrochent quelques ceps de ces vignes dont le raisin mûrit à peine une fois tous les dix ans.

C'était Pierre, le factotum de la maison depuis un temps immémorial.

Pierre et sa femme étaient toujours à leur poste

— Qui est-là? demanda-t-il.

Faudoise dut répondre aussi tristement que le roi de France fugitif après la défaite de Crécy.

Aussitôt, après quelques exclamations étonnées : — Jésus! Est-ce possible? Monsieur Maurice! — on vit une clarté s'allumer dans la chambre et passer devant les fenêtres du logis un bruit de sabots parcourut le corridor du rez-de-chaussée, un verrou glissa dans son anneau, car la porte était barricadée de façon à soutenir un siège, bien que le pays fût le plus paisible du monde, et Pierre apparut, suivi de sa ménagère, aux regards du jeune homme.

En un moment la vieille Marianne eut rallumé le feu dans la cuisine en jetant un fagot sur les charbons mal éteints.

Le bois s'enflamma tout à coup.

A la lueur violente qui éclaira cette vaste pièce à solives nues, noircies par le temps, à la haute cheminée au manteau drapé d'une serge verte à fleurs brodées, aux murs couverts de casseroles brillantes

Pierre et sa femme purent examiner le visage du
maître. -

La première impression fut pénible.

Eux, qui le connaissaient depuis son enfance, ne lui
avaient jamais vu une physionomie aussi sombre.

Ils n'osèrent le questionner ; mais le garde, avec sa
finesse de chasseur, pressentit une catastrophe.

Peu à peu, les traits du jeune homme se détendi-
rent. Il ne tarda pas à éprouver une sorte de bien-être
dans cette maison où il était non plus chez les autres,
mais chez lui ; où du moins personne ne pouvait l'im-
portuner.

La vive chaleur du foyer le réconfortait et le délas-
sait. Auprès de ces braves gens, dont le dévouement
lui était acquis, il sentait moins les meurtrissures de
sa chute.

Bientôt il alla de lui-même au-devant des questions
de ces deux vieillards qui l'avaient vu naître, et se
soulagea en leur racontant sa rupture avec Diane sans
en indiquer la cause et pourtant en se chargeant de
tous les torts.

— Ah! monsieur, dit le garde, vous étiez entre les
mains des infidèles, là-bas! Tout le monde ne vous
voyait pas d'un bon œil!

— Tu crois?

— Les Boistrudan n'étaient pas vos amis!

— Je n'ai pas à m'en plaindre.

Pierre hocha sa tête grise en murmurant quelques
paroles indistinctes.

— Qu'allez-vous faire ici? demanda-t-il.

— Moi? Reprendre mon train de vie d'autrefois ;
cultiver mon jardin, errer dans la campagne. Voici
la belle saison. Je passerai mon temps comme un
ermite, comme mon voisin le curé de l'Aubraye,
comme Balazé, en vieux garçon!

Pierre fit claquer ses lèvres.

— Eh ! j'ai autre chose dans l'esprit.

— Quoi donc ?

— Que cette querelle ne durera pas ; qu'on verra
arriver une belle dame qui s'ennuiera de vous, ou,
ce qui vaudrait mieux, que vous reprendrez le train
et que vous irez — il n'y a pas de honte à supplier
une femme — demander votre grâce et l'obtenir.
Voilà.

Faudoise se mordit les lèvres.

— Tu te trompes, dit-il. Je l'ai demandée; on m'a
refusé. C'est réglé.

Il ne s'abaisserait plus à solliciter. Inutile de l'y engager.

Il se leva de table, se tint quelques minutes le dos
au feu, contemplant les bonnes figures de ces servi-
teurs avec lesquels il allait vivre et les objets fami-
liers qu'il retrouvait à la même place comme des amis
qui l'attendaient.

Puis, il prit un bougeoir, un joli bougeoir d'argent,
d'un travail délicat — une épave — posé sur un so-
cle dans un coin, l'alluma et se mit en route pour sa
chambre en donnant une cordiale poignée de main à
Pierre et à Marianne.

— Nous reprendrons notre train d'autrefois, mon
pauvre vieux, dit-il. A demain.

Il monta l'escalier de chêne qui conduit à l'unique
étage de la maison, traversa un long corridor boisé de
sapin, où l'on sentait une saine odeur de résine, et entra dans sa chambre.

Comme le corridor, elle était lambrissée de larges
planches, sans peinture ni vernis.

Le lit était en bois comme le lambris et le plafond.

Deux fauteuils garnis de jonc stationnaient aux
coins de la cheminée.

Sans la flamme joyeuse, le véritable luxe des campagnards, qui crépitait dans le foyer, cette cellule eût
pu paraître d'une nudité lugubre.

Elle restait telle que Maurice l'avait quittée à l'é-
poque de son mariage. Seulement elle contenait trois
objets qui avaient plus de valeur aux yeux du malheureux que les meubles de prix, les bronzes ou les
marbres qui auraient pu la décorer.

Diane était venue, par caprice, passer deux ou trois
nuits dans cette chambre.

De ces rares visites, Faudoise gardait un chapeau
de paille accroché à la patère des rideaux de serge
d'une fenêtre, une mantille de dentelle blanche et une
petite photographie clouée sur les planches au-dessous
d'un portrait de sa mère.

Il ne put les voir sans attendrissement.

Des larmes lui vinrent aux yeux.

Que n'eût-il pas donné pour que Diane vînt gaie-
ment, comme autrefois, aux premiers temps de leur
mariage, frapper à sa porte et le surprendre !

Ces pauvres reliques ravivaient son amour, lui
donnaient une force nouvelle et redoublaient ses remords.

Il s'assit dans un de ces fauteuils, descendit en
lui-même et s'absorba dans le passé.

Il n'osait envisager l'avenir.

Certes Diane l'avait bien aimé. Il n'en pouvait
douter. Livrée à elle-même, peut-être elle aurait pardonné, plus tard ; il ne la croyait pas faite pour les
colères qu'on ne peut apaiser et les ressentiments sans
fin. Mais, comme Pierre, il redoutait les conseils de
la comtesse, les excitations des amis qui, avec leurs
condoléances, envenimeraient la blessure.

Et il se savait si coupable, si sottement criminel,
qu'il n'avait pas la force de les blâmer.

Que ferait-elle ?

Pour lui, il n'avait qu'un chemin à suivre : attendre comme un accusé qui n'aurait même pas le droit d'apitoyer ses juges et de plaider sa cause.

Il attendit donc.

Quelques jours se passèrent. Il aurait voulu voir ses amis, Soesmes et Balazé, mais ils étaient loin tous deux, du côté de Concarneau, dans une ferme des bords de la mer.

Seul, il se promenait dans les allées de son parc étroit et s'enfermait dans sa retraite, en écartant avec soin ceux qui auraient pu la troubler.

Ils n'étaient pas nombreux, du reste.

Dans son village, à part quelques métayers espacés de loin en loin sur ce pauvre territoire, une demi-douzaine de journaliers occupés aux travaux des champs ou des bois, et son voisin le curé de l'Aubraye, il n'existait guère de mortels désireux de s'aventurer au fond de ce canton sauvage, plus accessible aux lièvres, aux canards et autres oiseaux voyageurs qu'aux touristes.

Le facteur lui-même n'y faisait que de rares apparitions.

Le recueillement était donc complet.

Un soir, Maurice s'en alla à travers la forêt jusqu'aux abords de Briolles. Il revit les lieux où Diane l'avait rencontré et resta des heures entières en contemplation devant les murs du château où s'étaient abritées les joies indicibles de son mariage.

Il évita avec soin la rencontre des gardes, devenu farouche et ne voulant pas reparaître en exilé sur ce domaine où il avait vécu en maître.

Le lendemain, il reçut un billet de Soesmes. Il était retenu dans sa terre avec Balazé par un de ces accidents qui intéressent les propriétaires et les occupent des semaines entières ; l'incendie d'une grange.

Mais ils promettaient d'accourir.

Ils ne revinrent pas.

Un mois s'écoula.

Le printemps était dans sa fleur. Les genêts ressemblaient à des buissons d'or ; les bruyères mêmes embaumaient et les taillis pleins de sève se couvraient de leurs jeunes feuillages.

Briolles resta fermé, Diane garda le silence.

Enfin, un matin, au moment où Faudoise sortait de sa maison et s'apprêtait à commencer une de ces promenades mélancoliques auxquelles il consacrait presque tout son temps, il entendit le roulement rapide d'une voiture qui s'approchait de l'Aubraye, avec une sonnerie de grelots.

Cette voiture, lestement enlevée par un fort percheron, quitta la grande route, enfila son chemin et s'arrêta bientôt au seuil de sa maison.

Deux voyageurs en descendirent et se jetèrent à son cou.

C'étaient de Soesmes et Balazé.

XXIII

Le vicomte de Soesmes, après avoir été dans sa jeunesse une des gloires du lycée de Rennes, en compagnie de Balazé et de Faudoise liés avec lui par une robuste amitié, était allé s'enterrer tout vif dans un domaine d'Ille-et-Vilaine appartenant à sa famille depuis un temps immémorial.

Soesmes est un de ces manoirs bretons qui gardent toutes les apparences des masures frustes et cependant pittoresques des Beaumanoir et des rudes compagnons du combat des Trente.

Comme celui de Balazé, il tient de la ferme et de la forteresse et se campe solidement sur le sol avec ses pignons et ses tours basses dont le pied s'enfonce dans l'eau dormante des douves qui l'entourent, au milieu d'une demi-lieue carrée de landes, de bois et de champs de médiocre qualité.

En apercevant ses deux amis, Faudoise poussa une exclamation joyeuse :

— Enfin !

— Seul ? demanda Balazé.

— Comme vous voyez.

— Diable ! Que t'est-il donc arrivé ?

— Vous allez le savoir.

Ils entraient à l'Aubraye lorsqu'ils se retournèrent au bruit d'une carriole ferraillant sur le chemin par lequel ils étaient arrivés.

Une voiture s'approchait attelée d'une rosse efflan-
quée trottinant sans se presser.

Lorsqu'elle s'arrêta auprès d'eux, un petit homme
d'aspect chétif en descendit avec précaution. Il salua
poliment les trois jeunes gens, ouvrit un portefeuille
de cuir usé et en tira un de ces papiers de mauvais
augure, ornés au coin supérieur d'une vignette et ven-
dus au profit de l'Etat.

— Monsieur de Faudoise ? dit-il.

Maurice s'inclina :

— C'est moi, monsieur.

— Bien.

Le petit homme griffonna à la hâte sur son genou
quelques mots en les marmottant entre ses dents :
« parlant à sa personne ainsi déclarée... » et tendit le
papier au châtelain de l'Aubraye.

— Qu'est-ce que c'est que ça ? demanda Balazé.

— Je n'en sais rien, dit Faudoise qui devint blême.

— Tu as des affaires ?

— Je ne m'en connais pas.

— Monsieur m'a tout l'air d'un huissier ?

— Maître Pescheux, en effet, dit l'écrivain d'un
ton obséquieux, huissier à Saint-Gratien. A votre service...

— Je vous remercie.

L'homme salua, ferma son portefeuille, le remit
sous son bras, remonta dans sa carriole, un véhicule
à deux roues enrichi d'une capote, invita d'un appel
de langue le bidet à reprendre son trot pacifique et
s'en alla par où il était venu.

Les trois amis restés seuls s'entre-regardèrent.

De Soesmes fit une moue qui n'annonçait rien de
bon.

— Avec qui as-tu des procès ? demanda-t-il à Faudoise qui tenait l'exploit sans oser y jeter les yeux.

— Je crains de le deviner, murmura-t-il.

Balazé saisit le papier et, d'un coup d'œil, comprit ce dont il s'agissait.

— A la requête de madame Diane-Claire-Athénaïs de Briolles, pour laquelle est constitué et occupera Me Dulaud, avoué, etc... C'est avec ta femme que tu plaides ?

— Que veut-elle ?

— C'est bien simple.

— Mais encore ?

— Une séparations sans doute. Entrons.

Les trois copains allèrent s'enfermer dans la chambre de Faudoise, pendant que Marianne leur préparait un de ces festins de campagne qui se composent, quand la chasse est fermée, d'une omelette au lard et d'un canard auquel la ménagère vient de tordre le cou.

Lorsqu'ils furent installés, de Soesmes apostropha son ami.

— Puisque tu étais seul, pourquoi n'es-tu pas venu nous rejoindre, au lieu de t'enfermer ici ? Tu aurais trouvé bon visage et bon gîte. Si tu as des ennuis, nous aurions tâché de te les faire oublier. Ainsi tu en es là ? Vous plaidez ?

— Hélas !

— Que ne nous imitais-tu ?

— Comment ?

— En restant dans le pays ; en épousant quelque bonne et brave fille d'une aisance suffisante, comme la nôtre, sans aspiration vers la haute vie, contente de vivre au village, où d'ailleurs on ne manque de rien, où on a l'air, la liberté, l'espace, comme à l'Aubraye ; où l'on est entouré de gens simples et honnêtes. Tu n'as pas voulu. Tu t'es laissé séduire par les beaux yeux d'une brillante héritière. Tu as tâté de ce Paris où pour ma part je n'entre pas sitôt que je voudrais en être à cent lieues. Et quel enthousiasme il t'inspirait ! Tes descriptions me faisaient trembler. Les drôlesses, les théâtres, le jeu, les courses et l'attirail du diable te montaient la tête. Résultat: ton retour à l'Aubraye après je ne sais quelle aventure et du papier timbré en famille. A qui la faute?

— A moi, dit nettement Maurice.

— Est-ce possible?

— Oui.

— Lisons, reprit Balazé. On connaîtra l'histoire. Mais c'est d'une longueur...!

« Attendu que le sieur — tu es un sieur maintenant pour mademoiselle de Briolles — Maurice-Alexandre de Faudoise a épousé... » Passons. Nous y étions et on s'en souvient. Il n'y a pas si longtemps que la cérémonie s'est faite. Je saute les préliminaires. « Attendu que dès les premiers temps de son union avec mademoiselle de Briolles, le sieur Maurice de Faudoise s'est lancé dans les dissipations de la vie à outrance ; qu'il est devenu membre de deux cercles en renom à Paris et s'y est fait remarquer par l'ardeur effrénée avec laquelle il se livrait au jeu; qu'on l'a vu à toutes les courses, où il exposait de grosses sommes malgré la modicité de sa fortune personnelle ; aux premières de tous les théâtres, et notamment aux avant-scènes de ceux qui sont plutôt destinés à des exhibitions scandaleuses qu'aux manifestations de l'art dans la saine acception du mot. » Eh ! eh! Ça commence bien.

— Continue.

— « Attendu que cette existence de désœuvré et d'i-nutile devint une cause incessante de chagrins pour la requérante ; qu'elle passait la plus grande partie de ses jours dans une solitude absolue, qu'elle voyait à peine son mari aux heures des repas ; que souvent même il s'absentait sous les prétextes les plus futiles, les plus mensongers ; que cependant la requérante, quelque douloureuse et blessante que fut pour elle cette situation, n'eût pas songé à s'en plaindre si le résultat final n'avait été tel qu'on devait le prévoir. »

Balazé mâchonna son épaisse barbe une minute en marmottant quelques lignes entre ses dents, et tout à coup il poussa un juron éclatant:

— Saperlipopette ! Tu as fait cela ?

— Quoi donc ? demanda de Soesmes qui jusque-là écoutait avec le recueillement d'un juge.

— « Attendu qu'il est superflu d'insister sur des détails utiles à connaître sans doute pour les motifs du jugement à intervenir, mais que la dame de Faudoise peut apporter la preuve d'un fait tellement grave, d'une injure si flagrante et si grossière que les autres griefs disparaissent et perdent leur importance.

« Attendu que, mise en éveil sur les agissements de son mari par certains signes, la dame de Faudoise acquit la certitude qu'il avait pour maîtresse une danseuse italienne arrivée depuis peu à Paris et en possession d'une réputation artistique considérable ;

« Qu'elle se fit accompagner de son ancienne institutrice, devenue la commensale de l'hôtel de Briolles, se rendit au domicile de la danseuse, y pénétra sans difficulté, grâce à cette clef d'or qui force les serrures les plus rebelles, et assista non seulement à une scène des plus scandaleuses, mais à un entretien dans lequel, foulant aux pieds toutes les convenances, le sieur de Faudoise affirma dans un langage éhonté son profond mépris pour la femme qui porte son nom avec tant d'honneur et de dignité ;

« Que, pénétrée de douleur, la demanderesse rentra chez sa mère et rompit toutes relations avec ce criminel époux auquel elle avait apporté, avec autant d'aveuglement que de générosité, honneur et fortune.

De Soesmes interrompit la lecture :

— Mais c'est faux tout ce fatras ! s'écria-t-il. Amplifications d'homme de loi, mensonges de procureur, inventions d'avocat...

— Non, dit simplement Faudoise.

— Ce serait vrai ?

— A peu près.

— Impossible... Il y a trois ans à peine que tu es marié !

— C'est juste.

— Ta femme, après tout, est charmante !

— A qui le dis-tu ?

— Je t'abandonne volontiers la mère. La comtesse est hautaine et nous regardait comme des valets de chiens ; mais la fille m'a conquis, je l'avoue, malgré mes préventions. Et enfin c'est ta femme ! Il fallait ne pas la prendre, mais, l'ayant prise, agir autrement.

Balazé allumait tranquillement sa pipe.

L'aventure de son camarade n'avait pas le don de l'émouvoir.

— Ainsi, reprit de Soesmes, cette danseuse ?...

— Hélas !

— Tu n'aimais donc pas Diane, malheureux ?

— A la folie.

— Alors, fit de Soesmes désorienté, tu aimes ta femme...

— Oui.

— Et tu la trompes ?

— Un acte de démence.

— Ma foi, dit le vicomte, je n'y comprends plus rien.

— Eh ! s'écria Faudoise exaspéré contre lui-même, c'est que tu parles de choses que tu ne connais pas ;

c'est que tu ne te doutes pas des tentations qui là-
bas vous assaillent de tous côtés; c'est que tu ignores
cette existence fiévreuse de Paris où l'on ne peut faire
un pas sans se heurter à quelque pierre d'achoppement
comme les marins aux récifs de la pointe du Raz ou
de la baie des Trépassés. Ignorant et lâche, je me
suis laissé prendre comme un sot à ces distractions
oiseuses, grâce auxquelles le temps passe avec une
rapidité vertigineuse. Que vous dirai-je? J'ai vu un
soir une femme idéale comme artiste, une de ces en-
chanteresses qui font courir Paris et dont le monde
raffole. J'ai cru ne m'engager à rien en me contentant
de l'admirer, de lui parler même quelquefois par
hasard. Puis un jour le hasard encore ou le diable
m'ont conduit chez elle. Là, je ne sais quel vertige
s'est emparé de moi.

— Je le sais bien, moi! observa Balazé, en tirant
une bouffée de son tuyau.

— J'ai perdu le peu de sens que je gardais dans
cette existence insensée, j'ai dit à cette fille que je
l'aimais éperdument, ce qui pouvait être vrai alors,
mais ne l'était ni l'heure d'avant ni celle d'après;
que je n'aimais qu'elle, que je l'aimerais toujours.
Des mots dénués de sens! Que sais-je? Par quelle
fatalité Diane se trouvait-elle près de nous? Qui
l'avait amenée là? Comment fut-elle mise sur la trace
d'une faute à laquelle je ne pensais pas moi-même?
Je l'ignore et ne veux pas le savoir! Mais ce que
Balazé vient de lire, ce dont on m'accuse est vrai. Je
suis allé trouver Diane; je lui ai parlé, je me suis
mis à ses genoux. Elle était exaspérée. Elle m'a repoussé. Alors, j'ai réglé mes affaires. Je suis revenu
chez moi et me voilà seul comme jadis, avec le regret
de ce que j'ai perdu et le chagrin d'une vie brisée.

De Soesmes réfléchissait.

Balazé suivait au plafond les nuages de sa fumée.

— Tu seras plus libre encore dans quelque temps, dit le vicomte qui avait pris l'assignation et en achevait la lecture.

— Pourquoi ?

— Ecoute la conclusion : Par ces motifs et tous autres à déduire, entendre prononcer le divorce entre les époux...

— Le divorce!... s'écria Faudoise.

— Sans doute. Encore une invention diabolique. Il est probable que mademoiselle de Briolles a des vues ou qu'on les a pour elle.

— Lesquelles ?

— Serais-tu assez aveugle pour ne pas les soupconner ?

— Mais encore !...

— Elle veut se remarier, parbleu ! dit Balazé. Ce n'est pas difficile à deviner.

— Serait-ce possible ?

— Pourquoi non ?

— Diane !

— Le divorce n'a pas été imaginé pour autre chose, observa Balazé. Voilà ce que c'est que d'épouser une huguenote ! Ce n'est pas une Bretonne de race qui...

— Non ! mille fois non ! C'est impossible ! s'écria Faudoise en se dressant, comme soulevé par un ressort.

De Soesmes le contraignit à se rasseoir.

— Réfléchis, reprit-il. Raisonnons froidement. Tu dois être tombé dans un piège. Tu as des ennemis. Où sont-ils ? Cherche. Il est évident que les soupçons de ta femme ne sont pas nés d'eux-mêmes, par suite d'une génération spontanée. On a aidé à leur naissance. Qui ?

Faudoise baissa la tête et ne répondit pas.

Il devinait vaguement que le coup venait des Boistrudan. Le conseiller, en effet, devait être irrité contre lui. L'astucieuse douairière avait machiné l'intrigue et Maxime s'était prêté à son exécution.

Mais, sans preuves, il répugnait à Maurice d'accuser les autres, et il faut dire à son honneur qu'il n'essayait de rejeter sur personne la faute de sa faiblesse
et de sa légèreté; qu'enfin, dans la loyauté de son
caractère, il comprenait mal de si odieuses perfidies
et qu'il eût fallu une explosion de lumière pour lui
dessiller les yeux et soulever sa colère.

— Tu voyais les Boistrudan? dit le vicomte.

— Tous les jours.

— L'ennemi était dans la place.

— Voilà, affirma Balazé.

— Le fils n'a pu te pardonner de lui enlever mademoiselle de Briolles. Il tournait assez autour d'elle.

— Comme un loup dévorant, ajouta Balazé.

— Je ne saurais me plaindre de lui. Il s'est montré
constamment ce qu'il devait être à mon égard.

— Pardieu! poli et froid au dehors; bilieux et ra-
geur en dedans! Ce sont les types dangereux. Enfin!
que vas-tu faire?

— Rien.

— Et ton procès?

— Que veux-tu que je réponde? Il élève une bar-
rière infranchissable entre nous. Je ne pardonne pas
à Diane de me traîner devant les tribunaux où d'ailleurs on ne me verra point. Qu'elle reprenne sa liberté;
je ne la lui disputerai pas.

— Et si elle en abuse?

— Comment?

— En se remariant, par exemple?

Une angoisse subite étreignit la poitrine de Fau-

doise. Il devint blême. Ses yeux lancèrent une
flamme qui s'éteignit aussitôt.

— A la grâce ! balbutia-t-il.

De Soesmes étudiait avec soin la physionomie de
son camarade.

— Tu es bien malade, lui dit-il, après un silence.
Tu l'aimes toujours. Veux-tu que je tente un effort
auprès d'elle ?

Balazé regarda l'autre de travers.

Faudoise posa la main sur le bras du vicomte.

— Non, dit-il, je me suis humilié. C'est assez. J'ai
fait mon devoir. Oui, je l'aime, mais le temps efface
tout. Je vivrai comme je pourrai en tâchant d'oublier.
Insister davantage serait lâche. Quoi qu'elle fasse,
nous ne serons jamais deux étrangers l'un pour l'autre. Que les juges nous séparent, ils n'anéantiront pas
nos trois années de vie commune ! Ils n'empêcheront
pas que Diane de Briolles n'ait été madame de Faudoise. Ils ne peuvent briser si complètement un lien
qui, il y a quelques mois, était encore indissoluble et
que nous savons qu'on ne peut rompre. Elle, appartenir à un autre ! Ah ! je l'en défie, par exemple ! Je
me demande comment elle pourrait me regarder ensuite. J'ai eu des torts. Je les expierai. Qu'elle agisse
à son gré. Plus tard nous verrons ! Et quant à ce
chiffon de papier, voilà le cas que j'en fais.

Dans un accès de colère, il froissa l'exploit et le
jeta au feu.

— Bravo ! dit Balazé, en lui prenant la main. Voilà
comme je te voulais. Si tu fais un seul pas vers cette
femme qui met les huissiers en mouvement, je ne
t'estimerai pas plus qu'une blague à tabac vide. De
la fermeté, cordieu ! Seulement, pour ne pas te laisser
à tes réflexions, je t'enlève après déjeuner. Nous
t'emmenons.

— Oui, déclara de Soesmes. La solitude ne te vaut rien. Est-ce convenu?

— Si vous voulez, dit Faudoise, en serrant énergiquement la main de ses amis.

— Il faut apprendre à vivre à ces plaideuses, reprit Balazé, et leur montrer qu'on peut se passer d'elles. Qui sait? c'est peut-être à Briolles qu'on sera le plus vexé.

— Amen! fit de Soesmes.

XXIV

Ce n'était pas sans peine qu'on avait obtenu le consentement de Diane pour une demande en justice contre son mari.

Mais cette grande affaire fut conduite avec une habileté suprême.

Le premier moment de la crise passé, la jeune femme endura pendant quelques jours des tortures morales où la colère, la douleur, l'orgueil blessé, jouaient tour à tour leur rôle.

Elle attendit un retour de son mari, quelque lettre, des signes de repentir, des prières qui ne vinrent pas.

Alors le dépit, l'indignation, l'orgueil prirent le dessus et l'adresse de son entourage s'empressa d'exploiter ce moment psychologique et de le mettre à profit.

C'est à cette heure opportune que les Boistrudan, de complicité avec la comtesse de Briolles qui n'avait aucune velléité de pardon, elle, produisirent leur ami, Me Robiquet, le célèbre avocat.

Me Robiquet est trop connu pour qu'il soit utile de le dépeindre.

On peut d'ailleurs le voir au Palais tous les jours que Dieu fait, à l'exception des dimanches et fêtes et des vacances judiciaires. Il ne se plaide guère de causes retentissantes dont il ne tire profit, surtout entre époux qui veulent rompre des nœuds devenus gênants. Maigre, long, imberbe, bilieux et sec, Me Robiquet a cinquante-cinq ans, une grosse fortune gagnée dans la chicane et une réputation intacte.

Il sera bâtonnier de son ordre un jour ou l'autre.

Au fond, très avare, très érudit, très disert, très venimeux et très malin.

Lorsqu'un soir il fut introduit dans le salon des dames de Briolles, vers les neuf heures, il jugea tout de suite, à l'aspect des lieux, qu'il était en face d'une affaire grave et productive à ne point lâcher.

Diane allait se retirer chez elle.

Sa mère l'arrêta en lui glissant quelques mots à l'oreille.

Rien n'était changé à l'hôtel de Briolles, depuis le départ de Faudoise; il n'y avait qu'un mari de moins.

Miss Arabella avait repris son existence monotone, un moment bouleversée par la scène — *schocking !* — de la rue Taitbout et confectionnait du crochet dans un coin.

La comtesse remercia le célèbre avocat de sa visite et, après quelques banalités, on entama le sujet qui préoccupait tout le monde.

Me Robiquet était mieux au courant que les intéressés. Son ami, Maxime de Boistrudan, avait pris soin de l'instruire des moindres incidents de la cause.

Il tonna, comme s'il eût été en présence des juges, contre l'époux indigne que les charmes de sa cliente

— car il comptait que madame de Faudoise, et il en
réclamait l'honneur, lui confierait la défense de ses
intérêts — n'avaient pu retenir dans ce foyer où toutes
les séductions et toutes les grâces l'entouraient; il déclara que les espérances de vie paisible seraient illu-
soires après un tel scandale; qu'on ne pouvait pardonner sans faire preuve d'une inexcusable faiblesse;
que l'indulgence serait une invitation à de nouvelles
fautes; qu'enfin le seul remède à une intolérable situation était un bon et solide divorce qui remettrait
chacune des parties en possession de ses droits; qu'il
fallait rendre à M. de Faudoise une liberté qu'il avait
tant à cœur, puisqu'il en usait même au mépris des
nœuds sacrés du mariage.

Mᵉ Robiquet tint ses auditeurs sous le charme
de sa voix nasillarde pendant une demi-heure d'hor-
loge.

Madame de Briolles buvait du lait en l'écoutant. La
douairière de Boistrudan était aux anges, tout en se
donnant des airs de tristesse à attendrir un préfet de
police, et en prononçant de temps à autre cette exclamation émue :

— Pauvre petite !

Diane était moins satisfaite, tout en se disant que le
procès serait une revanche de l'injure; que son mari,
atteint en plein cœur en recevant de ses nouvelles
d'une façon aussi pressante, se déciderait sans doute
après cette déclaration de guerre à quelques démarches
pour éviter une rupture qui, si on l'en croyait, lui
causait de si cuisants regrets; qu'au moins il serait
forcé de donner signe de vie, et qu'enfin se parler par
huissier c'était encore se parler !

Elle posa au grand avocat une série de questions
auxquelles il répondit avec une complaisance infatigable. Elle termina par celle-ci :

— Est-ce que, après avoir entamé l'affaire, elle serait forcée d'aller jusqu'au bout ?

— Certes, non. Rien ne l'empêcherait de revenir à l'indulgence, si elle croyait avoir de bonnes raisons pour changer d'avis.

Elle avait peur du scandale.

M° Robiquet la rassura de son mieux.

Le scandale n'était-il pas déjà complet ?

En quoi serait-il aggravé par une discussion au Palais devant trois juges somnolents, blasés par l'habitude des procès ? D'ailleurs, il était évident qu'il n'y aurait pas de contestation. Le jugement était rendu d'avance. M. de Faudoise oserait-il nier sa culpabilité ? Non. Donc il n'avait qu'à se soumettre ou à recourir à l'indulgence de sa femme.

Pas de milieu.

M° Robiquet se fit fort de pulvériser en un quart d'heure tous les arguments défensifs qu'on pourrait lui opposer.

Quant à la réputation de sa cliente, elle planait tellement au-dessus de toute atteinte que, si les adversaires portaient le débat sur ce terrain, il ne pouvait tourner qu'à leur confusion et rendre la condamnation plus lourde.

Au surplus, madame de Faudoise n'aurait plus à s'occuper du procès, si elle se décidait à l'intenter. Il lui suffirait de faire un instant acte de présence au Palais avec l'assistance de son avocat; et elle n'entendrait plus parler de rien. C'était tellement simple qu'il n'y avait pas matière à la moindre hésitation.

Ensuite elle ferait usage de sa liberté reconquise, selon ses inspirations.

L'éminent avocat conclut par une période entraînante qui enleva tous les suffrages:

— Injure publique, retentissante, indéniable ! Aveu

du coupable! Circonstance aggravante résultant de la
situation particulière des époux! Sympathie universelle acquise à la demanderesse, ou plutôt à la plai-
gnante! Renommée de l'épouse au-dessus de toute
discussion! Jamais cause ne s'était présentée entourée
d'aussi favorables circonstances! Et quelle autre issue
pouvait-on donner à cette aventure? Si l'offensée voulait user de clémence, ce ne pouvait être qu'à l'heure
où, la victoire en main, c'est-à-dire armée d'un bon
arrêt, inattaquable et sans réplique, elle aurait lavé
son offense dans les pures fontaines de la justice.

Diane résista faiblement. Elle jugea l'éloquence de
Me Robiquet surannée et redondante ; mais dès qu'elle
conservait le droit de grâce, elle se tint pour satisfaite
et laissa l'avocat libre de mener l'affaire comme il
l'entendrait.

Lorsque Me Robiquet quitta les dames de Briolles,
il emportait de pleins pouvoirs pour agir à son gré et
entamer cette lutte oratoire dans laquelle il ne devait
pas rencontrer d'ennemi.

Il ne laissa point traîner les choses.

M. de Faudoise resta muet. On ne le vit pas. Il ne
choisit ni avoué, ni défenseur. Ce fut en vain et avec
une colère croissante que Diane attendit chaque jour
le courrier, dans l'espoir d'y trouver quelque lettre de
son mari se remettant à sa merci.

Maurice tint la promesse faite à ses amis.

Il passa le printemps et l'été avec eux, en se disant
parfois qu'il eût été bien heureux de vivre dans ces
maisons de sages, entouré de grands bois, d'étangs et
de landes interminables, en compagnie de cette Diane
qu'il regrettait amèrement et vers laquelle un cruel
point d'honneur lui faisait une loi de ne pas revenir.

Pendant qu'il errait dans les allées vertes, parmi

les aubépines couvertes de fleurs, sous la pluie de neige rose des pommiers, et plus tard dans les chemins bordés de seigles verts et de blés mûrissants, l'avoué s'escrimait de la plume contre lui. Les clercs verbeux et prolixes noircissaient des rames de papier timbré et les couvraient d'hiéroglyphes aussi indéchiffrables que les inscriptions des pyramides; un jour vint où Me Robiquet déploya devant trois prud'hommes vêtus de robes noires et de toques galonnées cette éloquence qui lui vaut de si beaux honoraires, et le président bredouilla à haute et inintelligible voix un jugement en vertu duquel le mariage entre les époux Faudoise était dissous, portant défense au sieur Faudoise de hanter ni fréquenter la demanderesse, et condamnation du mari défaillant aux dépens.

En conséquence de quoi Me Pescheux, un autre dignitaire du tiers ordre de la basoche, huissier à Saint-Gratien, commis à cet effet, refit le voyage de l'Aubraye dans sa carriole crottée jusqu'au moyeu, et remit à Pierre en l'absence du châtelain, parlant au garde — ainsi déclaré — une grosse de papier contenant le jugement rendu à Paris, et repartit aussitôt pour d'autres destinations.

Pierre, qui avait reçu de son maître l'ordre exprès de ne pas lui expédier ces sortes de correspondances, déposa le jugement sur le secrétaire, dans la chambre vide, et n'y pensa plus.

De sorte qu'à son retour, Maurice aperçut un soir, pour sa bienvenue, cette liasse de documents humains qu'il lut d'un bout à l'autre avec une curiosité mélancolique.

Il les enferma dans un tiroir, et s'en alla, pour la dernière fois, se promener à travers les taillis et les bruyères jusqu'aux abords du château de Briolles.

On arrivait à la fin d'août, et le soleil baissait à l'horizon.

La journée avait été chaude. Les coques des genêts crépitaient en éclatant. Les arbres étaient pleins de chansons. Des feuilles de toutes les nuances du vert couvraient les arbres de leurs manteaux de fête, et le gazon des allées du bois était doux au pied comme de la peluche. Du point élevé où il s'arrêta, caché par un tronc de hêtre, Maurice remarqua un mouvement inusité dans les cours du château. Les persiennes étaient ouvertes. Des servantes montraient aux fenêtres leurs mines éveillées. De loin Faudoise crut reconnaître sur un balcon le visage pâle de miss Arabella et le teint coloré de Mélaine.

Évidemment les dames de Briolles venaient d'arriver chez elles.

Un moment il resta en observation dans l'espoir d'apercevoir Diane. Mais son attente fut déçue.

Un garde qui vint à passer à quelque distance lui donna la peur d'être surpris.

Il s'éloigna, sans être vu, par des sentiers perdus.

Le lendemain, au point du jour, il se fit conduire à la gare de Vitré par son fidèle Pierre. De là, il gagna Paris, et ensuite, sans même y passer la nuit, il prit le train de Marseille, où il s'embarqua pour l'Algérie par le premier bateau.

Il emportait avec lui l'argent et les valeurs dont il pouvait disposer, la mantille, le chapeau de paille et la petite photographie de sa chambre, à l'Aubraye.

C'était tout ce qui lui restait de cette belle Diane qui avait porté son nom, qu'il avait adorée, qu'il aimait encore et qui n'était plus rien pour lui.

Dix jours plus tard, son ami de Soesmes recevait ce billet laconique :

« Mon cher et bon camarade,

« J'ai pris la fuite. J'étais tourmenté par des idées de suicide et des envies de me faire sauter la cervelle sous ses fenêtres. Je vais chercher l'oubli sous un autre ciel. Quand je serai fixé, je t'enverrai mon adresse pour Balazé et pour toi. Charge-toi de mes affaires à l'Aubraye et souviens-toi de ceci : je veux être ignoré du reste de la terre et vivre perdu dans le coin que j'aurai choisi.

« Je vous embrasse,

« MAURICE DE FAUDOISE. »

XXV

*Le vicomte de Soesmes à M. de Faudoise, à Sidi-
Khelil, par Mostaganem (Algérie).*

23 septembre 1885.

« Mon cher Maurice,

« Que deviens-tu ? Voilà deux mois que nous sommes sans nouvelles. Es-tu mort ? C'est peu probable.
Si mince que soit ta succession, il se serait toujours
rencontré quelque cousin éloigné pour la revendiquer,
et, en ma qualité de gérant de ton domaine de l'Aubraye, j'en entendrais parler.

« Pour d'autres raisons encore, ton trépas aurait fait
quelque bruit dans le monde.

« Es-tu donc décidé à te condamner à un exil per-
pétuel ?

« Quel plaisir trouves-tu à t'isoler avec tes souvenirs, à t'enfoncer le poignard dans la plaie, à le retourner en tous sens pour en fouiller les chairs vives ?
Pourquoi renoncer à l'amitié, — note que je ne dis pas
à l'amour, puisque notre religion à nous autres, vieux
Bretons, nous défend de recourir à un autre mariage, même quand la loi des hommes nous rend une
liberté dont il nous est interdit d'user ?

« Etrange situation que la tienne !

« Si, malgré les quinze mois qui se sont écoulés depuis ta déplorable aventure, le voisinage de Briolles te

semble trop douloureux, ne peux-tu revenir près de
nous ? Balazé et moi, nous te tiendrons lieu de famille. Tu connais dans le parc de Soesmes une sorte
d'ermitage que je disposerai de mon mieux. C'est une
chaumière confortable dans laquelle mon grand-père,
d'assez farouche humeur, et ennemi juré du bruit cependant si gai des enfants, aimait à se retirer.

« Elle est assez pittoresque pour plaire à un rêveur,
assez fleurie, avec ses ravenelles et ses roses, pour
éloigner les pensées lugubres. Elle se prête à la mé-
ditation, et on peut en toute tranquillité y vivre au milieu de ses souvenirs. Ton couvert sera mis à notre
table. Nous chasserons ensemble ; nous causerons,
nous cultiverons notre bibliothèque et nos jardins pour
abréger le temps.

« Balazé est un ami sûr, un esprit net qui ne tran-
sige pas avec les principes d'honneur et sur lequel tu
peux compter.

« Il nous tiendra compagnie.

« Est-ce que cette vie ne te serait pas meilleure que
celle à laquelle tu t'obstines contre toute raison ?

« Tes dernières épîtres n'étaient moins que rassu-
rantes. On y remarquait l'irritation d'une âme malade,
une sorte de passion fiévreuse dont la flamme perce
malgré tes efforts pour la contenir. Crois-moi, reviens
près de nous. Au moins auras-tu des confidents de tes
chagrins ; et les verser dans un cœur ami, n'est-ce
pas les adoucir ?

« J'arrive de l'Aubraye où je suis allé régler tes
comptes avec les métayers.

« J'ai passé deux jours dans ta maison, véritable
demeure de philosophe, où, pour ma part, j'aurais vécu
avec joie ma vie entière. Que faut-il pour traverser
sans peine les cinquante à soixante ans que les privilégiés ont à dépenser en ce monde ? Un toit modeste

sous lequel on puisse braver sans crainte vents et tem-
pêtes, en s'entretenant, les soirs d'hiver, au coin du
feu, avec les poètes et les savants, d'où l'on admire
en paix la belle nature, et surtout où l'on jouisse de
cette indépendance que tant de gens sacrifient sottement pour courir après la fortune qui les fuit et conquérir les vanités d'un luxe inutile.

« Tout cela, tu l'avais chez toi. Le sol est maigre
et aquatique, mais il n'est pas de terre si rude qu'un
labeur opiniâtre ne rende fertile et ne couvre de fruits
et de fleurs quand il ne s'agit que d'un parterre à
créer ou d'un potager autour du logis.

« Je te parle comme le propre auteur des *Bucoli-
ques* et le plus pastoral des hommes. Je suis né avec
ces goûts rustiques et m'en félicite. Ils m'ont sans
doute sauvé de désastres auxquels je vois que nombre
de nos voisins et de nos pairs s'exposent de gaieté de
cœur et sans nécessité.

« Ces goûts, tu les partageais, mon cher Maurice.

« Balazé et moi, nous maudissons souvent de concert cette séduisante millionnaire qui t'a enlevé à une
vie tranquille que tu ne trouvais pas sans charmes.

« Il a fallu que cette demoiselle vînt se jeter à la
traverse de nos projets et déranger tout un avenir de
félicité champêtre. Nous vois-tu, comme nous l'es-
périons, chassant ensemble, courant les bois et les
bruyères, cultivant nos champs et rivalisant de zèle
pour obtenir les plus belles récoltes et mettre sur nos
tables les fruits les plus magnifiques ? Tu aurais été le
voisin le plus gai, le plus cordial et le plus réjouis-
sant, comme tu te battais avec la plus vaillante furie
dans ces tristes jours où nous disputions, le sac au
dos et le fusil au bras, notre sol natal à l'envahisseur.

« Que les années auraient passé vite !

« N'y pensons plus.

9

« Ce soir, il pleut. L'eau fouette les vitres et le vent siffle dans les cheminées en criant comme une légion de chats en fureur. C'est une nuit d'orage. Demain, nous nous lèverons dans une campagne rafraîchie. La rosée sera suspendue aux brins d'herbe, aux feuilles des arbres, et les chiens chasseront divinement.

« Passons aux choses sérieuses.

« Tes comptes sont réglés, ainsi que je t'en prévenais, avec tous tes fermiers.

« Il te revient de ce chef une somme nette de six mille francs, auxquels il faut en ajouter trois mille cinq cents pour ventes de bois.

« Tu recevras huit mille francs par le prochain courrier.

« J'ai laissé le reste à ton factotum comme fonds de prévoyance, pour quelques réparations et en cas de besoin.

« Tout le monde est content à l'Aubraye.

« J'ai fait quelques remises à ceux dont les récoltes laissent à désirer. Ils sont enchantés. Ils le seraient davantage si tu étais dans ta maison. On dit souvent du mal des paysans. Ils ne le méritent pas. Je n'en connais chez nous que de bons. Peut-être aussi est-ce parce que nous vivons avec eux en famille.

« Pendant mon séjour à l'Aubraye, j'ai entendu certains bruits que je te transmets avec une certaine inquiétude.

« Je me demande même si je ne ferais pas mieux de les taire et de t'épargner un chagrin.

« Il serait question d'un nouveau mariage pour madame de Faudoise, ou plutôt pour mademoiselle de Briolles. Avec les nouvelles lois, on ne sait plus comment il faut dire.

« Pierre est lié avec un des gardes, le vieux Bernard dont tu avais fait la conquête. Ce Bernard, an-

cien sergent de zouaves, t'est sincèrement dévoué à ce
que m'assure Pierre qui ne manque pas de flair.

« Bernard lui a conté que les Boistrudan poussent
leur pointe avec une adroite patience. Tu connais la
vieille. Elle est tenace comme un blaireau qui har-
ponne un basset. Elle s'est dit qu'elle restaurera le
blason des Boistrudan, qui est en fort mauvais état,
avec les écus de l'héritière de Briolles. Cette sorcière
mettra tout à feu et à sang plutôt que d'y renoncer.
Avec ses air doucereux, elle est capable des plus noirs
méfaits, et quant au conseiller, sous la politesse qu'il
affecte et ses impeccables dehors, je suis tenté de
soupçonner quelque machine.

« Quoi qu'il en soit, on en parle à mots couverts.

« Peut-être, et je le crois, n'est-ce qu'un bruit sans
consistance.

« J'ai eu l'occasion de voir chez M. de Larçay, mon
cousin, il y a quelques jours, mademoiselle Angèle de
La Houdinière, l'une des fidèles du château de
Briolles.

« Cette vieille fille, en personne prudente qui tient
à ne pas se compromettre et ménage les chèvres et les
choux de l'arrondissement, ne m'a certainement pas
dit ce qu'elle sait, mais elle m'a laissé entendre que
ce mariage ne serait pas improbable, bien qu'elle le
désapprouve en principe. On n'est pas encore fait dans
le pays à ces nouvelles mœurs qui nous choquent.
Elle t'accuse non sans aigreur de débordements in-
sensés qui ont rendu tout rapprochement impossible
entre madame de Faudoise et toi. Elle s'est répandue
en condoléances sur la dure condition faite à une si
charmante personne, veuve, ou peut s'en faut, à vingt-
cinq ans, dans la fleur de sa jeunesse. Tu comprends que
ce n'était là qu'un écho affaibli des propos qui se tiennent à Briolles et en particulier de ceux de ta belle-mère.

« Toutefois cette nouvelle serait au moins prématurée, d'après mademoiselle de La Houdinière elle-
même. Le consentement de la jeune femme ne semble
pas facile à obtenir. Nul doute que les Boistrudan
n'aient le projet qu'on annonce, mais Diane semble
satisfaite de sa condition et peu pressée d'en changer.
Elle affecte une certaine satisfaction de se trouver
libre. A ce que j'ai pu voir, elle a repris ses allures
de jeune fille. Elle court à cheval les bois et les
champs, visite ses métayers et cause familièrement
avec eux. Je l'ai aperçu un soir au moment où la nuit
allait tomber, sur les collines qui s'étagent en face de
ta maison, le voile au vent, galopant sur un joli cheval bai.

« Elle était seule. Du moins, je n'ai pas vu son
compagnon, si elle en avait un, mais l'obscurité
m'empêchait de distinguer nettement les objets autour
d'elle. Elle est venue jusqu'à deux ou trois cents mètres
de ton jardin et a tourné bride.

« Voilà, mon ami, les nouvelles que je peux t'envoyer.

« Donne-nous des tiennes et, si tu es sage, reviens
au moins quelque temps près de nous.

« Ton ermitage t'attend. Tu y trouveras la tranquillité de l'âme dans une vie de famille qui serait, je
pense, une heureuse diversion aux idées noires que la
solitude peut engendrer.

« Je te serre les deux mains et je t'embrasse pour
Balazé et pour moi.

                              « Ton ami,

                                   « DE SOESMES.

« Accuse-moi réception des huit mille francs que
je fais mettre à la poste. »

Maurice de Faudoise à M. de de Soesmes, au château de Soesmes, par Vitré (Ille-et-Vilaine)

« Pardonne-moi mon silence, bon et cher ami. A la vérité, je suis assez sombre et ne cherche pas à le nier. Mais ce n'est ni le chagrin ni la mélancolie qui me rendent muet. La douleur que j'ai ressentie est loin d'être apaisée. Je pense toujours à Diane. Je la regrette plus vivement que jamais, malgré les efforts auxquels je me livre pour me distraire de son souvenir; et, cependant, comme les trappistes, je me brise le corps, la misérable enveloppe de notre âme, dans un travail incessant, opiniâtre, furieux, auquel, chaque nuit, je dois quelques heures de repos et d'oubli, c'est-à-dire de sommeil.

« Tu ne reconnaîtrais pas la terre que je t'ai décrite quand je l'achetai, l'an dernier, à mon arrivée en Algérie.

« Elle me coûtait trente-cinq mille francs.

« C'est une montagne presque inculte, dominant d'un côté la mer, de l'autre une suite de vallons et de collines qui s'abaissent jusqu'à un ruisseau profond et rapide au bord duquel s'étend un espace considérable de terres facilement irrigables.

« Pour mes trente-cinq billets de mille francs j'achetai deux cents hectares couverts de cactus, d'oliviers, de lenstiques, de lauriers roses, d'orangers mêmes et de toutes les broussailles qui poussent ici sur les terrains abandonnés à eux-mêmes.

« Le précédent propriétaire, général en retraite,

s'était cependant livré à des essais de culture. Il a
bâti sa maison au sommet de la montagne, à la mauresque. C'est une masure blanche, carrée, avec une
cour intérieure et un minaret fort élevé d'où je découvre mon domaine.

« Les murs extérieurs sont percés d'étroites fenêtres,
de sorte qu'on peut, à son choix, quand les portes
sont fermées, se croire dans un cloître ou dans un
blockhaus.

« J'ai perfectionné l'habitation à peu de frais.

« Maintenant j'y pourrais recevoir un prince assez
convenablement.

« Mais c'est surtout la terre qu'il faut voir.

« Maintenant il y en a partout où le sol peut en
supporter. Ailleurs ce sont des massifs de citronniers,
des bois d'oliviers et d'eucalyptus, des champs de
luzerne, de blé ou d'orge.

« Je m'admire dans mon œuvre dont je n'ai plus
qu'à attendre le revenu qui sera considérable.

« Je t'envoie un échantillon de mon vin qui devra
te parvenir dans une quinzaine de jours.

« J'en ai récolté cette année dans le vignoble ancien que j'ai cultivé avec un soin de vigneron de la
Bourgogne — comme si je devais en obtenir du clos-
vougeot ou du chambertin — plus de trois cents bar-
riques.

« L'année prochaine j'en aurai le double, et, dans
trois ou quatre ans, plus de deux mille, si les sauterelles et le phylloxera ne se mêlent pas de mes
affaires.

« Je travaille comme un mercenaire à la tête de
mes ouvriers arabes, espagnols et maltais, levé le premier chaque matin, et le dernier debout.

« Pour les quatre-vingt mille francs que j'ai apportés
avec moi, je possède un domaine admirable, cultivé

comme un jardin d'un bout à l'autre, et d'un aspect vraiment enchanteur !

« Quel merveilleux pays, mon ami ! Quelle terre féconde ! Quels rivages délicieux ! C'est grâce à eux que je vis encore et que j'ai gardé un peu de raison.

« Là-bas, je serais devenu fou !

« Le voisinage de Briolles m'était insupportable.

« Vivre près d'elle, sans la voir !

« J'aurais été capable d'un coup de tête, d'un acte de violence.

« Ici il me semble que je suis seul au monde et que j'expie dans un exil volontaire quelque grand crime pour lequel je subis ma réclusion dans un espace dont je ne sors presque jamais !

« Ma prison, d'ailleurs, est riante, mais il n'est pas défendu à un moine d'embellir ses jardins et d'y cultiver des roses.

« Ma noria entretient une fraîcheur constante dans le préau de ma maison.

« Tout autour des colonnettes, les jasmins s'enroulent en s'étoilant de petites fleurs blanches. Des héliotropes gigantesques tapissent les murailles jusqu'au sommet des terrasses. Les géraniums roses ont dix pieds de haut et les rosiers se couvrent de milliers de fleurs.

« Le soir, de ces massifs, des parfums inconnus chez nous se dégagent de toutes parts.

« C'est au travail, c'est à cette nature exubérante et superbe que je dois mon salut.

« Grâce à ce spectacle, l'apaisement se fait peu à peu dans mon cœur, et sans cesser d'aimer Diane, je la vois dans mes souvenirs avec plus de calme, comme une femme que j'aurais adorée et qui serait morte.

« Que me parles-tu de mariage pour elle ?

« Je ne puis y croire.

« Epouser Boistrudan! Elle n'y consentirait pas.
Est-ce qu'elle pourrait, son mari vivant, se donner à un
autre! Mais ce serait se prostituer comme une fille,
et je la connais, elle a l'âme trop haute et trop fière.

« Non, elle ne le voudrait pas!

« N'en parlons plus.

« Aussi bien, cette idée me trouble et m'exaspère.

« J'étais presque tranquille dans mon exil; pourquoi
m'as-tu parlé de ces odieux projets, inexécutables,
j'en suis certain.

« Diane n'y a pas songé une minute!

« Que nous soyons séparés, c'est naturel; qu'elle
l'exige et se montre impitoyable, je lui pardonne; mais
qu'elle soit à un autre, ce serait pour moi une insupportable pensée.

« Je la repousse et n'y veux même plus réfléchir.

« Il est onze heures du soir.

« La nuit est d'une sérénité merveilleuse. La lune
éclaire de sa lumière blanche les bois d'oliviers, les
haies de cactus et de grenadiers et les pentes de la
montagne couvertes de vignes. Dans le lointain, la
mer ressemble à une nappe d'argent liquide.

« Quelle majesté! Quelle grandeur! et comme au
milieu de ce silence on devrait n'avoir que des pensées graves et de nature à nous élever l'âme au-dessus
des misères de ce monde!

« Et pourtant je ne peux pas me détacher de la
terre.

« Et sur la terre je ne vois qu'un point : la fenêtre
de la chambre où dort cette femme qui fut la mienne,
qui m'appartient et où doit trembler la lumière de la
veilleuse qui éclaire son sommeil.

« Adieu.

« Ecris-moi; parle-moi d'elle, parle-moi de l'Aubraye, parle-moi de vous.

« Malgré tout, malgré la beauté merveilleuse de cette nature, c'est encore le lieu de ma naissance, notre sol à nous, notre Bretagne pauvre et dure, notre rocher de granit que je préfère et qui m'attire.

« Et dans ce pays, le seul coin de terre où il me soit interdit de retourner désormais...

« Mais que sont nos lois, après tout, et peuvent-elles m'arracher la possession de ce qui m'appartient, de cette femme qui s'est donnée à moi à la face de Dieu ?

« Le crois-tu ?

« Diane à un autre ! Si cela était, ne me le dis pas ! Car en vérité, je serais capable de tout, d'un crime, s'il le faut, pour la reprendre.

« Adieu.

« Ton ami

« MAURICE. »

« Sidi Khelil, 7 octobre 1885. »

XXVI

Les projets dont M. de Soesmes parlait à son ami étaient plus sérieux qu'il ne le croyait lui-même.

La comparaison de la goutte d'eau qui creuse le roc au bout des siècles sera éternellement vraie, pour certaines entreprises poursuivies avec l'obstination et la persévérance dont quelques natures fortement trempées sont seules capables.

La baronne de Boistrudan était de celles-là.

Ce qu'elle voulait, elle le voulait bien.

Dans la campagne qu'elle poussait avec plus de patience que de vigueur, et plus d'adresse que de force, elle avait su mettre toute la maison de Briolles de son côté.

La comtesse lui était acquise depuis longtemps.

Miss Arabella, qu'il ne fallait pas prendre pour une quantité négligeable à cause de son intimité avec son ancienne élève, protestante comme elle, n'avait aucune aversion pour le divorce et les seconds mariages qu'il peut amener à sa suite.

La pauvre fille, qui se considérait comme astreinte par les rigueurs de sa destinée aux misères du célibat, subissait sans révolte, sinon sans regrets, l'arrêt qui la frappait; mais elle ne comprenait pas que Diane, riche, dans tout l'éclat de sa jeunesse, se condamnât volontairement à une vie qu'elle n'acceptait elle-même qu'en se soumettant à une nécessité cruelle.

Pendant que madame de Boistrudan s'emparait de plus en plus de l'esprit de la comtesse et lui insinuait à loisir, par petites doses, que ce serait peut-être le moment de reprendre les projets si longtemps caressés entre elles avant le mariage imprévu de Diane et de ce coupable Faudoise, dont, au reste, on n'entendait plus parler, le conseiller faisait vibrer toutes les cordes sensibles de la blonde Anglaise.

Rien ne peut donner une idée plus exacte des procédés employés par Maxime que la conversation suivante, simple variante de celles qu'on aurait pu entendre pendant leurs promenades de chaque jour.

On touchait à la fin d'octobre.

Les bois prenaient les teintes rougeâtres qui sont peut-être leur plus belle parure. Les feuilles étoilées de platanes jonchaient le sol et le couvraient d'une sorte de tapis d'or pâle; la fleur des chrysanthèmes précurseurs de l'hiver bourgeonnait dans les massifs flétris par les gelées nocturnes.

Diane s'était renfermée dans sa chambre en attendant le dîner qui devait réunir un certain nombre de voisins, les demoiselles de la Houdinière, les de Fénouille et d'autres.

Maxime de Boistrudan se promenait sous la voûte d'une avenue de hêtres à triple rang, en compagnie de miss Arabella.

Ils marchaient lentement l'un auprès de l'autre.

L'Anglaise parlait peu d'ordinaire. Vis-à-vis des dames de Briolles et de leurs amis, elle gardait une réserve tout à fait convenable, attendait qu'on l'interrogeât et conservait ses distances.

Ce soir-là, elle était plus animée que de coutume. Mise avec quelque coquetterie, elle semblait presque sémillante, et son visage, où le sang montait par instants, révélait un trouble intérieur qui n'échappait pas à son compagnon.

— Miss, dit-il, avez-vous réfléchi quelquefois à une ressemblance que nous avons l'un et l'autre ?

— Mais... non, je ne comprends pas bien, fit-elle avec un accent britannique très prononcé. Quelle ressemblance ?...

— Célibataires par nécessité !

— Aoh ! vous voulez vous moquer !... Sans doute vous n'êtes pas riche comme la banque d'Angleterre, mais...

— Tout est relatif. Ma mère et moi, nous possédons le nécessaire, comme de simples bourgeois, et encore grâce à ma place, et rien de plus. Impossible de me marier ; s'il me survenait des enfants, qu'en ferais-je ? Que deviendraient-ils, en ce siècle d'argent où la fortune tient lieu de tout, de mérite, d'honneur, de savoir et d'esprit ?

Il regarda sa compagne, lui pressa légèrement le bras et poussa un soupir.

— J'avoue ma faiblesse, continua-t-il, je voudrais être riche ; on peut faire tant de bien autour de soi !

— C'est vrai.

— Autrement, est-on libre d'agir selon ses sentiments ? On n'a pas même le droit de se choisir une compagne selon ses goûts, sans tenir compte des conditions accessoires qui changent une affaire de cœur en un marché odieux. J'ai rencontré dans ma vie une femme, une seule, réunissant les conditions qu'on peut souhaiter, la bravoure, cette qualité qui fait qu'on résiste aux plus cruelles nécessités et qu'on les domine ; la distinction, le tact, et enfin le charme, ce don indéfinissable et si rare, attraction de deux êtres qui se cherchent, se complètent et veulent se confondre. Cette femme, miss, je l'ai toujours aimée, je

l'entoure de respect et d'amitié ; j'aurais voulu lui dire
ce que j'ai dans l'âme, mais l'honneur me ferme la bouche. Seul, j'aurais passé par-dessus ce préjugé de
l'argent, bravé les nécessités implacables du siècle,
mais je dois respecter les volontés de ma mère et me
sacrifier. Je n'ai pas le droit de lui imposer une déception, après ce qu'elle a fait pour moi. Il m'en a
coûté plus d'un regret, mais celle que j'aimais, que
j'aime toujours, ne me donne-t-elle pas l'exemple de
la résignation ?

— Vous ne lui avez jamais révélé vos sentiments ?
demanda miss Arabella d'une voix ferme.

— Non.

— Vous ne les lui avouerez jamais ?

— Ce serait une indélicatesse, une cruauté ! Pourquoi jeter le trouble dans son âme ?

— Vous la voyez souvent ?

— Souvent.

— Ah !

— Mon désir est de vivre auprès d'elle, toujours.
Elle ne saura rien des sentiments qu'elle m'inspire.
Plus tard seulement, quand les années auront passé
sur nos têtes, je lui raconterai, si elle est toujours près
de moi, et j'en ai la confiance, l'idylle de ces amours
honnêtes, et nous aurons la joie de pouvoir mettre
l'une dans l'autre, de serrer deux mains loyales et de
nous regarder en face, sans avoir à rougir même d'une
pensée.

— Vous n'aimez donc pas mademoiselle de Briolles ?
objecta miss Arabella.

Maxime secoua la tête et soupira plus fort.

— Ce n'est pas elle que j'aurais choisie, dit-il.
Sans doute, j'ai pour Diane une de ces affections d'enfance douces et paisibles qui forment un lien solide et
presque indestructible. Diane est une amie pour moi.

Je désire son bonheur. Je la voudrais heureuse, d'autant mieux qu'elle le mérite et qu'à côté de quelques caprices d'enfant gâtée, habituée par la faiblesse de sa mère à lâcher la bride à toutes ses fantaisies, elle est douée des plus grandes qualités; généreuse, fière et délicate. Et puis, s'il faut tout vous avouer, miss, je lui sais un gré infini de l'amitié qu'elle témoigne à cette autre femme pour laquelle j'ai la plus profonde sympathie. Madame de Briolles et sa fille ont leurs travers. Qui n'a les siens? Mais ces légers défauts sont comme les taches du soleil ; ils disparaissent dans le rayonnement de leurs vertus. Ce sont deux femmes excellentes. Mon bonheur sera presque parfait si je peux vivre avec elles et non loin de cette autre dont je vous parlais tout à l'heure. Son repos sera toujours une de mes plus constantes préoccupations.

Ils se turent.

Pendant quelques minutes ils errèrent sous les ombrages du parc.

Miss Arabella comprenait-elle?

Rien ne l'annonçait.

Pendant que Maxime parlait, elle lui prêtait une attention soutenue. Peut-être aurait-on pu remarquer une faible agitation sous son corsage. Mais bientôt tout rentra dans l'ordre accoutumé.

Ils se rapprochèrent du château aux bruits des équipages qui arrivaient les uns après les autres. Miss Arabella, tout à fait remise, parlait avec la plus grande liberté d'esprit, des beautés de la saison et du regret qu'elle aurait de quitter ce pays pittoresque lorsqu'il lui faudrait retourner à Paris.

Elle expliqua à Maxime, sur une question qu'il lui posa, la situation de son oncle, M. Bernard Smithson, le coutelier de Sheffield.

— Il est riche, dit-elle. Il a plus d'un demi-million de livres sterling.

— Et il ne vous donne rien ?

— Pas un penny.

— Il n'a pas d'enfants ?

— Aucun.

— Il n'en aura pas ?

— Il est garçon.

— Et s'il mourait ?

— Déshéritée ! Il l'a juré.

— Pourquoi ?

— Il me déteste.

— La raison ?

— C'est un original.

Miss Arabella n'avait pas l'ombre de fiel dans l'âme. Pour elle, ces mots : « C'est un original, » signifiaient seulement : « Il est le maître ! Il est libre et j'aurais tort de l'en blâmer. Voilà comme nous sommes, nous autres, Anglais. »

Au moment où ils arrivaient à la grande pelouse circulaire qui s'étend devant la façade du château, Diane était penchée sur l'appui de son balcon.

Elle tenait à la main un album très épais relié en maroquin rouge. Elle rentra dans sa chambre, l'enferma dans un tiroir après y avoir écrit quelques mots au crayon et revint à son poste.

Puis elle sourit à Maxime et à miss Arabella et les attira d'un geste sous le balcon.

— Miss, dit-elle, que vous contait donc mon cousin ? Il vous parlait avec une chaleur...

L'Anglaise rougit légèrement.

— M. de Boistrudan me parlait d'une femme qu'il aime passionnément, répondit-elle.

— Et quelle est cette femme, miss ?

— Il ne l'a pas nommée.

— Ah !

Diane haussa les épaules avec un mouvement coquet et tourna le dos au conseiller.

— Monsieur, dit l'Anglaise avec une dignité qui l'émut lui-même, vous m'avez toujours parlé avec douceur et presque comme un ami ; je ne suis qu'une pauvre abandonnée ; si je peux quelque chose pour vous, parlez, et je tâcherai de vous être agréable J'aime beaucoup madame de Briolles et sa fille, et je voudrais pouvoir leur rendre une partie du bien qu'elles m'ont fait.

Elle s'inclina, monta le perron et s'en alla reprendre son ouvrage interrompu en attendant la cloche du dîner.

XXVI

L'album relié en maroquin de madame de Faudoise était une sorte de volume illustré sur lequel elle
notait au jour le jour ses impressions, en les accom-
pagnant d'illustrations de haute fantaisie et d'aquarelles qui ne sont pas sans valeur et dénotent un véritable tempérament d'artiste.

Ce livre portait en tête, au milieu d'une page blanche, une seule date : 15 mai 1880. — C'était le jour
de son mariage.

Sur le second feuillet, une autre date : 10 mars 1884.
— C'était le jour de sa néfaste découverte de la rue
Taitbout.

Sur les pages qui suivent on retrouve l'histoire de
son procès avec une série d'enluminures en marge ou
dans le texte, très curieuse : conférences avec Mᵉ Robiquet et l'avoué ; visite au président ; promenade au
Bois dans une voiture où l'on remarque une femme
en voiles de deuil plongée dans les réflexions les plus
noires ; et enfin, au-dessus d'une troisième date :
28 août 1884, un tribunal grotesque, rendant un arrêt
inscrit sur un rouleau de papier interminable.

C'était le jugement prononçant le divorce entre
M. Maurice de Faudoise et mademoiselle Diane de
Briolles.

Au-dessous, une jeune femme agenouillée sur un

prie-Dieu, dans un oratoire, et une banderolle lui sortant des lèvres à la manière des devises du moyen âge dans les vieux missels, avec ces mots : « Je suis veuve ! »

Quelle différence avec la première page sur laquelle, au-dessus de la date du mariage, on voyait, à peine esquissés dans l'azur, deux pigeons qui s'aiment d'amour tendre.

A la seconde page, le ciel était d'un noir d'orage ; un vent furieux chassait les nuages, un vent de tempête, une de ces bourrasques qui font sombrer les navires.

En effet, au bas du feuillet, sur une mer indiquée, comme l'eau des paravents japonais d'où sortent des plantes et des fleurs fantastiques, par deux ou trois traits de pinceau, on distinguait un petit bateau se brisant contre un énorme rocher.

La suite du volume rouge contenait, fidèlement retracées, et appuyées d'illustrations du même genre, les impressions de l'auteur après cette funeste découverte.

Madame de Briolles eût été bien étonnée si elle eût parcouru ces lignes jetées à la hâte, au courant de la plume, depuis le jugement qui séparait ces deux êtres si bien faits pour s'aimer, et qu'un étourdissement, une ivresse, une de ces hallucinations comme en ont les buveurs d'opium, une démence passagère soufflée par le vent, qui obscurcit parfois les plus saines intelligences, avaient jetés hors de leur voie.

On pouvait y cueillir entre mille des remarques comme celle-ci :

30 août 1884.

« Me voilà libre, c'est-à-dire malheureuse. Il paraît que l'honneur me contraint à une impitoyable rigueur. Déplorable devoir ! Mon cœur me dit au contraire que j'aurais dû pardonner en infligeant au coupable une peine temporaire à diminuer selon son repentir et sa bonne conduite. Enfin! j'ai cédé aux volontés de ma mère! J'ai pour elle une affection et un respect qui ne se démentiront pas! Cependant il me semble qu'elle s'est montrée bien sévère pour mon infortuné mari. Peut-être tient-elle à justifier les méchants propos des gendres contre les belles-mères! »

Et comme l'espiègle, l'enfant terrible ne pouvait résister à son besoin de raillerie et à son désir de montrer ses belles dents blanches, admirablement rangées, dans le sourire des jours heureux, elle avait portraicturé assez finement une femme irascible et menaçante, chassant à grands coups de verges un être en habit noir qui prenait la fuite à toutes jambes par une porte assez semblable à l'huis du petit hôtel de Briolles.

3 septembre 1884.

« J'ai voulu revoir en secret la rivale qui a causé notre catastrophe. J'en ai manifesté le désir à Maxime, qui se montre pour moi d'une complaisance à toute épreuve. Il a essayé avec beaucoup de bon sens de me détourner de cette entreprise. J'ai insisté avec plus de ténacité que de raison. Il a dû céder et m'a loué une loge, qui, par hasard peut-être, s'est trouvée la même que celle d'où j'ai fait mes premières observations en sa compagnie. Il a refusé de m'accompagner. — J'aurais trop de peine, m'a-t-il dit; cette soirée me rappellerait une imprudence que je ne me pardonne pas.

J'avais mon oncle de Bazouges sous la main et miss Arabella. Je les ai emmenés. Mon oncle Honoré a dormi paisiblement tout le temps. Il avait couru pour terminer une foule de marchés chez les marchands de vieilleries ; car nous allons, Dieu merci, retourner à Briolles, maintenant que cet exécrable procès est terminé et que nous sommes débarrassés de toutes ces robes noires et de Me Robiquet. Entre parenthèses, son éloquence me semble chère et sa note était marquée au prix fort, bien qu'il n'ait pas eu de contradicteur. Ma mère l'a cependant soldée avec satisfaction et aussi les frais, bien qu'ils fussent à la charge de ce pauvre Maurice. C'est très bien de sa part. Mais qu'est-ce qu'elles ont donc, les belles mères, à vouloir se débarrasser de leurs gendres !

J'ai revu cette Cara Dolci, deux noms très doux, très élégants. Elle est plus jolie qu'eux, certainement. Et légère comme un oiseau, faite comme la propre déesse de l'amour.

Tous les messieurs de l'orchestre tenaient leurs lorgnettes braquées sur elle comme des canons.

Moi, si j'étais homme, je n'aimerais pas une femme dont tant de longues-vues reluqueraient les jupes, surtout quand elles sont si courtes. A vrai dire, autant n'en pas avoir.

Ce qui m'étonne, c'est que Maurice l'ait quittée avec tant de désinvolture ; car, après les propos qu'il lui tenait, on pouvait croire à une liaison éternelle.

Il est retiré à l'Aubraye ; c'est un bon endroit pour les méditations ! Nous retournons à Briolles. Que se passera-t-il ? Car enfin nous devons fatalement nous rencontrer, et je me demande quelle conduite il me faut tenir. Il doit toujours y avoir quelque hésitation entre deux êtres qui ont été l'un pour l'autre... tout, et qui ne sont plus rien !

Rien !

Est-ce possible ?

J'ai demandé l'avis de miss Arabella sur la danseuse qui a jeté tant de trouble dans notre existence.

Elle ne m'a répondu que par une exclamation effarée et s'est voilé la face.

Sa pudeur, de fabrication anglaise, ne lui permet
pas même de penser à la scène qui...

Moi, toute réflexion faite, je la trouve très bien,
très bien ! Et les messieurs de l'orchestre ne perdent
pas leur temps en admirant son galbe et ses charmes.

Elle m'a paru avoir moins d'entrain que le premier
jour. Pourtant elle souriait toujours au même fauteuil. Ce doit être une habitude, mais ses sourires
étaient moins francs, et ses baisers moins chauds.

J'ai eu la curiosité de lorgner le possesseur du fauteuil. C'est un vieux monsieur chauve, et fort laid,
officier de la légion d'honneur, s'il vous plaît.

Après le troisième acte, j'ai réveillé mon oncle et
nous sommes partis.

Pourquoi ne sentais-je aucune colère contre cette
danseuse ! Je la plaignais plutôt ! Pauvre fille ! Etre
obligée de sauter tous les soirs et de porter des jupes
vaporeuses et si courtes !

Non, je ne me sens pas de jalousie du tout, et il me
semble que je suis sortie de l'Eden avec une disposition à l'indulgence, même pour lui ! Car, en vérité,
elle est bien belle !

Et y renoncer si brusquement ! »

20 septembre 1884.

« Me voici dans ma chambre aux oiseaux bleus,
qui me semblait si gaie au temps où... Aujourd'hui,
quel vide ! Jusqu'à ce parc si vert et si fleuri jadis qui
prend des airs lugubres. Est-ce parce que le temps est
nuageux et lourd ? Il y a de l'orage dans l'air. Non,
ce n'est pas l'orage. Depuis notre retour, le paysage
m'a paru triste. Et ce sont les mêmes arbres, les

mêmes champs, les mêmes clochers, les mêmes étangs
qui miroitent, verdoient ou s'élèvent à quelques kilomètres au-dessous de la terrasse. Mystère!

Je m'ennuie comme si j'étais perdu dans le
Sahara. »

Comme illustration, l'artiste avait dessiné, pour
accentuer sa pensée par une image saisissable, une
femme penchée, dans une attitude dolente, avec une
robe à queue, traînante, qui balayait une plaine de
sable aride et nue.

Pas une herbe, pas un palmier, pas un buisson
d'alfa! Rien que du sable jaune sous un ciel de
plomb.

C'était funèbre!

28 septembre 1884.

« Que ferai-je de mon temps? Je creuse en vain
cette question capitale. J'ai besoin de distractions,
je ne saurais le nier, un besoin urgent, depuis mon retour dans cette vieille masure de Briolles, où j'ai tant
de souvenirs fâcheux à chasser de mon esprit. »

(Ici une bande d'Amours roses et joufflus volti-
geant dans l'éther.)

« Ma mère me reste, il est vrai. Elle est pleine
d'attentions délicates. Elle me comble. On sent qu'elle
s'efforce, qu'elle veut mon bonheur, qu'elle se sacri-
fierait au besoin en holocauste pour me retrouver telle
que j'étais autrefois, avant ce maudit mariage! Maudit! Est-ce le mot qu'il faut employer, en y songeant?
Il m'a donné tant de joies, il me cause tant de peines,
que je ne sais en vérité si je dois le détester ou le
bénir.

Ce matin, de très bonne heure, j'ai fait seller mon
cheval préféré, Emir.

C'est — je le consigne ici afin de fixer mes souvenirs pour l'époque lointaine encore où je serai vieille — un cheval du plus pur sang arabe, intelligent et fier, un bon compagnon avec lequel on est sûr de ne pas rester en chemin. Et je suis sortie seule avec lui.

Quand je dis seule, c'est une façon de parler.

J'étais accompagnée de mes deux braques que la veillesse alourdit, et de mon écuyer ordinaire, un piqueur sexagénaire qui répond au nom de la Rosée et m'a vue toute petite.

La Rosée montait une haridelle du pays, excellente bête, mais presque aussi âgée que lui. J'avais quelques minutes d'avance, et j'ai fait en sorte de le semer en route.

Ce n'était pas difficile.

D'abord Emir galopait d'un train d'enfer. Ensuite j'ai pris des sentiers à chevreuils dans lesquels il ne passe pas deux bûcherons par an.

Bientôt je suis parvenue sur un sommet moins élevé que le mont Blanc. — Nous avons fait l'ascension du géant ensemble. Avec quelle tendresse Maurice me soutenait ! Comme il veillait sur moi ! Comme il me couvait du regard. J'aurais juré qu'il m'adorait. Peut-on se tromper à ce point ? »

(En marge, deux touristes, hauts comme des épingles, sur une pente neigeuse et glissante. Le touriste mâle tend avec une extrême sollicitude une perche à sa compagne, enveloppée de fourrures et coiffée d'un petit chapeau délicieusement campée sur un chignon d'or. Au-dessous du touriste mâle, un précipice à pic des plus terribles.)

« Mais me trompais-je ?

J'en doute encore. On assure que certaines ivresses s'emparent des plus vigoureuses natures et les terrassent. Mon oncle de Bazouges, que je taxe de faiblesse

à l'endroit de mon ci-devant mari, m'assure que ces
ivresses ont plus d'empire sur les personnes sobres que
sur les gens qui se livrent à des excès habituels.

N'approfondissons pas.

Du sommet où j'étais postée, je distinguais dans les
lointains d'une vallée assez semblable à un marécage
à grenouilles le clocher de la pauvre église de l'Aubraye.

Je trouve toujours une joie mystérieuse à revoir ces
lieux auxquels pourtant rien ne me rattache plus.

J'ai repris ma course et, à la lisière des bois, je me
suis arrêtée de nouveau.

C'est là, au bord d'un fossé, que j'ai fait jurer à
Maurice qu'il m'aimerait toujours et n'aimerait que
moi seule.

Une émotion bête m'a saisie.

Je me rappelais le ton dont il a prononcé ce serment
si tôt violé, la grâce avec laquelle il se tenait à genoux
devant moi.

De colère j'ai cravaché Emir, qui s'est emballé, et
après une course folle m'a amenée, un peu malgré moi,
sur le communal, à la porte de l'église de l'Aubraye.

J'ai sauté à terre, et, laissant mon cheval aux mains
d'un petit berger crasseux qui se trouvait là, je suis entrée dans l'église.

Le curé achevait sa messe.

Il était seul avec le sacristain. Au bruit, il a tourné
la tête, paraissant surpris de me voir. Peut-être est-ce
parce que nous ne sommes pas de la même religion·

Ne peut-on prier Dieu partout, et ne suis-je pas un
peu chrétienne tout de même ?

Je me suis agenouillée, et une idée singulière m'est
venue.

J'ai remercié Dieu, le Dieu des catholiques, qui est

celui de mon mari, de ce qu'il ne leur permet pas de se remarier.

Je le pourrais, moi, sans enfreindre nos préceptes. Maurice n'en a pas le droit, et j'en suis heureuse.

C'est une grande satisfaction de savoir que du moins pour lui le mal qu'il a causé est irrémédiable, et qu'il est condamné, de par sa religion, au célibat.

Lorsque le curé est sorti, je lui ai mis ma bourse dans la main, contenant et contenu, en lui disant de ma voix la plus douce :

— Monsieur le curé, c'est pour vos malheureux !

Il s'est incliné et m'a répondu :

— Merci, madame de Faudoise!

J'ai cru d'abord qu'il y mettait quelque malice ; mais j'ai bien vite compris qu'il me parlait avec sa simplicité ordinaire.

Je suis donc toujours pour lui la femme de son pauvre châtelain! Il n'admet pas que les hommes aient pu séparer en deux lignes de jugement ce qu'un évêque a uni devant l'autel, à la face de Dieu.

Il allait se retirer, quand je lui ai dit :

— Je vous demande la permission de prendre un croquis du bénitier. Va-t-on fermer l'église ? J'en ai pour quelques minutes seulement.

Il m'a souri avec sa bienveillance mélancolique.

— Nous n'avons pas de malfaiteurs dans la paroisse, m'a-t-il dit. On ne ferme jamais la porte. Vous pouvez rester tant qu'il vous plaira.

C'était un prétexte pour expliquer ma visite.

Le bénitier de l'Aubraye n'est pas beau.

C'est une pierre carrée avec un trou rond creusé au milieu, et montée sur un fût de granit noir semé de parcelles de mica.

Je l'ai esquissé en dépit de sa forme et j'en consigne ici la figure avec conscience sur cet album, devenu la plus douce occupation de ma vie. »

(En effet, à cet endroit une aquarelle vraiment digne d'un maître représente le bénitier, et près de lui un jeune gentilhomme en pourpoint tailladé, chaussé de bottes de feutre, l'épée en verrouil, et donnant l'eau bénite à une demoiselle qui baisse modestement les yeux.)

Et comme légende, Diane avait ajouté ces deux mots :

Première rencontre.

« En sortant de l'église, j'ai fait un détour pour éviter de passer devant la maison de l'Aubraye. De loin, j'ai remarqué les volets clos. Le maître est absent. Sans doute chez ses amis de Soesmes et Balazé. Les trois anabaptistes ! Néanmoins, tout m'a paru en ordre. L'allée circulaire qui tourne autour de l'unique pelouse est ratissée avec soin. Quelques pauvres fleurs, des dahlias, des valérianes et des roses du Bengale, végètent le long de la façade, et aussi cinq à six hortensias aux feuilles vigoureuses d'un vert foncé. Les vignes courent sur les murailles comme autrefois. J'ai aperçu Pierre dans le potager, et j'ai cravaché ma monture pour m'enfuir.

A vrai dire, le cœur était prêt de me manquer.

Et je n'osais m'adresser à personne pour avoir des nouvelles.

Comme je rentrais en forêt, lentement, heureuse de la solitude, au milieu des taillis et des futaies rougies déjà par les approches de l'automne, j'ai aperçu Bernard, un des gardes, qui se dirigeait de mon côté, son fusil sur l'épaule.

Ce Bernard était aimé de mon mari. Ils allaient souvent à la chasse ensemble.

Je l'ai arrêté au passage.

— Bernard, lui ai-je dit, savez-vous pourquoi les persiennes sont fermées à l'Aubraye ?

Il s'est gratté le front avec embarras.

— On dirait, ai-je repris, que la maison est inhabitée.

— Elle l'est en effet, madame.

— Ah ! M. de Faudoise est sans doute chez ses amis, à Soesmes ou à Balazé ?

— Non, madame. Madame ignore donc ?...

— Quoi ?

— Que M. de Faudoise a disparu.

Il paraît que je suis devenue très pâle, car Bernard s'est approché vivement pour me soutenir, mais j'étais déjà remise.

— Disparu ? Que voulez-vous dire ?

— M. de Faudoise est parti, il y a quelques semaines, en emportant une somme d'argent assez forte, et il a dû s'expatrier, mais sans qu'on sache où il est allé.

— Parti !

— Madame peut être tranquille, a repris le garde. M. Maurice n'est pas mort, seulement il n'a donné son adresse à personne.

— A personne ?

Je répétais les mots machinalement, frappée de stupeur.

Bernard m'a regardée avec son bon visage et m'a dit non sans finesse :

— Si madame s'intéresse toujours à M. Maurice, comme je le pense, je crois que M. de Soesmes doit savoir où il est. C'est lui qui est chargé de ses affaires.

— C'est bien, Bernard, je vous remercie, mais je n'ai plus rien de commun avec M. de Faudoise. Allez.

J'ai cru de ma dignité d'ajouter cette dernière phrase et je me suis éloignée.

Expatrié ! Parti ! Faut-il qu'il ait ressenti une profonde douleur pour se résoudre à cette dure nécessité ! Après tout, que lui manquait-il à l'Aubraye ? Rien.

Décidément je ne retournerai plus de ce côté.

Cette course m'a fait mal et j'en ai rapporté un fonds de tristesse qui ce soir, au moment où j'écris ces lignes, n'est pas encore dissipé. »

                              12 octobre 1884.

« Miss Arabella m'a accompagnée à pied dans la campagne. Après une promenade de deux heures, nous sommes arrivées au village de l'Epine, où, en tombant d'une charrette de regain, un des métayers s'est cassé la jambe.

Cet homme passe pour aimer le cabaret ; quand il revient du marché, il est souvent de fâcheuse humeur et sa ménagère a de mauvais moments à passer.

Cette femme n'est donc pas des plus heureuses. J'ai été touchée de la voir soigner son ivrogne avec une extrême sollicitude, et comme je l'en louais, elle m'a dit avec une grosse franchise :

— Que voulez-vous ? Il a des défauts, ma chère dame, mais ça ne m'empêche pas de l'aimer. Quand on est ensemble pour la vie, il faut se passer bien des petites choses et s'entre-souffrir. On n'est pas parfait, n'est-ce point ?

Je me suis retournée. Une rougeur a dû me monter à la tête.

Etait-ce une leçon que cette pauvre paysanne me donnait sans y songer ?

Lorsque nous sommes revenues, lentement, à travers champs, miss Smithson m'a vanté le courage de cette métayère et son dévouement.

La maison était propre. Les meubles brillaient. Le mari ne se plaignait pas et souffrait en silence.

— J'aurais voulu vivre pauvre et simple comme eux, m'a dit Arabella, avec quelqu'un à aimer, même quand ce compagnon de ma vie aurait eu de grands défauts. Mais vivre seule !

Nous avons achevé notre promenade en rêvant chacune de notre côté.

La solitude ! C'est peut-être ce qu'il y a de plus terrible, en effet.

En approchant du château, j'ai dit à miss Arabella :

— Mais vous n'êtes pas seule, miss.

Elle m'a regardée avec ses grands yeux vagues, qui ressemblent quelquefois, dans ses moments de songeries, aux beaux yeux des ruminants de nos prairies, et n'a rien répondu.

Je voulais la pousser à bout par malice.

— Ne sommes-nous pas vos amies ? ai-je repris.

— Sans doute, mais...

— Moi, j'ai ma mère, mon oncle Honoré, et vous encore, qui ne nous quitterez pas, du moins je l'espère, si vous nous aimez un peu.

— Oh ! pas un peu, beaucoup !

Elle n'a rien ajouté, mais elle soupirait.

Je comprenais.

Une femme peut être seule, même au milieu du monde, même entourée d'amis !

Ce qu'il faudrait à miss Arabella, c'est un mari.

Moi, j'en avais un et je n'en ai plus.

Qu'est-il devenu ?

Sous quels cieux respire-t-il ? Que fait-il ?

Il devrait m'être indifférent et cette ignorance me pèse !

Peut-on se détacher complètement de l'homme qui a été notre premier, notre seul amour ?

Si on me demandait mon avis, je répondrais que tous les hommes noirs du palais, toutes les robes, toutes les barrettes, y compris M° Robiquet, n'en ont pas le pouvoir. »

15 mars 1885.

« Nous voici à Paris, ma mère et moi, avec miss Arabella. Nous arrivons de Pau. L'hiver a été dur à passer. Ma mère a vainement essayé de me distraire. En voyage, j'étais plus énervée même que là-bas, à Briolles. Heureusement j'avais mes pinceaux et mes lettres à mon oncle Honoré, qui est resté à soigner ses malades. M. de Boistrudan m'adressait de son côté un véritable courrier de Paris, très curieux et plein d'humour. Il a beaucoup d'esprit et de tact, et la vie ne serait pas trop ennuyeuse avec lui. Je l'ai dit plus d'une fois à miss Arabella, qui paraissait être de mon avis. Du reste, je crois que la pauvre fille épouserait un bossu ou un boiteux, s'ils lui faisaient l'honneur de la remarquer. Enfin nous voici de retour. Et déjà l'ennui me reprend dans cette grande maison vide. Et puis ce gothique me fatigue. Ces grandes cheminées à la François Ier, fausses comme des jetons, me produisent un effet de trompe-l'œil et de décor de théâtre. Pour qu'une cheminée Renaissance soit sincère, il faut qu'en se penchant sous le manteau, on voit au faîte un coin de ciel bleu, comme dans les cuisines de Briolles. A quoi vais-je passer mon temps ? C'est à peine si je peux aller dans le monde. Dès que j'entre dans un salon, on chuchote autour de moi et je com-

prends qu'on se glisse à l'oreille : Vous voyez cette
jeune femme ! Divorcée, ma chère ! Elle est à la re-
cherche d'un mari, mais vous comprenez, un premier
divorce c'est une mauvaise note. Elle n'aurait qu'à
recommencer ! — En outre, quand on danse comme
là-bas à Pau, les valseurs ne se gênent pas. Je rentre
dans la catégorie des veuves en quête de consola-
teurs. Décidément, il n'y a plus que Briolles qui
me convienne. Là, du moins, je suis à l'abri des déclarations, et les bonnes femmes m'appellent encore,
comme le curé de l'Aubraye, madame de Faudoise,
ce qui ne me fâche pas. Je vais intriguer auprès de
ma mère pour abréger notre séjour dans le petit hôtel.

Là-bas, j'entendrai peut-être parler de mon fugitif.
Pas un mot de lui. C'est trop de fermeté !

A moins que ce ne soit de la haine... ou de l'indifférence, ce qui est possible. »

22 avril 1885.

« Je suis entrée hier dans le cabinet de mon mari.

C'est la première fois que j'osais envahir ce sanc-
tuaire depuis notre aventure.

Les meubles sont à la même place. Le concierge a
seulement donné quelques coups de plumeau en notre
absence, mais sans déranger rien, pas même un
presse-papier. La bibliothèque, le secrétaire, les boîtes
à cigares, tout reste là, comme de son temps !

J'ai fouillé les tiroirs.

Rien d'abord.

A la fin, au fond d'une sorte de bonheur du jour
dont la clef était restée dans une coupe de malachite,
j'ai découvert une liasse de lettres nouées en paquet à
l'aide d'une faveur fanée, ce qui indique qu'on a dû les
ouvrir assez souvent.

J'ai pensé que j'allais saisir un corps de délit.

J'ai dénoué la faveur avec empressement.

Erreur complète ! C'étaient mes correspondances avec Maurice. Elles se trouvaient là au complet, et j'ai pu les parcourir à mon aise en m'enfermant dans ce cabinet. J'en ai rougi jusqu'à la racine des cheveux. Quelle chaleur d'expressions ! Quelle vivacité, quelle liberté, grand Dieu !

Comment pourrais-je regarder en face l'homme à qui j'ai livré de la sorte la clef de mes intimes pensées ! Oui, c'était bien de l'amour, de l'exaltation, de la folie ! Ces noms que je lui donnais, jamais plus je ne pourrai les donner à un autre !

Comment les a-t-il laissées là, ces lettres qu'un étranger aurait pu lire ? Sans doute il les a oubliées dans la précipitation de son départ, ou peut-être est-ce par mépris !...

Personne ne les verra désormais. Je les ai relues et jetées au feu une à une, avec regret, comme si c'eût été une partie de moi-même qui se consumait !

Et en effet, il y a en moi comme un ressort brisé. Je suis capable d'amitié, de tendresse, mais plus d'amour.

Lorsque je suis sortie, j'ai remis la clef dans la coupe de malachite, et j'ai refermé la porte de ce cabinet, comme on ferme celle d'un tombeau plein de reliques et de souvenirs. »

27 septembre 1885.

« Depuis deux mois que nous sommes à Briolles, j'ai vainement cherché à savoir ce qu'est devenu Maurice. Le notaire n'a pu me le dire. A la poste, on ne sait rien. Bernard l'ignore. Les domestiques de l'Aubraye ne sont pas plus avancés. Le plus grand secret est gardé sur sa retraite. C'est étrange.

Il est évident qu'il m'a complètement oubliée, et s'est refait ailleurs une existence à son gré, une nouvelle famille, peut-être.

A Dieppe, où j'ai passé quelques semaines avec ma mère, j'ai su au casino que la Dolci s'est éclipsée. On ne sait ce qu'elle est devenue.

Peut-être est-elle allée le retrouver !

Oh ! je le saurai, je veux le savoir, et cependant cette conduite, ce silence, sont indignes et rompent les derniers liens qui me retenaient encore.

Il m'est difficile de prendre des renseignements, car je crains que mes propos ne lui soient rapportés, et je serais profondément humiliée s'il supposait que je m'occupe de lui, alors qu'il ne paraît pas seulement se souvenir que j'existe encore.

Je chercherai. Je verrai. Mais comment ? »

5 octobre 1885.

« Les Boistrudan, qui s'étaient absentés quinze jours de Briolles pour aller voir des amis en Touraine, annoncent leur retour parmi nous.

Le visage de ma mère s'est éclairé de lueurs joyeuses.

Son amie lui manquait.

A la vérité, elle est très amusante, Mme de Boistrudan. Il semble, dès qu'elle arrive, que la vaste masure s'emplisse de gazouillements. Mon oncle Honoré lui-même se déride en songeant qu'il va avoir à qui parler. Elle discute avec lui des questions de poteries, d'armes, de camps romains et de monuments druidiques, comme un membre de l'Institut.

C'est une femme universelle.

Pourrait-on m'expliquer pour quelle cause, malgré son excessif bon vouloir à mon endroit, il m'arrive

10

parfois d'éprouver des tiraillements dans les nerfs, quand je la regarde trop longtemps.

C'est comme Maxime !

Impossible de déployer plus de complaisances, de prévenances et de petits soins, dans une juste mesure !

Il devine mes désirs et se précipite au-devant de mes moindres fantaisies. Beau cavalier, — un peu trop raide ! pas de laisser aller ! magistrat même à cheval, toujours magistrat jusqu'au bout des ongles. On pourrait croire qu'il sort de la cuisse de d'Aguesseau ou de Mathieu Molé, dont j'ai salué quelque part la tête en bronze ou en marbre. Des gens solennels !

Où les ai-je vus ?

J'y suis : chez Mᵉ Robiquet.

Je ne sais si je me trompe, mais je trouve Maxime plus tendre depuis quelque temps. Il a des inflexions touchantes dans la voix, du moelleux dans le geste, du vague dans les yeux ! Plusieurs fois, il m'a pressé la main d'une façon significative ; sa mère recommence à chuchoter, avec la mienne et avec les demoiselles de La Houdinière, des murmures qui m'inquiètent, comme jadis au moment de cette déclaration si mal accueillie.

Je ne peux pas me le figurer mon époux !

Je ne l'imagine pas autrement qu'alignant des chiffres dans une grande salle aux plafonds dorés, ou les regardant aligner par les autres, ce qui est plus digne et plus fonctionnaire, d'autant que le voilà promu au grade de conseiller maître et décoré.

Très distingué avec son ruban !

D'autre part, on m'assure que je ne peux pas rester éternellement veuve.

Je donne des distractions même à mon oncle Ho-

noré, qui me considère d'un œil brillant et paraît se
dire :

— Que de bien perdu !

Et la vie se passe ! Ce n'est pas drôle décidément,
la vie ! J'étais trop heureuse. Il me fallait un accident.
Je l'ai. »

9 octobre 1885.

« Je viens d'avoir un entretien avec Mme de Boistrudan, mais un entretien sérieux d'affaires.

Quel excellent ministre, si elle n'avait pas de jupes !
Quel député récalcitrant lui eût résisté ! comme elle
aurait fatigué une salade d'hommes politiques et enlevé tous les suffrages !

Elle s'est tenue dans les généralités, en se bornant à
tâter le terrain.

Elle m'a représenté que le désir très violent de ma
mère était que je fusse nantie d'un nouvel époux ;
qu'il est impossible à deux femmes seules, à la tête
d'une aussi grosse fortune, de rester sans appui et sans
conseils.

Elle a abordé avec une délicatesse et une finesse de
touche que je déclare miraculeuses cette question si
brûlante de l'amour. Elle m'a affirmé que les meil-
leures unions se basent sur une simple amitié doublée
d'une forte dose d'estime.

Enfin, pour tout dire, elle est parvenue à m'endoc-
triner, ce qui est un pur chef-d'œuvre.

Lorsqu'elle m'a quittée à l'extrémité de la charmille,
j'étais tout à fait gagnée, convaincue, vaincue !

L'instant d'après, restée seule, mes préventions
m'ont reprises. Elles se sont ranimées, toutes seules,
comme des couleuvres qui se chauffent au soleil sur
un talus. Je n'étais plus sous le charme direct de cette

fascination. Je me suis dit que cette excellente baronne est trop logique, trop expérimentée, et par moment trop douce, trop onctueuse. Certes, on n'y peut
trouver à reprendre à aucun point de vue, qu'on l'exa-
mine de haut en bas, de long en large, d'un fond ou
d'un sommet. Ce qui lui manque, c'est la qualité des
demoiselles de La Houdinière, par exemple, Angèle
et Florence — quels noms pour de vieilles filles ! —
qui ne sont ni spirituelles, ni belles, ni drôles, ni ré-
jouissantes à voir. La jeune louche et l'aînée a l'épaule
droite plus haute que l'autre. Mais elles sont bonnes.
Je présume toujours que derrière les phrases de madame de Boistrudan une arrière-pensée se cache,
comme autrefois dans les Apennins, derrière les broussailles, un brigand armé d'une escopette.

Ai-je tort ? »

(Ici le buisson demandé, un beau buisson épineux
et vert-pomme, poussé dans la crevasse d'une montagne, et derrière ce buisson, un bandit, le chef couvert d'un chapeau calabrais, avec une formidable es-
pingole braquée sur un voyageur inoffensif et distrait.)

16 octobre 1885.

« L'explosion que l'entretien de Mme Boistrudan
me faisait pressentir n'a point éclaté aussitôt que je
le redoutais, mais je ne pouvais l'éviter.

On me la réservait pour aujourd'hui.

Voici comment les choses se sont passées :

Hier, au dîner, Mme de Boistrudan a développé une
théorie très avenante sur le rôle d'une mère — comme
elle — dans le ménage de son fils.

Elle n'y doit point paraître, si ce n'est quand on
la réclame. Il est de son devoir de ne se mêler en
rien des affaires du jeune couple. Rien de pire que

ces matrones empressées à prodiguer des conseils qu'on ne leur demande pas. Pour elle, si son fils était marié — il m'a paru qu'elle me souriait avec une intention bienveillante — elle considérerait sa tâche en ce monde comme terminée, et se confinerait dans sa retraite de la rue de Verneuil, une rue tranquille, silencieuse, éteinte, qui lui convient infiniment.

Elle a été fort digne. Je dois le reconnaître, quelque vexation que j'en éprouve.

Maxime me fixait d'un regard doux.

Ce matin, nous avons erré ensemble à travers champs.

Il m'a appris un détail qui m'intéresse au dernier point, et de lui-même, ce qui est doublement méritoire.

— J'ai cru vous faire plaisir, m'a-t-il dit, en essayant de savoir ce qu'est devenu M. de Faudoise.

— J'ai fait : Ah ! mais avec indifférence, pour lui donner le change.

— Il est en Algérie, ou l'on m'aurait trompé.

— Qui vous l'a dit ?

— J'ai corrompu un facteur ; cet homme simple a vu le timbre d'Alger sur une lettre adressée à M. de Soesmes.

— Mais l'Algérie est grande, me suis-je écriée.

— Immense. Je ne puis vous dire que ce que je sais.

— Et c'est tout ?

— C'est tout.

Je l'ai remercié, mais assez froidement, comme si la nouvelle m'importait peu.

En passant devant la métairie des Trois-Chemins, une jeune femme, la fille du fermier, fraîche et jolie paysanne de mon âge, est sortie de sa chènevière, un enfant à la main.

Le petit, joufflu comme un Amour de Boucher, nous a souri de bon cœur pendant que la mère nous saluait de la main.

C'était un joli groupe.

La mère portait une jupe courte rayée de noir et de rouge, des sabots et une petite coiffe blanche à rubans noirs posée sur son chignon brillant comme une « aile de corbeau.

(Son croquis très lestement enlevé.)

Quand nous fûmes un peu plus loin, Maxime se lança dans un éloge chaleureux de la vie de famille et me dépeignit avec assez de poésie le bonheur qu'il aurait à se voir entouré de bambins aux cheveux bouclés, à s'occuper de leur éducation, à les former et à en faire des hommes.

Je gardai le silence.

Moi aussi, j'aurais désiré des enfants. Si j'en avais possédé un, ne m'aurait-il pas défendue contre ma propre colère ? N'eût-il pas rendu le lien de notre mariage impossible à briser, en retenant par son image sacrée son père sur la pente où il se laissait entraîner ?

(Au-dessous de cette réflexion, Diane avait dessiné une guirlande de bambins jouant sur le sable d'une grève. Cette page est traitée avec amour. On y reconnaît la divine passion des mères. C'est la feuille la plus délicieuse de cet album, qui en contient d'exquises. Il existe plus de femmes du monde artistes qu'on ne pense. Les vraies sont amies du silence et du recueillement. Elles n'aiment ni le bruit, ni l'éclat, et cultivent dans l'ombre l'art qu'elles ont adopté. Mademoiselle de Briolles eût aisément vécu de son talent, si les hasards de sa naissance ne l'avaient placée à ces hauteurs d'où l'on domine les âpres nécessités de la vie.)

A mon retour, dès qu'elle m'aperçut au fond d'une avenue qui aboutit au château, ma mère vint au-devant de moi avec un empressement qui m'a serré le cœur.

Il n'était que dix heures et demie.

— Nous avons à causer, m'a-t-elle dit.

J'ai répondu simplement :

— Que vais-je apprendre que je ne sache ?

— Tu devines ce dont il s'agit ?

— Ce n'est pas bien difficile, entre nous !

— Voyons, a-t-elle répliqué avec beaucoup de vivacité, tu ne perdras pas ta jeunesse à rester seule ainsi. Quelle vieillesse te prépares-tu ?

— Une vieillesse pareille à la tienne, ai-je répondu sans y songer. Je ne pense pas que tu songes à te remarier.

Elle a riposté victorieusement :

— Tu es là... Tu me survivras, c'est probable; et je ne serai jamais seule. Mais toi ? Que deviendras-tu, sans enfants, sans amis ? Cette situation serait intolérable. Il faut prendre un parti. Viens.

— Je ne sais pas prévoir les malheurs de si loin, ai-je déclaré en la suivant dans un petit salon dont elle tira soigneusement la porte.

Je ne l'avais jamais vue aussi agitée.

Peut-être prévoyait-elle que l'affaire serait chaude et la victoire difficile à enlever.

— Mon enfant, commença-t-elle, tu ne doutes pas de ma tendresse pour toi ?

— Oh ! ma mère !

— Tu es mon idole; je n'ai rien au monde de si précieux. Tous mes vœux, tous mes désirs n'ont pour but que ton bonheur !

Un léger sourire effleura mes lèvres.

Dieu sait que ce n'était pas dans une intention de moquerie.

Seulement ma mère, faut-il le dire ? n'use point dans les pratiques de la vie d'un langage si quintessencié. Elle est terre à terre, prosaïque. Ses aspirations sont les plus bourgeoises du monde.

Ce sourire la ramena brusquement sur le sol, d'où elle essayait de s'envoler.

— Enfin, reprit-elle, vexée, tu sais bien que je t'aime, et je pense que tu me fais l'honneur de me croire quand je te le dis.

Pour toute réponse, je me jetai à son cou.

Oui, elle m'aimait bien, car ce mouvement si naturel n'amena pas sur ses lèvres un sourire, mais dans ses yeux quelques larmes que j'effaçai avec mon mouchoir.

A dater de ce moment, la conversation se continua sur le ton qui nous convient quand nous sommes en tête à tête.

— Bref, me dit-elle, tous nos amis sont du même avis.

— Tous ?

— Sans exception.

— Même mon oncle Honoré ?

— Il fait ce qu'on veut et juge tout parfait, pourvu qu'on ne contrarie pas ses manies.

— Et quel est cet avis ?

— Tu dois te remarier.

— La première épreuve m'a si mal réussi !

— Tu n'as consulté personne. Tu as agi bien légèrement. Je t'ai prévenue. Est-ce vrai ?

J'ai dû courber la tête.

Ma mère a continué :

— Je disparaîtrai...

— Oh ! tu es solide comme les ponts de Cé. Je t'en

prie, ne parle plus d'accidents. Tu me chagrines.

— Et enfin, les Briolles existent depuis des siècles, a-t-elle ajouté en riant. Ne crois-tu pas que ce serait grand dommage qu'ils finissent avec nous ?

J'ai rougi. A la vérité, j'aurais été ravie de voir croître sous ma garde de petits êtres entourés de mon amour, but de ma vie, espoir de cet avenir qui effrayait ma mère et dont madame de Boistrudan lui faisait un épouvantail prématuré. Mais j'ai répondu avec colère :

— Eh ! que nous importe ! Pourquoi veux-tu des rejetons après nous, et qu'en ferait-on ? Des coureurs de ruelles, des habitués des cercles et des tripots, habiles à tailler une banque, parieurs aux courses et entreteneurs de danseuses ! Est-ce la peine ? La perspective est-elle si tentante ?

Ma mère a pincé les lèvres, et avec une patience qu'elle ne met guère en usage qu'à mon profit :

— Voyons, m'a-t-elle dit, sois sincère. Ne me cache pas tes sentiments. Tu estimes bien que ton premier mariage est définitivement rompu ?

— Oui... certes... il l'est...

— Pour toujours.

— En effet.

— C'est l'avis de M. de Faudoise lui-même. La preuve, c'est qu'il ne donne pas signe de vie et s'est puni de son propre mouvement d'une sorte d'exil...

— Qui l'honore, ai-je dit assez vivement. Sa situation dans le pays était fort délicate.

— Pourquoi s'entourer de tant de mystère, si ce n'est pour cacher quelque secret peu avouable...

— Qu'en sait-on ?

— Enfin, il a disparu. Il n'existe plus pour nous.

Son accent devint plus tendre encore.

— Pourquoi ne pas reprendre ce projet qui me

paraît destiné à assurer ton bonheur, le nôtre?...

— Je te comprends.

— Pourquoi ne pas épouser?...

— Maxime?...

— Eh! oui, Maxime, qui t'aime. Maxime, un esprit mûr, raisonnable, plein de sens, un administrateur de premier ordre...

— L'homme chiffre.

— C'est une qualité...

— Enorme !

— Vous vous connaissez! Je ne prétends pas qu'il puisse exciter une passion enflammée !

— Oh! non.

— Ces ardeurs dévorantes n'ont qu'un temps, et tu l'as éprouvé.

— Oh! oui.

— Prends ton courage à deux mains et décide-toi.

— Est-ce si urgent?

— Aucun obstacle entre vous.

— Je n'en connais pas.

— Position sérieuse du mari, très honorable. Avenir plus brillant encore! Maxime connaît à fond son Paris et le monde. Où trouveras-tu de pareilles garanties de sécurité?

— Tu as raison.

— Si j'insiste, c'est parce que j'en ai la conviction.

— Enfin, tu désires ce mariage?

— Beaucoup.

— Tu crois qu'il nous rendrait heureuses?

— J'en suis sûre.

Je me décidai brusquement.

— J'aurais voulu garder mon indépendance, dis-je, contente de vivre entre toi et mon oncle Honoré. Tu juges qu'il doit en être autrement, je ferai ce que tu désires.

— Tu épouseras Maxime?

— Peut-être, mais plus tard.

— Quand?

Je réfléchis une seconde et je répondis :

— Au printemps prochain, le 15 mai... comme l'autre... et à Briolles... comme... l'autre. Seulement, accorde-moi jusqu'à demain.

— Que veux-tu faire?

— Réfléchir encore... Il s'agit d'une décision importante. En tout cas, ce n'est pas pour lui, ma mère, que je l'épouserai... c'est pour toi.

Elle me serra sur sa poitrine avec une force qui prouvait sa surprise et sa joie.

J'étais sincèrement émue, mais il me semblait que je commettais un sacrilège en promettant ce consentement. Quelque chose se rompait dans ma poitrine et j'éprouvai au cœur une douleur aiguë.

Devant moi je voyais comme dans un cauchemar le profil triomphant de madame de Boistrudan, et ce profil m'était odieux.

Ma mère me quitta, et lorsque je fus seule, je me mis à pleurer comme une enfant sans savoir pourquoi. »

XXVII

Le lendemain, M. de Soesmes sortait de son chenil en compagnie de son inséparable Balazé.

Ils avaient chassé le sanglier la veille. Les chiens fatigués — cinq à six griffons à poil rude dont deux avaient été malmenés et décousus par un animal irascible qui leur avait échappé — restaient au repos.

Aussi les deux compagnons étaient de méchante humeur.

Il fallait se contenter de la plaine et de son maigre gibier.

Ils regagnaient la maison pour déjeuner sur le pouce et se mettre en chasse derrière leurs épagneuls, lorsqu'ils aperçurent dans les lointains de la campagne deux cavaliers qui s'approchaient au galop, l'un devançant l'autre d'une vingtaine de foulées.

Deux lévriers les précédaient.

— C'est une femme, dit Balazé. Tu attends quelqu'un ?

— Personne.

Le vicomte mit sa main sur ses yeux, en visière, et répéta :

— Tu as raison. C'est une femme.

Une idée lui vint. Cette femme ne pouvait être que mademoiselle de Briolles. Elle seule, parmi les châtelaines de la contrée, galopait à travers champs avec cette fougue et cette audace.

Ils ne se voyaient plus depuis le divorce de Faudoise. Les deux Bretons n'étaient pas d'un sang à pardonner à la jeune femme cette infraction aux vieilles
coutumes du pays. C'était là une pratique d'incroyants
et de gens sans foi. Pour eux, d'ailleurs, religion à
part, une femme séparée n'était pas loin de passer
pour une femme compromise. Enfin, par camara-
derie, ils se croyaient dans la nécessité de prendre
parti contre celle dont les rigueurs et l'inflexibilité
avaient causé le malheur d'un ami qui, malgré sa
faute, restait pour eux un galant homme. Un mari
eût-il des torts, et Maurice avouait les siens, une
femme de cœur évite un scandale, oublie une folie et
pardonne à la sincérité du repentir.

Bientôt il ne resta plus de doute.

Cette amazone, c'était bien madame de Faudoise.
Un domestique la suivait.

De Briolles à Soesmes, on compte sept longues
lieues de pays, de ces lieues qui, tout calcul fait,
fourniraient aisément un bon tiers de supplément.

Madame de Faudoise devait s'être mise en route de
bonne heure. La course s'était exécutée rapidement.
Les deux chevaux écumaient.

Diane s'arrêta net devant le vicomte.

— Monsieur de Soesmes, dit-elle.

Le campagnard s'inclina en silence.

— Voulez-vous m'accorder un moment d'entretien ?

De Soesmes s'inclina de nouveau.

— Serait-il devenu muet ? pensa la jeune femme.

Elle sauta légèrement à terre et jeta la bride de sa
monture à son piqueur, la Rosée, qui venait de la rejoindre.

Les chiens de madame de Faudoise s'étaient em-
pressés d'aller rendre visite à leurs confrères du che-

nil de Soesmes, avec lesquels ils entamaient une conversation à travers les grilles.

— Ici, Fox, Belle, ordonna la jeune femme.

Les deux lévriers vinrent se coucher à ses pieds.

Diane, tout en parlant, examinait avec curiosité la figure du vicomte et de son compagnon. Elle remarquait sur ces fronts qui se plissaient des signes d'évidente hostilité.

— Monsieur de Balazé, je crois? dit-elle en souriant.

Balazé s'inclina comme son compagnon, courtoisement, mais sans bienveillance.

A la vérité, le Breton, tout en laissant échapper un grognement de politesse, donnait intérieurement la visiteuse au diable.

Une huguenote, une divorcée, n'avaient aucun droit à sa considération.

Il fit quelques pas de côté comme pour se retirer par discrétion, mais Diane le retint.

— Que je ne vous éloigne pas, monsieur de Balazé, dit-elle de sa voix harmonieuse et claire. Je n'ai qu'un simple renseignement à demander à M. de Soesmes, votre ami. Ce renseignement n'a rien de mystérieux. Je ne vous retiendrai pas. En quelques minutes ce sera fait. D'ailleurs on ignore, ajouta-t-elle avec affectation, mon absence à Briolles et mon voyage ici, car il s'agit d'un vrai voyage. Ma mère n'est pas prévenue. Il faut donc que je rentre pour le déjeuner.

— C'est quinze à seize lieues à franc étrier, observa le vicomte.

— Au moins. Mais je tenais à vous voir avant de prendre une détermination. J'ai fait plus d'une fois des courses aussi longues sans nécessité, pour mon plaisir. Emir est un vaillant animal et nous nous entendons à merveille.

Elle flatta de sa main gantée l'encolure du cheval.

De Soesmes donna quelques ordres. Il appela un palefrenier qui conduisit les chevaux à l'écurie, et invita madame de Faudoise à entrer au château en s'excusant de l'absence de sa femme qui conduisait ce jour-là même sa fille aînée en pension à Vitré. Grande douleur !

Pour une simple gentilhommière, la maison de Soesmes a grand air, comme presque toutes les demeures de la vieille noblesse bretonne. Pignons de granit, tourelles en poivrière, se dessinant sur un fond de verdure, épis seigneuriaux supportant des girouettes bizarres, crêtes de plomb et lucarnes historiées ouvertes dans le toit d'ardoises moussues, rien n'y manque.

Lorsque Diane et le vicomte se trouvèrent ensemble dans le petit salon boisé de vieux chêne, Balazé avait disparu.

Madame de Faudoise l'aperçut devant un massif de troènes et de sureaux, fumant sa pipe au grand air.

— Monsieur de Soesmes, commença-t-elle d'un ton presque caressant, vous devez être mon ennemi...

— Oh ! madame...

— Si, mon ennemi mortel, comme M. de Balazé qui me lançait des regards à me foudroyer.

— Que dites-vous ?

— Ne vous en défendez pas. C'est naturel. Vous êtes l'intime de mon mari. Vous épousez sa cause. Je ne saurais vous en vouloir. Loin de moi cette pensée. Cependant, pour la querelle d'un autre, devons-nous si longtemps nous détester et sommes-nous nécessairement condamnés à la guerre ? Si M. de Faudoise était chez lui, je le prendrais volontiers pour arbitre, d'autant mieux que nous ne sommes plus rien l'un pour l'autre. Le mariage nous avait unis ; les juges nous ont séparés. C'est un malheur dont je ne suis pas responsable.

— Vous me permettrez de ne pas être de cet avis.

— Comment?

— Votre mari dans un moment d'oubli, très condamnable, je le reconnais, a commis une faute que je n'excuse pas et qu'il avoue, le malheureux. Etait-ce une raison pour le traîner devant les tribunaux, pour occasionner un scandale retentissant, pour rompre un mariage que, selon nous, rien ne peut briser? Vous vous êtes montrée sans pitié. C'était votre droit peut-être, droit rigoureux et dont vous avez usé dans toute sa cruauté. Le mal est fait, mal irréparable, et c'est par votre volonté.

Le vicomte avait appuyé sur ce mot irréparable avec une intention qui n'échappa pas à la jeune femme qui pâlit légèrement.

— Sans doute, dit-elle, M. de Faudoise et moi nous sommes devenus étrangers l'un à l'autre, mais je sais que par suite d'un sentiment que je ne comprends pas, il a cru devoir s'expatrier, quitter sa maison, ses biens, ses affaires. J'ignore ce qu'il est devenu, et...

Elle hésita une seconde. M. de Soesmes ne prononça pas un mot pour venir à son aide.

— Et je crains qu'il ne soit malheureux, acheva-t-elle. Que voulez-vous! Nous avons vécu trois ans d'une vie commune. C'est un lien.

M. de Soesmes secoua la tête.

— M. de Faudoise n'est pas malheureux, madame.

— Ah!

— Nullement. Rassurez-vous. C'est un garçon plein de courage et d'honneur. Il s'est humilié devant vous, par devoir. Vous avez rejeté ses excuses. Il s'est décidé. Frappé au cœur, il a cherché une distraction à ses chagrins et l'a trouvée...

— Vous croyez?

— J'en suis certain. Dans le travail. Il possédait l'Aubraye et une centaine de mille francs environ. Il est allé à l'étranger...

— En Algérie? continua mademoiselle de Briolles.

— Peut-être. Il m'a contraint au secret. Je respecte ses intentions.

— Même envers moi?

— Surtout vis-à-vis de vous. M. de Faudoise n'a pas fait d'exceptions, madame. J'ai été soldat. J'exécute ma consigne. Mais je puis vous confier ceci pour vous enlever toute inquiétude. M. de Faudoise a acheté une terre à des conditions extrêmement avantageuses dans un endroit isolé qui convient à son caractère et à l'existence qu'il entend mener. Ses affaires prospèrent. Il est en train d'amasser une véritable fortune. En tous cas, il possède plus que ses ambitions ne l'exigent. Je puis vous l'affirmer. Vous pouvez donc être parfaitement tranquille, si vous vous intéressez à lui.

De Soesmes parlait avec une extrême politesse, mais en même temps avec une grande fermeté.

Il éprouvait, c'était visible, un cruel plaisir à prendre une revanche sur cette femme si fière qu'elle n'avait pu pardonner une faute n'ayant pas, à ses yeux de campagnard, une gravité essentielle. Il vengeait, pour ainsi dire, son ami des hauteurs de cette Diane qui l'avait si mal traité pour une peccadille, et madame de Faudoise pouvait le supposer l'écho des sentiments de Maurice à son égard, sentiments de dépit, d'amour-propre froissé, d'orgueil foulé aux pieds, rancune du vaincu et du délaissé.

Alors, elle qui arrivait avec des désirs de conciliation, d'apaisement, non pour proposer une réconciliation, mais peut-être pour la préparer, ou du moins

pour se fortifier dans sa volonté de repousser toute idée
de mariage, de rester fidèle aux souvenirs des heureux
jours, elle se replia sur elle-même, en se sentant envi-
ronnée de blâmes et d'inimitiés. Sa dignité parla plus
haut que son affection d'autrefois pour un mari qu'elle
jugeait suffisamment puni.

— Ainsi, dit-elle, avec un accent bref et presque
impérieux, M. de Faudoise persiste à entourer sa retraite de cet étonnant mystère?

— Oui, madame.

— Je n'ai aucune intention de surprendre ce secret
facile à pénétrer sans doute. C'est de sa part une
séparation d'avec les vivants, une renonciation au
monde.

— C'est au moins le besoin qu'on éprouve du repos
et du silence après les grandes catastrophes, répliqua
le vicomte.

Diane se leva.

— Monsieur, dit-elle, j'étais venue avec l'intention
de faire savoir à M. de Faudoise que, bien que nous
soyons irrévocablement séparés, je n'ai pour lui que
de bons sentiments. S'il eût été dans une situation
difficile, j'aurais essayé, par tous les moyens en mon
pouvoir, de lui venir en aide. J'ai porté son nom et
ne l'oublie pas. Puisque vous m'affirmez qu'il est sur
le chemin de la fortune, que ses affaires sont prospères
et qu'il trouve sous le ciel qu'il a choisi les distractions et les joies nécessaires, il ne me reste plus qu'à
vous remercier de cette assurance. J'avais la faiblesse
d'être inquiète, je l'avoue. Je m'en vais satisfaite.
Adieu, monsieur, et merci.

De Soesmes se leva à son tour.

Il ne répondit rien, se contenta de reconduire la
jeune femme jusqu'à son cheval et lui tint respectueusement l'étrier.

Elle sauta en selle sans même toucher sa main, le salua de la cravache avec une grâce un peu raide, envoya un autre salut à Balazé, qui avait mis le feutre à la main à l'ombre de ses sureaux, et lança son cheval au galop de chasse, suivie de ses chiens et de son piqueur.

Balazé resta d'abord immobile en suivant de l'œil ce groupe charmant, jusqu'au moment où il disparut dans la direction de Briolles.

Alors il s'approcha de son ami qui restait pensif au milieu d'une allée.

— Eh bien? dit-il.

— Quoi? fit de Soesmes, indécis et ne sachant ce qu'il devait penser de cette visite.

— Qu'est-ce qu'elle vient faire ici?

— Je me le demande. Elle est terriblement jolie!

Balazé passait une partie de l'année à l'extrémité du Finistère, du côté des rochers de Penmarch, parmi les pêcheurs de sardines, dans une sorte de tour perchée sur une falaise de granit.

Par moments, il semblait aussi fruste que ces roches célèbres, aussi houleux que la mer sauvage.

— Jolie, tant que tu voudras, reprit-il brutalement. Si j'avais une femme comme elle, qui me traînât devant les tribunaux, moi, Guy de Balazé, je lui tordrais le cou. Qu'est-ce qu'elle t'a dit?

— Toutes sortes de choses.

— Encore?

— Elle veut des nouvelles de son mari, son adresse.

— J'espère que tu lui as clos le bec!

— Je lui ai répondu beaucoup de banalités, et un peu de vérité : qu'il travaille ferme, qu'il réussit et fait fortune là-bas.

— En quoi cela la regarde-t-il, puisqu'ils sont divorcés?

— Que sais-je? Un caprice. Peut-être regrette-elle ce qu'elle a fait. Je ne serais pas étonné qu'elle voulût revenir à ce pauvre Faudoise.

Le Breton de Penmarch poussa un juron énergique.

— S'il y consentait, je ne le reverrais de ma vie! Ou a du caractère, nom de nom! Après un pareil éclat! Chassé et repris comme un valet! Allons donc! Ce serait lâche! Je me brûlerais la cervelle plutôt que de toucher le doigt d'une femme — Balazé prononçait autrement — qui m'aurait traité de la sorte. Les tribunaux, les avocats, la justice et tout le tremblement, est-ce que c'est fait pour d'honnêtes chrétiens, cet attirail-là? Ils sont séparés, qu'ils restent séparés. Il faut bien qu'il lui serve à quelque chose, son divorce! D'ailleurs, je n'ai jamais compris ce mariage-là, moi. Au diable la vache à Colas! Est-ce qu'on manque de filles, par hasard! Faudoise n'a que ce qu'il mérite. Qu'il cultive ses vignes, s'il veut; moi, je serais resté à mon poste dans ma maison de l'Aubraye. J'aurais chassé comme un enragé, pêché mes étangs, tué mes lapins à la barbe de la dame. Je me serais rôti les tibias à ma cheminée, et on ne m'aurait pas démarré de ma terre pour un coup de canon. Et quand la petite Briolles serait venue faire des grâces à mes trousses, je ne lui aurais seulement pas tiré mon chapeau. Voilà.

De Soesmes se grattait l'oreille.

Il s'était dit d'abord qu'il allait informer son ami de cette visite imprévue. Mais les raisons de Balazé correspondaient à ses secrètes pensées. Avec moins de violence que son camarade, il aurait été fâché de voir Faudoise revenir de lui-même à cette femme qui l'avait rejeté si violemment.

— Ce serait une grande lâcheté de sa part, conti-
ua Balazé en fourrant sa pipe dans sa poche de côté,
ne pipe courte et fortement culottée, dont il secoua la
ndre auparavant sur l'herbe de la pelouse.

— Veux-tu mon avis? acheva-t-il en prenant de
oesmes par le bras. Je ne lui parlerais seulement pas
e la petite Briolles. Si elle en veut, elle le dira tout
et, et fera amende honorable, la corde au cou. Si elle
'en veut pas, qu'elle aille se promener avec ses écus,
es châteaux et sa huguenoterie. Hein! Pas vrai?
'oilà le joint, mon bon.

La cloche du déjeuner tinta sous son auvent.

— Viens, dit Balazé, nous allons en casser une et,
près, descendre quelques volailles. Ça vaut mieux
ue de se vider la cervelle pour des bécasses coiffées.

Il entraîna son ami et se dirigea vers le déjeuner en
redonnant d'une voix affreusement fausse :

A la Saint-Remy
Tous les perdreaux sont perdrix.

XXVIII

En courant sur le chemin de Briolles, Diane était furieuse contre elle-même; elle l'était cent fois plus encore contre ces deux hobereaux qui l'avaient accueillie avec un persiflage à peine déguisé sous une froide politesse.

Que supposaient-ils donc?

Qu'elle se repentait de sa séparation et voulait par ses avances ramener à ses pieds un mari qu'elle regrettait!

Ce Balazé surtout le laissait deviner à son attitude narquoise, à ce rire enfoui dans sa barbe de bouc, une barbe hirsute, mal peignée, horrible et broussailleuse. Car il était horrible, ce Balazé, odieux avec ses airs de rustre mal appris et d'ours mal léché.

De Soesmes ne lui en rendait guère du reste. Les deux faisaient la paire.

Etait-il assez glacial, assez digne, en lui expliquant qu'elle avait tort de s'alarmer, que Faudoise supportait très bien les rigueurs chimériques de la séparation, qu'il acceptait sans peine la situation faite, qu'il s'occupait de sa fortune et travaillait à la constituer.

Ne peut-on avoir un bon mouvement qu'il ne soit si mal interprété?

Ah! ils croyaient qu'elle avait des regrets, qu'elle courait après son mari, qu'elle voulait renouer un lien

brisé dans un moment de colère ! Elle leur ferait bien
voir le contraire et plus tôt qu'ils ne le pensaient !

Après de longues réflexions, lorsque la course au
grand air lui eut rafraîchi la tête, Diane se dit qu'après
tout le vicomte de Soësmes — un joli vicomte par pa-
renthèse, un rustre attelé à la queue du diable et tout
aussi plein de morgue que s'il fût renté comme le marquis de Carabas — ne pouvait manquer d'avertir son
ami.

Diane estimait son mari d'une trempe et d'une sensibilité supérieures. Elle se persuada qu'il jugerait
autrement cette visite, qu'il y verrait la preuve d'un
souvenir dont il serait touché, et que peut-être son
orgueil plus à l'aise — cet orgueil dont au fond elle lui
savait gré et qui le relevait à ses yeux — ne le con-
traindrait plus à garder le silence, puisqu'elle avait
fait le premier pas ; qu'alors il trouverait le moyen de
la fixer sur ses véritables sentiments. Il dirait ce qu'il
avait sur le cœur, et qui sait ? maintenant que la
grande colère des premiers jours s'apaisait peu à peu,
si Maurice sollicitait encore son pardon... peut-être...

Diane n'osait envisager ce qui arriverait en ce cas.

L'important était donc de gagner du temps, de
traîner en longueur l'affaire qui occupait tant les
Boistrudan et sa mère qu'elle voulait contenter. Elle
se déciderait d'après la conduite de son mari.

Son mari !

Elle ne pouvait se résoudre à donner un autre nom
à M. de Faudoise. Il y avait un fait impossible à rayer
de sa vie. C'était bien Maurice qu'elle aimait jadis
d'un amour si pur et si légitime ; lui qu'elle avait demandé elle-même, à qui elle avait donné sa main
avec tant de joie. Elle lui avait appartenu trois ans,
heureuse malgré tout, pendant ce délai si vite écoulé,
jusqu'au jour où la foudre avait éclaté à ses pieds.

Il avait cueilli la fleur de ses premières pensées, fait naître en elle les délicieuses sensations de l'amour qui s'éveille, occupé son esprit. Son image s'était gravée dans son âme comme une première ébauche sur une page blanche qui, quoi qu'on veuille tenter ensuite, ne retrouve plus sa fraîcheur et garde toujours, à demi effacée, l'esquisse qu'on essaye vainement d'enlever.

C'est à peine si pendant une course de deux heures, à bride abattue, elle échangea quatre paroles avec son fidèle la Rosée.

Le bonhomme suivait péniblement l'allure violente de sa jeune maîtresse.

Quelques minutes avant midi, au bout d'une ligne droite en pleine forêt, les deux cavaliers aperçurent, comme un paysage vu par le petit bout d'une lorgnette, les pignons du château de Briolles.

A la porte des écuries, la jeune femme trouva le conseiller qui l'attendait, assez inquiet et mis avec son élégance ordinaire; son ruban rouge remplaçait à sa boutonnière la rose qu'il y portait toujours.

Il lui tendit la main.

Maxime était frais comme un bouquet de primevères. Son col droit, sa cravate bleu sombre s'harmonisant divinement avec la couleur grise de son complet du matin, ressemblaient si peu à l'accoutrement des deux ruraux de Soesmes que Diane respira de satisfaction:

Celui-là était un être civilisé, Dieu merci, et ses façons n'avaient rien de commun avec celles de ces intransigeants des bois qui la flagellaient avec la rigidité de leurs principes.

Elle se retrouvait dans son monde.

Aussi lui sourit-elle avec grâce, heureuse de cette impression rafraîchissante, et ses idées prirent un autre cours.

Après tout ne peut-on oublier quelques années de sa vie? Si son mari n'était plus, se condamnerait-elle à un veuvage éternel? Est-il si difficile de se figurer que ces années englouties dans les abîmes du passé n'ont été qu'un rêve?

Le contraste mettait en relief les qualités de Maxime.

Il ne s'informa pas même d'où elle venait.

— Vous avez fait une bonne promenade? dit-il seulement.

— Oui, un peu vive. J'ai besoin de mouvement.

— Pourquoi ne pas m'avertir? Je vous aurais accompagnée avec joie.

— L'épreuve eût été trop rude. Je voulais courir les bois, réfléchir une dernière fois.

— Et, fit-il en adoucissant son regard, vous avez réfléchi?

— Oui.

— Vous avez pris une résolution?

Elle répéta, mais si bas qu'on l'entendit à peine :

— Oui.

Le cœur du conseiller tressauta dans sa poitrine. Ce oui était caressant, et en même temps les yeux de sa cousine, profonds comme le ciel, le regardaient avec une langueur qu'il ne leur connaissait pas.

Etait-ce l'étincelle qui s'allumait enfin?

On a beau être cuirassé par l'habitude de la vie parisienne contre les jouissances, blasé et aguerri par les chiffres et le défilé des millions du budget, ce n'est pas sans une vive émotion qn'on voit venir à soi une femme de vingt-cinq ans, éblouissante, pleine de santé, de jeunesse et d'esprit, et dont la main met dans la vôtre, en la touchant, une fortune nette et liquide, dans le présent et l'avenir, de trois cent mille francs de rentes.

C'est en somme la réalisation du plus beau des rêves

— Puis-je espérer que vous me direz ce que les bois et le grand air vous ont inspiré? reprit-il.

— Vous le demanderez à ma mère, quand je serai rentrée chez moi. Mais qu'on ne m'en parle plus, vous m'entendez !

La cloche du déjeuner sonna, non pas une clochette comme celle de Soesmes, mais une bonne cloche placée dans un élégant campanile, au-dessus des cuisines.

Maxime avait pris la main de sa cousine.

Elle se dégagea vivement.

— Je me sauve, dit-elle. Je vais changer de costume.

Elle s'enfuit, laissant le conseiller immobile et charmé sous les arbres.

Il touchait à la victoire, il n'en pouvait douter.

En entrant dans le vestibule, Diane se jeta dans les bras de sa mère.

— Eh bien? lui demanda madame de Briolles.

— Puisque tu le veux, j'épouserai Maxime, mais à une condition.

— Laquelle?

— C'est que le secret sera rigoureusement gardé jusqu'au mariage, qui se fera ici, comme je l'ai dit, le quinze mai.

— Pourquoi cette époque?

— Un caprice.

— Et ce lieu?

— Je veux montrer aux amis de M. de Faudoise que je n'ai rien à cacher de ma conduite, rien à me reprocher, que je les brave et tiens peu à leur opinion. Ce secret, je l'exige. Si ces conditions semblent dures à M. de Boistrudan, qu'il ne les accepte pas, voilà tout.

— Sont-ce les seules que tu mettras?

— Oui.

Elle prit le cou de sa mère, l'embrassa à plusieurs reprises et lui dit :

— Je veux te plaire. Je t'aime, j'aime aussi mon oncle Honoré. Le reste ne m'importe guère, va.

Au déjeuner, madame de Boistrudan rayonnait comme un soleil. L'oncle Honoré comprit à moitié. Il ne dit rien à sa nièce, seulement il la regardait avec des yeux plus doux encore. Ce qu'elle voulait était bien. Elle et ses insectes, ses poteries et ses bahuts, sa médecine et ses livres, représentaient à ses yeux le monde entier, son univers. Mais Diane passait avant tout.

La jeune femme, très nerveuse, déploya une verve amère, amena la conversation sur les amis de Faudoise, et cribla de sarcasmes les deux nemrods de Soesmes, deux sauvages primitifs et incultes, au poil rude comme des sangliers.

Après le café, elle quitta la salle à manger en faisant un signe à sa mère, un doigt sur les lèvres, et entraîna miss Smithson au jardin.

— Miss, dit-elle à l'Anglaise quand elles furent seules, pensez-vous qu'on puisse aimer deux fois ? Moi, je le croyais impossible.

Miss Smithson, altérée d'amour comme une plante d'eau, au mois de juillet, n'en pouvait parler par expérience.

— M. de Boistrudan vous demande en mariage ? dit-elle avec un violent effort sur elle-même.

— Si cela était, que répondriez-vous à ma place ?

La nièce du coutelier de Sheffield éluda la question. Elle dit simplement en essayant de dissimuler son trouble:

— M. de Boistrudan est très distingué, un véritable

gentleman. Aoh ! yes ! Il est très sérieux et très convenable. Indeed !

— Ah ! fit Diane.

— Oui, M. de Boistrudan est parfait.

— Je vous remercie, chère miss.

Mademoiselle de Briolles abandonna ce sujet et se mit à parler avec une verve fébrile des légumes qui s'étalaient sur les planches du potager, de superbes citrouilles pareilles à celles qui arrondissaient leur ventre dans les jardins de Virgile, des forêts de choux branchus, alignés en quinconces, des espaliers chargés de poires d'automne, et des espaces couverts d'oseille et de toutes sortes de végétaux succulents destinés aux casseroles.

Puis, prise d'un besoin de solitude et de rêverie, elle s'esquiva, laissant miss Arabella aux prises avec le vieil antiquaire qui lui expliquait avec des explosions de joie naïve qu'on venait de découvrir les vestiges d'une voie romaine sur sa terre de Bazouges.

XXIX

Diane s'était réfugiée dans sa chambre.

Là seulement, elle se sentait bien chez elle. Depuis son veuvage, elle éprouvait des besoins de solitude, de recueillement. La société des hôtes de Briolles, des demoiselles de la Houdinière, des châtelains du voisinage, de sa mère elle-même, dont le refrain était invariable, ne la satisfaisait pas. Elle n'osait devant eux parler à cœur ouvert du seul sujet qui l'intéressât, c'est-à-dire de son mari absent.

Avec miss Arabella, elle l'abordait parfois, mais timidement, en quelques mots auxquels l'Anglaise réservée et peu communicative, tout intérieure pour ainsi dire, ne répondait que par quelques monosyllabes ou des exclamations indignées, lorsque la scène de la rue Taitbout se retraçait à son esprit.

Quant à son oncle Honoré, absorbé par ses études et son musée poudreux, il coupait court en quelques mots à l'entretien :

— Fais ce que tu voudras.

C'était bientôt dit.

Un baiser plein de tendresse là-dessus, et le bonhomme retournait à ses tisanes et à ses voies romaines avec substructions en maçonnerie de petit ou de grand appareil.

Il ne restait donc à la pauvre femme que son album

relié en maroquin rouge, le véritable confident de ses pensées.

C'est à lui qu'elle les confiait comme à un ami patient et débonnaire toujours prêt à l'écouter.

Ce jour-là elle n'y manqua point et écrivit ce qui suit:

15 octobre 1885.

« Il a fallu me décider. On m'a poussée dans mes derniers retranchements. Ma pauvre mère ne sera heureuse que le jour où j'aurai échangé mon nom contre celui de Boistrudan. Elle a des tendresses particulières pour cette estimable famille. Boistrudan ! Je ne sais pourquoi, il me semble que je ne me résoudrai pas facilement à m'appeler ainsi, malgré la bonne renommée de ceux qui ont illustré ce vocable. Les Boistrudan se sont distingués en même temps que les Briolles aux côtés du monarque à la poule au pot. Mais Boistrudan me froisse, Boistrudan m'agace, Boistrudan m'exaspère ! Pourquoi ? Qu'importe un nom ? Je sais des gens heureux et qui en ont de ridicules.

Enfin, j'ai pris un engagement à terme, à long terme.

Six mois et plus. J'ai l'éternité devant moi. Qu'en ferai-je ? c'est la question. That is... comme dirait miss Arabella.

Il est évident que, malgré ma recommandation, cette grande nouvelle transpirera. Il n'est pas de feu sans fumée. Le bruit, si léger qu'il soit, murmure ou soupir, parviendra aux oreilles de ces deux agriculteurs hostiles qui s'empresseront d'en faire part à mon fugitif.

D'ailleurs, au dernier moment, il faudra bien que la bombe éclate.

Si M. de Faudoise me garde un atome d'amitié, cette simple jalousie du chien du jardinier qui ne veut pas qu'un autre touche à un bien sur lequel on se croit quelques droits, il se réveillera. Nous entendrons parler de lui.

S'il se tait, c'est que je suis non seulement oubliée, mais détestée. En ce cas, mes derniers scrupules s'évanouissent.

Que je me remarie jamais, et j'imagine que ces loups-garous seront horriblement vexés. J'aurais un vraie joie à les toiser de haut en bas en sortant de la mairie, au bras de mon nouvel époux. »

Ici mademoiselle de Briolles quitta la plume pour le crayon. Elle esquissa légèrement, en s'aidant d'une très complète collection de gravures, deux reîtres dont l'un avait le visage couvert d'une barbe épaisse et affectait la forme d'un muid, tandis que l'autre offrait aux regards l'agréable maigreur et le visage ascétique de don Quichotte avec ses joues creuses, son nez effilé, ses yeux caves et son crâne aux cheveux rares.

Ces rustres étaient campés de chaque côté d'un portail ouvert sur une nef d'où sortait une mariée qui portait la tête comme un saint sacrement.

Puis elle trempa délicatement ses pinceaux dans un godet, mêla quelques couleurs sur sa palette, et les personnages ne tardèrent pas à s'embellir de justaucorps en drap tanné, de hauts-de-chausses mi-partie rouge et marron et de superbes bottes de cavaliers.

Le gros court ressemblait vaguement au sire de Balazé, tandis que le maigre empruntait quelques traits au vicomte de Soesmes.

C'était assez réussi comme caricatures.

Ensuite, repassant au texte de ses mémoires :

« Triste revanche ! Que m'importe le sentiment de

ces rustres ? Et après tout, ont-ils tort de me blâmer ?

Mais pourquoi tant m'inquiéter de l'avenir ? Attendons les événements et jouissons des derniers beaux jours de l'année.

Mes préventions contre les Boistrudan me paraissent absurdes au surplus.

Maxime n'a pas abusé de la situation. Il ne m'a même pas baisé la main. C'est comme le Didier de Marion Delorme. Serait-ce qu'il m'aime réellement ? Pauvre garçon ! Je crois que je ne lui rendrai jamais ce sentiment. Je ne me sens pas du tout entraînée. J'ai beau faire des efforts surhumains pour lui découvrir les qualités dont ma mère l'embellit à plaisir, je ne peux pas. Du moins ne lui aperçois-je pas de défauts. Peut-être les hommes nous plaisent-ils mieux quand ils sont moins parfaits.

Enfin, sept mois me restent. Je les ai. C'est ma propriété. J'en userai jusqu'à la dernière minute.

Et déjà deux heures de moins !

Ma parole est donnée. Il faut se résigner. »

XXX

Une femme qui, à la minute où mademoiselle de
Briolles écrivait ces lignes, se sentait emportée sur les
sommets d'où l'on regarde l'humanité toute entière
comme une simple fourmilière, c'était madame de
Boistrudan.

La promesse de Diane l'inondait d'une joie sans
mélange. Cet événement ouvrait à son ambition des
horizons infinis. Son fils étayé d'une pareille fortune
avait le droit de prétendre à tout.

Quelques jours après, le conseiller et sa mère regagnèrent Paris et leur appartemeut de la rue de Verneuil.

Dans ce petit local, la douairière ne se sentait pas
d'aise.

Ce qu'elle avait désiré avec tant d'ardeur, poursuivi
avec tant de ténacité et de persévérance, rendu possible grâce à un coup du sort inespéré, elle venait
de l'obtenir enfin.

Elle connaissait sa Diane sur le bout du doigt.

Dès que la jeune femme avait engagé sa parole,
elle était incapable de se dérober à ses promesses.

Il ne restait donc que quelques mois à attendre et
l'affaire était dans le sac.

Les richesses des Briolles, le château d'Ille-et-
Vilaine, l'hôtel de Paris, les terres de la comtesse,

11

celles du vieux savant, les fermes, les bois, les capitaux, les titres, tout reviendrait à son fils.

La race était restaurée brillamment et le nom des Boistrudan allait resplendir d'un nouvel éclat.

En femme pratique, bien qu'elle ne conservât aucun doute sur l'issue de cette opération fructueuse, la baronne aurait donné pour les quelques mois que Diane se réservait, et en échange d'un contrat bien en règle, dûment scellé devant le notaire et renforcé de la bénédiction du pasteur, un quart des biens futurs.

Mais il fallait se résigner et prendre patience.

En attendant, elle savourait son triomphe avec délices.

Presque chaque jour elle échangeait avec son amie des lettres dans lesquelles elle lui dépeignait ses félicitations avec l'ardeur et les hyperboles que les prédicateurs mettent en usage pour dépeindre à leur auditoire les fêtes et les jouissances du ciel.

Du reste, elle n'eut pas besoin de correspondre longtemps avec la comtesse.

Les dames de Briolles revinrent à Paris au milieu de décembre.

Diane avait tenu à rester à la campagne jusqu'à la dernière limite du possible.

Elle s'attachait avec énergie à ces lieux où il restait pour ainsi dire quelque chose d'elle-même, de sa jeunesse et de son bonheur disparu.

Lorsqu'elle y reviendrait, elle entrerait dans une phase nouvelle. La rupture serait plus complète entre elle et son passé. Ce mariage accepté par raison, sans ardeur et sans plaisir, serait accompli.

Chaque jour, pendant ses préparatifs de départ, elle espérait une lettre d'Algérie. Il lui semblait impossible que Maurice informé de sa démarche ne lui en témoignât pas au moins cette sorte de reconnaissance polie, obligatoire chez les âmes bien nées.

Elle épiait l'arrivée du facteur ; elle prenait les lettres elle-même, s'arrangeait pour être présente quand l'homme au képi et à la sacoche de dépêches se montrait aux abords des cuisines, ce qui avait toujours lieu, par hasard sans doute, au moment où elles s'emplissaient des bonnes et grasses odeurs du déjeuner.

Il semblait que le pauvre piéton fût attiré par les parfums des sauces et n'arrivât que pour se mettre à table.

La maison de Briolles lui était hospitalière et généreuse. Son couvert l'attendait et sa pitance lui faisait oublier les injures de la pluie, les rayons brûlants du soleil et la longueur des routes.

Mais point de lettre.

Le silence du mépris ou de la haine ! L'oubli peut-être qui l'irritait davantage !

A la fin, Diane sentit renaître en elle, pour cette conduite si peu en harmonie avec ses propres sentiments, toute sa colère des premiers jours.

Maurice, haineux, blessé, se renfermait dans sa retraite !

Soit !

La veille de son départ, elle voulut revoir une dernière fois ces lieux si chers à son souvenir. Par une sèche journée d'hiver, elle parcourut les bois desséchés, les allées jonchées de feuilles brûlées par les gelées de décembre. Elle se jura d'arracher de sa mémoire les derniers vestiges de cet amour de trois ans donné à un ingrat, de fouler aux pieds ces restes de tendresse, comme son cheval écrasait les herbes raidies par le froid. Elle tourna autour de la maison de l'Aubraye comme pour lui jeter une sorte de défi et de malédiction.

Les volets étaient clos.

Elle aperçut de loin Pierre, le vieux garde, voûté par les ans, qui rentrait, son fusil sur le dos et son chien aux talons. Elle ne voulut pas être vue, piqua des deux et se couvrit des touffes d'un maigre taillis dont la bruyère est semée.

Et à son retour, elle consigna ses dernières impressions sur son album en attendant le dîner.

XXXI

22 décembre 1885

« Nous quittons Briolles pour retourner à Paris. Ce départ m'attriste. Là, tout le monde me connaît et je connais tout le monde. Je suis entourée d'amis. Les vieux arbres de la forêt me saluent quand je passe ; les buissons ont l'air de s'incliner ; les chevreuils allongent le cou dans les clairières et me regardent sans frayeur. Il n'est pas un coin qui ne me soit familier, pas un toit dont je ne sache la forme et que je n'aie croqué sur mon album ; pas un fermier qui ne m'accueille avec un bon visage. J'y vis à ma guise et vais où je veux sans m'occuper du monde, heureuse peut-être aussi, parce que depuis deux mois je n'y voyais pas madame de Boistrudan dont la mine seule me rappelle un engagement qui me devient plus insupportable de jour en jour.

Madame de Boistrudan... ma future belle-mère !

Il m'est cruel d'envisager cette perspective.

Dieu m'est témoin que j'étais de bonne foi en donnant ma parole. Je suis décidée à m'exécuter, mais il m'en coûte !

Miss Arabella est atteinte d'une tristesse visible. On dirait qu'il est survenu dans sa monotone existence quelque chose d'extraordinaire. Serait-elle amou-

reuse ? Il ne lui manquait que ce fléau. Pauvre fille !
Nous l'avons recueillie comme une épave de naufrage
et je crois qu'elle nous aime. Elle se sait ici aussi
bien chez elle qu'un animal familier qui a sa place au
foyer et qu'on ne chassera jamais. »

(Ici un chat ronronnant au coin du feu, dans les
jupes d'une douairière excessivement âgée et caduque.
— Avec mademoiselle de Briolles, l'espièglerie ne
perdait jamais ses droits.)

« C'est entendu. Demain nous partons dès l'aurore. Les voitures sont commandées. La maison ressemble à un magasin dont les marchandises sont em-
ballées le dimanche. Je ne reverrai ma chambre aux
oiseaux que le jour où je changerai de nom. N'au-
rais-je pas fait mieux de m'en tenir tout bonnement à
celui de mon père ? Mais la race des Briolles où le
sceptre est tombé en quenouille doit se perpétuer à
travers les âges. C'est un calice à boire. Je ne retrouverai jamais au seuil de la mairie les joies profondes,
extatiques, éprouvées jadis, lorsque j'en sortis la première fois au bras de Maurice ! »

(En marge, par un caprice d'artiste, Diane avait
semé des tubéreuses, des soucis, des pavots, toutes les
fleurs funèbres ou désagréables, pêle-mêle, dans un
désordre pittoresque autour d'une pierre sépulcrale
sur laquelle on déchiffrait en lettres effacées : Ci-gît...
au-dessous d'un Amour inanimé, étendu sur le marbre,
les ailes coupées.)

20 janvier 1885

« Je viens de recevoir la visite de mon oncle Honoré.

Il est entré chez moi tout rayonnant et il a posé sur
ma table, avec une mine de victorieux, un petit livre

relié en chagrin noir orné de cette dédicace sur la première page : A ma bien-aimée nièce.

Ce petit livre a pour titre : *La Santé aux champs.*

Sans nom d'auteur.

Il avait fait tirer son ouvrage à un nombre incroyable d'exemplaires.

— Je ne le vends pas, m'a-t-il dit, je le donne. S'il
peut être utile, c'est tout ce que je désire.

Comme un bienfait reçoit toujours sa récompense,
il m'a appris une bonne nouvelle. Il a déniché un
certain coléoptère qui manquait à sa collection ento-
mologique. Il m'a énuméré ses titres et qualités. Je
n'en ai rien retenu, mais j'ai vu la bête que mon oncle
m'a exhibée avec religion.

Il paraît qu'elle est à peu près introuvable. Tant
mieux !

Aussi laide qu'on peut se le figurer.

J'ai profité de la belle humeur où je le voyais pour
le consulter sérieusement, ce que je n'avais pu faire
encore.

— Mon oncle, lui ai-je dit, vous savez ce qui se
passe ?

— Où ça ? m'a-t-il répondu d'un air distrait.

— Ici.

— Je n'y vois rien de neuf, si ce n'est un petit
animal très curieux.

— Laissez-là vos insectes, je vous prie, et donnez-
moi un avis. Dois-je me remarier ?

— Comme il te plaira.

— Mais ferai-je bien de renoncer à ma liberté ?

— C'est selon. Si tu avais une passion comme la
mienne, par exemple, une de ces occupations sérieuses
qui suffisent à remplir une existence, tu pourrais t'y
consacrer toute entière, te passer d'un mari, mais il
faut toujours s'attacher à quelque chose. Moi, j'ai

mes collections, mes bahuts, mes plantes, mes malades, mes livres de médecine, mon grand ouvrage sur les antiquités celtiques... Pas une minute à perdre. D'autre part, je suis vieux. Toi, tu es à ton printemps

— Que pensez-vous de Maxime ?

— Rien.

— Vous avez bien une opinion sur son compte ?...

— Aucune. Que veux-tu que je te dise ? Les maris ne se connaissent qu'à l'usage. J'ai été bien trompé. Ce Faudoise par exemple m'inspirait une confiance illimitée. Il a mal tourné ! Que devient-il ?

— Je l'ignore.

— C'est singulier. Voilà un gaillard qui ne s'est pas fait prier pour disparaître !

— Mon oncle, je vous en supplie, ai-je insisté, conseillez-moi. Que faut-il que je fasse ?

— Tout ce que tu voudras. Sorti de ma spécialité, je ne suis bon à rien. Une perruque ! Agis à ton gré. Epouse si tu veux. Envoie promener le conseiller, si le mariage ne te sourit pas. Tu auras toujours raison à mes yeux. Réfléchis seulement que nous craignons, ta mère et moi, de te laisser seule. Enfin le mariage a moins de danger qu'autrefois puisqu'on peut en sortir. Si ton mari se conduit mal, tu le flanqueras à la porte. C'est un moyen. Il est peut-être imparfait, mais c'est un moyen.

Je n'ai pu rien en tirer de plus, à l'exception d'un baiser sur les cheveux. Il s'est replongé dans l'admiration de son coléoptère, un être immonde, et m'a quitté en l'emportant avec mille précautions. »

22 Janvier.

« J'ai obtenu gain de cause. J'avais besoin de changer d'air et de ne plus voir les mêmes figures. Ma mère a loué une villa aux environs de Nice. Nous partons ce soir. Justement Maxime vient nous faire ses adieux. Mélaine m'appelle. Je descends au salon.

Maxime m'a exprimé ses regrets de mon départ. Il a demandé la permission de m'écrire, permission que je lui ai octroyée avec plaisir. J'aime mieux une cour épistolaire qu'une autre.

Je l'ai questionné sur ma rivale, Cara Dolci.

— Sait-on ce qu'elle est devenue ?

Il a pris un air énigmatique, comme s'il avait eu quelque fâcheuse nouvelle à me dissimuler, et m'a répondu :

— Personne n'est fixé à son sujet.

— Mais les journaux ?...

— ...sont muets sur son compte.

— C'est étrange.

— Les uns disent qu'elle s'est retirée en Italie en renonçant à son art, les autres qu'elle est en Amérique.

Il a ajouté avec complaisance :

— Si vous le désirez, j'irai aux renseignements.

Je brûlais d'envie d'être éclairée sur ce point, mais j'ai joué l'indifférence par dignité et répondu :

— Oh ! c'est bien inutile. Pour ce que cela m'intéresse...

Eh bien ! je mentais. Cette fille m'intéresse énormément. Je ne peux pas m'ôter de l'esprit qu'elle est allée rejoindre Maurice, pour qui elle doit représenter l'amour en personne. C'est à cause d'elle qu'il garde un silence si méprisant. Elle s'est emparée de son esprit, elle est devenue sa maîtresse ! Sa maî-

tresse, c'est-à-dire la femme qui les domine, qui les
tient dans sa main, dont ils sont les esclaves, la
femme qu'ils aiment, en un mot!

Je ne sais si Maxime a deviné mes impressions,
mais il a essayé de m'en distraire. Il m'a parlé du
midi qu'il connaissait à fond, de la Provence, de Can-
nes, du littoral, de Monaco et de l'Italie.

— Etes-vous allé à Milan? lui ai-je demandé brusquement.

— Pourquoi cette question?

— N'est-ce pas la patrie de cette Cara Dolci?

— J'ai assisté à ses débuts, il y a six ans, m'a-t-il
dit. Elle faisait fureur. Dès son apparition, elle a ex-
cité un véritable fanatisme.

— Et des passions?

— Elle en est bien capable!

Il m'a proposé de m'accompagner au chemin de
fer pour veiller à notre embarquement. Ma mère a
accepté avec empressement. Elle est aux anges à la
pensée d'avoir un homme dans la maison, ne fût-ce
qu'à titre d'intendant, de porte-respect. Et Maxime
est son idéal. Elle le gobe, selon l'expression des ga-
vroches, qui ne manque pas d'un certain cachet. Nous
allons dîner au buffet de la gare, c'est entendu.

Ce sera l'occasion d'une petite fête, la fête de la séparation. Ensuite le sleeping jusqu'à demain. C'est
long. Enfin!

                                        26 Janvier.

« Nous sommes à peu de distance de Nice, dans
une campagne délicieuse. L'épithète est faible. L'endroit s'appelle Beaulieu, bien nommé. Nous voici
installées dans une ravissante villa, une folie, bâtie
sur le versant occidental d'un pli de terrain, à l'abri
des vents du nord.

De la terrasse on jouit d'une vue féerique sur la mer. Cette villa, dans le goût italien, est entourée de jardins suspendus qui doivent enfoncer les jardins fantastiques de Sémiramis.

C'est un fouillis d'eucalyptus, de palmiers, d'orangers, de citronniers, de myrtes, et de tous les arbustes odorants de la création.

L'air est plein de parfums et les yeux se reposent sur une verdure enchanteresse. Un vrai coin du paradis terrestre !

Pendant le voyage, mon oncle a somnolé tout le temps.

Pauvre oncle ! ce qu'il lui faudrait c'est Briolles, ses habitudes, ses douces manies, ses paysans, et je l'entraîne à des distances incroyables dans ma fièvre de locomotion et de vagabondage !

Ma mère a déployé une amabilité extrême.

Aux environs d'Avignon, je lui ai murmuré en sourdine que j'étais contente du séjour que nous allons faire à Nice parce que nous serons seules.

Elle a compris à demi et m'a dit avec compassion :

— Tu es singulière. C'est à croire que ce mariage te déplaît.

— Non.

— Il y a des moments où des doutes me viennent !

Miss Arabella nous écoutait. Elle paraissait dormir, mais il était facile de voir qu'elle prêtait une oreille attentive à ce bout de conversation.

Ma mère a défendu son protégé avec chaleur.

— Que peux-tu reprocher à Maxime ? m'a-t-elle dit.

— Rien, assurément.

— Ne s'incline-t-il pas devant toutes tes fantaisies ?

— Sans doute.

— Il est aux petits soins pour toi.

— Tu as raison.

— Il ne se livre pas à de grandes démonstrations, et je l'en estime davantage.

— Moi aussi, chère mère.

— Tu es du moins assurée de vivre en paix avec lui, sans agitations, sans folies ; n'est-ce pas préférable ?

— Tu prêches une convertie.

— Tout est convenu. Aurais-tu l'intention de revenir en arrière ?

— Dieu m'en garde.

Je lui ai fermé la bouche par un argument irrésistible :

— Peux-tu m'en vouloir de te préférer à tout ?

Le compliment était bien tourné. Ma mère m'en a remercié par un de ces regards humides qui me vont au cœur, et me rendraient faciles des choses qui me déplaisent souverainement. Mais ce regard, en me prouvant ma puissance, m'a donné un certain courage.

J'ai baissé la voix et ajouté en lui prenant la main :

— Qu'est-ce que cela te fait que j'aime ou n'aime pas les autres, pourvu que je t'aime, toi ?

Elle m'a répondu par un baiser sur le front et s'est retournée vivement.

Miss Arabella me regardait en essayant de me déchiffrer, comme une énigme.

Nous en sommes restées là.

Et mon oncle sommeillait toujours. Heureux savant !

Le voilà installé avec ses microscopes dans son appartement, qui est très bien aménagé. Une vaste chambre, un grand cabinet de toilette et un salon qui peut contenir une foule innombrable de microbes, de cailloux et de plantes desséchées.

Il a déjà prévenu les deux Provençaux, attachés à la villa pour l'entretien des jardins suspendus et autres, que s'ils lui apportent quelque bête étrange, il les récompensera généreusement. Nous allons être envahis par des hordes de sauterelles, de papillons de jour et de nuit, et de coléoptères de toutes sortes, n'en doutons pas.

Depuis mon arrivée je me promène dans le pays. J'ai visité les somptueuses habitations des privilégiés installés sur ce promontoire enchanté.

Les flots bleus de la Méditerranée expirent sur le sable d'or en léchant les pieds des belles promeneuses. Je parle des autres.

Qu'on est donc bien là, en contemplation devant cette riante nature !

Qu'on y serait mieux encore si on habitait ce lieu de délices en compagnie d'un être aimé, qui nous rende cet amour sincèrement, loyalement.

Pourquoi mes désirs s'envolent-ils toujours au-delà du possible ?

L'amour, la belle duperie ! Les hommes, de jolis fourbes ! Le meilleur vaut-il seulement qu'on fasse quinze pas au devant de lui !

Heureusement j'ai suivi le conseil de mon oncle.

Je me suis donné une passion. Je cultive la peinture avec ardeur. J'ai déjà ébauché une demi-douzaine de vues du panorama unique qui se déroule devant nous, et auquel ce brillant soleil prête un éclat incomparable !

Et je pensais, en dessinant la mer d'azur, qu'elle seule me sépare à présent de l'homme que j'ai aimé comme je n'aimerai plus, depuis qu'il a tué en moi la confiance et la foi qui ne sauraient renaître. »

26 Février.

L'avertissement de mon oncle au jardinier n'a pas raté son effet.

Son salon est encombré de pierres, de coquillages, de débris de murailles, de toutes sortes de détritus d'animaux, de minéraux et de végétaux qu'il classe avec quelque difficulté.

Il furète lui-même sur les côtes pour inspecter le sol et s'assurer de quels matériaux il est formé.

Pour le moment, c'est le géologue qui domine, ou l'antiquaire qui pioche. Le médecin est relégué au troisième rang. L'antiquaire prétend avoir découvert l'emplacement d'une villa romaine très caractéristique et qui va lui susciter bien des jalousies à l'assemblée des savants rennois, dont il est un des plus brillants ornements.

J'ai dû l'accompagner pour jouir de l'aspect de sa trouvaille.

J'ai reconnu quelques ondulations de terrain qui peuvent aussi bien être produites par un mur de jardin ou une porcherie écroulée que par une villa romaine, mais j'admire de confiance.

Il m'a confié qu'il s'est entendu avec le propriétaire du terrain, et l'a payé fort cher, afin de conserver ces vénérables débris à l'admiration des races futures.

Dès demain, on va pratiquer des fouilles dont je constaterai avec exactitude le résultat.

J'ai déjà reçu onze lettres de mon futur. Tous les trois jours il en arrive une. Le flux est périodique.

Elles sont très bien. C'est poli, tendre, respectueux, compassé, le comble du savoir faire et du savoir-vivre.

Je les lis sans m'émouvoir. Trop de mesure ! On n'y sent point l'enthousiasme qui déborde, le désir qui n'arrondit pas ses périodes. J'imagine toujours que je vois superposées aux lignes d'écriture des lignes de chiffres où il n'y a pas une erreur ! J'entends autrement l'éloquence amoureuse. Du temps où miss Arabella me dictait des études de style, elle y apportait ce tact, ce scrupule, cette réserve qui la distinguent, et que je retrouve au suprême degré chez Maxime.

Pourquoi M. de Boistrudan ne s'adresse-t-il pas à elle, au lieu de me poursuivre de ses attentions ?

Ces deux êtres-là se conviennent à merveille.

Elle m'a dit tout à l'heure en se promenant avec moi sous les palmiers, près des corbeilles de roses et d'azalées :

— C'est le paradis.

Mais j'ai répondu :

— Il y manque quelque chose.

— Quoi donc ?

— Adam !

Elle a poussé un long soupir en rougissant comme une pivoine. »

XXXII

Maurice dans ses lettres à son ami de Soesmes ne vantait pas outre mesure les avantages de sa résidence de Sidi-Khelil.

Il avait admirablement choisi sa retraite.

Située au point culminant d'une colline, bâtie comme une forteresse, dominée par son minaret comme toutes les maisons mauresques, blanche dans la verdure des palmiers et des cactus, avec de rares ouvertures dans le mur extérieur et un porche voûté facile à fermer en cas d'alerte, elle était à l'abri d'un coup de main.

L'exilé ne franchissait guère les limites de son domaine et s'isolait avec ses rêveries, avec ses regrets.

Servi par des Espagnols, des Maltais et des Arabes qu'il traitait avec bonté, il vivait aussi séparé du monde que s'il eût habité une oasis au milieu du désert, loin de toute société civilisée.

Dès le point du jour, vêtu à peu près comme un moine, enveloppé dans un burnous blanc à capuchon, il allait inspecter ses travaux, ses terrassements, ses plantations de vignes, ne dépensant rien pour lui-même, recevant seulement quelques officiers d'Oran, en excursion de chasse ou en promenade dans ses parages.

Il n'allait à la ville que pour ses affaires, ne se liait

avec personne; riche, puisqu'il n'avait pas d'autre charge que ses cultures dirigées avec une rare intelligence et qu'il récoltait déjà, dans cette terre si riche et si féconde, le fruit du travail de ses prédécesseurs et du sien.

Il trouvait une âcre douceur à penser que Diane était condamnée au même isolement, seule au milieu du monde, trop chaste et trop fière pour chercher dans une liaison nouvelle l'oubli de la première, et il s'en réjouissait, non par un désir mauvais, pour le plaisir de la souffrance des autres, mais par suite d'une jalousie croissante, d'une haine de tout ce qui pouvait approcher de cette femme sur laquelle il avait perdu ses droits, de Diane redevenue mademoiselle de Briolles et qu'il aurait tuée plutôt que de la voir passer aux mains d'un amant ou d'un mari.

Oui, tuée!

Par moments, cette idée germait dans son cerveau malade.

Depuis que son ami de Soesmes lui avait laissé entrevoir, même comme un événement improbable, qu'elle pourrait devenir la femme de Maxime de Boistrudan ou d'un autre, la passion qu'il essayait en vain d'étouffer s'était réveillée plus violente, avec un sentiment d'égoïsme qui lui était inconnu auparavant.

Mari de Diane, il avait en elle une foi si robuste, il se savait si loyalement aimé que jamais l'ombre d'une pensée de jalousie ne lui avait effleuré l'esprit de son aile sombre.

Cette torture terrible des amants ne l'atteignait pas. Il ignorait cette maladie presque honteuse qu'on n'ose avouer, qui ne laisse pas un instant de repos à ses victimes, cette folie qui nous montre des rivaux partout, chasse le sommeil, nous pousse aux actes les

plus extravagants, nous courbe sur la trace de la
femme aimée comme un limier sur la trace d'une biche et nous force à la suivre avec les précautions obliques destinées à voiler un espionnage par lequel on se
sent avili.

Il pouvait rendre cette justice à Diane, que jamais
elle n'avait rien fait pour semer le doute dans son
âme, pour y implanter cette herbe empoisonnée.

Et maintenant, sur un seul mot de son ami, cette sécurité s'était évanouie et, à la douleur d'avoir perdu
cette adorable créature, la terreur se joignait de la
voir devenir la chose et la proie d'un autre.

La loi lui commandait de se soumettre.

La loi ! En vérité, il ne la comprenait pas ! Sa raison se révoltait ! Les hommes pouvaient-ils faire que
Diane elle-même n'eût aliéné sa liberté, qu'elle ne lui
eût donné des droits sur elle ! Ne lui avait-elle pas
engagé sa foi sans restriction, pour la vie ? Lui, catholique, il était élevé dans ces idées ! Le mariage indissoluble, l'homme et la femme unis pour jamais,
pour l'éternité de leur existence, même dans l'au delà,
dans les profondeurs sans fin de l'avenir, c'était là ce
qu'il avait compris, ce qu'il voulait !

Dans l'intimité de leurs amours, Diane ne lui avait-
elle pas répété ces serments mille fois ? Ne s'était-elle
pas livrée ? N'avait-elle pas juré d'être à lui, toujours ?

Au premier moment de la surprise, après sa faute,
il s'était soumis à sa volonté, mais de son propre
mouvement, avec le secret espoir de l'attendrir par
cette soumission, par cette abnégation de lui-même,
par cette preuve indiscutable de sa tendresse et de
son désintéressement. Elle voulait se séparer de
lui. Il s'était condamné à l'exil, à la privation de
ce bien si cher et toujours si ardemment désiré,

mais de là à la céder à un rival, il y avait tout un monde.

A cette seule pensée, son sang bouillonnait dans ses veines et lui martelait les tempes.

Une fureur concentrée lui faisait trembler les chairs.

Non, c'était impossible, cela ne serait pas !

A dater de ce jour, de la minute où cette idée, cette terreur avaient germé dans son cerveau, il était devenu plus sombre, plus agité. Obsédé de fantômes, il essayait de les chasser, la nuit, en errant aux champs, dans la fraîcheur glacée, au milieu du silence de la campagne endormie ; le jour, en s'imposant la tâche de conduire lui-même ses travailleurs, labourant la terre en sillons, courbant les ceps dans les fossés fraîchement creusés, taillant ceux qui s'emportaient dans une trop vigoureuse végétation. Il fatiguait ses muscles par un labeur opiniâtre pour arracher à la lassitude un sommeil pendant lequel du moins il oubliait ses chagrins ; et mieux inspiré au réveil, il se disait qu'il prêtait à tort à mademoiselle de Briolles des projets si peu en harmonie avec son caractère.

Quoi ! elle passerait des bras de l'homme choisi par elle à ceux de l'autre, de celui qu'elle avait repoussé d'abord, comme une fille sans pudeur ! Allons donc !

Chaque jour il espérait des nouvelles de son ami de Soesmes ou de Balazé ; il comptait en ouvrant leurs lettres y trouver quelques détails sur le seul sujet qui l'intéressât vraiment.

Et ses compagnons lui parlaient de tout, excepté de Diane et de ses projets.

Ils s'étendaient avec soin sur l'état des métairies de l'Aubraye, sur leurs chasses, les soins donnés à ses bois, sa maison parfaitement entretenue et qui l'attendait, mais de Diane, rien.

Parfois un mot lancé comme au hasard :

« Les Briolles sont à Paris. On ne parle plus de mariage. Ce n'était qu'un faux bruit. »

Et, de fait, on n'en parlait plus.

Diane s'était exprimée avec tant de force sur le silence qu'elle exigeait, qu'on était contraint de lui obéir.

Faudoise rassuré mettait son orgueil à cacher dans sa correspondance ses angoisses, de même que de Soesmes et Balazé, comprenant le secret désir de leur opulente voisine, se faisaient un point d'honneur de le taire à leur ami.

Il aurait encouru leur mépris en s'abaissant de nouveau devant la femme qui l'avait repoussé. Ils le jugeaient d'après leur propre nature et se trompaient. Eux, peut-être, ils auraient pu tenir sans peine et sans effort l'engagement pris de ne pas revenir à cette Diane qui ressemblait si peu aux femmes qu'ils connaissaient.

Maurice était d'une autre trempe que la leur, plus délicate, plus vibrante, de même que Diane était le charme vivant, la chair excitante, tout flamme et tout cœur, source de jouissances qu'on ne pouvait oublier une fois qu'on y avait trempé les lèvres.

Elle était de celles qu'on aime non pour un jour, mais pour la vie, qu'on désire sans cesse quand on les a connues, et qu'on regrette toute l'éternité quand on les a perdues.

Enfin, il existe une puissance qu'on ne discute pas.

Faudoise aimait. Il lui fallait une force de caractère incroyable pour lutter contre le sentiment qui le poussait à tout abandonner : sa maison à minaret mauresque, ses vignes en pleine prospérité, les horizons aux tons de flamme qu'il découvrait des sommets de Sidi Khelil, cette terre merveilleuse qui l'enrichissait en récompense de ses soins et de ses travaux.

Un aimant l'attirait à travers les flots bleus de la Méditerranée sur cette autre France où respirait la seule femme qui l'occupât, le seul être pour lequel il eût sacrifié tous les autres, qu'il aurait voulu voir, embrasser, serrer sur son cœur, étouffer de baisers, et dont personne ne lui parlait, comme s'il se fût tramé autour d'elle une conspiration pour le rendre fou, la conspiration du silence.

A la fin, à bout de patience et de force, il céda à l'irrésistible désir de savoir, et s'adressa à son confident du cercle, Noël Rougaud, auquel il écrivit dix lignes.

Ce devait être la première nouvelle que ses amis de Paris allaient recevoir de ce disparu.

« Mon cher Noël,

« Je vous ai quittés sous le coup d'une si soudaine catastrophe, et j'en ai ressenti si vivement les conséquences, que j'avais résolu de m'isoler des vivants et de me cloîtrer dans une réclusion perpétuelle.

« Pardonnez-moi mon silence.

« C'était le mutisme du désespoir et de l'accablement.

« J'adorais — j'ai la faiblesse de l'avouer — la femme dont j'étais, à la suite d'une sottise cruellement expiée, forcé de me séparer.

« Le calme succède à la tempête.

« Je cultive en vigneron détaché des pompes de ce monde une terre superbe dans un incomparable pays.

Si vous tombez jamais dans ma Thébaïde les uns ou les autres, vous me comblerez de joie.

« Un bon souvenir de votre affectionné,

« FAUDOISE. »

Son adresse et rien de plus.

Puis il attendit avec anxiété.

Si de Soesmes et Balazé se répandaient peu en détails mondains, le financier devait être plus prolixe. Faudoise le supposait et ne se trompait pas.

Les délais utiles expirés, il reçut le factum suivant :

« Mon bien bon,

« Votre lettre a produit au cercle l'effet d'un aérolithe. Personne n'y comptait. Depuis deux ans, vous étiez radicalement oublié. Vous ne vous en étonnerez pas, si vous voulez bien songer au courant vertigineux qui nous roule comme des cailloux dans un gave des Pyrénées. Napoléon Ier lui-même, ou Alexandre le Grand ou Démétrius Poliorcète seraient trépassés depuis huit jours qu'on n'en parlerait pas plus que du ballon captif crevé sur la place du Carrousel ou du dernier académicien qui a lâché son dictionnaire.

« On brûle la vie si bêtement, qu'on n'a pas le temps de penser même à ses meilleurs amis, s'ils ne sont là pour se rappeler à nos souvenirs.

« Avez-vous des nouvelles de votre famille ? Je peux vous en donner de fraîches.

« La comtesse de Briolles jouit d'une santé florissante. Le chagrin n'a pas altéré sa santé. Votre femme ressemble à une rose épanouie. Quel dommage de perdre tant de trésors, car soyez-en fier, ils sont perdus pour tout le monde. J'ai eu l'avantage de la rencontrer ces jours derniers sur la promenade des Anglais où elle s'escrimait de son mieux à lancer des fleurs à la tête des gens. Elle supporte alertement son veuvage. Mais la chronique la plus venimeuse ne pourrait en médire. Il n'y a qu'une voix sur son compte : un peu fantasque, mais jolie comme un ange et sans reproche comme Bayard. Une vertu ! Le bruit a couru jadis d'un projet de mariage entre elle et Boistrudan, mais ce bruit s'est éteint. Boistrudan n'en ouvre pas le bec. Cet animal est muet comme un poisson. C'est un gentleman très fort, un Machiavel en frac, à côtelettes, avec lequel je ne voudrais pas engager un duel... diplomatique, ni d'aucune sorte ; il compte parmi les plus brillants élèves de Mérignac, comme vous le savez.

« Vous pensez qu'on s'occupe quelquefois de votre divorce, car entre nous la belle Diane est une forte timbale à décrocher.

« Pas un mot de la malheureuse Cara. Ingrat !

« Vous ignorez peut-être que cette fille-là vous adorait. Je n'exagère rien. Ce cœur milanais était d'une sensibilité excessive chez une danseuse. J'ai essayé de vous remplacer. Pas moyen. Résistance victorieuse. Elle attendait votre retour ! Battu sur toute la ligne ! Seulement, j'ai gagné une confidence à cette fréquentation agréable quand même et flatteuse ! J'ai su que la Dolci connaissait votre cousin de Boistrudan, qu'elle l'avait vu à Florence et à Rome, qu'ils s'étaient liés d'amitié, — elle m'a dit d'amitié ! — qu'à Paris elle lui contait ses affaires, et entre nous il ne serait pas impossible que votre rival fût pour quelque chose dans la découverte que Mme de Faudoise a faite si mal à propos de votre liaison.

« Simple supposition, car des preuves avec un adversaire aussi retors, il n'en faut pas espérer.

« En quittant Paris où elle ne pouvait vivre sans
vous, elle est allée une saison en Russie. Elle y a fait
les délices de la société la plus aristocratique. On assure qu'elle s'est lancée de désespoir dans une foule
de folies et de frasques, à ce point que sa santé en paraît altérée. Le prince Kélidoff, un de vos successeurs,
m'a affirmé qu'elle va être forcée de renoncer à la
danse. On ne sait où elle est aujourd'hui.

« Voilà une fin que vous aurez à vous reprocher.

« A quoi bon nous supplanter, puisque vous ne vouliez pas jouir de votre triomphe?

« Par un juste châtiment, vous avez perdu deux
femmes belles à donner le vertige. La première, c'est
la vôtre; la seconde, celle qui aurait pu faire parmi
nous tant d'heureux sans manquer aux devoirs et aux
traditions de sa profession.

« Il se peut que j'aie prochainement l'occasion de
m'asseoir à l'ombre de vos orangers. Cependant rien
n'est encore fixé pour mon voyage.

« En attendant je vous envoie mes meilleurs souvenirs et ceux de nos camarades du Sport, où vous avez
laissé de vifs regrets.

« N. ROUGAUD. »

En parcourant cette lettre, Maurice se sentit renaître.

Egoïsme du cœur humain!

C'est à peine s'il accorda une pensée à cette pauvre
Cara Dolci qui en effet s'était prise pour lui d'une
profonde passion dont elle essayait vainement de se
défaire!

Il ne vit dans les lignes du jeune clubman que ceci:
Diane était seule: on ne lui connaissait pas d'amant!
Elle ne songeait pas à se marier.

Il avait donc le temps d'aviser.

Il plia la bienheureuse lettre, et s'en alla respirer sous les palmiers de sa cour intérieure, à deux pas du mince jet d'eau que s'offre tout Algérien qui se respecte et qu'alimentait une source sortant du pied d'une roche abritée sous les lauriers-roses, les aloès et les grenadiers en fleurs.

XXXIII

20 mars 1886.

Suite du livre rouge.

« C'est aujourd'hui que doit reverdir le plus précoce des marronniers. Je n'irai pas examiner ses feuilles. En revanche, je viens d'inspecter les travaux de la villa romaine. Mon oncle les pousse avec une activité fiévreuse. Je dois dire que, jusqu'à présent, il n'en est qu'aux conjectures. On a cependant mis au jour un carré de fondations en briques vulgaires, auxquelles mon oncle attache une importance peut-être exagérée. Il y reconnaît l'atrium d'un praticien en villégiature aux bords de la Méditerranée.

Il passe des heures entières à tourner et à retourner en tout sens les briques pour y découvrir quelque caractère particulier aux terres cuites du temps des Césars ou des Antonins. »

(Ici la figure d'un savant assis sur un fût de colonne et contemplant d'un œil énamouré un caillou informe)

Nous y serions encore. Mais un jardinier est venu le chercher pour un malade atteint d'une fièvre intermittente.

Nous avons couru à la maison, où mon oncle a pris les médicaments dont il avait besoin.

Le voilà en route.

A l'heure qu'il est, le géologue et l'antiquaire cèdent le pas au docteur.

En arrivant à la villa, une surprise m'attendait. Ma mère m'a montré une dépêche de son amie.

Les Boistrudan arrivent demain, par le rapide, pour l'heure du déjeuner.

En dépit de ses lettres chroniques, j'avais presque oublié mon futur.

J'ai eu un mouvement d'humeur. Je ne lui sais point de gré de me rappeler que le jour fatal s'approche à grands pas. Certes l'ogre du Petit Poucet avec ses bottes de sept lieues n'allait pas si vite.

Dans six semaines, je m'appellerai Mme de Boistrudan, la baronne de Boistrudan, et nous mettrons des tortils partout, sur les voitures, sur les rideaux, sur les couvertures de chevaux, sur les assiettes, et jusque sur nos mouchoirs de poche.

Oh ! les titres ! Quel régal creux pour un cœur affamé ! Maurice de Faudoise n'en portait pas, et je n'ai jamais songé à cette lacune !

Maxime me dit qu'il ne veut rien changer à sa vie, à moins d'ordres exprès de ma part ; qu'il conservera ses fonctions de conseiller ; qu'il est bon d'avoir une occupation ; que rien n'est plus insupportable qu'un oisif toujours sur les épaules de sa femme, et qui, ne sachant que faire de son temps, est naturellement disposé à le perdre en distractions plus ou moins périleuses.

Ceci est un blâme à l'adresse de mon premier mari.

Mon premier mari ! J'en aurai donc un second !

Je passerai d'une main dans une autre comme une balle qu'on se renvoie, une toupie hollandaise ou n'importe quel jouet banal.

Cela m'effarouche et me choque ! J'aurai un second moi-même puisque les époux — deux âmes confondues en une seule — ne font qu'un tout. Mais alors si je rencontre ma première moitié, celle qui, hélas ! complétait un tout si harmonieux, quelle attitude prendrai-je devant elle ! J'ai aimé une fois avec toutes les forces de ma jeunesse et de mon ignorance, je ne puis le nier ; je ne le voudrais pas, car ce souvenir m'est toujours plein de douceur, et il me paraît impossible d'aimer de nouveau. Cela est si vrai que, quelques efforts que je fasse, je ne peux pas prononcer ce mot d'amour. Jamais il n'est venu sur mes lèvres en pensant à Maxime. J'aurai pour lui de l'amitié tant qu'il voudra ; de l'amour, jamais. Mon pauvre absent l'a tout emporté. J'épouserai cependant M. de Boisirudan. Je l'ai promis, je le dois. J'ai engagé ma parole, ma mère a donné la sienne. Donc je serai sa femme. Dure loi ! Et plus que six semaines !

Quelle différence avec les joies de ce temps où je courais, emportée sur les ailes du désir, à nos rendez-vous des bois de Briolles ! Avec quelle ardeur j'allais à lui ! Comme le cœur me battait ! Comme il est de glace aujourd'hui ! Quelle puissance me retient quand je songe à l'autre ! Et le jour où je sortais de l'église, au bras de Maurice, avec quel abandon je me livrais à lui ; comme j'étais fière de lui appartenir !

Cette fois, en sortant du temple, je baisserai la tête. Je voudrais qu'on n'invitât personne ! Je rougirais en passant entre deux haies de curieux ! Et s'il allait être là, lui ? S'il se plaçait entre nous ; s'il me défendait de prononcer ce oui qui nous a déjà liés tous deux !

Mais il ne viendra pas !

Que lui importent mes destinées ! Son silence ne prouve-t-il pas assez son oubli !

Entre nous tout est donc fini ! L'abîme est aussi profond que cette mer qui nous sépare !

Quelle rage ont les hommes de briser le bonheur qu'ils tiennent entre leur mains ! Je lui appartenais tout entière. Je ne savais même pas si les autres hommes étaient beaux ou laids ! Je ne m'en inquiétais pas plus que des gorilles du Sénégal ou des coquillages de la couche diluvienne, si chers à mon oncle !

Je ne me crois pas une Vénus sortant des eaux, riche de toutes les perfections de la beauté, mais enfin, lorsque je me compare en secret à la foule, à la vile multitude, il y a des instants où ma vanité est agréablement chatouillée par l'aspect de ma personne.

Je me supposais, avec beaucoup de soumission, de flatteries d'esclave, de sourires humbles et caressants, capable de séduire et de garder mon provincial, d'enchaîner dans une guirlande de lis et de roses mon seigneur et maître. Je lui laissais toute latitude pour prendre ailleurs d'honnêtes plaisirs ; tout pouvoir même de dévorer mes rentes et les siennes avec l'appétit d'un budgétivore. Hélas ! pour maintenir la paix au logis, j'étais disposée, par ma nature conciliante, subjective et molle — je parle au moral — à toutes les bassesses, à toutes les compromissions, comme dit Mme de Boistrudan, quand elle aborde les grandes et obscures questions de la politique.

Etait-ce là une si fâcheuse condition pour un mari ? Il me semble que non.

Rien ne m'a protégée. Rien n'a pu le retenir !

Oh ! comme je les déteste ces hommes, ces êtres imbéciles et frivoles, dénués de sens, qui ne savent ou ne veulent pas comprendre que le grand point dans la vie, c'est d'avoir à soi, de posséder un cœur tendre, dévoué, refuge dans les afflictions, confident des joies, soutien de notre tâche !

Quel sot calculateur que ce Faudoise qui, pour les banales faveurs d'une sauteuse, a brisé sa vie, la mienne, et va expier sa folie dans une ferme algérienne, comme les convicts parqués pour leurs méfaits sur les rivages lointains de l'Australie.

Je viens de contempler son portrait. Il a de la noblesse dans les traits, de la fierté aussi, mêlée à je ne sais quelle douceur qui vous gagne. Je n'avais pas mal choisi. Que de feu dans ses yeux noirs ! En le comparant au conseiller, pourrai-je éviter des regrets ? Maxime, avec ses lèvres minces, sa barbe anglaise, ses yeux gris sans chaleur, sa perpétuelle ironie, me gêne et me glace ! Une neige me tombe sur les épaules quand je le vois, et il a besoin de tout son esprit pour effacer cette impression.

Et puis, problème ! peut-on se donner sans amour, sans passion, sans un entraînement qui vous jette dans les bras de l'être aimé ? Pour moi, jusqu'à nouvel ordre, cet exercice me paraît difficile. Il me couvre de confusion et me fait courir un frisson dans les veines. J'éprouve, en songeant à cette échéance fatale, l'émotion qu'on doit ressentir à la vue d'un reptile qui vient à vous dans les hautes herbes.

Pourtant j'entends beaucoup de femmes, et des plus honnêtes, qui parlent de ces choses légèrement et sans y attacher la moindre importance. Serais-je pétrie d'une autre matière ? Il y aurait bien de l'outrecuidance à le présumer.

Pourquoi mon esprit revient-il toujours à ces idées ? J'y arrive par tous les chemins, comme un bachelier espagnol sous le balcon de sa belle.

J'essaye de les chasser et n'y parviens pas. »

2 avril 1886.

« Maxime et sa mère sont arrivés comme ils l'avaient annoncé.

Il est resté huit jours à Beaulieu.

Madame de Boistrudan nous tiendra compagnie jusqu'à notre départ, qui ne saurait tarder longtemps.

Lui, il retourne à ses comptes et à sa magistrature, car c'est un magistrat. Conseiller maître ! A trente-trois ans !... Comme sa mère a dû courir les bureaux, forcer les serrures, fatiguer les sous-secrétaires et les secrétaires, intriguer, remuer ciel et terre !

Je viens de le conduire au chemin de fer, bras dessus, bras dessous, sans la moindre émotion, comme un cousin.

Quel singulier effet il me produit !

Quand il est près de moi, je suis tentée de le trouver charmant, tant il est aimable, prévenant, gracieux, enjoué. Toujours des plaisanteries marquées au coin de l'esprit fin et délicat du Parisien, très sceptique par exemple, ne croyant ni à Dieu, ni à diable, ni à la vertu, ni à rien.

Dès qu'il est hors de ma vue, l'antipathie renaît.

Ses qualités disparaissent et ses défauts seuls me frappent.

Peut-être n'a-t-il que celui de n'être pas aimé, comme il faudrait, le plus grand et le plus terrible de tous !

Alors le souvenir de ses compliments m'exaspère ; ses allusions, si discrètes cependant, à un bonheur éventuel encore, ont le don de m'agacer les nerfs ; je devrais lui être reconnaissante de ses protestations, et il me vient des regrets de les avoir écoutées patiemment et de ne lui avoir pas riposté par une insolence.

Tant qu'il reste simplement un ami, un familier du logis, je le trouve admirable. Dès qu'il se change en prétendant, je ne peux plus le souffrir ; il me devient odieux, positivement.

Explique qui pourra ce changement à vue.

Voilà sa mère installée chez nous pour le reste de notre séjour.

J'en suis fâchée.

C'est presque de la haine qui germe en moi contre elle et y croît avec la rapidité des mauvaises herbes.

Avez-vous remarqué comme elles végètent plus vite que les bonnes ?

La baronne trouble une intimité si parfaite, un calme si doux ; j'étais si bien entre ma mère et mon oncle Honoré, avec Mélaine et miss Arabella pour comparses, que j'ai des tentations de la pousser à l'eau quand elle se promène avec moi sur la corniche de rochers qui domine la mer. Ce serait d'autant plus criminel que la pente est d'une raideur incroyable et qu'elle périrait infailliblement, à moins qu'il ne lui survienne un sauveur miraculeux, comme à la touchante Andromède.

Miss Arabella est devenue ma confidente.

Il faut bien conter ses secrets... quand ils vous étouffent !

La pauvre fille m'écoute avec intérêt et résignation.

Ces histoires de mariage sont cruelles pour cette âme aimante qui ressemble à une vigne sans échalas, à un lierre sans mur, traînant mélancoliquement à terre.

(En marge le dessin indiqué par la situation).

Je lui ai confié mes craintes, mes irrésolutions, mes scrupules.

— Vous n'aimez pas M. de Boistrudan ? m'a-t-elle
dit ce matin.

J ai secoué la tête.

C'est pour elle le comble de l'invraisemblance.

Autant que j'ai pu le deviner à quelques mots qui
lui échappent par intervalles, elle juge que le conseiller est l'être inte ligent, comme il faut, poli, civilisé, grave et doux, l'homme par excellence enfin.

Mon oncle Honoré a dénitivement conquis le littoral et les villages campés sur le versant des côtes,
parmi les oliviers et les bosquets de citronniers.

Sa houppelande râpée est désormais populaire.

Il cause familièrement avec tout le monde. Les enfants courent après lui et le tirent par ses basques, à
cause des bonbons dont il a toujours un stock dans ses
profondes.

Il a rendu, à ce qu'il croit, la santé à une demi-
douzaine de malades depuis notre arrivée dans le pays.

Il a aussi récolté une série de cailloux et de coquillages qu'il ne connaissait pas et qui lui semblent par-
ticuliers à la contrée, entre autres une certaine coquille
qu'il a favorisée d'une étiquette barbare — ampullaria
acuta — et que je prendrais tout bonnement pour la
maison d'un escargot de Bourgogne plus gros que les
autres.

D'autre part on ne compte pas moins de vingt-cinq
travailleurs qui s'escriment de la pelle et de la pioche
à sa villa romaine sur un sol désormais consacré par
la science.

Mon oncle est dans le ravissement.

Hier, ses terrassiers lui ont apporté en triomphe un
vase brisé — comme celui de Prudhomme, — dans
lequel il a cru reconnaître du premier coup d'œil une
amphore étrusque d'une rare valeur.

Ce n'est certes pas une vulgaire poterie que cette

jatte très grande en terre rouge vernissée, ornée d'un char en relief attelé de deux chevaux conduits par un génie ailé.

Au bas, on lit très distinctement : of. Crassi.

L'antiquaire est transporté. Il a donné une forte gratification à ses ouvriers pour les encourager.

Il en conclut que sa villa devait appartenir à un riche Romain du nom de Crassus — de l'office de Crassus, à moins que le nom ne soit simplement celui du potier : de l'officine, de la fabrique de Crassus.

Quoi qu'il en soit, voilà un sujet de causeries qui n'est pas près de tarir, et un bonheur assez coûteux, mais sans mélange.

Oncle fortuné !

J'ai essayé de l'arracher à sa contemplation, et, je ne sais comment ni à quel propos, j'ai prononcé le mot d'amour.

Il m'a regardée, d'un œil étonné.

— Je ne sais ce que c'est, m'a-t-il dit. Médicalement je pourrais le définir en fort bons termes, bien que cela ne me paraisse ni convenable, ni nécessaire; comme passion, je l'ignore.

Et il s'est lancé dans une dissertation sur l'architecture gallo-romaine, les arcades voûtées, les frises, les bas-reliefs et les mosaïques.

Puis il m'a embrassée et s'est replongé dans l'examen de son écuelle. »

(Au bas du feuillet, un vieillard, un savant — impossible d'en douter à sa mise sordide, à sa longue barbe, à sa souquenille lui tombant sur les mollets — à genou devant une marmite en terre rouge.)

16 avril.

« Le printemps est ici dans toute sa splendeur. Ce ne sont partout que des massifs de roses, des lau-

riers, des orangers en fleurs, des senteurs délicieuses.
Toutes les plantes élégantes de la création embaument
l'air.

La mer bleue est unie comme un lac. Les eucalyptus croissent à vue d'œil. Les lianes couvrent les
murs de clôture et les grilles d'un manteau de verdure.

Tout le terrain de mon oncle est dévasté.

La pioche a mis à nu des fondations assez considérables, qui peuvent aussi bien être celles d'une
ferme que d'une maison de plaisance.

Mais notre savant est ravi quand même, et je n'ai
garde de troubler sa joie.

Son prochain départ sera considéré comme une
calamité. Il soigne les malades qui sont rares sous ce
beau climat, leur donne des médicaments et de l'argent, de l'argent surtout.

C'est un docteur comme on n'en voit guère.

Mais nous partons.

Demain la colonie prend le chemin de fer.

Je viens de quitter mon balcon. J'ai jeté un dernier
regard sur cette mer en essayant de voir au delà ce
qui se passe.

Rien ! Je ne sais rien ! Je suis de plus en plus incertaine et troublée. Je vais en aveugle vers l'inconnu
d'un avenir qui ne me sourit pas.

Enfin !

Encore quatre semaines de répit.

Et après ? »

2 mai 1886.

« Nous voici en pleins préparatifs de noces, mais
personne ne s'en occupe moins que moi. Il me semble
que ce grand jour ne se lèvera jamais.

Ma mère a pris ses dispositions pour le contrat.

Les Boistrudan voulaient qu'il fût signé à Paris.

J'exige que tout se passe à Briolles.

Me Duchamp, notre petit notaire de campagne, sera content de moi. A quoi bon enrichir ces scribes parisiens, des nababs dont les femmes, à l'Opéra, ressemblent à des constellations.

Ma mère a cédé; les Boistrudan se sont inclinés avec empressement devant mon auguste volonté.

On signera le quinze courant du présent mois! c'est-à-dire dans treize jours! Un mauvais nombre!

C'est effrayant comme la vie dure peu!

J'ignore quel phénomène se passe dans celle de miss Arabella.

Mélaine m'a conté qu'hier soir, en recevant une lettre expédiée je ne sais d'où, elle s'est mise à trembler de tous ses membres.

Elle est rentrée précipitamment chez elle et s'y est enfermée.

Ce matin elle est allée trouver ma mère en grande confidence et lui a demandé un service.

Elle avait les larmes aux yeux, elle qui accepte avec une résignation stoïque toutes les calamités.

Elle a expliqué à ma mère qu'une de ses amies d'enfance est à toute extrémité et veut la voir avant de mourir.

Elle avait besoin de cinq cents francs pour son voyage.

Ma mère lui en a donné trois mille en lui disant avec la dignité qui la caractérise :

— Vous êtes de la famille, chère miss. Je ne veux pas que vous la représentiez mal. Tout ce qu'il vous faudra, vous l'aurez. Je vous supplie de me mettre à l'épreuve.

Miss Arabella me manque, quand elle n'est pas à sa place, comme un meuble qu'on dérange.

Elle prend le bateau ce soir à Calais pour l'Angleterre.

C'est la première fois qu'elle revoit son pays après neuf ou dix ans.

J'ai mis mes économies à sa disposition, en camarade, en amie.

Elle m'a embrassée avec effusion.

Il y a encore de bonnes âmes.

Elle nous est reconnaissante, et en vérité nous sommes ses obligées, pour sa grâce et l'exemple de courage et de sérénité qu'elle nous donne.

J'aurais voulu la garder près de moi pendant ces jours où j'aurai tant besoin de son amitié.

Elle m'a affirmé qu'un devoir impérieux l'appelle.

Mais elle reviendra pour mon mariage.

Je veux qu'elle soit là.

C'est promis et je la connais. Elle traverserait plutôt la Manche en ballon que de manquer à sa promesse. »

XXXIV

A Sidi-Khelil, depuis la lettre de son ami Rougaud, Maurice s'endormait dans une sécurité complète.

Pour lui, il était évident que Diane ne songeait pas à un nouveau mariage. Autrement le jeune financier, ses anciens camarades du cercle, le baron de Tallevande et les autres, tout le monde l'aurait su.

Rougaud surtout, une véritable chronique ambulante, l'homme aux faits divers, le type du reporter mondain auquel rien n'échappe, de l'oisif à qui sa fortune ouvre toutes les portes et dont la joie, la vanité est de se tenir au courant des scandales, des bons mots, des histoires de coulisses et de boudoirs.

Une femme de la fortune de mademoiselle de Briolles, mise en lumière par un procès récent, devient le but de trop de convoitises pour que la renommée ne s'occupe pas d'elle.

Et Rougaud ne savait rien, Rougaud mieux instruit qu'une agence de renseignements et de publicité !

Dès lors le seul danger grave, la seule terreur qui troublassent l'esprit du malheureux Faudoise étaient écartés.

Il s'occupait donc en paix de ses terres, de ses vignes et de ses jardins.

Le dix mai, vers huit heures du soir, il était assis sur un banc, devant sa maison, le visage tourné vers la France.

C'était là, de l'autre côté de la mer, dont les vagues dansaient, semées de paillettes d'or par les rayons du soleil descendant à l'horizon dans un bain de feu, que respirait Diane.

Il évoquait son image, la revoyait à travers la fumée de son cigare, jeune, brillante, si désirable que tout son être tressaillait de désir, rêvant au passé, se demandant ce qu'elle faisait et si par hasard elle l'avait complètement effacé de sa mémoire.

Tout à coup ses réflexions furent interrompues par le bruit d'une cavalcade qui arrivait au grand trot en soulevant sur la route d'Oran un nuage de poussière.

Il tendit l'oreille.

Ces cavaliers s'engageaient sans ralentir leur allure entre deux haies de cactus, de grenadiers et d'aloès, à droite d'un bosquet de bananiers aux feuilles géantes et de cyprès dont les flèches noires s'enfonçaient dans l'azur assombri par les approches de la nuit.

C'était le chemin de sa maison.

Qui donc venait chez lui à pareille heure ?

Il quitta son banc abrité sous une treille couverte de vignes et du feuillage grêle des jasmins odorants aux fins rameaux, très intrigué de cette visite.

Bientôt les cavaliers arrivèrent dans une fantasia joyeuse et s'arrêtèrent à deux pas de lui.

Il les reconnut du premier coup d'œil.

C'étaient trois officiers de la garnison d'Oran et deux touristes, vêtus de complets gris à la dernière mode et coiffés de ce casque blanc si laid et si commode pour braver les ardeurs d'un ciel de plomb.

Faudoise tendit la main aux nouveaux venus avec cette joie intense qu'on éprouve en retrouvant à l'improviste, dans un désert, des amis ou seulement des compatriotes.

— Rougaud! Tallevande! s'écria-t-il. Par quel hasard ?

— Pour vous voir, cher ami !

La connaissance fut vite renouée.

— C'est splendide ici, dit le baron en promenant un regard satisfait sur ce paysage étrange. Mais pas de femmes ! Elles sont enfermées, à la turque ?

— Ça manque, affirma Faudoise.

— Ah çà ! mon bon, vous vivez donc en moine ? C'est ce que ces messieurs nous racontent, ajouta Rougaud en montrant les officiers.

— Ils ont raison, soupira Faudoise, et je suis forcé de vous recevoir en garçon.

Le souper fut servi, non comme par enchantement, mais avec les ressources des jardins et de la terre.

Le cuisinier de Sidi-Khelil, un Maltais, se distingua.

Le vin était excellent, la chère délicieuse, les liqueurs venaient de France.

Dans sa retraite, Faudoise avait conservé ses habitudes de gentilhomme.

A la fin, Tallevande et Rougaud, électrisés par une longue course à travers un paysage féerique et peut-être aussi par le champagne que l'hôte leur versait généreusement, se mirent à fredonner ce refrain si connu :

Les femmes, les femmes, il n'y a que ça!

— Elles sont bannies de cet asile hospitalier, ajouta Tallevande.

— Il a fait vœu de chasteté en expiation de ses forfaits, affirma le jeune Rougaud.

Faudoise sourit tristement.

— C'est vrai, dit-il.

— En signe de repentir?

— Peut-être.

— Dure condamnation !

— Non.

— Comment?

— J'aimais ardemment une femme.

— Une seule?

— La mienne! Il me serait aussi impossible d'en aimer une autre que de traverser la Méditerranée sur une coquille de noix. Mais, je vous en supplie, ajouta-t-il, laissons ce sujet. Que fait-on à Paris? Que deviennent les amis? Qui gagne au baccara? Indiquez-moi le favori du Grand Prix? Voilà les nouvelles intéressantes. En dehors de mes champs, de mes troupeaux et de mes récoltes, je ne sais rien du reste de l'univers.

Rougaud et Tallevande se consultèrent d'un coup d'œil.

— Vous ne lisez donc pas de journaux? demanda le baron.

— Jamais.

— Vous avez tort...

— J'ai renoncé au monde.

— Il est des faits qui peuvent vous intéresser.

— Lesquels?

— Mais les publications de mariage, par exemple.

Faudoise pâlit comme s'il avait reçu une balle en pleine poitrine.

— Que voulez-vous dire? balbutia-t-il.

— Parlons sérieusement, dit le baron frappé du bouleversement de ses traits. — Faudoise était livide, Un tremblement convulsif l'agitait. — Vous ne savez donc rien?

— Rien. Que se passe-t-il? Est-ce que par hasard il serait question de mariage pour...

— Madame de Faudoise ? pardon! pour mademoiselle de Briolles ?

— Oui.

— C'est un fait...

— Mariée ? s'écria Faudoise en se levant à demi.
Diane !

— Pas encore, mais prochainement. Je ne sais pas
la date. Seulement j'ai lu l'annonce ce matin même
en arrivant à Oran.

— Où ça ?

— Dans un *Figaro*. Lisez. Et à vrai dire, c'est la
cause de cette visite tardive.

Le jeune Rougaud prit la parole :

— Quand je vous ai écrit l'autre jour, cher ami,
personne ne savait rien de ce projet. Il a été tenu
secret. Pour quelles raisons ? Je l'ignore. Mais il
vient toujours un moment où il faut se décider à
parler. Il y a des formalités, des publications. La
nouvelle a éclaté comme un obus. Nous n'y étions
plus. Tallevande et moi nous filions en chemin de
fer et en bateau pour un petit voyage d'agrément. Si
nous avions su, nous vous aurions expédié dépêche
sur dépêche, car, mon bon, nous pensions, et je vois
qu'on ne se trompait pas, que cet exil a une cause
facile à deviner : un grand chagrin d'amour.

Faudoise ne l'écoutait pas.

Il lisait d'un œil hagard les quelques lignes dans
lesquelles son malheur était gravé en traits de feu.

Sous cette rubrique : Avis mondains, le journal
enregistrait, au milieu de dix autres, cette publica-
tion :

Le comte Maxime de Boistrudan, conseiller maître
à la Cour des comptes, et madame Diane de Briolles,
épouse divorcée de M. Maurice de Faudoise.

On aurait dit qu'il ne pouvait en croire ses yeux.

Le papier tremblait dans sa main frémissante ; son émotion n'échappait à aucun des assistants.

Le journal datait de quatre jours.

Faudoise pensait :

— C'est fait ! Il est trop tard !

Une rage indicible s'emparait de lui à cette pensée. Dans sa tête, des idées confuses s'entre-choquaient. Des éclairs l'aveuglaient. Son sang bouillonnait et lui battait les tempes à les briser. Il devinait toute la menée ténébreuse dirigée contre lui par les Boistrudan.

Le conseiller avait dû épouser sa cousine autrefois, et prenait sa revanche sur le rival qui la lui avait soufflée !

Comme s'il eût répondu à ses secrètes pensées, le jeune Noël lui dit :

— Vous savez que Boistrudan y songe depuis longtemps. Vous lui avez enlevé la belle. Il n'a pas eu de repos qu'il ne vous ait rendu la pareille. Il a joué de la Dolci comme il faut. C'est clair.

— Pas un mot de plus, je vous en supplie, s'écria Faudoise. Assez d'un grief. Un de nous est de trop, puisque nous aimons la même femme.

— Il y a une différence entre vous, observa froidement Rougaud. Vous l'aimez, vous ! Il l'épouse, lui !

— Quand part le bateau ? demanda Faudoise.

— Pour Marseille ? dit un officier.

— Pour la France !

— Demain, à midi précis.

— Arriverai-je assez tôt ? dit Faudoise en s'abattant sur sa chaise.

Il se versa un verre d'eau et l'avala d'un trait.

Sa tête était en feu.

Il n'avait fallu qu'une étincelle pour faire flamber tout ce brasier. Une jalousie ardente lui montait au cerveau et l'enivrait. Il aurait voulu être emporté sur

les ailes du vent et tomber au milieu de cette noce
défendre ce qu'il croyait encore son droit et reprocher
à Diane son apostasie et son impudeur !

Il aurait voulu surtout se trouver en face de son
rival heureux, lui cracher au visage toutes ses colères,
sa haine, et le souffleter pour le forcer à jouer sa vie
contre la sienne.

Il l'avait dit : un des deux était de trop.

Lui vivant, aucun homme ne toucherait à cette
femme qu'il adorait, dont la possession l'avait affolé

Boistrudan dont il soupçonnait les intrigues, sans
vouloir arrêter sa pensée sur ces bassesses, sur ces
vilenies, trop loyal pour tendre un piège à un autre,
trop haut de cœur pour croire même un ennemi capable de ces lâchetés ; Boistrudan épouser Diane !
Boistrudan prendre sa place auprès d'elle ; la posséder à son tour !

Non, cela ne serait pas, quand il devrait le poi-
gnarder de sa main et se faire sauter la cervelle ensuite aux pieds de cette femme à laquelle il prouverait
ainsi l'amour dont elle doutait pour un instant d'égarement.

Est-ce qu'il n'avait pas assez expié cette heure de
folie, qu'elle voulait la lui faire payer si cher ! Que
lui fallait-il donc pour croire en lui ? Sa vie ? Il la lui
porterait. Elle en ferait ce qu'elle voudrait, mais elle
ne se donnerait pas à ce rival, ou ce serait après
l'avoir écrasé lui-même, car il serait là pour lui barrer
le chemin !

Il ne voyait plus ses convives, Il restait devant
eux, immobile, farouche, abîmé dans ses sauvages
pensées, regardant au delà des espaces sans fin, dans
le mirage de la passion, Maxime aux pieds de Diane
qui lui souriait.

Tous les démons de l'enfer lui tenaillaient le cœur et sa seule pensée se résumait en ceci :

— Arriverai-je à temps ?

Cet amour, qu'il comprimait depuis deux ans, éclatait plus vivace, plus ardent que jamais.

Ni l'éloignement, ni sa vie d'ascète, ni son isolement, ni le travail excessif, le labeur épuisant auquel il se livrait n'avaient eu la puissance de l'affaiblir.

Ses amis assistaient à cette explosion sans étonnement.

— Quand je vous le disais, observa Noël au baron

Il essaya d'égayer Faudoise.

— Ah ! mon bon, s'écria-t-il, vous n'êtes pas guéri. Vous avez employé un fâcheux moyen. Ce qu'il vous fallait, c'était la vie de Paris, l'étourdissement des fêtes, la noyade du chagrin dans un océan de voluptés ou des flots de champagne, la vie du cercle, les distractions qui abondent là-bas. Je ne me permettrais pas de vous donner un conseil, mais à l'heure qu'il est, le mal doit être complet. Vous vous habituerez à cette idée que votre dulcinée est mariée. Il en reste d'autres, vive Dieu ! Faute d'un moine... vous savez le reste. Dans ce paradis que vous habitez — car c'est un Eden ; fâcheux souvenir ! — prenez une gitane à la prunelle sombre, une Andalouse au sein bruni, des Mauresques aux yeux en amande, ayez des esclaves, un harem, des femmes du Caucase ou du Maroc, mais ne vous laissez pas abattre par l'adversité pour une fille d'Ève, capricieuse et volage. Par Allah, il en reste, et de toutes les couleurs !

Faudoise haussa les épaules.

— Vous avez raison, dit-il, en essayant un sourire qui avorta sur ses lèvres, mais je ne peux pas !

D'autres femmes ! Comment lui plairaient-elles, à lui qui avait l'âme remplie d'un amour unique ! Quelle autre vaudrait Diane? Qui lui rendrait ses qualités, sa douceur, son esprit et sa grâce?

— Si vous ne pouvez pas, reprit Rougaud, prenez le bateau demain. Courez à Paris. Il ne vous sera pas difficile de rencontrer votre successeur, s'il a déjà pris la place. Avec une gifle légère, un mot un peu... vif, vous le forcerez à descendre dans l'arène, pour expliquer les choses en style noble, et à moins qu'il ne préfère vous traîner devant les tribunaux, pour voies de fait, — un droit dont il n'usera pas! — vous vous escrimerez du glaive l'un contre l'autre. Seulement je vous ferai remarquer qu'on se tue rarement. On se blesse, ce qui est simplement désagréable. Vous n'atteindrez donc pas votre but : la suppression du quidam. D'ailleurs Boistrudan est une fine lame et se défendra gaillardement, quoique magistrat. Voilà. Le plus sage serait peut-être de vous tenir en repos dans ce séjour délicieux. Enfin vous êtes prévenu.

Non seulement Faudoise était prévenu, comme le disait le jeune Rougaud, mais il venait de se tracer un plan.

A dater de cette minute, son visage s'éclaira. Ses anxiétés parurent se dissiper en un instant, et il fut tout entier à ses hôtes.

Il causa librement de ses amitiés de Paris, s'informa de ce qui se passait, et bientôt fut remis au courant de la chronique mondaine par les soins du financier, dont la verve était intarissable. Il donna à ses visiteurs les renseignements les plus précis sur le pays qu'ils venaient visiter, sur ses ressources et ses richesses inexploitées.

Et lorsque, vers dix heures, Tallevande, Rougaud et les officiers le quittèrent pour regagner Oran, lorsqu'il les vit monter à cheval et disparaître dans l'éloignement sous les blanches clartés de la lune, superbe, lumineuse comme un soleil du nord, il se promena un instant jusqu'à la route et revint lentement à sa maison.

Les grillons chantaient dans les herbes; de loin en loin quelque orfraie poussait son cri monotone, auquel répondaient des abois de chacals. C'étaient les seuls bruits dont le silence fût troublé.

Dans le lointain on entendait le grondement sourd et majestueux de la mer endormie.

Maurice baignait son front dans la fraîcheur de la nuit, en essayant d'apaiser les ardeurs de sa fièvre.

A la fin, il se décida à rentrer chez lui et s'étendit sur son lit.

Les heures sonnèrent lentement les unes après les autres, et le jour se leva trop tard au gré du malheureux.

Il aurait voulu pouvoir avancer l'instant du départ, forcer le paquebot à se mettre en route dès l'aube, à traverser la Méditerranée d'une vitesse désordonnée; mais il fallait attendre.

A huit heures, le facteur arriva.

Il apportait une lettre et une dépêche.

La lettre était du vicomte de Soesmes.

« Mon cher Maurice,

« Nous apprenons à l'instant par les journaux que mademoiselle de Briolles se remarie.

« Je t'en informe à la hâte.

« C'est en vérité pour nous un événement imprévu et qui nous frappe d'étonnement.

« Ces femmes n'ont pas d'âme.

« Je l'avais toujours pensé.

« Tu t'es fourré dans un guêpier en donnant ton nom à cette jeune personne aux goûts excentriques.

« Ce qui se passe te fixera sur la nature de ses senti-
timents à ton égard et ne doit t'inspirer que de l'aversion pour elle.

« Inutile de t'affirmer que tel est notre sentiment, à
Balazé et à moi.

« Si par hasard, comme j'en ai peur, tu gardais un
reste de passion pour cette demoiselle, j'espère que tu
vas en être guéri à fond. Ce sera peut-être avec la
cruauté du fer qui cautérise une plaie; mais qu'importe, si le remède est efficace.

« Je voulais t'envoyer une dépêche pour te trans-
mettre cette nouvelle; Balazé m'a retenu en m'affir-
mant que tu la connaîtrais toujours assez tôt.

« Nos pères bataillaient contre ces parpaillots; nous
aurions dû conserver intactes les haines que cet événement ravive chez nous, tu peux m'en croire.

« Te voilà délivré de toute obligation. Tu n'as plus
de ménagements à garder. Reviens donc près de nous,
et ne renonce pas à ton pays et à tes amis, à tes frères,
pour une femme qui ne vaut pas un tel sacrifice.

« Nous t'embrassons tous deux.

« Ton vieux camarade,

« DE SOESMES. »

La dépêche était laconique.
Quelques mots seulement :

« Diane se marie le quinze. Venez. Silence.

« ARABELLA. »

Ce télégramme avait été expédié la veille au soir de
Londres à Mostaganem et transmis le matin à Sidi-
Khelil.

Faudoise poussa un soupir de soulagement.

Il ne s'inquiéta pas de savoir comment l'Anglaise avait connu sa demeure, ce qui était bien simple. Elle s'était adressée au cœur des vieux domestiques de l'Aubraye.

Il ne vit qu'une date dans cette dépêche : le quinze ! Il lui restait cinq jours, juste le temps nécessaire pour le voyage, en supposant qu'il n'éprouvât aucun retard.

D'autre part, cet avertissement mystérieux de miss Arabella lui apprenait qu'il possédait une alliée.

Pourquoi et comment, il ne le savait pas.

L'Anglaise, tout en se montrant pour lui tout à fait convenable, ne lui avait jamais manifesté de sympathie particulière.

D'où venait ce revirement ? Il n'aurait pu l'expliquer.

Toutefois, l'espoir lui rentra au cœur.

Ce fut presque joyeusement qu'il appela son domestique préféré, un Espagnol dont il avait gagné le dévouement par sa douceur.

— Perez, dit-il.

— Monsieur !

— Un cheval. Je vais à la ville.

— Et monsieur reviendra ?...

— Dans quelques jours. Vous prendrez soin de la propriété et de la maison.

— Monsieur peut être tranquille.

Dix minutes plus tard il galopait, ventre à terre, sur la route d'Oran.

Son cheval, un arabe de race, dévorait les kilomètres avec la légèreté d'une gazelle, et Faudoise lui criait, en le caressant de la main :

— Mais va donc ! Plus vite ! Plus vite encore !

A Oran, il fit ses préparatifs de voyage.

Le paquebot de la compagnie transatlantique devait en effet partir quelques instants plus tard.

C'était une chance.

A l'heure précise, il leva l'ancre, sortit de la darse et franchit les passes du port neuf.

Sur le pont, Faudoise considérait distraitement l'amphithéâtre de la ville, qui s'éloignait lentement, avec sa vieille kasba qui la domine, ses mosquées et ses minarets blancs comme du lait sur le bleu uniforme du ciel.

A l'avant du navire, les marsouins se jouaient dans les vagues comme des dauphins héraldiques, les mouettes et les goélands rasaient l'eau de leurs ailes flottantes ; les barques de pêcheurs se dessinaient nettement avec leurs grandes voiles grises dans la limpidité de l'air.

Peu à peu, les hautes murailles de rochers de Mersel-Kébir s'abaissèrent ; le cap Falcon se confondit dans une ligne trouble avec le reste de la côte, comme ces montagnes qu'un aéronaute ne distingue plus d'une certaine hauteur ; les villages échelonnés sur la falaise s'enfoncèrent lentement au-dessous de l'horizon, et bientôt la terre ne sembla, aux yeux des passagers, qu'une bande de brume et se perdit dans l'immensité des eaux.

Et, accoudé à la balustrade de la passerelle, Faudoise se répétait avec une anxiété poignante :

— La moitié de ma vie pour une heure d'avance !

XXXV

Lorsque Diane, dans un moment de dépit et aussi d'énervement, de lassitude, et enfin pour céder aux désirs de sa mère, avait promis sa main à son cousin, en renvoyant l'exécution de sa promesse au mois de mai, elle ressemblait à ces débiteurs à terme qui supposent que l'échéance n'arrivera jamais.

Cet engagement lui pesait d'autant moins qu'elle comptait sur l'imprévu, sur quelque événement mystérieux qui la délivrerait, sur une intervention dont elle n'osait envisager le héros, mais qu'elle considérait comme certaine.

Tranchons le mot, en dégageant sa pensée de l'obscurité dont elle se plaisait à l'entourer, elle espérait un retour de son mari, une explosion de jalousie, d'indignation, dont elle le croyait capable.

Il n'était pas possible qu'après sa démarche au manoir de Soesmes, après cette ouverture à une réconciliation, l'orgueil de son mari étouffât l'amour dont elle se refusait à le croire guéri ; il était plus impossible encore, elle le supposait du moins, que la nouvelle de son prochain mariage ne le jetât dans une colère violente, en réveillant en lui cette jalousie si naturelle à l'homme, qui ne veut pas que son bien passe aux mains d'un rival, et qui le défend par tous les moyens, jusqu'à la dernière extrémité.

Nous ne voulons pas dire qu'elle eût pris cet engagement avec l'intention de le violer.

Résolue à l'exécution de sa promesse, elle croyait seulement, comme les Orientaux, à quelque fatalité qui réglerait sa destinée, et s'abandonnait aux volontés de sa mère, avec le secret désir que celles de l'arbitre suprême qui nous tient dans sa main ne fussent pas d'accord avec elles.

Elle espérait donc sans se décourager, avec une anxiété croissante, comptant les semaines, puis les jours, et enfin les heures qui la séparaient du moment fatal.

Ces six mois, elle avait cru à leur éternité!

Et ils passaient comme une flèche devant ses yeux, comme un oiseau, comme le trait de feu d'un éclair.

Mais que sont six mois dans une vie, et qu'est une vie dans les profondeurs du temps!

Aucune nouvelle ne vint.

Aucun symptôme ne lui révéla seulement que son mari songeât à elle ou même qu'il vécût encore.

Alors, se résignant à regret et refoulant ses angoisses au fond de son cœur, deux jours avant la date fixée pour l'exécution de sa promesse, elle quitta Paris avec sa mère, et partit pour Briolles.

C'était le lieu fixé pour le sacrifice.

Les Boistrudan devaient y arriver le matin du contrat, en poste, de leur vieille habitation restaurée en vue de cette solennité, comme leur fortune allait l'être par ce mariage qui leur livrait les biens considérables de la future.

Les deux mères avaient réglé les moindres détails de la fête dont Diane ne paraissait pas prendre souci, indifférente en apparence à ce qui se passait autour d'elle.

Si on veut connaître au juste l'état de son âme,

on peut consulter l'une des dernières pages du livre rouge.

14 mai 1886.

« Depuis hier soir nous sommes à Briolles.

Le temps est d'une douceur extrême.

Partout des fleurs. Les aubépines sont couvertes d'une neige blanche ; les marronniers se transforment en bouquets grandioses ; les gazons doux et tendres sont chatoyants comme du gazon vert ; les étangs qui miroitent au fond de la vallée s'entourent d'une ceinture de feuillages et de verdures aquatiques. Dans le parc, on ratisse les allées pour la grande réception. La toilette des massifs est faite. Tous les jardiniers sont en réquisition et dans le coup de feu de leur besogne. Les cuisines flambent. On prépare les victuailles pour les noces de Gamache et le banquet auquel est conviée la fine fleur de la gentry des environs, de Fougères à Laval et autres lieux.

C'en est fait.

Il me revient cependant que ce mariage n'est pas accepté sans protestations. Ces nouvelles façons heurtent les idées bretonnes, et à Rennes, en haut lieu, on s'en est exprimé en termes assez vifs.

Nous pensons l'un et l'autre, Sa Grandeur et moi, de la même manière, mais par des causes différentes.

Ce qui est chez le prélat une question de principe, n'est pour moi qu'une affaire de sentiment.

Cette nouvelle union du vivant de Maurice, de l'élu de mon cœur, le premier ! me semble une simple prostitution. Maurice ne peut, s'il est homme de cœur — et je n'en veux pas douter ! — rencontrer mon mari — M. de Boistrudan — sans le provoquer ! Ou il me mépriserait bien énergiquement ! Je n'ose envisager l'avenir. Il me trouble, il m'épouvante, il me répugne !

Depuis huit jours, à mesure que l'heure se rapproche, j'ai des envies de crier à Maxime : mais je ne vous aime pas ! Vous me faites horreur ! Je ne peux pas ! Je ne veux pas !

Et ma promesse me lie !

Le respect de la parole donnée me retient.

La foi jurée !

Je ne suis pas un clerc et n'entends rien aux subtilités des raisonnements. J'ai promis ! Je dois !

Seulement une voix secrète, celle de ma conscience peut-être, me reproche ma sévérité ! Aux tourments que j'endure, je sens que je me suis frappée en croyant atteindre le coupable, et certes je souffre plus que lui, à moins que la douleur que je ressens ne soit le contre-coup de celle dont il souffre lui-même.

Si une fausse honte ne me retenait, je prendrais la fuite ; j'irais à lui ; je l'interrogerais ; je saurais ce qu'il a dans l'âme, et du moins je me déciderais ensuite, en pleine sécurité, sans avoir à me reprocher un désespoir causé par mes duretés.

Son silence me pèse et m'inquiète.

Il aurait juré de me rendre folle qu'il n'agirait pas autrement.

Ne peut-il me dire qu'il me hait, qu'il en aime une autre, qu'il m'a oubliée, qu'il n'a pour moi que de l'indifférence, du dédain, tout ce qu'il voudra enfin, plutôt que de se renfermer dans ce silence qui me plonge dans une irrésolution dont je ne peux sortir.

Mon mariage ne paraît pas causer une grande joie aux gens de la maison. Ils se parlent bas lorsqu'ils se rencontrent, et Bernard lui-même, un fidèle, m'a lancé tantôt un regard triste qui contenait un reproche.

Je l'ai abordé aussitôt et je lui ai dit :

— Qu'avez-vous donc? On croirait que vous me haïssez !

— Moi, mademoiselle Diane !

Je suis toujours pour lui la petite fille qu'il a vue courir dans le parc, en robe courte, mal peignée, avec de l'encre au bout des doigts.

— Vous me faites des yeux méchants ! Vous m'en voulez donc ?

— Le bon Dieu et la sainte Vierge m'en préservent !

— C'est peut-être parce que demain... Vous aimiez mon mari...

— M. de Faudoise ?

— Sans doute.

— M. Maurice était un bon vivant, pas fier et serviable.

J'ai pris mes grands airs.

— M. de Faudoise m'a blessée gravement. Vous ne l'ignorez pas.

Il a baissé la tête en tournant sa casquette entre ses doigts.

— On le dit; M. Maurice a eu tort. Il a eu grand tort; mais pensez donc, mademoiselle Diane, a-t-il ajouté, en balbutiant les mots un à un, on se laisse entraîner, sans savoir, par bêtise ! Si j'osais, je vous raconterais une histoire qui m'est arrivée à moi.

Nous étions sous un massif d'ormeaux, seuls.

— Ah! il vous est arrivé une aventure, à vous, Bernard, ai-je repris. Dites-la.

— C'est qu'elle est un peu...

— Allez donc.

— Quand j'ai épousé Thérèse, la fille du métayer de la Roche, j'étais jeune. Elle aussi. Elle avait dix-huit ans, moi vingt-sept. J'arrivais du service. Depuis longtemps je pensais à Thérèse, et à part quelques

peccadilles, je m'étais conduit d'autant plus honnête-
ment que je ne pouvais me défaire d'une timidité avec
les filles. Trois ans après, une femme de chambre des
demoiselles de La Houdinière — je parle de longtemps, et la pauvre fille est morte — une Parisienne,
m'enjôla avec ses façons et ses coquetteries, si bien
qu'un soir qu'il y avait un grand dîner au château, je
me laissai aller, sans y songer, oubliant — ce que je
n'aurais pas dû faire — Thérèse, qui veillait dans sa
petite maison des bois, toute seule, et m'attendait. J'é-
tais deuxième piqueur en ce temps-là. La sottise ne
fut pas sitôt faite que je me sauvai comme un perdu.
En arrivant chez nous, j'embrassai Thérèse comme du
pain, et, prenant un fusil, je m'en fus dans la forêt,
où j'errai toute la nuit, sous prétexte de braconniers
qui tendaient des collets, et je passai le temps à me
traiter comme le dernier des derniers. Depuis, j'ai
aimé ma Thérèse davantage, comme si j'avais voulu
me faire pardonner une sottise qu'elle ignore. Nous
vivons encore tous deux ; nous avons élevé nos enfants, et quand nous mourrons, nous nous suivrons de
près, je l'espère, et on nous couchera dans la même
fosse, comme ceux qui ont bien vécu ensemble, en se
pardonnant l'un à l'autre de n'être pas parfaits.

Bernard avait une larme à l'œil en terminant.

Il la secoua du doigt.

— Vous êtes un brave cœur, lui dis-je, et je vous
remercie.

— Voyez-vous, reprit-il, mademoiselle Diane, nous
n'en savons pas si long que d'autres, mais nous ne
sommes pas habitués à voir les femmes changer de
maris, tant que le premier n'est pas dans six pieds de
terre. On s'y fera peut-être. Si je parle mal, il ne
faut pas m'en vouloir. Je dis comme on m'a appris.
Faites ce que vous voudrez. Ça ne nous empêchera

pas de vous aimer, parce que vous êtes de bons maîtres et charitables.

Là-dessus il m'a quittée, et je suis restée seule sous
les ormes, plus troublée que jamais, en me disant que
ce garde, un homme simple et honnête, avait raison,
et que j'allais commettre ce qu'il pensait sans oser le
dire : une lâcheté. »

15 mai, 7 heures.

« Voici le grand jour.

Mélaine est venue ouvrir mes fenêtres de bonne
heure.

Le soleil a inondé de lumière mes oiseaux bleus.

Mais il ne m'a pas réchauffé le cœur.

J'ai passé une mauvaise nuit; tout m'abandonne,
jusqu'à miss Arabella, qui devait revenir et n'est
pas là.

Rien de Maurice.

Le sort en est jeté. J'accomplirai mon sacrifice,
quoiqu'il m'en coûte, mais je sens que ce sera le malheur et le remords de ma vie. »

9 heures.

« Au moment où je m'habillais, miss Arabella est
descendue de voiture au perron. J'ai entendu le bruit
des grelots et me suis mise au balcon.

Miss Arabella m'a paru fort animée. D'ordinaire,
elle n'a pas ces allures vives et presque joyeuses.

Sa première visite a été pour moi.

Elle a monté les escaliers quatre à quatre en venant
droit à ma chambre.

Elle était vêtue de noir, en grand deuil.

Je lui en ai fait la remarque.

— Mon amie est morte, m'a-t-elle dit. Enfin, j'arrive à temps. Vous n'êtes pas encore mariée. J'aurais été fâchée d'être loin de vous.

— Vous m'aimez donc un peu, miss ?

— Beaucoup, je vous assure. Ne m'avez-vous pas traitée comme si j'eusse été de votre famille ? Sans vous, qui sait ce que je serais devenue ?

— J'espère que vous ne nous quitterez pas, chère miss, ou ce serait de votre propre volonté.

— Non, sans doute.

Elle semblait attendre que je lui annonçasse quelque nouvelle et me regardait, non sans inquiétude.

— Ainsi, reprit-elle, vous êtes bien décidée à ce mariage ?

— Décidée... ! Puisqu'il le faut ! j'ai promis ! je dois tenir ma promesse.

Je lui ai raconté mes craintes, mes irrésolutions, mes répugnances, toutes les incertitudes dans lesquelles je me débats depuis son départ, et, à la fin, après m'être plainte amèrement du dédaigneux silence de Maurice, je lui ai dit, dans un de mes transports d'exaltation et de dépit : Oui, je me marierai ! oui, j'épouserai M. de Boistrudan, mon cousin ! Je ne sais si je l'aimerai jamais. Qu'importe ! Ceux qui ont de l'expérience, ceux qui doivent me guider, m'affirment que l'amour n'est pas nécessaire dans le mariage et que l'amitié suffit. Je le verrai ! je le saurai ! J'ai de l'amitié pour Maxime ; j'ai donc tout ce qu'il faut pour l'épouser.

Miss Arabella me considérait attentivement.

J'ai cru lire dans ses yeux une sorte de compassion qui m'a blessée et j'ai repris avec plus de force :

— Dans quelques heures, je serai madame de Boistrudan.

Miss Arabella n'a rien objecté.

Elle m'a parlé en quelques mots de sa traversée, de

son voyage de Paris à Briolles et, en me quittant, elle m'a dit, sans paraître attacher une grande importance à ses paroles :

— Voici un journal que j'ai acheté par hasard au Mans. J'y ai lu une nouvelle qui vous intéressera peut-être.

Elle l'a posé sur la table, près de laquelle j'étais assise, et s'est retirée.

Dès qu'elle fut sortie, je jetai les yeux sur le journal.

Aussitôt ils tombèrent sur ce passage, marqué d'un trait de crayon presque invisible.

« Tout ce que Paris artiste contient de mondains, d'amateurs de la beauté plastique et d'enthousiastes de cet art si gracieux de la danse, se souvient de l'éclatant succès remporté à l'Eden par l'étoile qui s'appelait Cara Dolci. De mémoire d'abonnés de l'Opéra, attirés à la maison voisine par le passage de cet astre sans rival, on n'avait vu une si complète alliance de la forme exquise à un talent indiscuté.

« Cara Dolci a quitté Paris à la suite d'une aventure — chapitre d'un roman d'amour — qui a donné lieu, il y a deux ans environ, à un procès retentissant.

« Après avoir fait quelque temps les délices de la cour et de la ville, à Pétersbourg, prise d'un besoin incessant de changement, elle avait disparu, quelques efforts qu'on ait faits pour la retenir en Russie, en l'enlaçant dans des chaînes d'or et de fleurs.

« Depuis, personne ne savait ce qu'elle était devenue.

« Nous apprenons qu'elle vient de s'éteindre d'une maladie de langueur, dans une villa de Brindisi, où elle s'était retirée.

« Elle se renfermait dans la solitude la plus com-

plète, se refusant à toute communication avec un
monde auquel elle avait renoncé volontairement, ab-
diquant le sceptre de son art, dans tout l'éclat de sa
jeunesse et de succès inouïs.

« On peut admirer un portrait de la célèbre ballerine dans notre salle de dépêches. Il est dû au pinceau
magistral de Clairin.

« Les habitués de l'Eden reverront avec plaisir ces
grands yeux de velours, vagues et profonds, dont la
fascination était irrésistible, l'ovale pur de ce visage et
les grâces incomparables de cette sylphide légère
comme une libellule et séduisante comme Eve, à qui
on ne peut refuser toutes les perfections du sexe dont
elle est la mère.

« On attribue la retraite de Cara Dolci et sa fin prématurée à un grand chagrin d'amour dont cette femme
si adulée n'aurait pu se guérir.

« Mystères insondables du cœur humain! »

Cette nouvelle m'a remuée.

Une larme m'est venue aux yeux.

J'avais tort d'accuser Maurice.

Il n'a pas revu cette malheureuse, par laquelle il
s'est laissé éblouir comme tant d'autres!

Et comme ils ont expié leur faute, elle par la mort,
lui par l'exil!

Me voilà replongée dans un abîme d'incertitudes!

Mélaine m'apporte ma robe.

Dans une demi-heure, le contrat!

Ensuite la mairie, et mon sort est fixé! »

Le livre rouge s'arrête là.

Diane s'habillait devant la psyché de son boudoir.

Cet amour de la Dolci pour son mari ne la blessait

pas maintenant qu'elle n'avait plus à craindre sa
rivalité. Elle plaignait la malheureuse Milanaise.

Elle la comprenait.

N'avait-elle pas comme elle, autrefois, aimé Maurice ? Ne l'avait-elle pas choisi entre tous ? Ne s'était-
elle pas passionnée pour lui au point d'abdiquer les
timidités et les scrupules de son sexe en allant, pour
ainsi dire, le chercher et le prendre par la main ?

Le doute qui la tourmentait venait de disparaître
comme un mirage, à la lecture de ce journal.

Il lui sembla que la faute de son mari s'effaçait
et que la danseuse l'avait emportée dans la tombe avec
elle. Comme elle mettait la dernière main à sa toilette,
son oncle entra dans sa chambre.

Elle se jeta à son cou et lui dit tout bas d'une voix
altérée, pleine d'angoisse :

— Faut-il que je me marie ?

Il répéta son éternelle réponse :

— Comme tu voudras !

Il fallait l'entendre !

Ces trois mots signifiaient : le reste de l'univers
m'est indifférent. Je donnerais l'empire du Milieu et
tous les trônes de la terre pour ton petit doigt !

La comtesse le suivait.

Diane n'osa lui répéter sa question.

Le conseiller était le protégé de sa mère. Madame
de Briolles l'avait pris sous son égide.

Certes, la comtesse aimait passionnément sa fille.
Mais, précisément à cause de cette affection exclusive
et violente, elle ne pouvait se résoudre à pardonner à
son gendre le scandale causé, les colères de Diane, ses
chagrins et son abandon.

Car pour la mère, bonne au fond, mais aux vues
courtes et terre à terre, la fuite de Maurice n'était

qu'un abandon, un délaissement dont elle ne comprenait ni la grandeur ni la fierté.

Diane et la comtesse échangèrent quelques mots. Madame de Briolles se moqua agréablement des scrupules de la noblesse des environs sur les mœurs nouvelles qui sapent l'antique et respectable institution du mariage.

Elle avait riposté de la bonne manière. Si elle eût été catholique, nul doute qu'elle ne pensât comme ces Bretons obstinés, bien qu'il y eût de graves inconvénients à s'enrôler dans la catégorie des vieilles filles ou des veuves de vingt ans.

La vie est longue et la vieillesse triste dans l'isolement.

Mais puisqu'elles étaient protestantes, quel mal y avait-il pour elles à profiter d'une loi et à contracter un nouveau mariage que tout leur permettait?

Rien à répondre à cet exposé très net de la situation.

Madame de Briolles, évidemment stylée par son amie, s'appesantit avec complaisance sur ces détails.

Elle expliqua à sa fille qu'elle avait adressé une lettre énergique à Sa Grandeur, qui, au début, jetait feu et flamme, et que cette lettre très sensée, très digne — la comtesse s'en flattait — avait apaisé les critiques comme par miracle.

Tout était donc pour le mieux.

D'ailleurs huit jours passés, on n'en parlerait plus. Tous ces bruits s'éteindraient, et que Diane s'appelât madame de Faudoise, madame de Boistrudan ou mademoiselle de Briolles, elle n'en serait pas moins adorée comme la providence et la bonne fée du pays.

Là-dessus, la comtesse, triomphante, la serra dans

ses bras avec une tendresse qui n'était pas jouée, en lui disant :

— Dans une heure le notaire y aura passé.

Diane cacha sa tête sur l'épaule de sa mère et ne répondit pas.

XXXVI

Le grand salon du château resplendissait dans toute sa gloire. Par les fenêtres ouvertes un soleil chaud et bienfaisant pénétrait, éclairant de sa vive lumière les visages mâles et hautains des cavaliers en pourpoints et en bottes, la toqué sur leurs cheveux ras, à la mode de Henri III, fièrement campés, la main sur la garde de leur épée.

Les châtelaines du temps passé souriaient du haut des cadres d'or à leur petite-fille et semblaient la prendre sous leur protection.

Les fauteuils en tapisserie ancienne, les murs boisés, les tentures de vieux lampas, tout ce luxe solide et imposant, imprimaient un caractère grandiose à la cérémonie du contrat qu'on allait signer quelques instants plus tard.

Le ban et l'arrière-ban de la noblesse des environs était accouru à l'appel de la comtesse et de madame de Boistrudan, les uns par sympathie, les autres par curiosité, le reste par déférence ou intérêt.

La fortune des dames de Briolles primait les autres, et leurs giboyeuses forêts étaient un objet d'envie pour tous les chasseurs de l'Ille-et-Vilaine et de la Mayenne. Diane — était-ce malice ou bravade? — avait fait envoyer une invitation par sa mère au vicomte de Soesmes et à M. de Balazé, mais on ne les voyait pas dans l'assistance.

La baronne de Boistrudan jouissait de son succès, en dedans, modestement, comme il convient aux habiles, à la suite d'une grande victoire.

C'était elle surtout qui avait vaincu les scrupules des châtelains du voisinage et contraint son amie à un certain éclat que la comtesse, plus sage peut-être, eût préféré éviter. Jusqu'à nouvel ordre, il semble assez naturel que, pour un mariage précédé d'un divorce, on doive se contenter d'un cercle restreint d'intimes. Le divorce, en certaines provinces surtout, aura quelque peine à s'enraciner dans les mœurs. Les érudits, les sceptiques, les gens du monde s'y feront peut-être à la longue, et encore! La vieille France a quinze cents ans d'habitudes et de croyances assoupies, qu'une agression réveille et que la persécution rend plus vivaces et plus fortes.

La baronne voulait faire sa cour à ses voisins, les allier à sa cause, les gagner par toutes ses aménités et ses caresses.

Or, quelle plus favorable occasion que le mariage !

Elle avait donc pesé sur les déterminations de son amie de tout le poids de son influence.

L'assemblée nombreuse qui se pressait à Briolles la comblait de joie.

C'était sa revanche du premier mariage de Diane et de la défaite des Boistrudan par ce gentilhomme campagnard aujourd'hui vaincu, fugitif.

En femme de tête, elle se souciait peu des critiques sourdes ; elle savait que la foule finit toujours par se ranger du côté du plus fort et qu'à certaines hauteurs on peut se croire tout permis.

Il est donc inutile d'essayer de dépeindre sa joie. C'était une irradiation. Tout son être tressaillait des palpitations du triomphe. Elle avait beau pincer ses

13

lèvres minces, adoucir la flamme de ses yeux gris, sa joie débordait.

Dans un coin, l'oncle Honoré tenait le baron de Fenouille par le bouton de son habit et démolissait à l'aide d'une série d'arguments qu'il supposait invincibles le système des homéopathes, des empiriques qui prétendent guérir toutes les maladies avec des globules infinitésimaux: poisons si on en prend une certaine dose, remèdes si on en absorbe une autre!

— Des charlatans, mon cher baron !

Le vieillard essayait vainement de couper court à l'éloquence verbeuse du savant.

Quand M. de Bazouges était lancé, on ne l'arrêtait pas aisément.

Il allait entamer le chapitre de sa voie romaine, autre épouvantail pour le patient, lorsque la porte du salon s'ouvrit à deux battants et Diane entra.

L'oncle Honoré oublia du coup les homéopathes et les allopathes, les voies romaines, les camps et les légions de César.

Son visage s'épanouit dans une admiration béate.

Il s'avança au-devant de sa nièce, lui offrit le bras et la conduisit, au milieu d'un murmure flatteur, près de sa mère et de madame de Boistrudan, qui la couvait des yeux.

Le conseiller, un peu ému des approches de son bonheur, salua d'un signe de tête, auquel elle répondit par un sourire de bon augure.

Miss Arabella, en robe de deuil, se tenait humblement à l'écart, près des demoiselles de La Houdinière.

Il faut reconnaître que la mariée, bien qu'un peu pâle, était merveilleusement faite pour inspirer une admiration passionnée.

Elle portait une robe mauve en soie souple et mince,

collée à sa taille avec la précision d'une mousseline
humide, décolletée en pointe sur la poitrine et coupée
en biais par une passementerie de soie jaune produi-
sant les chatoiements et l'illusion de l'or.

Les seins, d'une blancheur éblouissante, le cou superbe, flexible et fort, émergeaient de l'étoffe, comme
un cygne d'une eau limpide scintillante sous les feux
du soleil. Les bras à demi nus, gantés jusqu'au coude,
auraient donné la chair de poule à un normalien.

Couronné de son diadème de cheveux, le front de la
jeune femme gardait quelques ombres inquiétantes.

Ses yeux offraient des traces de fatigue.

Néanmoins, elle sourit gracieusement à l'assistance
et se prépara à écouter la lecture du contrat dressé par
l'excellent et honnête Me Duchamp, le notaire du canton, qui de sa vie n'avait assisté à pareille fête.

C'était une pluie d'or qui allait fondre dans sa caisse
sous forme d'honoraires.

Me Duchamp s'était harnaché pour la circonstance
de ses habits de cérémonie.

Vert encore malgré ses soixante ans d'âge, conservé
par l'air pur de sa campagne et la tranquillité d'une
vie patriarcale, le digne homme était tracassé par un
souci qui troublait sa joie.

Pour la première fois, il rédigeait le contrat de mariage d'une femme dont le premier mari vivait encore.

Ce détail le chiffonnait.

Nul doute que, s'il se fût agi d'une famille moins
puissante et moins précieuse à son étude, il eût refusé
net son ministère ou tout au moins adressé à sa belle
cliente de vives remontrances.

On rencontre encore de ces probités en province, et
Me Duchamp ne sacrifie pas volontiers aux nouveaux
dieux.

Il est Breton de vieille roche et s'en fait gloire.

Il toussa, sollicita d'un regard à la comtesse la permission de commencer sa lecture, et ânonna le préambule :

Par-devant, etc.

Diane écoutait, l'œil fixé sur lui, sans faire un mouvement, le coude sur le bras de son fauteuil, la liste des titres et qualités de son futur : baron de Boistrudan, conseiller maître à la Cour des comptes, chevalier de la Légion d'honneur.

Lorsque Me Duchamp énuméra les titres de la mariée et qu'il y ajouta celui-ci, en glissant légèrement sur la phrase : épouse divorcée de M. Maurice de Faudoise, elle fronça le sourcil.

A la vérité, cette phrase parut écorcher le larynx du Breton, qui s'empressa de franchir ce passage scabreux.

Diane se remit.

A dater de cette ligne, elle écouta avec la même attention la suite du factum, mais sans donner aucun signe d'ennui ou d'approbation.

Miss Arabella ne quittait pas du regard le visage de son élève et n'y pouvait saisir d'indications précises, si ce n'est une résignation ennuyée et maussade.

Me Duchamp arriva aux donations entre époux.

Mademoiselle de Briolles se montrait généreuse envers le conseiller.

Elle lui accordait l'usufruit de tous ses biens au cas où il lui survivrait, sans enfants.

Au reste, il faut dire qu'à toutes les questions de sa mère et du notaire elle avait répondu non sans impatience par la phrase de l'oncle Honoré à ses consultations :

— Comme vous voudrez.

A la dernière ligne, lorsque la voix de Me Duchamp

s'éteignit comme un bûcher qui a dévoré son aliment, un murmure de soulagement courut dans l'assistance.

Une sorte de satisfaction détendit les visages.

L'affaire était conclue.

Le vieux notaire posa son acte sur un guéridon et tendit la plume à la mariée, qui s'était approchée.

— Il faut signer ? dit-elle d'une voix brève.

— Ici, madame la baronne.

— Moi d'abord ?

— Par honneur, c'est l'usage.

Elle s'assit et se pencha sur le parchemin.

Du doigt le notaire lui indiquait la place.

Elle allongea la main et commença d'un geste nerveux la première lettre de son nom, D...

Un soupir souleva la maigre poitrine de madame de Boistrudan.

La plume grinçait sur le parchemin.

Enfin !

Ce soupir involontaire parut être entendu de la mariée.

Elle releva la tête et jeta un regard anxieux à la mère de Maxime, à sa mère ensuite.

Et soudain elle porta la main à son front et repoussa la plume.

L'œil de madame de Boistrudan s'agrandit, tandis que la comtesse se levait vivement et s'approchait de sa fille.

— Eh bien ! qu'as-tu donc ? lui dit-elle.

— Moi, je ne sais ! un éblouissement !

— Remets-toi.

— Il me semble que je ne peux pas, que je ne dois pas signer cet acte !

— Pourquoi ?

— Mais parce qu'il peut être cause de malheurs, que je les pressens.

— Quels malheurs ?

— Mon mari existe ! Mon instinct, ma conscience, me disent que je commets une mauvaise action !

— Voyons, Diane, réfléchis !

— Mais voilà plus d'un an que je réfléchis. Et j'avais cru... Maintenant, je ne peux pas !... C'est plus fort que moi... Non.

L'oncle de Bazouges intervint.

— Si ce mariage lui déplaît, dit-il avec sa bonté paterne.

— C'est un mouvement nerveux ! Ce n'est rien. Il est impossible de revenir sur une parole donnée, objecta la comtesse, rouge de honte.

— Pourquoi la tourmenter ?

Madame de Boistrudan considérait cette scène, atterrée, le désespoir dans l'âme.

Le conseiller s'approcha.

— Diane, demanda-il, voulez-vous m'accorder un moment d'entretien ?

— Mais... sans doute... tout de suite.

Et presque violemment, elle le saisit par la main et l'entraîna en lui disant :

— Suivez-moi !

Miss Arabella restait clouée à sa place. Un pâle éclair brillait dans ses yeux.

XXXVII

Diane traversa une sorte de galerie, gravit un escalier, ouvrit une porte, et se trouva chez elle, dans ce
boudoir où elle se plaisait, près de sa chambre à coucher.

La fenêtre donnant sur le balcon était ouverte.

La lumière et toutes les bonnes odeurs du printemps entraient dans ce salon chaud, élégant, impré-
gné des mille parfums qui décèlent la présence d'une
jeune et jolie femme.

Maxime suivait sa cousine.

Une violente irritation grondait en lui, mais contenue et comprimée.

— Maintenant, dit-elle, nous sommes seuls, bien
seuls, causons. Il faut en finir.

Elle se tenait debout près de la fenêtre, appuyée au
dossier d'un fauteuil, très agitée.

Et comme il hésitait, les lèvres frémissantes, voulant être calme et parvenant mal à réprimer sa colère.

— Dites tout ce que vous avez sur le cœur. Je serai
patiente. Je comprends mes torts, croyez-le.

— Ils sont grands, en effet, dit amèrement Maxime,
et peut-être n'en mesurez-vous pas l'étendue.

— Si, je vous assure, je ne me fais aucune illusion.

— Pourquoi aller si loin si ce n'était que pour reculer ?

— Pourquoi? fit-elle en s'animant.

— Oui. Vous n'êtes plus une enfant. Les engagements qu'on prend doivent être sacrés, réfléchis, mûrement pesés. Un mariage ne se traite pas à la légère, et les conséquences de cette scène absurde, j'ose le dire, sont plus graves que vous ne le présumez. Qui vous forçait à me donner votre parole?

— Qui? dit-elle très nerveuse, en parlant par saccades.

« Vous en parlez à votre aise. J'aurais voulu vous voir à ma place, obsédée par votre mère, par madame de Boistrudan, une femme qui sait ce qu'elle veut, elle, si, moi, je ne le sais! J'aurais voulu que vous puissiez vivre comme moi, avec une plaie au cœur, sans cesse envenimée par les observations, les remarques, les piqûres d'une verve caustique autant qu'intarissable! Je ne m'excuse pas. Je n'accuse personne. Je m'explique, voilà tout! Et ma mère, qui obéit en tout aux inspirations de son amie, et dont les instances, les supplications, les constantes obsessions produisaient sur mon esprit l'effet de la goutte d'eau qui tombe sur une pierre et la creuse, la comptez-vous pour rien? Enfin vous-même, Maxime, vous, l'ami de ma jeunesse, le confident de mes premières pensées, vous étiez là, avec votre délicatesse de sentiments à laquelle je rends hommage, empressé près de moi, faible et sotte, si vous voulez. — Accablez-moi, injuriez-moi, je ne me révolterai pas! — Je ne sais pas refuser; on m'a suppliée, tracassée, lassée, et j'ai consenti, pour faire plaisir à tout ce monde, beaucoup plus, je vous le jure, et vous pouvez m'en croire, qu'à moi-même, car, après la désastreuse expérience que j'en ai faite, le mariage ne me séduit pas, non, en vérité; je l'ai en horreur!

Et son caractère décidé et folâtre, charmant il faut

le dire, reprenant le dessus, malgré la gravité de la situation, elle ajouta en frappant du pied :

— Voilà ! Comprenez-vous !

— Trop bien ! Je ne supposais pas, je l'avoue, qu'il existât dans le monde un être faisant aussi bon marché des engagements les plus solennels ! Ce sans-gêne m'étourdit et m'écrase.

Il allait s'emporter. Il se retint à temps et changea de ton.

— Ecoutez-moi, reprit-il. Je vous ai suivie pas à pas, Diane, et vous ai toujours vue généreuse, douce, bonne à tous. Je vous supposais une véritable affection pour moi. C'est ce qui m'encourageait à demander votre main. Quand je l'ai obtenue, vous ne pouvez vous imaginer quelle joie fut la mienne. Je n'aime pas les grands mots, ni les transports ridicules. Dieu sait que je vous ai laissé tout le loisir des retours sur vous-même, et vous n'ignorez pas avec quel respect douloureux je m'étais soumis une première fois à votre décision. Aujourd'hui vous allez, par ce revirement inattendu, et qui nous frappe, ma mère et moi, ma mère, que vous jugez mal peut-être...

— Mais non ! s'écria Diane.

Il secoua la tête et continua :

— ... comme un coup de foudre, me couvrir de ridicule. Je serai deux fois le prétendu évincé, repoussé par vous ! Et dans quelles circonstances ! Il est évident que vous n'avez pas pesé les conséquences funestes du parti étrange que vous prenez.

— Mais si ! interrompit-elle. Il y a six mois que je ne dors plus, poursuivie par ces raisonnements que j'attendais et que je me suis faits cent fois à moi-même... Tenez, je serai franche jusqu'au bout, Maxime, d'autant mieux que l'amitié que j'ai pour

vous me fait un devoir de la sincérité. Oui, j'aurais
voulu vous épouser! Oui, j'aurais voulu donner cette
joie à ma mère qui vous aime, elle, qui a pour vous
des partialités auxquelles, dans ma tendresse pour
elle, je voulais céder! Voilà pourquoi, après ce consentement arraché à ma lassitude, à ma faiblesse, à
ma lâcheté, si vous voulez, je n'ai pas eu le courage
de tout vous avouer, de vous prendre à part, en tête à
tête, et de vous faire juge vous-même de ce qui se
passait dans mon âme. J'ai essayé de m'y résoudre;
je me suis redit que ma mère avait raison sans doute;
qu'elle est plus clairvoyante que moi; que j'aurais en
vous le plus aimable, le plus bienveillant, le plus prudent des maris. Tout ce qu'on peut imaginer en votre
faveur, tout ce que votre plus fervent admirateur aurait dit de vous, je me le suis répété dans les insom-
nies de mes nuits. Je tâchais de m'habituer à cette
idée que la parole donnée me serait facile à tenir;
hier encore je croyais que c'était possible. Eh bien!
la vérité, c'est que je ne peux pas, que je ne veux pas
être votre femme.

— Ah!

— Il y a entre nous un mur, un fossé, je ne sais
quoi qui m'arrête et que je ne peux pas franchir! Que
voulez-vous! C'est comme si vous vouliez faire sauter
à un cheval le Niagara, il s'y refuserait. Entre nous,
il me semble que l'abîme est plus profond.

M. de Boistrudan tenta un dernier effort.

Il s'assit près de la jeune femme et lui saisit la
main. Elle ne la retira pas.

— Voyons, dit-il, c'est une question de nerfs!
Diane, vous êtes exaltée, malade. Vous cédez à une
impression passagère, à des regrets peut-être, et, qui
sait, à des scrupules...

Elle ne put réprimer un mouvement fébrile, un

tressaillement; mais il continua, sans paraître y prendre garde:

— Vous ne songez qu'à vous en ce moment, vous, pourtant si désintéressée ! Mais moi, pensez-vous que je puisse supporter aisément, non pas cet affront, mais cette douleur de vous perdre après vous avoir presque possédée ? Vous me précipitez du haut de mes espérances sur le pavé, où je me brise. Vous détruisez en un instant, pour un caprice inexplicable, tout un édifice de bonheur lentement élevé. Est-ce raisonnable ? Est-ce juste ? C'est quand je touche à la minute suprême que vous m'arrachez ce bien sur lequel j'ai le droit de compter. Puis-je m'exposer aux railleries du monde, aux risées des ennemis qu'on a toujours derrière soi, aux traits des envieux ? Non, je vous le dis à mon tour, c'est impossible. Diane, je vous en supplie, par notre amitié, par les liens de famille qui nous unissent, écoutez la raison. Prenez mon bras, rentrons au salon et revenez sur un mouvement irréfléchi ; je vous en prie à genoux, et je payerai d'une vie de dévouement le mot qui tombera de vos lèvres.

Elle eut une seconde d'irrésolution.

Maxime n'était ni banal ni méprisable.

Sa voix prenait des tons caressants. Peut-être ne disait-il pas ce qu'il pensait, mais il disait juste, en comédien consommé. D'ailleurs, la beauté de Diane, la main qu'il tenait, cette poitrine vibrante, ce regard étincelant, l'électrisaient.

Mais tout à coup elle fit un pas en arrière.

— Non, dit-elle, non, je ne peux pas, je ne veux pas.

— Ah ! fit-il, les dents serrées, en se levant à son tour, prenez garde, à la fin !

— Vous n'allez pas me menacer, je suppose ?

— Non, sans doute, mais vous me donnez à entendre...

— Quoi donc ?

— Qu'en engageant votre main et votre parole,
c'était avec l'arrière-pensée de ne pas tenir l'une et de
refuser l'autre.

— Vous me jugez capable d'un calcul ?...

— Eh ! que sais-je ? Vous aviez épousé M. de Faudoise ! Vous avez rompu votre mariage avec lui ! Peut-
être le regrettiez-vous ! M. de Faudoise vous oublie ou
le paraît. En excitant sa jalousie vous aurez cru que
c'était un moyen de le ramener à vous... Toutes les
suppositions me sont permises ! Or, une honnête
femme est aussi bien liée par sa parole qu'un honnête
homme.

— Où voulez-vous en venir ?

— A ceci, que vous me froissez, vous me blessez,
que vous me couvrez de ridicule ! C'est une situation
que je ne puis accepter...

— Achevez !

— ... et j'exige de vous l'accomplissement de votre
promesse.

— Voilà le grand mot lâché. Eh bien ! sachez donc
tout. Si je vous refuse ma main, c'est que, réflexion
faite, je ne me sens pas sûre de moi ! qu'il me semble
que me donner à vous, du vivant de cet homme à qui
j'appartenais, ce serait une infamie ; parce que j'ai le
cœur plein de cet autre, et que si je le rencontrais,
même à votre bras, je vous quitterais pour courir à
lui et, sur un signe, tomber dans ses bras ; parce que
je me crois l'honnête femme dont vous parlez, et que,
tant que mon mari existe, je ne puis être qu'à celui
pour lequel ma pudeur n'a plus de secrets, à qui,
pendant trois ans, mon cœur allait sans effort ; c'est
qu'enfin on n'aime qu'une fois comme j'ai aimé celui

qui m'a trompée, et que je crains de l'aimer encore!

« Vous m'avez entendu; maintenant vous savez tout.

« Si vous voulez ma main, prenez-la, puisque je vous l'ai promise; je suis prête à porter votre nom, mais vous n'aurez ni la femme, ni le cœur.

« Je vous donne cinq minutes pour réfléchir; je viendrai chercher votre réponse.

Elle disparut.

M. de Boistrudan, stupéfait, écouta les derniers frémissements de la robe sur le parquet et, d'un geste convulsif, il menaça Diane, qui s'éloignait.

Toutes ses habiletés, toutes celles de sa mère échouaient piteusement, comme un navire au port.

Une colère sourde, une colère blanche, terrible, s'emparait de lui, et ce qui l'exaspérait surtout, c'était son impuissance contre cette femme qui se jouait de lui !

Tout à coup, il entendit dans le salon voisin des pas qui s'approchaient.

La porte s'ouvrit.

Il recula d'un pas.

Ce n'était pas mademoiselle de Briolles qui était devant lui.

Un soupir de satisfaction enfla sa poitrine.

Il avait à qui parler.

— Monsieur de Faudoise, dit-il d'une voix sifflante.

C'était, en effet, Faudoise qui arrivait, en costume de voyage, sombre, irrité, mais aussi calme en apparence que son adversaire, qui reprenait son sang-froid.

— Vous paraissez surpris, dit-il.

— Certes, répliqua le conseiller, mais si je ne vous

attendais pas à Briolles, je suis enchanté de vous y voir, monsieur.

— Cependant vous devez comprendre qu'un de nous y est de trop.

— C'est ce que je pense.

— Il y a ici une femme qui ne peut être à vous et à moi.

— Je pourrais vous répondre que cette femme n'est plus la vôtre...

— Mensonge !

— Que vous n'avez pas l'ombre d'un droit sur elle.

— Je vous prouverai le contraire.

— Vous auriez quelque peine. Mais je ne m'arrête pas à ces détails. C'est une querelle que vous cherchez ?

— Je n'hésite pas à le déclarer.

— Soit. A vos ordres. J'ai les nerfs agacés; un coup d'épée les détendra.

— Puisque vous êtes de si bonne composition, je veux vous dire en deux mots pourquoi je suis à Briolles. J'ai appris en Algérie, où je m'étais retiré, la nouvelle de votre mariage. J'avais déjà quelques griefs assez obscurs contre vous. Ce mariage a fait déborder la coupe. Plutôt que de le laisser se contracter, je vous aurais poignardé comme un bandit, tué comme une bête féroce, non parce que je vous hais, mais parce que moi vivant, personne, entendez-vous, ne touchera le bout du doigt de la femme qui a porté mon nom.

— Il vaut mieux agir dans les formes, dit froidement le conseiller, et nous pouvons terminer cette affaire sans délai. Vos armes?

— Celles qu'il vous plaira.

— L'épée. En avez-vous?

— J'en ai.

— Vous êtes homme de précaution. Des témoins ?

— J'en ai deux, MM. de Soesmes et de Balazé.

— C'est admirable.

— Sortons par cette porte. Elle donne sur l'escalier de service. Personne ne vous verra. Ces messieurs m'attendent sous les arbres, à deux pas. Dans quelques minutes, le débat sera vidé.

— Sortons, dit tranquillement Boistrudan.

Le conseiller était bon gentilhomme, et tout bon gentilhomme a pour première vertu la bravoure.

Un coup d'épée ne l'effrayait pas.

En outre, il n'était pas fâché de cette intervention de Faudoise.

Elle le sauvait d'un ridicule qui l'épouvantait.

Il sentait Diane perdue pour lui. C'était une blessure sensible à son amour-propre, une cruelle déception ; mais perdre en même temps sa situation de gentleman impeccable, d'habile homme, lui eût paru plus amer encore.

Personne ne rit des gens qui se font tuer bravement.

Enfin, comme il l'avait dit, il ne serait pas fâché de se détendre les nerfs et de passer sa mauvaise humeur sur quelqu'un ou quelque chose.

Faudoise se trouvait là juste à point, et nul autre que lui n'eût aussi bien tenu cet emploi.

Ce fut donc avec un véritable plaisir que le conseiller s'engagea derrière ce revenant dans l'escalier dérobé, après un courtois assaut de politesse :

— Passez donc, monsieur de Boistrudan.

— Après vous, monsieur de Faudoise.

Ils eurent soin de fermer à clef la porte de l'escalier et de tirer le verrou pour protéger leurs derrières et gagner de l'avance en cas de poursuite.

Quelques instants après, ils débouchaient au bas de

l'escalier en spirale dans une petite cour déserte, et se glissant derrière des massifs de noisetiers, de lilas en fleurs, de cytises aux grappes d'or, ils arrivaient sous une futaie de hêtres à l'épais feuillage, et rejoignaient les deux châtelains de Soesmes et de Balazé en faction en attendant leur ancien compagnon d'armes.

XXXVIII

Cette scène n'avait duré qu'un instant.

Bientôt Diane revint au boudoir où elle avait laissé son cousin en tête à tête avec ses réflexions.

Le boudoir était vide.

Elle chercha de tous côtés, ne vit personne et, en désespoir de cause, s'apprêtait à redescendre au salon pour y affronter les reproches de la comtesse.

On peut croire que la contenance des invités avait été fort troublée par l'incident imprévu dont on attendait avec curiosité le dénouement.

Les uns s'en réjouissaient et donnaient à voix basse raison à l'obstination de la jeune femme.

C'étaient les partisans des vieilles coutumes, en majorité dans ce pays attaché avec tant d'énergie aux traditions du passé.

La plupart gardaient un silence prudent.

Le vieux marquis de Bazouges, indifférent à ces querelles d'ordre secondaire, s'était accroché au notaire et lui dépeignait en termes chaleureux les attraits de la science et les délices sans mélange dont elle abreuve ceux qui la cultivent avec une passion exclusive.

Me Duchamp l'écoutait sans enthousiasme. Il était distrait, examinant avec curiosité cette scène où il était témoin et acteur. Il aurait dû frémir en songeant

au sort du contrat élaboré avec tant de soins et surtout à l'émolument qu'il était en droit d'en attendre,
mais — fait à noter à sa gloire ! — cet homme simple planait au-dessus de ces considérations vulgaires
comme une colombe au-dessus des fanges terrestres !

La jeune femme hésitait sur le seuil du boudoir,
lorsqu'elle entendit une voix qui murmurait à son
oreille :

— Il est là.

Elle se retourna brusquement et vit miss Arabella.

Elle étouffa un cri. Un flot de sang lui refluait au
cœur.

— Comment le savez-vous ? dit-elle, tremblante.

— Je l'ai averti.

— Ah !

— Ai-je mal fait ?

Pour toute réponse, Diane se jeta dans ses bras.

Mais une idée lui vint.

Où était son mari ? Sans doute caché près de sa
chambre. Peut-être il l'avait entendue... peut-être...
On ne retrouvait pas Maxime... ils s'étaient rencon-
trés... il avait dû le provoquer.

Et tout à coup elle s'écria :

— Ils se battent !

Elle courut à la porte donnant sur l'escalier. Elle
était fermée.

— Ah ! mon Dieu ! balbutia l'Anglaise, j'aurai
causé un malheur.

Et toutes deux s'élancèrent par une autre issue et
gagnèrent le pied de la tourelle par laquelle Maurice
et le conseiller étaient sortis. L'empreinte de leurs
pas, visible encore sur le sable fraîchement ratissé, ne
pouvait laisser aucun doute, mais bientôt cette trace
se perdait sur les pelouses, et, de quelque côté que les

yeux des deux femmes se tournassent, on n'apercevait aucun indice, rien.

— S'il était trop tard! murmura Diane.

Et à bout de forces, vaincue par tant d'émotions lle glissa sur le gazon et faillit s'évanouir.

———

XXXIX

M. de Faudoise et M. de Boistrudan n'étaient plus
là en effet. Lorsqu'ils eurent rejoint les deux amis de
Maurice, les conditions du combat furent réglées en
quelques mots.

Les deux adversaires étaient aussi résolus l'un que
l'autre, seulement Soesmes et Balazé, à cheval sur les
principes, exigèrent la présence de quatre témoins.

Il ne s'ensuivit aucun retard.

Deux des gardes de Briolles, Bernard et la Rosée,
anciens militaires, se trouvèrent à point pour assister
les autres et se prêtèrent de la meilleure grâce à ce
qu'on réclama d'eux.

Ils rendirent même aux adversaires le service de
leur indiquer un terrain excellent où personne ne les
troublerait.

Il ne s'agissait que de gagner trois ou quatre cents
mètres plus loin un rond-point où, selon l'expression
de la Rosée, le gazon était uni comme une glace.

En chemin, les deux rivaux eurent une explication
pour laquelle ils ne prirent pas de confidents.

— Monsieur de Boistrudan, dit Faudoise sans se
départir de son sang-froid et de sa politesse, j'ai bien réfléchi là-bas.

— Dans votre blockhaus ?

— Oui, monsieur, dans mon blockhaus. Un endroit admirable que je reverrai avec plaisir, si Dieu me prête vie.

— Et qu'avez-vous résumé dans ces méditations ?

— Que vous étiez et ne pouviez être qu'un ennemi pour moi. Je vous ai pris une femme que vous convoitiez. Dieu sait que je ne songeais pas à vous nuire !

Je vous ai causé un préjudice cependant. Vous êtes froid et vous avez de la patience. Vous m'avez tendu un traquenard et j'y suis tombé comme un niais. Une fois pris, vous ne m'avez pas permis de me tirer d'affaire. Je me noyais, vous m'avez donné à boire. Je comprends tout. Vous avez joué votre jeu. Il a failli réussir. Depuis, il y a deux êtres que je hais.

— Moi, sans doute ?

— C'est vrai. J'aime autant vous le dire, afin que vous n'ayez pas la bonhomie de m'épargner. Vous êtes très fort à l'épée. Ne me ménagez pas...

— Ce sera réciproque, est-ce là ce que vous voulez dire ?

— Justement.

— Vous avez du moins le mérite de la franchise.

— Je tâche.

— Vous ne m'avez pas nommé l'autre personnage que vous honorez de votre aversion ?

— C'est moi.

— Vous ?

— Pour l'aveuglement avec lequel j'ai mené ma vie.

— Mon Dieu, monsieur, répliqua le conseiller, que vous ayez ce sentiment pour vous, je n'ai rien à y voir ; pour moi, j'ai la conscience d'avoir été très correct vis-à-vis de vous. Je n'étais pas votre ami, certainement. Votre instinct ne vous a pas trompé. L'héroïsme des grands sentiments n'est pas mon fait. Vous m'avez nui. Je ne vous en savais aucun gré.

Mais vous restiez libre et personne ne vous a poussé à commettre des sottises... fort agréables d'ailleurs. Aujourd'hui encore je vous trouve en travers de projets qui devaient me flatter, je vais tâcher de vous supprimer. Imitez-moi. Je ne vous en voudrai pas. Que tout se passe galamment, c'est le principal.

— Monsieur, dit Faudoise, je vous remercie de votre complaisance et de l'honneur que vous me faites.

Comme on le voit, les choses se passaient en douceur et avec la politesse des cavaliers qui allaient en découdre aux prés Saint-Gervais ou à la place Royale.

M. de Boistrudan n'ajouta rien.

Mais il sourit, de ce sourire silencieux et menaçant des forts qui se croient sûrs d'eux-mêmes et ne redoutent pas le danger.

Les témoins précédaient les adversaires de quelques pas à travers un taillis si vieux qu'il ressemblait à une futaie.

Bientôt la Rosée qui marchait en tête s'arrêta, et dit en faisant un signe aux autres :

— C'est là.

Les deux gardes n'avaient pas vanté outre mesure les qualités du terrain choisi par eux.

C'est un espace couvert d'un gazon ras comme un tapis et enclavé de tous côtés dans une coupe de bois de quarante ans, traversée par quatre sentiers qui convergent au même point et s'embranchent à ce carrefour limité par une ceinture de grands arbres.

Le mari de Diane regagnait les sympathies de ses amis en survenant si à propos pour empêcher un mariage qui heurtait de front leurs convictions.

Le malheureux, depuis son départ d'Oran, avait subi des transes mortelles.

De ses angoisses la plus cruelle était l'incertitude de son arrivée.

Le paquebot, par suite d'une bourrasque, avait éprouvé un retard de quinze heures.

Ce n'était que le matin même à neuf heures que Faudoise était arrivé à Soesmes où, par bonheur, il avait rencontré Balazé qui du reste ne quittait guère son compagnon de chasse et de causeries.

Là, il leur avait expliqué en deux mots ce qui l'amenait.

On pense que Balazé dut accueillir cette confidence avec joie.

Dès qu'il s'agissait de pourfendre quelqu'un, de traquer un animal ou d'échanger des horions pour n'importe quel motif, il était inutile de le solliciter longtemps.

Faudoise avait été aussi énergique que bref.

Il voulait provoquer Boistrudan et le forcer à se battre.

On ne peut pas refuser à un ami son assistance en pareil cas, et Balazé, non pas plus brave mais plus bouillant que le vicomte de Soesmes, ne regrettait qu'un point : à savoir que les seconds n'eussent pas à dégainer pour leur propre compte en manière de passe-temps.

On sait le reste.

Faudoise avait trouvé le conseiller plus accommodant qu'il ne l'espérait, et cette circonstance dont il ignorait la cause faisait grand honneur dans son esprit à son rival.

Arrivé au rond-point, Boistrudan s'appuya au tronc d'un chêne centenaire et assista avec une sorte d'indifférence aux préparatifs de ce combat dans lequel, s'il faut tout dire, il comptait obtenir aisément l'avantage.

D'une force supérieure à l'escrime, il devinait l'énervement, la fatigue de Faudoise, à ses traits contractés, la prostration résultant d'un voyage de cinq jours sans repos.

Et enfin, comme les Briolles, il était d'une de ces vieilles races françaises où l'on peut avoir des vices, mais où l'on ne connaît pas de timides.

Les adversaires s'en étaient remis aux témoins sur les conditions de la rencontre.

Elles étaient dures.

Le combat ne devait finir que sur la demande d'un des combattants, comme au temps des jugements de Dieu.

Le conseiller accepta tout sans discussion.

Balazé n'était pas éloigné de l'admirer et le trouvait très crâne.

Il lui rendait justice, tout en maugréant.

Ce Parisien l'humiliait.

Ce dédain du danger, ce calme absolu, cette sorte d'indifférence pour la vie, qui lui eût semblé toute naturelle chez un Breton, l'étonnait venant de ce mondain tiré à quatre épingles.

Les épées mesurées, on en mit une aux mains de chacun des adversaires et les témoins s'écartèrent, laissant le champ aux combattants.

A dater de la seconde où ils furent en face l'un de l'autre, le silence le plus complet s'établit dans cette clairière.

On n'entendit que le bruit du fer contre le fer, le sifflement des lames qui se fouettaient.

Les oiseaux seuls, qui ne s'inquiètent guère des discussions des hommes, continuèrent à gazouiller dans les branches.

Les gardes considéraient avec curiosité ces adversaires, dont l'un avait été leur maître et dont l'autre

avait failli le devenir, jouant leur vie devant eux,
habit bas, le torse recouvert seulement d'une chemise
à demi défaite.

Ils ne comprenaient pas très nettement la cause de
ce combat étrange à deux pas d'une noce brillante,
tout en sachant fort bien que ce qu'on se disputait,
l'épée à la main, c'était une femme.

Et quelle femme ?

La plus charmante, pour eux, la plus riche, la meilleure qui fût sous le ciel.

Rien d'étonnant donc à ce que ce combat fût d'autant plus acharné que le prix avait plus de valeur.

Faudoise était pâle, presque livide. Ses yeux se fer-
maient à demi. On lisait sur son visage une grande
lassitude. Son épée un peu lourde, comme celle de
son adversaire, pesait à ses doigts.

Maxime, au contraire, droit, la lèvre ironique, était
aussi tranquille que s'il se fût agi d'un assaut au
fleuret, pour la galerie, dans une salle d'armes.

Il se bornait à une défensive prudente.

Il était évident qu'il voulait user son adversaire,
l'épuiser, et se faisait un plaisir de l'irriter par sa réserve.

On ne pouvait douter qu'il n'y parvint rapidement.

Après deux reprises, des gouttes de sueur roulaient
sur le front de Faudoise.

Peu à peu, il devint plus nerveux, et risqua des
coups que dans son for intérieur Balazé, un maître,
déclara bons pour se faire embrocher.

Un moment après une feinte qui le laissa découvert,
l'épée du conseiller passa dans le vide, rapide comme
un éclair, et l'atteignit au côté droit.

Sa chemise se teignit de sang.

Boistrudan abaissa courtoisement son arme.

— Vous êtes blessé, monsieur, dit-il.

— Ce n'est rien. Continuons, je vous prie.

— Comme il vous plaira.

Les deux frères Siamois tremblèrent pour leur ami.
Il blêmissait visiblement.

Peut-être se sentit-il perdu lui-même, mais l'image
de Diane lui passa devant les yeux et il voulut vivre.

Tout à coup, il se redressa dans un effort désespéré,
déjoua quelques attaques du conseiller qui le croyait
affaibli et à sa merci, et au moment où l'autre allait
lui porter un coup difficile à parer, il le prévint, se
fendit à fond, et lui poussa une botte si rapide, que
Boistrudan n'eut pas le temps de l'éviter.

L'épée de Faudoise lui traversa l'épaule.

Un jet de sang inonda sa poitrine.

Maxime lâcha son arme et chancela en disant avec
un pâle sourire :

— Bien joué, monsieur !

Faudoise, subitement dégrisé de sa fureur, jeta la
sienne.

— Un médecin, ordonna-t-il. Bernard, la Rosée,
courez, prévenez le marquis !

Au même instant deux femmes se précipitaient entre eux.

Boistrudan s'évanouit entre les bras de miss Arabella, tandis que Diane se jetait au cou de son mari.

— Enfin, dit-elle, c'est toi ! blessé !

— Ce n'est rien.

— Tu m'aimes donc que tu risques ta vie pour-
moi ?

— Si je vous aime !

— Que ne me le disais-tu ?

— Je craignais votre colère.

— Pouvait-elle durer toujours !

— J'étais si coupable.

— N'as-tu pas expié ta faute ?

— Oh! oui. Et par quelles tortures! Vivre loin de vous, Diane ; penser sans cesse à ce que j'avais perdu! et enfin vous savoir à un autre!

Elle se haussa jusqu'à l'oreille de son mari.

— Tu l'as donc cru? murmura-t-elle; est-ce que cela se pouvait? Je me serais tuée plutôt que d'y consentir.

Et comme il la regardait surpris et charmé, elle ajouta en souriant:

— Puisque c'était le seul moyen de te ramener!

Faudoise, muet de bonheur, la serra dans ses bras, l'enleva comme une plume, et leurs lèvres se confondirent dans un long baiser, le baiser du pardon.

Lorsque madame de Briolles arriva, suivie d'une partie de ses invités et devancée par son oncle qui se hâtait de toute la vitesse de ses jambes, elle leva les bras au ciel et faillit tomber à la renverse.

Elle venait d'apercevoir Diane au cou de son mari.

Mais elle n'était pas femme à s'évanouir pour un tel spectacle.

Elle hésita un moment entre sa rancune et la tendresse unique qu'elle avait pour sa fille.

— Mon oncle, s'écria-t-elle, voyez donc!

— Eh bien, dit le savant, de son ton paterne, puisqu'elle l'aime, cette enfant!

Dès qu'il eut examiné la blessure du conseiller, son visage s'épanouit.

— Ce ne sera rien, dit-il ; une quinzaine de repos et il n'y paraîtra plus.

A la vérité, Faudoise était aussi grièvement blessé que son adversaire, mais il ne sentait pas sa blessure, tout entier à l'indicible joie dont son âme était inondée.

Il ne se lassait pas de contempler les traits de cette femme adorée qui lui souriait, lorsque tout à coup un nuage passa devant ses yeux et il fut obligé de s'adosser à un arbre pour ne pas défaillir.

— On ne va pas le renvoyer en Afrique en cet état, dit M. Honoré à la comtesse, ce serait de la cruauté.

Elle sourit à sa fille qui se mettait à ses genoux et haussa les épaules avec un soupir.

Au même instant, miss Arabella disait à Maxime auprès duquel sa mère se tenait abîmée dans un véritable désespoir :

— Monsieur de Boistrudan, vous avez toujours été bon pour moi. Je comprends ce que votre situation a de pénible. Mademoiselle de Briolles a pris vis-à-vis de vous un engagement qu'elle ne peut tenir. Je lui dois beaucoup de reconnaissance et voudrais pouvoir m'acquitter envers elle. J'arrive d'Angleterre. Mon oncle Mortimer est mort en m'instituant sa légataire. J'ai cinq cent mille livres sterling. Je vous les offre. Les voulez-vous ?

— Avec votre main ! dit Maxime.

Il n'y eut pas de contrat ce jour-là, mais au dîner qui réunit les invités de la comtesse, l'oncle Honoré prit la parole et dit :

— J'ai la joie de vous faire part du retour de mon neveu au bercail et du prochain mariage de M. de Boistrudan avec Miss Arabella Smithson, le cœur le plus délicat et le plus vaillant que je connaisse.

XL

Si vous voulez voir des gens heureux, allez à
Briolles. Le coup d'épée que les deux rivaux ont
échangé est devenu entre eux un lien d'amitié. La baronne de Boistrudan — ce n'est pas toujours la vertu
qui est récompensée — exécute son programme. Elle
habite son appartement de la rue de Verneuil et ne va
chez son fils qu'avec la plus parfaite discrétion. Miss
Arabella, récompensée de son sacrifice par les attentions délicates du conseiller qui ne lui laisse voir que
les beaux côtés de son caractère, a racheté à son amie
l'hôtel du boulevard Haussmann où elle la reçoit trois
ou quatre fois par an, mais les Faudoise se plaisent
dans leur province et y résident le plus souvent.

L'oncle Honoré vit au milieu de ses collections pou-
dreuses et continue à faire le bien autour de lui, avec
son inépuisable charité et son inaltérable bonhomie.

La comtesse, soustraite aux conseils désormais inutiles de son amie, adore son gendre qui n'a plus peur
d'elle.

Soesmes et Balazé, apprivoisés par la grâce souve-
raine de Diane, sont les plus fidèles amis du château.

La jeune femme a voulu visiter, aussitôt après sa
réconciliation avec son mari, le domaine de Sidi-Khelil
où il s'était retiré.

Ce n'est pas sans émotion qu'elle a vu la cellule

austère où il a vécu séparé d'elle et dont le seul ornement sur les murs blanchis à la chaux consistait en
trois pauvres reliques apportées de l'Aubraye: sa
mantille, son chapeau et sa photographie.

Considérablement augmenté et bâti solidement, le
château actuel domine, comme l'ancien minaret de la
maison blanche, une immense étendue de terres et
de vignes admirablement cultivées.

Et les flots bleus de la Méditerranée ne sont pas
plus calmes, par un beau jour d'été, que l'existence de
ces deux êtres qu'un orage avait séparés et qui, réunis,
marchent l'un près de l'autre, en se tenant par la
main, de peur de se perdre de nouveau.

C'est à Sidi-Khelil, qu'un soir, dans un mirador où
montaient les parfums des orangers et des jasmins, la
jeune femme mit sous les yeux de son mari les quelques lignes annonçant la mort de la Dolci.

Les yeux de Maurice s'emplirent de larmes.

— Pauvre fille ! soupira-t-il.

— Que Dieu en ait pitié ! dit Diane. Nous ferons
des aumônes et nous prierons pour elle.

Janvier 1887.

FIN

Imprimerie MAUCHAUSSAT
18, rue François Guibert, Paris 15ᵉ. — Téléphone 730-23

65 centimes Le Volume

Le 15 OCTOBRE

paraîtra

Mignon Vengée!...

PAR

Michel MORPHY

paraîtra

le 15 OCTOBRE

65 centimes Le Volume

LE LIVRE POPULAIRE

Publiera le 15 Octobre

MIGNON VENGÉE !...

Roman inédit
par
Michel MORPHY

❖❖❖❖

65 centimes le Volume complet

Carot Coupe-Tête

Roman inédit d'aventures historiques

par

Maurice LANDAY

Volumes parus :

Chaque Volume : 65 Centimes

www.ingramcontent.com/pod-product-compliance
Lightning Source LLC
Chambersburg PA
CBHW050743030726
47505CB00002B/377